HUISJE BOOMPJE FEESTJE

Van Jill Mansell zijn verschenen:

Solo ❦
Open huis ❦
Tophit
Kapers op de kust ❦
Hals over kop ❦
Geknipt voor Miranda ❦
De boot gemist ❦
Millies flirt ❦
Niet storen! ❦
Kiezen of delen ❦
Gemengd dubbel ❦
Geluk in het spel ❦
De prins op het verkeerde paard ❦
Schot in de roos ❦
En de minnaar is... ❦
Ondersteboven ❦
Scherven brengen geluk ❦
Eenmaal andermaal verliefd ❦
Versier me dan ❦
De smaak te pakken ❦
Drie is te veel ❦
Vlinders voor altijd ❦
Huisje boompje feestje ❦

❦ Ook als e-book verkrijgbaar

Jill Mansell

Huisje boompje feestje

Uitgeverij Luitingh-Sijthoff

MIX
Papier van
verantwoorde herkomst
FSC® C009076

Uitgeverij Luitingh-Sijthoff en drukkerij Bariet vinden het belangrijk om op milieuvriendelijke en verantwoorde wijze met natuurlijke bronnen om te gaan.

© 2013 Nederlandse vertaling
Uitgeverij Luitingh-Sijthoff B.V., Amsterdam
Alle rechten voorbehouden
Oorspronkelijke titel: *Don't Want to Miss a Thing*
Vertaling: Marja Borg
Omslagontwerp: Studio Marlies Visser
Omslagfotografie: Daan Brand
Omslagillustratie: Ingrid Bockting
Auteursfoto: Bonnita Postma

ISBN 978 90 218 0828 4
NUR 343

www.jillmansell.nl
www.lsamsterdam.nl
www.watleesjij.nu
www.boekenwereld.com

Voor mijn vader, Paul en Judi, alle liefs.

I

Het was bijna twaalf uur 's nachts en Dexter Yates lag met zijn vriendin in bed toen zijn mobieltje tot leven kwam. Nog voordat hij het van het nachtkastje kon pakken, had ze het met haar pijlsnelle reflexen al weggegrist.

Werkelijk, sommige mensen waren wel erg wantrouwend.

'Er staat Laura.' Ze kneep haar ogen samen bij de aanblik van de naam die oplichtte op het schermpje. 'Wie is Laura?'

Jaloezie stond niemand mooi. 'Mag ik mijn telefoon alsjeblieft hebben?'

'Wie ís dat?'

Dapper wist hij de neiging te onderdrukken om te zeggen: 'Iemand die stukken aardiger is dan jij.' Hij hield alleen maar zijn hand op en wachtte tot ze hem het toestel zou geven, wat ze uiteindelijk deed met het soort hooghartige ergernis dat inhield dat hij haar na vannacht zeker niet meer zou zien.

'Ha Laura.'

'O Dex, sorry, ik weet dat het laat is. Heb ik je wakker gebeld?'

Hij glimlachte; alleen Laura kon denken dat hij voor twaalf uur 's nachts al lag te slapen. 'Natuurlijk niet. Hoe gaat het?'

'Alles is... perfect.' De vreugde was aan haar stem te horen en schemerde door de verbinding heen. Hij wist meteen wat er was. 'Het is een meisje, Dex. Ze is er! En zo mooi, ongelooflijk gewoon. Zeven pond en twaalf ons. Ik heb echt nog nooit zoiets prachtigs gezien!'

Zijn lach verbreedde zich. 'Een meisje! Fantastisch. En waarom zou ze niet mooi zijn? Wanneer kan ik komen kijken?'

'Nou, vanavond niet meer natuurlijk. De bezoekuren zijn van tien tot twaalf uur 's ochtends en van zeven tot negen uur 's avonds. Denk je dat het je morgen lukt? Na je werk?'

'Daar zorg ik wel voor,' beloofde Dex. 'Natuurlijk kom ik. Lijkt ze op me?'

'Doe niet zo raar, ze is pas een uur oud. Jij bent achtentwintig. Je hebt stoppels.'

'Weet je, er is aan jou echt een stand-upcomedian verloren gegaan.'

'Ze hebben me vanavond zoveel lachgas toegediend dat ik beter als publiek kan dienen. Oké, ik begin hier een beetje in te storten. Zal ik je een foto mailen of wil je wachten tot je haar morgen ziet?'

'Doe geen moeite, ik wacht wel. En goed gedaan, hoor,' eindigde hij op iets zachtere toon.

Hij beëindigde het gesprek, liet zijn hoofd op het kussen vallen en staarde naar het plafond. Wauw.

'Ik wil niet in herhaling vervallen, maar wie is Laura precies?' De sfeer in de slaapkamer was inmiddels behoorlijk ijzig geworden. 'En waarom zou je willen weten of haar baby op jou lijkt?'

'Kom.' Dexter zwaaide zijn benen over de bedrand en pakte zijn T-shirt en spijkerbroek. 'Het is al laat. Ik zal je even naar huis brengen.'

'Dex...'

'Wil je het echt weten? Oké,' zei hij. 'Laura is mijn zus. En ze heeft net het leven geschonken aan mijn nichtje.'

Laura lag te soezen toen de verpleegster aanklopte en de deur zachtjes opendeed.

'Hallo? Ben je wakker?'

Laura opende haar ogen; nu ze moeder was, zou ze eraan moeten wennen dat ze gestoord zou worden in haar slaap. 'Een beetje. Wat is er?'

'Er is bezoek voor je,' fluisterde de verpleegster.

'Wat? Nu?'

'Ik weet het, en het mag eigenlijk niet, maar hij heeft me de situatie uitgelegd en... Nou ja, wat moest ik anders? Ik kon hem moeilijk wegsturen.'

Het meisje straalde helemaal en sprak lichtelijk opgewonden. Laura wist meteen hoe laat het was. Ze hees zich half overeind – au, pijn – toen de deur iets verder openging, en de verpleegster de nachtelijke bezoeker de zaal op liet. 'En hoe is die situatie precies?'

'Ik moet over drie uur op Heathrow zijn voor mijn vlucht naar New York.' Dex wendde zich tot de verpleegster. 'Schat, heel erg bedankt. Je bent echt fantastisch.'

Laura wachtte tot het straalverliefde meisje weg was en rolde toen met haar ogen. 'Hoeveel is precies waar van dat verhaal, op een schaal van één tot tien?'

'Wat maakt het uit, ze hebben me toch binnengelaten?' Dex' legendarische charme was een oud grapje van hen. 'Ik kon gewoon niet wachten. Ik zou van opwinding toch niet kunnen slapen. Trouwens, deze zijn voor jou. Sorry dat ze zo lelijk zijn.'

Hij was de nachtwinkel in West Kensington binnengewipt en had er een paar bossen feloranje rozen, een reusachtige Toblerone, een pluchen inktvis en heel veel zakken snoep gekocht. Zoals te doen gebruikelijk na bevallingen.

'Ze zijn prachtig,' zei Laura, toen hij alles op het bed liet zakken.

'Nou ja, als je midden in de nacht een kind baart, is er weinig keus. Maar kom hier.' Hij omhelsde haar en gaf haar een smakkerd op de wang. 'Heel goed gedaan. En, waar is hij?'

'Hij?'

'Sorry, ze.' Hij haalde zonder een spoortje van berouw zijn schouders op. 'Maar we noemen hem al maanden "hij". En waar heb je haar nou gelaten? In een kooitje onder je bed soms?'

'Als je zo doet, krijg je haar niet te zien.' Laura meende het natuurlijk niet; vanaf de plek waar hij stond, kon hij het babybedje niet zien. Met een knikje naar links gaf ze te kennen dat hij naar de andere kant van het bed moest komen.

En toen zag ze Dex – waarschijnlijk voor het eerst van zijn leven – verliefd worden.

Het was ongelooflijk. Je zag het gewoon gebeuren. Het ene moment was hij alleen maar belangstellend, en meteen daarna compleet verrukt. En het duurde niet lang voordat de nieuwe aanwinst in de familie, alsof ze het belang van het gebeuren aanvoelde, zich verroerde en haar ogen opende.

'Ze heet Delphi,' zei Laura.

'O mijn god.' Dex ademde langzaam uit. 'Moet je haar zien.'

Laura glimlachte. 'Ze kijkt je aan.'

'Ze is zo mooi. Ik bedoel, echt heel mooi.' Hij stond als aan de grond genageld.

Kon je letterlijk opzwellen van trots, vroeg ze zich af. 'Dat zei ik toch,' zei ze.

'Mag ik haar optillen?'

'Zolang je haar maar niet laat vallen.'

Dex' donkere haar viel naar voren, toen hij zich vooroverboog en zijn handen onder de kleine schoudertjes van Delphi legde. Toen keek hij Laura aan. 'Ik weet niet hoe het moet.'

Laura kende Dex niet anders dan relaxed en extreem zelfverzekerd, en het was vertederend om hem te horen toegeven dat hij iets niet kon. Bemoedigend zei ze: 'Je kunt het. Als je er maar aan denkt om haar hoofdje te ondersteunen. Zo.' Ze deed het voor en keek vanuit bed toe, terwijl Dex haar gebaar imiteerde. 'Ja, zo.'

Hij tilde de baby op en riep uit: 'Ze is net een zonnebloem met een wiebelig nekje. O wauw, Delphi Yates, moet je jou nou eens zien. Moet je die handjes van je eens zien.' Hij schudde verwonderd zijn hoofd. 'En die nageltjes. En die wimpertjes! Kijk, ze knippert met haar ogen...'

Laura grijnsde breeduit. Hij was echt verliefd. Ze volgde hem met haar blik, terwijl hij met Delphi een rondje door de kleine kamer maakte om uiteindelijk voor de spiegel te blijven staan. Met de baby veilig op zijn arm, bestudeerde hij hun spiegelbeeld. 'Hoi Delphi. Ja, dat ben jij! Toe, zwaai eens. O nee, niet zo boos kijken, je bent vandaag jarig, dan mag je niet huilen... Neeeee, kijk dan in de spiegel, ga maar dansen!'

'Misschien heeft ze wel honger,' zei Laura.

'Geen probleem, dan geven we haar wat Haribo. Hé, Delph, heb je zin in een snoepje? Wat is je lievelingskleur?'

'Dex, je kunt haar toch geen Haribo geven!'

Toen hij haar aankeek, begreep ze dat hij een grapje had gemaakt. 'O nee? Nou, des te beter, dan blijft er meer voor ons over. Kijk, ze gaat sowieso niet meer huilen. Rustig maar, mama.'

Mama. Na al die tijd, tegen alle verwachtingen in, was het dan toch nog gebeurd. Net toen ze alle hoop had opgegeven. Op eenenveertigjarige leeftijd was ze als door een wonder zwanger geraakt, en nu was Delphi er.

'Ik ben moeder,' zei ze. 'Niet te geloven, hè?'

'En deze hier is sterk, zeg.' Delphi had Dex' wijsvinger stevig vastgeklemd in haar knuistje; hij deed net alsof hij vreselijke pijn had. 'Ik denk dat ze later worstelaar wordt.'

'Wacht, dan maak ik een foto.' Laura pakte haar mobieltje en gebaarde hem dat hij zijn gezicht wat dichter bij dat van Delphi moest houden.

'En, was het pijnlijk, de bevalling?' Hij trok een gezicht. 'Maar bespaar me de bloederige details.'

'Het ging hartstikke vlot,' stelde ze hem gerust. 'Ze floepte er zo uit. Geen centje pijn.'

'Brave meid.' Tevreden met de leugen knikte hij goedkeurend naar Delphi. 'Wacht maar tot je wat groter bent. Dan zal ik je alle kneepjes van het vak leren. Hoe je de jongens onder controle kunt houden, hoe je hun hart kunt breken...' Delphi keek hem ernstig en met ogen zo groot als schoteltjes aan, terwijl hij tegen haar sprak. 'Ik moet ze eerst checken, kijken of ze het wel waard zijn om een afspraakje te hebben met Delphi Yates, pas dan mag je met ze mee. En als ze je rottig behandelen, dan weet ik ze te vinden.'

'Bijna niet voor te stellen, hè? Dat ze ooit een puber zal zijn,' zei Laura verwonderd. 'Dat ze foute kleren aantrekt, cider drinkt en achter onze rug over ons roddelt. Nog één foto.'

Hij hield Delphi weer op, voorzichtig, met haar hoofdje in zijn handpalm, en Laura voelde dat haar hart er ook een foto van maakte. Die twee hadden een speciale band, dat zag je nu al; het was alsof ze een prachtig geheim deelden, terwijl ze in elkaars ogen staarden. Er was ook een fysieke gelijkenis, in de vorm van hun oren en de boog van hun donkere wenkbrauwen; je kon gewoon zien dat Delphi later precies op Dex zou lijken. Laura drukte het knopje in en legde het moment voor eeuwig vast. Hun beelden zaten nu veilig opgeborgen in het toestel.

'Stuur me een kopie,' zei Dex.

'Zal ik doen. Maar denk goed na voor je de foto aan iemand laat zien. Het kan behoorlijk afbreuk doen aan je imago.'

'Dat is waar.' Hij grijnsde naar Delphi. 'Dus dat ga je doen? Dat is het plan? O o, je bent echt gevaarlijk.'

'Hoe gaat het met je nieuwe vriendin?' Laura kon zich haar naam niet herinneren, maar dat gaf niets, Dex verwachtte dat ook allang niet meer van haar. Hij versleet meisjes in een razend tempo.

'Het is uit.' Dex keek somber. 'Ik ben weer helemaal alleen en single. Zielig, hè?'

Ja, vast. Hardop zei ze: 'Ja, en dat blijft waarschijnlijk de rest van je leven ook zo.'

De deur ging een stukje open; de verpleegster stak haar hoofd om de hoek en fluisterde: 'Sorry, maar je moet nu echt gaan, anders krijg ik problemen.'

'En dat kunnen we niet hebben,' zei Dex meteen. 'Maar nogmaals bedankt dat ik er even bij mocht. Je bent echt een schat.'

'Ach, het stelt niks voor.' Ze kreeg kuiltjes in haar wangen van vreugde. 'Nu heb je Delphi in elk geval even kunnen zien.'

'Dat brengt het aantal nieuwe leuke mensen dat ik vanavond heb leren kennen op twee. O god, wat klinkt dat slijmerig. Let maar niet op me.' Nadat Dex Delphi voorzichtig in Laura's uitgestoken armen had gelegd, gaf hij hun allebei een kus en zei: 'Je moest maar eens gaan slapen. Trouwens, weet jij toevallig of Alice een vriend heeft?'

Achter hem stond Alice nog steeds in de deuropening te dralen. Ze werd knalrood toen tot haar doordrong dat hij de moeite had genomen haar naam van haar badge te lezen.

'Gek genoeg heb ik nog geen tijd gehad om haar dat te vragen,' zei Laura. 'Ik had het nogal druk met een kind krijgen.'

'Nou, ze heeft geen ring om,' zei Dex. 'Dus dat is een goed begin.'

'Ik heb geen vriend,' zei Alice. 'Hoezo?'

Hij draaide zich naar haar om. 'Ik vroeg me af wanneer je een avond vrij hebt. Want misschien heb je wel zin om iets met me te gaan drinken. Mij lijkt het in elk geval ontzettend leuk om met jou iets te gaan drinken.'

Laura keek ernaar en wachtte af; hij was echt onverbeterlijk. Voor Dexter was flirten net zo natuurlijk als ademhalen. Even vroeg ze zich af of die versierpraatjes van hem spontaan bij hem opkwamen of dat hij een vast stramien volgde.

De ontvangster van dit praatje bloosde ondertussen van plezier. 'Eh, nou, ik heb toevallig morgenavond vrij...'

'Fantastisch!'

'Maar daar hebben we niks aan, hè?' Alice schudde haar hoofd. 'Want dan zit je in New York.'

Dex tikte op zijn slaap. 'Je hebt gelijk. Ik heb nu al last van een jetlag. Hoewel het maar een kort bezoek is deze keer. Overmorgen vlieg ik alweer terug.'

'Ik heb volgende week donderdag ook vrij.' Alice keek hem verwachtingsvol aan.

'Weet je wat, geef me je nummer, dan bel ik je. Ik verzeker je dat ik geen moordenaar ben.' Hij pakte zijn mobieltje en toetste het nummer in dat ze hem gaf. 'En nu moet ik ervandoor, voordat je op je kop krijgt. Het is hier trouwens wel een doolhof, hè? Geen idee hoe ik bij de uitgang kom.'

Zichtbaar diep onder de indruk zei Alice: 'Loop maar even mee, dan breng ik je naar de lift.'

'Dag.' Wuivend vanuit bed riep Laura hen ondeugend na: 'En vergeet niet iets moois mee terug te brengen uit New York!'

2

Precies op hetzelfde moment dat Dexter Yates in de vroege uurtjes een ziekenhuis verliet, kwam Molly Hayes honderdvijftig kilometer verderop bij een ander ziekenhuis aanrijden, zich afvragend waarom ze zich eigenlijk voor dit karretje had laten spannen. Hoewel ze het antwoord best wist, een antwoord dat haar irriteerde als een scherp steentje in haar schoen. Omdat gewoon aardig zijn heel dicht lag bij een watje zijn.

En ze begon te denken dat ze inmiddels meer het tweede dan het eerste was.

Maar er waren ook pluspunten: op dit tijdstip was er parkeerruimte zat, hoewel er zo te horen ook behoorlijk wat dronken patiënten waren die hun leuke avondje uit niet wensten te laten bederven door een klein ongelukje. Nadat ze was uitgestapt – en nee, ze ging echt geen kaartje uit de parkeerautomaat halen – liep ze naar de Spoedeisende Hulp. Bij de ingang ving ze haar eigen reflectie op in de glazen deur: ongekamd blond haar dat alle kanten uit stond. Nou ja, jammer dan.

Het werd haar al snel duidelijk dat de meest luidruchtige patiënt degene was die zij kwam afhalen.

Fijn.

'Ha, daar heb je d'r!' Toen Graham haar zag, brak hij abrupt zijn vertolking van 'Return to Sender' af en begon 'The Most Beautiful Girl in the World' te zingen. Wat nog gênanter was dan anders, want op dit moment leek ze meer op Catweazle.

Dat besef drong ook al snel tot Graham door. Hij keek haar verwonderd aan en vroeg: 'Wat is er met je haar gebeurd? En je... je weet wel... je gezicht?' Hij maakte een soort kreukelgebaar met zijn handen. 'Waarom zie je er... zo anders uit?'

Op kalme toon antwoordde ze: 'Het is drie uur 's nachts. Geloof het of niet, maar ik lag te slapen toen je belde. En zo zie ik er zonder make-up uit. Net zoals jij eruitziet alsof je een avondje uit bent geweest met je rugbyvriendjes, wat ook zo is. Zullen we dan maar?'

'O nee, je mag nog niet weg,' protesteerde een vrouw die met een peuter op schoot tegenover Graham zat. 'Want dan begint Timmy weer te huilen.' Ze wendde zich tot Molly. 'Hij vindt dat zingen zo mooi. Je man heeft vanavond echt mijn leven gered door hem zo te vermaken.'

'Hij is mijn man niet,' zei Molly, precies op het moment dat het jongetje weer begon te jammeren.

'Nou, hij is in elk geval een godsgeschenk,' zei de vrouw. 'En we zijn zo aan de beurt. Je kunt toch nog wel heel even blijven?'

Waarom? Waarom overkwamen haar dit soort dingen altijd? Graham begon weer te zingen – zijn specialiteit waren Elvis-nummers – en Timmy stopte met jammeren om hem vol aanbidding aan te kijken. Gek genoeg leek iedereen in de wachtruimte van het optreden te genieten. Omdat Molly besefte dat ze, als ze hem nu meenam, zou overkomen als een of andere nare, kille heks, liet ze zich op een plastic stoeltje zakken en pakte ze een van de beduimelde tijdschriften van de tafel voor haar.

Drie maanden, zo lang hadden ze nu iets met elkaar. Ze had Graham leren kennen in de rij voor de bioscoop, en het had erop geleken dat hij op vele fronten uit het juiste hout gesneden was om een hartstikke leuke vriend te zijn. Intelligent, ja. Aardig, ja. Geen versierder, hartgrondig nee. Overdag werkte hij als accountant, iets waarvan ze diep onder de indruk was geweest. En hij had ook geen irritante gewoontes, zoals luidruchtig eten, non-stop zijn neus ophalen of lachen als een ezel.

Niemand is echter perfect, en Grahams persoonlijke irritante gewoonte bleek zijn hartstocht voor rugby te zijn. Of, om preciezer te zijn, zijn hartstocht voor uitgaan met zijn rugbyvriendjes, zelfs nadat het rugbyseizoen allang was afgesloten, en daarbij op reguliere basis stomdronken te worden.

Eerlijk gezegd zou haar dat weinig hebben kunnen schelen, zolang ze er maar geen last van had, maar langzamerhand begon ze er wel last van te krijgen. Vorige maand hadden ze vanwege een van zijn katers van epische afmetingen een barbecue moeten laten lopen. En een paar weken geleden was hij erin geslaagd om op een bruiloft een champagnekurk in zijn eigen oog te schieten. Het had hem een spectaculair blauw oog opgeleverd, waarvan hij nog maar net was genezen.

En nu dit weer. En om het nog erger te maken, had ze net heerlijk liggen dromen, toen ze was gewekt door de telefoon.

'Hé Molly, ik hou van je, met mij.' Zijn stem had nogal onduidelijk geklonken. 'Je gelooft nooit wat er is gebeurd. Ik heb mijn voet gebroken. Ik kan niet meer lopen...'

'O god, waar ben je?' Ze was zo snel overeind gekomen dat ze er duizelig van was geworden, want ze had meteen voor zich gezien hoe Graham voor dood in een ravijn lag. Dat kreeg je wanneer je ruw werd gewekt uit een droom die met skiën in de Zwitserse Alpen te maken had, in het gezelschap van Robert Downey Jr. en met stokbroden onder je schoenen vastgegespt.

'Ik ben in het ziekenhuis, op de spoedeisende hulp. Ik ben al geholpen, maar ik kan niet naar huis. Al mijn geld is opgegaan aan de taxi hiernaartoe. En ik kan ook niet lopen,' zei hij bedroefd. 'O Molly, ik hou echt heel veel van je. Kun je me komen afhalen?'

'O god...'

'Als ik mijn creditcard bij me had gehad, had ik het je natuurlijk niet gevraagd,' zei hij op een onschuldig toontje.

Molly zuchtte; ze was zelf degene geweest die hem had gezegd dat hij zijn bankpasjes beter thuis kon laten, nadat hij ze een keer tijdens een avondje uit had verloren.

Een watje dus. En nu konden ze nog niet weg ook.

Gelukkig had de moeder gelijk gehad, en werd ze binnen een paar minuten al opgeroepen. Toen ze met haar kind was verdwenen, stak Graham Molly zijn handen toe en zei: 'Het komt wel goed met hem. Zullen we nu dan maar gaan?'

Ze moest hem overeind helpen. Zijn rechterschoen stak uit zijn jaszak en zijn rechtervoet was ontbloot en zat onder het bloed. Om zijn tenen zat tape.

Molly fronste. 'Als je je voet hebt gebroken, moet die dan niet in het gips?'

'Nou ja, ik heb niet echt mijn voet gebroken. Meer de tenen. De kleine teen en die ernaast. Die doen ze niet in het gips,' legde hij uit. 'Ze tapen ze gewoon in. Maar het doet verdomde pijn, hoor. Au.' Zwaar op haar schouder leunend deed hij een stapje. Hij kromp in elkaar. 'Au au.'

Hij woog achtentachtig kilo, zij vijftig. Zo meteen ging ze nog door haar rug. 'Hadden ze je geen krukken kunnen meegeven?' vroeg ze.

'Wat? O ja, die heb ik ook gekregen. Waar zijn ze eigenlijk gebleven? Ik had ze hier net nog. Ik was ze helemaal vergeten.'

De krukken bleken onder de stoel van iemand anders te liggen. Eindelijk konden ze weg. Toen ze naar buiten gingen, kwam er een jongen op hen af. Hij liep tegen de twintig en had zijn arm in een mitella. 'Ik kan geen taxi krijgen, en mijn vriendin is hartstikke kwaad, omdat ik al tijden geleden thuis had moeten zijn. Kunnen jullie me misschien een lift naar Horfield geven?' vroeg hij.

'Nee, sorry.' Oogcontact vermijdend schudde Molly haar hoofd.

'Ah, Molly, doe niet zo flauw! Natuurlijk kunnen we hem een lift geven.' Graham was niet alleen een dronkaard, hij was ook nog een gulle dronkaard. 'Geen probleem, jongen, rij maar met ons mee, Horfield is niet zo ver om voor ons. We brengen je wel naar huis!'

Toen iedereen zich in de auto had geïnstalleerd, deed Molly het raampje open om de alcoholdampen te laten ontsnappen.

'Hoe kwam het eigenlijk dat je je tenen hebt gebroken?' vroeg ze aan Graham.

'Ik ben van een tafel gevallen.' Hij haalde zijn schouders op, alsof het geheel en al de schuld van de tafel was.

'En hoe kom je dan aan al dat bloed?'

'Toen ik viel, liet ik mijn glas bier vallen. Overal glas. Je had Stevens handen eens moeten zien, helemaal aan flarden toen hij boven op de scherven belandde!'

'Al met al een behoorlijk rampzalige avond dus.'

'Echt niet.' Graham begon ongelovig te lachen. 'Het was te gek, ik heb het nog nooit zo leuk gehad.'

Molly knikte langzaam. Ze besloot dat het voor alle betrokkenen beter was wanneer zij zich gewoon op de weg concentreerde. En dan te bedenken dat ze een maand geleden nog zo blij was geweest toen hij haar had geholpen met haar elektronische aangiftebiljet.

Maar accountant of geen accountant, Graham was beslist niet de man van haar dromen.

Ze moest van hem af.

3

Dexter genoot van Alice' gezelschap. Ze was een aardig meisje met een goed figuur en mooie grijze ogen. Na hun eerste afspraakje had ze niet met hem naar bed gewild; ze had gezegd dat ze 'niet zo'n soort meisje was', wat hij wel schattig had gevonden.

Dus waren ze na hun tweede afspraakje met elkaar naar bed gegaan.

Inmiddels was het twee weken later, en moest Dex zichzelf tot zijn grote schande bekennen dat zijn enthousiasme al begon te bekoelen. Hij wilde dat helemaal niet, maar zo leek het nu eenmaal altijd te gaan. De opwinding zat in het jagen, in het verleiden. Zodra dat onderdeel achter de rug was, ging de glans eraf. Hij had nog wel lol, genoot nog steeds van het gezelschap van zo'n meisje, maar nooit meer zoals in het begin.

De ochtend na hun eerste nacht samen had Alice gezegd: 'Als je maar niet denkt dat ik dit vaker doe. Dit is de eerste keer.'

En ook dat zeiden ze altijd.

Arme Alice, ze verdiende beter dan zo'n hopeloos geval als hij.

Dex was koffie aan het zetten, toen ze de keuken in kwam lopen, in zijn voor haar te grote badjas. Nadat hij uit bed was gestapt, had ze haar gebruikelijke dingen gedaan, zoals snel een borstel door haar haren halen, haar tanden poetsen en wat lipgloss opdoen.

'Alsjeblieft.' Hij gaf haar een kop. 'Hoe laat moet je op je werk zijn?'

Haar ogen schitterden. 'Probeer je soms van me af te komen?'

'Tuurlijk niet. Maar ik heb straks een paar afspraken.'

'Dat weet ik,' zei ze op speelse toon, terwijl ze op het randje van een van de roestvrijstalen krukken ging zitten en de brochures oppakte die naast het koffiezetapparaat lagen. Ze tikte met haar vinger op de data en tijdstippen die hij op elke brochure had genoteerd. 'Ik zag ze gisteravond al liggen. Is het voor jezelf?'

'Nou, niet allemaal. Eentje ervan. Misschien.' Het was min of meer als een fantasie begonnen. Een vriend op zijn werk had zich laten ontvallen dat hij het zo heerlijk vond om op vrijdagmiddag Londen te kunnen verlaten en naar zijn cottage op het platteland te gaan. Dat had Dex' belangstelling gewekt, en hij had op een paar websites van makelaars zijn gegevens ingevuld. Vervolgens had hij brochures gekregen en was zijn belangstelling toegenomen. Hij zou zich best een klein huisje kunnen permitteren. En als hij een verstandige keuze maakte, maakte het ook niet uit of hij het uiteindelijk wel of niet leuk zou vinden. Het zou geen weggegooid geld zijn, maar een investering.

'Ze zijn prachtig. Zo... cottage-achtig.' Alice legde de brochures op een rijtje op het stalen werkblad. 'Vooral vergeleken met dit hier.'

Dex verslikte zich bijna in zijn koffie. 'Dit hier' was een appartement op de vijfde verdieping van een ultramodern gebouw met uitzicht op de Theems en Canary Wharf. Hij had het een paar jaar geleden gekocht, zich bewust van het feit dat het het ultieme cliché van een vrijgezellenflat was. Iedereen die bij hem over de vloer kwam, was onder de indruk van het uitzicht. Eén wand in de woonkamer bestond geheel uit spiegelglas, om het licht te weerkaatsen, en aangrenzend aan de kamer bevond zich een balkon van glas en staal. Alle technologische snufjes waren het beste van het beste. Hij had geen flauw idee hoe de oven werkte, maar dat maakte niet uit; hij at toch meestal buiten de deur. En dankzij de werkster was de hele flat spic en span.

'Het leek me wel leuk om eens wat anders te doen.' Hij haalde zijn schouders op.

'Welke vind je het mooist?'

'Geen idee. Ik heb ze nog niet gezien.'

'Moreton-in-Marsh.' Terwijl Alice de plaatsnamen opsomde, viel de badjas iets open. 'Stow-on-the-Wold. Briarwood.' Ze slaakte een verrukte zucht. 'Net namen uit een of andere kostuumfilm op tv. Misschien dragen ze er allemaal wel lange rokken en van die hoedjes die je dichtknoopt onder je kin.'

'Dat soort hoedjes staat me niet,' zei Dex.

'Als je wilt, kan ik wel met je meegaan. Om je te helpen een keuze te maken. Ik hoef pas vanavond te werken.'

Dex aarzelde. Toen hij Laura over de bezichtigingen had verteld, had ze aangeboden om met hem mee te gaan. Wat in theorie een heel goed idee was, maar in de praktijk niet zo handig nu Delphi onderdeel was van het geheel. Al was het maar omdat het babyzitje niet in zijn Porsche paste. Toen hij Laura daarop had gewezen, had ze simpelweg gezegd: 'Geen probleem, dan gaan we toch met mijn auto.'

Maar serieus, wie zou er nou met een aftandse Ford Escort naar de Cotswolds willen rijden als het ook met een Porsche kon? Bovendien, hij was natuurlijk dol op Delphi, maar helaas was ze niet in het bezit van een knop waarmee je haar geluid zachter kon zetten. Zodra ze het zich eenmaal in haar hoofd had gehaald om zich de longen uit haar lijf te schreeuwen, was ze niet snel op andere gedachten te brengen.

Nog erger was het steeds aanwezige risico op VLS – Vieze Luier Situatie – waar hij vorige week al een keer het slachtoffer van was geworden, toen Laura hem had gevraagd om twintig minuten op Delphi te letten, terwijl zij in bad ging. Dat waren twintig minuten geworden die hij niet snel zou vergeten. Stel je voor dat er zoiets zou gebeuren, terwijl je op de autoweg zat, opgesloten in een oude Ford Escort...

Oké, genoeg gewikt en gewogen; hij wist het antwoord al.

'Leuk, we vertrekken over een uur.'

'Te gek,' zei Alice blij.

Dex drukte zijn schuldgevoel snel weg. Het was een zonnige dag, ze zouden zich prima vermaken. En anders dan Delphi zou Alice hopelijk niet tot aan Gloucestershire als een idioot zitten jammeren.

Hij zou Laura even bellen om het te zeggen. Ze begreep het vast wel.

Nadat ze Londen achter zich hadden gelaten, werd het minder druk op de weg. De omgeving waar ze doorheen reden, werd steeds mooier, en tegen de tijd dat ze in Stow-on-the-Wold waren, was Alice compleet in vervoering. Ze vonden de makelaar en reden achter hem aan naar de cottage die ze wilden bezichtigen. De eigenaresse ontving hen enthousiast met thee en zelfgebakken citroencake. Ze stond erop om de rest van de cake voor hen in folie te pakken, zodat ze hem konden meenemen.

De cottage zelf was leuk ingericht en goed onderhouden. Helaas had de makelaar verzuimd te vermelden dat hij naast een laadplaats lag. Het min of meer constante achtergrondgeluid van vrachtwagens die in- en uitlaadden en vervolgens al piepend achteruit het terrein af reden, maakte het moeilijk om een normaal gesprek te voeren.

'Hoe laat begint dit 's ochtends?' Dexter moest zijn stem verheffen om zich verstaanbaar te maken.

'O, om zeven uur pas,' antwoordde de makelaar op geruststellende toon.

'En om negen uur 's avonds is het afgelopen,' voegde de eigenaresse er veel te opgewekt aan toe.

Dus dit bedoelden makelaars wanneer ze zeiden dat een huis 'dicht bij alle voorzieningen' lag.

Dex had medelijden met de vrouw, die duidelijk maar al te

graag van haar huis af wilde, maar haar cottage lag zo dicht bij de laadplaats dat je het motorgedreun in je botten kon voelen. En tegen die herrie kon geen enkele citroencake ter wereld op.

Het volgende huis bevond zich in Moreton-in-Marsh. Het lag prachtig en het uitzicht was mooi, en bovendien was er in de verste verte geen laadplaats te bekennen. Er groeiden zelfs lichtroze klimrozen rondom de voordeur.

'O mijn god.' Alice sloeg haar handen ineen bij de aanblik van het huis. 'Dit is echt volmaakt.'

Het zag er in elk geval wel naar uit dat dat zo was. Totdat de makelaar de deur opende, en ze de drempel over stapten.

Dex wist meteen dat hij hier niet zou kunnen wonen. De sfeer in huis leek in niets op wat de foto's die hij ervan had gezien hadden uitgestraald. Het was als een eerste kennismaking met iemand aan wie je meteen een hekel had. De boeken in de eikenhouten boekenkast waren niet echt, het waren plastic omslagen met de namen van klassiekers op hun namaakrug. Er hing een sterke geur van een goedkope luchtverfrisser. De muren waren in een misselijkmakend roze geschilderd, en de kunst die er hing, was een slap aftreksel van echte kunst.

Niet dat het wat uitmaakte, dat wist hij best. Het leuke van een huis kopen was dat je ermee kon doen wat je wilde en het helemaal naar je eigen smaak kon inrichten. Maar wanneer het gevoel van walging zo sterk was, kon je je daar niet meer overheen zetten. Dex wist gewoon dat hij nooit in een huis zou kunnen wonen waarvan de vorige eigenaar zo'n compleet foute smaak had gehad.

'Zullen we dan maar even boven gaan kijken?' De bebaarde makelaar wenkte hen en vervolgde toen op joviale toon tegen Alice: 'De derde slaapkamer wordt nu als rommelkamer gebruikt, maar het zou echt een heel mooie kinderkamer kunnen worden.'

Allemachtig...

Dex schudde zijn hoofd. 'Sorry, het heeft geen zin, ik vind het niks hier.'

'Hoezo niet?' Alice was stomverbaasd. 'Het is prachtig. Ik vind alles even mooi!'

Dex kon er niets aan doen, maar het feit dat Alice in staat

was om dit huis mooi te vinden, maakte dat zijn enthousiasme voor haar weer enkele punten daalde.

Het zou niet moeten mogen, maar het was wel zo.

Maar ja, zo ging het altijd bij hem.

Er was altijd wel wat.

4

Het was altijd ongemakkelijk om het te moeten uitmaken met iemand die niet wilde dat het uitging. Molly vond het niet fijn om de aanstichtster van alle ellende te zijn.

En op zijn eigen macho, brallerige, rugbyachtige manier had Graham laten merken dat hij het heel ellendig vond, toen zij hem had verteld dat ze een punt achter hun relatie wilde zetten. Zijn gebroken tenen hadden er ook niet aan meegeholpen; het feit dat hij alleen op de bal van zijn rechtervoet kon lopen en dramatisch rondhinkte, had haar schuldgevoel alleen maar doen toenemen. Zelfs al had hij die gebroken tenen helemaal aan zichzelf te wijten.

Ze had het dus met hem uitgemaakt, hoewel hij op dit moment nog steeds zijn uiterste best deed om haar op andere gedachten te brengen.

Vandaar de vis.

'Wat... wat heerlijk.'

'Ja, hè?' Graham was net een labrador die zijn baasje enthousiast een van speeksel druipende tennisbal komt brengen. Hoewel speeksel minder weerzinwekkend zou zijn geweest dan dit. 'Voor jou,' voegde hij er trots aan toe.

'Voor mij?'

O god.

'Waarom?'

'Omdat ik weet dat je dol bent op vis. En ik heb hem zelf gevangen. Ik had er drie, maar dit is de grootste. Zeven pond. Dat is echt heel groot.'

'Wauw.' Zeven pond... bah, dat was ongeveer net zo zwaar

als een baby. Maar hoe kon ze de vis weigeren zonder Graham te kwetsen? Aarzelend zei ze: 'Maar ik weet niet goed wat ik ermee moet.'

'Het is een karper. Je moet hem bakken!' Hij begon al een beetje beledigd te kijken.

'O. Oké.' Ze maakte de plastic tas iets verder open en wierp er nog een keer een blik in. Het enig zichtbare oog van de karper staarde haar sombertjes aan. Nee, dat deed het niet, want de karper was dood. 'Goed, dan doe ik dat. Dank je wel.'

'Ik weet hoe dol je op vis bent,' zei Graham nog een keer.

Dat klopte, ze was dol op vis. Gepaneerd en dan gefrituurd. Samen met heerlijke frietjes. Het zou echter heel wreed zijn om tegen hem te zeggen dat haar maag zich omdraaide bij de aanblik van deze vis. Hij was er helemaal met de auto voor uit Bristol gekomen. Het was een cadeau!

'Ja, dat is zo.' Ze knikte.

'Ik kan hem wel even voor je fileren als je wilt. Of anders blijf ik, en dan maken we hem samen klaar.' Hij keek haar hoopvol aan.

'Nee, dat hoeft niet, ik doe het zelf wel. Ik zal hem even in de ijskast leggen...'

'Molly, ik heb je toch al gezegd dat het me spijt. En ik ben echt veranderd.'

O help, nu ging hij weer op de smeektoer.

'Ik heb al meer dan twee weken niet gedronken. Ik zei toch dat ik het kon, en dat heb ik bewezen! Laat me nou blijven, dan bakken we die karper samen...'

'O Graham, laat nou.' Hoofdschuddend stak ze hem de zware plastic tas toe. 'Ik verander heus niet van gedachten. Misschien kun je de vis maar beter weer meenemen.'

Verslagen stak hij zijn handen op. Toen liep hij hinkend naar de deur. 'Nee, ik neem hem niet mee, hij is van jou. Ik heb hem voor jou gevangen.'

'Een wat? Een kar?' Frankie, aan de andere kant van de lijn, klonk verbaasd. 'Waarom wil je me een kar geven?'

'Geen kar, een karpér. Graham is vanochtend wezen vissen, hij heeft me een karper gebracht, maar ik hoef hem niet.'

'God, dat verbaast me niks. Karpers zijn walgelijk! Waarom heeft hij dat gedaan?'

Molly keek naar de dode karper, met die rare dingen die uit zijn mondhoeken hingen. Frankie had gelijk, hij was walgelijk. Ze werd gewoon een beetje misselijk als ze naar die hangdingen keek. 'Hij wilde aardig doen. Hij wil me terug.'

'Jemig, heeft hij nog nooit van diamanten gehoord dan? Veel leuker. Wacht even, ik ben het al aan het googelen.' Op de achtergrond hoorde Molly het getik van toetsen. 'Gevonden. In Oost-Europa wordt karper met kerst gegeten... ze doen het als volgt: vasttimmeren op een plank en dan boven open vuur roosteren... karpers hebben een modderige smaak... sommige mensen beschouwen hem als oneetbaar... bah, nog erger dan ik al dacht. Ik zou er maar helemaal niet aan beginnen. Flikker hem maar gewoon weg,' eindigde Frankie bot.

'Dus het eerste huis was te lawaaiig,' verkondigde Alice toen ze Briarwood in reden. 'En het tweede was te... wat?'

'Op iedere denkbare manier fout.' Dex ging wat langzamer rijden toen er aan de linkerkant een met klimop begroeide pub opdoemde. Dat was ook iets wat hij moest uitzoeken; het had geen zin om in een dorp te gaan zitten zonder een fatsoenlijke pub.

'Laten we dan maar hopen dat het driemaal scheepsrecht is!'

Ga alsjeblieft niets uitleggen, niet doen alsjeblieft...

'Zoals bij Goudhaartje en de drie beren,' voegde Alice eraan toe, en zijn enthousiasme voor haar nam nog wat verder af. Het was een lieve meid, maar het zou nooit iets worden tussen hen.

'En als het niks is,' vervolgde ze vrolijk, 'dan moeten we gewoon blijven zoeken. Misschien kunnen we er een weekendje uit van maken.'

'Hm,' mompelde hij vaag, want hij wist dat ze verwachtte dat hij iets zei.

'Bestemming bereikt,' dreunde het navigatiesysteem.

'Eigenlijk hoop ik dat je het volgende huis ook niks vindt.' Alice, die met de seconde vrijpostiger werd, legde haar hand op zijn knie. 'Want het lijkt me fantastisch om hier samen een weekendje naartoe te gaan.'

O jee. Hij zou het haar vanavond moeten vertellen.

De makelaar was een blonde, rondborstige en zakelijke vrouw. Ze legde uit dat het huis vier maanden leeg had gestaan, en dat het er daarom naar schimmel rook, maar dat wilde beslist niet zeggen dat er vochtproblemen waren, want die waren er echt niet.

Het kon Dexter helemaal niets schelen of er vochtproblemen waren of niet. Hij vond het een leuk huis. De sfeer was goed, het had gewoon iets. Hoewel de kamers leeg waren, zag hij al voor zich hoe hij het huis kon inrichten. De keuken was groot en had ramen op het zuiden waardoor de zon naar binnen scheen. Er stond een AGA-fornuis, iets wat hij nog nooit in het echt had gezien, maar hij wist dat het voor sommige mensen een gewild object was. De huiskamer had openslaande deuren die naar een overwoekerde achtertuin leidden. En boven waren drie ruime slaapkamers en een ouderwetse badkamer die hoognodig gemoderniseerd moest worden.

O ja, het huis beviel hem. Het voelde goed. Dit zou het wel eens kunnen zijn.

'Waarom heeft het vier maanden leeggestaan?' Dex besloot dat hij de schimmelgeur eigenlijk wel lekker vond.

'Degene die het wilde kopen, raakte zijn eigen huis niet kwijt. Het staat sinds vorige week weer te koop.' De makelaar knikte kordaat. 'En ik kan u één ding verzekeren: ik ben het zo weer kwijt.'

Natuurlijk. Typisch makelaarstaal. 'Ik neem aan dat er meer belangstellenden zijn,' zei Dex.

'Absoluut. Er is erg veel belangstelling voor het huis.'

'Hoe zijn de buren?'

Zonder enige aarzeling antwoordde de vrouw: 'Ik heb gehoord dat het fantastische mensen zijn.'

'Nou, dat noem ik nog eens geluk hebben. Betere buren dan fantastische buren kun je je niet wensen.'

Ze keek hem stralend aan. 'Betekent dat dat u een bod zult doen?'

'Dat zou zomaar eens kunnen,' zei Dex. 'Ik neem nog contact met u op. Ik moet eerst wat huiswerk doen.'

'Waar gaan we nu naartoe?' vroeg Alice, toen hij het parkeerterrein van de Saucy Swan opreed. Alsof het antwoord op die vraag zomaar eens zou kunnen zijn: het leek me wel een leuk idee om de Kilimanjaro te beklimmen.

'We gaan ons huiswerk maken.' Meteen toen hij 'ons' had gezegd, had hij er al spijt van, want het leek nu net alsof zij deel uitmaakte van zijn plannen. 'Kom, dan gaan we kijken of ze hier een beetje aardig zijn.'

Het antwoord liet niet lang op zich wachten. Het kwam erop neer dat ze niet aardig waren. Toen hij een gesprekje probeerde aan te knopen met wat mannen aan de bar, kreeg hij akelig weinig respons. De drie mannen, van pensioengerechtigde leeftijd en met een mopperige inborst, hadden meer belangstelling voor hun bier; het was alsof je stiekem een feest vol beroemdheden wilde binnenglippen. Alleen het brutale knipoogje van de barvrouw verzekerde hem ervan dat niet iedereen hier zo afwerend was als die drie chagrijnige oudjes.

Ze gaven het op en namen hun drankjes mee naar buiten, waar ze aan een houten tafel voor de pub gingen zitten.

'Nou, ze waren heel charmant,' zei Alice.

Toen de barvrouw naar buiten kwam om de lege glazen van de andere tafels te pakken, wenkte Dex haar. 'Mag ik je iets vragen?'

'Natuurlijk, schat. En het antwoord is, ja, ja, ik ben single. Dus dat is goed nieuws, toch?'

Hij grinnikte. Hoewel de vrouw in de dertig was, ging ze gekleed als een tienermeisje, met fonkelende oorringen als schoteltjes zo groot. 'Heel goed nieuws. Maar de andere vraag is: waarom moeten die mannen aan de bar me niet? Heb ik iets verkeerds gedaan?'

'Die ouwe mopperkonten? O, dat moet je niet persoonlijk opvatten, schat. Ze haten zo'n beetje iedereen. Maar ze haten vooral mensen zoals jullie.'

Alice was geschokt. 'Mensen zoals wij? Wat bedoel je?'

'Mensen uit de stad, lieverd. Die hier in hun chique autootje naartoe komen zoeven, op zoek naar een buitenhuisje waar ze misschien wel eens in de zoveel maanden naartoe gaan, als het mooi weer is tenminste.'

'Hoe kun je nu weten of wij zo zijn?' vroeg Alice.

'Nou, daar staat jullie chique autootje alvast.' De vrouw trok haar met zwart getekende wenkbrauwen op naar de Porsche. 'Jullie stopten voor Gin Cottage, zijn zo'n twintig minuten binnen geweest om het huis te bekijken, en nu zijn jullie hier om te kijken hoe de plaatselijke bevolking is, of we ermee door kunnen. Je hoeft geen geleerde te zijn om dat te snappen, schat.'

Dex vond de vrouw steeds leuker worden. 'En zij vinden dat maar niks dus.'

'Hier in Briarwood hebben we geluk. Er zijn hier niet zoveel mensen met een tweede huis. Maar andere dorpen hebben het er moeilijk mee, snap je. Zoveel huizen die wekenlang leegstaan... Het is de dood in de pot. En hier proberen we dat te voorkomen.'

'Logisch,' zei Dex. 'Waarom noemde je het net Gin Cottage?'

'O, het was het huis van Dorothy. Heb je die jeneverbessen in de tuin niet gezien? Ze maakte er zelf gin van, die ze dan in het dorp verkocht. Dodelijk spul gewoon. Er zijn een paar mensen blind van geworden.'

'Echt waar?' Alice keek haar vol afschuw aan.

'Nee, niet echt waar.' Geamuseerd vervolgde de vrouw: 'Maar het was sterk spul, en daarom noemde iedereen het Gin Cottage. Dus dan weet je dat ook.'

'Dank je.' Dex ging wat zachter praten toen de deur openging en een van de afkeurende oude mannen het café verliet. 'Je zou me een plezier doen als je niets over dit gesprek zei tegen die ouwe mopperkonten.'

'Geen probleem. Ik ben de discretie zelve. Hé!' schreeuwde de vrouw over het parkeerterrein heen. 'Pa, moet je horen. Deze vent hier noemde je net een ouwe mopperkont!'

'Nou, je wordt bedankt,' zei Dex, toen de man even bleef staan om vol afkeer zijn hoofd te schudden alvorens weer door te lopen.

'Graag gedaan. Je bent de eerste niet en je zult de laatste niet zijn. Maar wat denk je?' Ze verplaatste het dienblad vol lege glazen naar haar andere heup. 'Gaan jullie Gin Cottage nou kopen of niet?'

Jullie.

'Zou zomaar kunnen.' Dex vond haar steeds leuker worden. 'En ook zomaar niet. Hoe heet je trouwens?'

Haar zwaar opgemaakte ogen glansden geamuseerd. 'Ik? Ik heet Lois.'

5

'Lois zag je wel zitten.' Alice liet bezitterig haar hand in de zijne glippen toen ze naar het parkeerterrein wandelden.

'Volgens mij wilde ze alleen maar aardig doen.'

'Toe zeg, het was hartstikke doorzichtig. Maar waar gaan we nu naartoe?' vroeg ze verbaasd, toen hij de auto gewoon voorbijliep.

'Ik vond dat van die jeneverbessen wel een leuk verhaal,' zei Dex. 'Dus voordat we weggaan, wil ik even gaan kijken hoe die er precies uitzien.'

Bij Gin Cottage aangekomen, volgden ze het paadje dat naar de zijkant van het huis liep. De tuin was ooit blijkbaar goed onderhouden geweest, maar nu was hij overwoekerd, met vlak bij de muur een kleine moestuin die vol paardenbloemen stond, een mooi prieel van rozen die nodig gesnoeid moesten worden, en kleurige bloemen en struiken die het bijna aflegden tegen de explosie van onkruid in de borders.

Ze moesten de jeneverbes googelen om te weten hoe hij eruitzag. En daar had je ze: drie groenblijvende bomen, op de grens met de tuin van de buren, met gedraaide stammen, scherpe naalden en trosjes besjes van een dof donkerblauw.

'Ik voel me net die tuinman van de tv.' Dex trok een van de takken naar zich toe, erop lettend dat hij niet in de scherpe naalden greep. Sommige van de minder rijpe besjes waren kleiner dan de andere en nog steeds groen. Hij pakte een van de grotere, donkerblauwe besjes, kneep het kapot tussen zijn duim en wijsvinger en snoof de geur op. Het besje rook naar dennenboom, maar dan scherp, als een soort kruising tussen een kerstboom en een glas gin. Hij kon het niet laten om het besje doormidden te bijten om te proeven hoe het smaakte.

Alice nam hem aandachtig op. 'Hoe smaakt het?'

'Niet te beschrijven. Ik heb nog nooit zoiets geproefd. Scherp en droog...' Hij hield zijn hoofd een beetje schuin om zich op de onbekende smaak te concentreren. 'Een beetje dennenboomachtig en raar.'

Precies op dat moment zag hij ineens een karper door de lucht komen aanzeilen, recht op hem af. Hij sprong opzij, Alice met zich meetrekkend. De vis kwam met een natte plof op de stoeptegels terecht.

Alice slaakte een oorverdovende gil. 'Gadverdamme, wat is dat?'

'O nee, o shit,' riep een vrouwenstem vanaf de andere kant van de bomen.

'Niks aan de hand,' zei Dex tegen Alice. Want natuurlijk was de vis niet uit de lucht komen vallen, hij was door iemand die daar inmiddels veel spijt van had over de bomen heen gegooid.

'Hoezo, niks aan de hand? Ik had wel dood kunnen zijn!'

'Maar dat ben je niet. Je hebt niks.'

'Ik heb niks? Bah.' Vol afkeer rillend wreef Alice over haar blote armen. 'Zag je die spetters niet? Ik zit onder het viswater!'

'Het is mijn schuld. Sorry, ik wist niet dat jullie daar stonden. Ik wist niet dat er überhaupt iemand in de tuin was.' Molly kon wel door de grond zakken; hoewel ze het liefst haar huis in was gerend om zich in een kast te verstoppen, wist ze dat ze de gevolgen van haar daad onder ogen moest zien.

En toen ze het tuinpad op liep, zag ze dat een van die gevolgen was dat ze iemand heel erg kwaad had gemaakt.

'Dus je gooit gewoon een vis in de tuin van de buren? Een gigantische vis ook nog? Jezus zeg.' Het meisje keek haar woedend aan, terwijl ze naar het wezen dat voor haar voeten lag wees. 'En ik zit onder de spetters. Echt walgelijk!'

'Ik weet het. Sorry. Maar het huis staat al maanden leeg. Ik heb jullie daarstraks zien komen aanrijden, samen met de makelaar. Maar toen gingen jullie weer weg.' Molly schaamde zich zo erg dat haar hoofdhuid ervan jeukte. 'Ik wist niet dat jullie weer terug waren gekomen.'

'Ach, geeft niks, het was een ongelukje. Het had iedereen kunnen overkomen.' De man of de vriend van het meisje leek het zich allemaal stukken minder aan te trekken.

'Jij hebt makkelijk praten,' beet het meisje hem toe.

Wat niet meer dan logisch was, moest Molly erkennen. Hij was niet degene die onder de spetters zat.

'Je mag je wel even bij mij douchen. Toe, doe dat nou maar,' smeekte ze.

'Ik wil me niet douchen. Maar ik loop wel even met je mee om mijn armen te wassen. Ben je soms van plan om dat ding daar gewoon te laten liggen?' vroeg het meisje toen ze samen het pad af liepen. 'Dat gaat enorm stinken.'

'Dat weet ik,' zei Molly alleen maar. 'Daarom heb ik hem ook in de tuin van de buren gegooid.'

Nadat Molly haar onverwachte gast naar de badkamer had gebracht, voegde ze zich weer bij de echtgenoot, die buiten was gebleven.

'Hoor eens, het spijt me echt heel...'

'Ach, nergens voor nodig om je te verontschuldigen. En over Alice hoef je je geen zorgen te maken. Die is verpleegster, dus eigenlijk zou ze aan vieze dingen gewend moeten zijn.' Toen hij haar een glimlach toewierp en er om zijn donkere ogen lachrimpeltjes verschenen, drong met een schokje tot Molly door dat hij erg aantrekkelijk was. Ze was te zeer van slag geweest om dat eerder tot zich door te laten dringen.

'O, oké. Maar misschien vindt ze het niet fijn om er op haar vrije dag ook nog mee geconfronteerd te worden.'

'Dat is ook weer waar. Trouwens, ik ben Dex.'

'Molly.'

'Mag ik je iets vragen? Was die vis al dood voordat je hem over de bomen slingerde?'

Hij vroeg het met een uitgestreken gezicht, wat ze wel grappig vond. 'Ja, echt. En het was geen slingeren, maar meer kogelstoten.' Ze sloeg haar handen ineen en strekte haar armen om het voor te doen.

'Je zult me echt moeten vertellen waarom.' Dex ging op een van de tuinstoelen zitten. 'Anders zal ik me dat eeuwig blijven afvragen.'

Het was een redelijk verzoek.

'Mijn ex-vriend heeft die vis gevangen. Hij kwam hem brengen als cadeautje. Maar eerlijk gezegd snijd ik nog liever mijn eigen oren eraf dan dat ik zoiets klaarmaak,' vertelde Molly. 'Alleen wist ik niet hoe ik van dat ding af moest komen. Het vuilnis wordt pas over twaalf dagen opgehaald. Ik dacht, als ik het nou zo doe, dan eten de vossen hem misschien wel op... Nou ja, het leek me gewoon een goed idee.'

'En de mensen dan die het huis komen bezichtigen?'

'Er is al in geen vier maanden iemand komen kijken.'

'Ja, maar dat is omdat er een bod was gedaan,' zei Dex. 'Alleen is dat vorige week afgeketst.'

Molly schudde haar hoofd. 'Er zijn helemaal geen biedingen gedaan. Heeft de makelaar je dat verteld?'

'Ja. Ze deed het voorkomen alsof ze de kopers met een stok van zich af moest slaan.' Hij fronste. 'Maar er is niks mis met het huis. Dus waarom is er geen belangstelling voor?'

'Wat is dat nou voor een vraag?' In wat voor wereld leefde die man? Nou ja, als ze zo naar zijn uiterlijk en zijn auto keek, wist ze het antwoord op die vraag eigenlijk wel. 'Omdat het veel te duur is. Nadat Dorothy was overleden, heeft haar dochter het huis leeggehaald en te koop gezet, maar ze vraagt er veel te veel voor. Wel zo'n vijftigduizend te veel.' Ze zweeg even. 'Vond jij het niet duur dan?'

Dex keek haar verbijsterd aan. 'Eerlijk gezegd niet, nee. Vergeleken met de huizenprijzen in Londen lijkt alles hier een koopje.'

'Nou, neem maar van mij aan dat dit geen koopje is. Je zou gek zijn als je er zoveel voor betaalde. Maar overweeg je dan om het te kopen?'

'Misschien wel.' Zijn ogen glansden geamuseerd. 'Zou jij het erg vinden als ik het kocht?'

'Waarom zou ik dat erg moeten vinden?'

'Die ouwe mannen in de pub zaten te mopperen over mensen die hier alleen in het weekend komen. En dat zou voor mij ook gelden.'

Ze haalde haar schouders op. 'Nou ja, het lijkt me duidelijk dat je hier niet echt zou komen wonen. Maar zo gaat dat nou eenmaal. Maar als je van plan bent om maanden weg te blijven, beloof me dan dat je niet zo'n anti-inbraaksysteem neemt dat bij het minste of geringste afgaat.'

Ernstig zei hij: 'Dat beloof ik. Maar behalve dat zie je weinig bezwaren?'

'Geen. Je lijkt me wel oké. Of ben je soms van plan om lawaaierige feesten te houden, die de hele nacht doorgaan en de rust verstoren?'

'Zou kunnen.'

'Leuk,' zei Molly. 'En denk je dat je vrouw het me zal kunnen vergeven dat ik haar bijna met een vis heb vermoord?'

'Maak je om Alice maar geen zorgen. Ze is mijn vrouw niet.' Uit de manier waarop hij bijna onmerkbaar zijn hoofd schudde, maakte ze op dat deze relatie geen lang leven beschoren was. Ze had ook allang door wat voor man hij was; zijn relaxte manier van doen, zijn glinsterende bruine ogen, de rijkdom die hij uitstraalde... dat hoorde allemaal bij iemand die gewend was te krijgen wat en wie hij maar wilde.

Maar eerlijk gezegd was die auto van hem een beetje te veel van het goede. En een Porsche én felgeel. Volgens haar zouden de meeste meisjes niet per se vallen op een man die het blijkbaar leuk vond om in zo'n geval rond te rijden.

Om van onderwerp te veranderen vroeg ze: 'Waarom wilde je eigenlijk nog een keer komen kijken?' Ondeugend voegde ze eraan toe: 'Hou je soms van tuinieren?'

'Ik hoorde dat het Gin Cottage heette, en toen wilde ik weten hoe jeneverbessen eruitzien.' Hij schudde zijn hoofd en vertrok zijn mond iets. 'Die besjes smaken heel raar.'

'O mijn god, heb je van die bessen gegeten?' Molly hapte geschrokken naar adem. 'Meen je dat, heb je er echt een paar doorgeslikt?'

'Niet een paar. Eentje maar.' Hij keek haar gealarmeerd aan. 'Maar... maar ze worden toch ook in bepaalde gerechten gebruikt?'

'Ja, gekookt! Zodra ze gekookt zijn, is er niks aan de hand. Maar je kunt ze niet rauw eten!'

'Shit, ik wist niet dat ze giftig waren.'

'Niks aan de hand.' Met een glimlach stelde ze hem gerust. 'Dat zijn ze ook niet.'

'Wat gebeurt hier allemaal?' Alice kwam bij hen staan, met armen die knalrood waren van het boenen.

'Eerst vermoordt ze ons bijna met een vis en daarna probeert ze me een hartaanval te bezorgen.' Dex greep naar zijn borst. 'Ik neem aan dat dat allemaal hoort bij het plan om het dorp tegen indringers te beschermen.'

'Vind ik zo'n leuk woord,' zei Molly enthousiast. 'Indringers. Doet me altijd denken aan indrinkers.'

'Dronken indrinkers,' deed Dex een duit in het zakje.

'Indronkers!'

Alice volgde het met de blik van een peuter die het helemaal niet leuk vindt om haar lievelingsspeelgoed met iemand anders te moeten delen. Terwijl ze aan Dex' mouw trok, zei ze: 'We hebben de tuin nu gezien. Dus we zijn klaar hier. Zullen we gaan?'

Dex zei niets; dat hoefde ook niet. Molly zag aan zijn gezicht dat hij zich bewust was van Alice' bezitsdrang en dat hij daar helemaal niet blij mee was. Anders gezegd: mocht Alice toevallig over een paar weken jarig zijn, dan kon ze wel eens lang op een cadeautje van Dex moeten wachten.

'Ja, laten we maar eens gaan.' Hij wendde zich tot Molly. 'Bedankt dat Alice zich even bij je mocht opfrissen.'

Alice slaakte een ongelovig pff-geluidje.

'Graag gedaan,' zei Molly met een uitgestreken gezicht.

Met glinsterende ogen zei Dex: 'Ik vond het... eh... interessant om je te leren kennen.'

Qua man viel hij in de categorie levensgevaarlijk; een vrouw die zo stom was om iets met hem te beginnen, kon verwachten dat hij haar hart zou breken. Maar als je niets met hem had, was hij ongetwijfeld hartstikke leuk om mee om te gaan.

'Idem dito.' Ze vroeg zich af of hij de cottage zou kopen. 'En niet vergeten wat ik je heb verteld. Je bent knettergek als je de vraagprijs biedt.'

6

Het feest werd gehouden in Notting Hill, in een huis van een man wiens naam Dex was vergeten, maar dat deed er niet toe. De man was in de zestig en had de permanent verbaasde blik van iemand die onlangs zijn ogen had laten liften. Maar zijn huis was spectaculair, en hij had de vooruitziende blik gehad om heel veel leuke meisjes uit te nodigen.

Dex schonk zichzelf nog wat te drinken in; de muziek stond hard, en de mensen dansten vol overgave. Hij had vanavond ook thuis kunnen blijven, maar zijn collega's Rob en Kenny hadden hem weten om te praten.

'Je kunt toch niet thuisblijven!' had Kenny vol ongeloof uitgeroepen. 'Als je dat doet, zul je nooit weten wat je hebt gemist. Misschien is het wel het feest van het jaar.'

Rob had eraan toegevoegd: 'Misschien is het wel de avond die je leven voorgoed zal veranderen!'

Wat eerlijk gezegd niet erg waarschijnlijk was, maar het was gemakkelijker geweest om toe te geven dan om nee te blijven zeggen. En zoals Kenny ook had gezegd, het kon er op zijn minst mee eindigen dat hij met iemand in bed belandde.

Hoe dan ook. Nog een uurtje of zo, plus nog wat drank, dan zou hij vanzelf wel in de stemming komen.

Precies zoals verwacht haalde de alcohol na een tijdje de scherpe kantjes van de lange werkdag vol stress die hij achter de rug had, en raakte hij in een steeds betere stemming. Zijn tolerantiedrempel werd ook meteen hoger; een opvallend mooi meisje dat Bibi heette, had veel moeite gedaan om hem uit te leggen hoe haar naam werd gespeld, en hij had er zowaar heimelijk geamuseerd naar geluisterd en had haar niet ongelovig aangekeken. 'Het is niet met twee b's in het midden.' Behulpzaam had ze twee vingers opgestoken. 'Het is met één b. Zoals in babe.' Ze had koket met haar ogen geknipperd. 'Snap je? Ik ben een babe! En daarom zul je nooit meer vergeten hoe je mijn naam spelt.'

'Geniaal.' Dex knikte. 'Zo leert een mens elke dag weer wat. En wat doe je qua werk?'

'Raad eens!'

'Ik kan niet raden. Verras me maar.'

Als ze hem vertelde dat ze neurochirurg was, zou ze hem pas echt verrassen. Of wiskundelerares. Of geitenhoedster – dat zou pas te gek zijn.

'Ik zit in de pr?' Bibi eindigde de meeste van haar zinnen met een vraagteken. 'En ik doe ook veel modellenwerk? Vind je dat ik een goed figuur heb?'

'Natuurlijk.' Ze droeg een ultrastrak hemelsblauw satijnen jurkje; alleen meisjes die wisten dat ze er fantastisch uitzagen, stelden dat soort vragen.

'En mijn tietjes?'

'Pardon?'

'Vind je ze mooi?'

Oké, die vraagtekens aan het eind van iedere zin begonnen hem langzamerhand een beetje de keel uit te hangen. Behoedzaam zei Dex: 'Ze zien er... prima uit.'

'Niet te groot? Want ik wilde niet echt, je weet wel, gigantisch.' Bibi wees iets aan ter grootte van watermeloenen. 'Ik bedoel, dat is zo hoerig, toch? Dus heb ik deze genomen?' Trots stak ze haar borsten naar voren. 'E. Precies goed, hè? Ik heb het in november laten doen zodat ik op tijd klaar was voor de kerst.'

Voerden ze dit gesprek echt nog steeds? 'Nou, fijn voor de Kerstman dan,' zei Dex.

'Ze zijn echt stukken beter dan de vorige. Die werden heel raar, je weet wel, klonterig? Maar deze zijn echt zacht.' Bibi vertolkte met haar magere handen vol ringen de zachtheid van haar borsten en zei vervolgens opgewekt: 'Je mag anders wel even voelen, hoor!'

Ze had een weeïg parfum op, en het was warm in de kamer. Toen Dex zag dat er op het dakterras wat mensen stonden te roken, zei hij: 'Dank je, maar ik geloof dat ik maar even naar buiten ga, een frisse neus halen.' Hij stak zijn handen op voordat ze kon zeggen dat ze wel even met hem meeging en zei snel: 'Tot later.'

Eerlijk gezegd was het buiten ietwat aan de frisse kant. Het was februari, en de omliggende daken glinsterden van de rijp. De feestgangers stonden dicht opeengepakt in sneltreinvaart hun sigaret te roken en gingen na hun nicotineshot gauw weer naar binnen.

Dex, die niet rookte, stond bij de balustrade naar het uitzicht te kijken. Het was halvemaan, en er stonden veel sterren aan de hemel. Door de ramen zonder gordijnen kon je glimpen opvangen van het leven van andere mensen. Aan de overkant van de straat wiegde een vrouw in een roze kamerjas een peuter in slaap – zou het kind wakker zijn geworden van de muziek? In een ander huis zat een gezin ogenschijnlijk tv te kijken, maar in werkelijkheid was iedereen met mobieltjes en laptops in de weer. In het huis naast het gezin stond een man met overgewicht voor zijn open ijskast iets uit een schaal naar binnen te lepelen, af en toe een steelse blik over zijn schouder werpend. Verderop in de straat stond een meisje in haar slaapkamer haar haren te föhnen en gezichten naar zichzelf te trekken in de...

'Surprise!' Het gerinkel van armbanden, en toen werden er twee handen voor zijn ogen gelegd. Dex wist dat het niet Bibi was die achter hem stond; het parfum dat hij rook, was minder doordringend, en de borsten die tegen zijn rug drukten, waren kleiner.

'Ik weet het al,' loog Dex, terwijl hij glimlachend de handen wegtrok en zich omdraaide naar...

Carla.

Wacht, heette ze eigenlijk wel Carla? Of was het Carina?

Nee, zijn eerste ingeving klopte. Carla.

Waarschijnlijk.

'Schat, hoe gaat het met je? Ik heb je al in geen maanden gezien.' Hij kuste haar op beide wangen. 'Je ziet er weer fantastisch uit. Zoals altijd.'

Nog terwijl de woorden over zijn lippen kwamen, verachtte hij zichzelf erom. Maar het was nu eenmaal wat meisjes wilden horen. Af en toe voelde Dex zich net een acteur die al veel te lang dezelfde rol speelde. De tekst rolde er automatisch uit, of de woorden nu klopten of niet.

Hoewel ze in dit geval helemaal klopten. Carina-of-Carla was een oogverblindende brunette met schuinstaande ogen, exotische jukbeenderen en tanden als pareltjes.

Als ze nu ook nog zo'n kettinkje had gedragen met haar naam erop, was ze echt volmaakt geweest.

'Een kus op de wang? Ik ben je oudtante niet! Kom hier jij.' Ze trok hem speels naar zich toe en drukte een paar seconden haar lippen op de zijne.

'Wat leuk om je weer te zien,' zei Dex.

'Je had me alleen maar hoeven bellen.'

'Tja, wat zal ik zeggen, schat. Het is een gekkenhuis geweest.'

'En je bent mijn nummer natuurlijk kwijtgeraakt.'

Hij knikte. 'Inderdaad. Mea culpa. Ik heb mijn mobieltje in een taxi laten liggen. Nooit weer gezien.'

'Hoe heet ik?'

'Sorry?'

'Je hebt me nu al twee keer schat genoemd. Is dat om te verbergen dat je niet meer weet wie ik ben?'

'Alsof een man jou zou kunnen vergeten.' Dex lachte breeduit; hij hield wel van uitdagingen.

'Alleen ben ik er bijna zeker van dat je het echt niet meer weet.'

'Ik weet het heus wel.' Ja, dit werd leuk.

'Ik zal tot drie tellen.' Ze kneep haar ogen samen om te kennen te geven dat hij in gevaar verkeerde. 'Eén... twee...'

'Ik vind het nogal beledigend dat je denkt dat ik het niet meer weet.'

'Tweeënhalf...'

'Je moet leren wat meer vertrouwen in me te hebben, schat.'

'Twee en driekwart...'

Zodra iemand tot twee en driekwart telde, wist je dat je had gewonnen.

'En wat gebeurt er als ik het verkeerd heb?'

'Dan zit je diep in de problemen.'

Ach, wat kon het hem ook schelen. 'Zolang je me maar niet over de balustrade gooit.... Carla.'

Ze keek hem aan. Even vroeg hij zich af of ze het misschien nog zou proberen ook. Maar toen verscheen er een opgeluchte lach op haar gezicht. 'Pestkop. Ik dacht echt even dat je niet eens meer wist hoe ik heette.'

'Je moet wat meer vertrouwen in je medemens hebben,' zei Dex.

'Maar wat doe je hier buiten in de kou? Je rookt niet eens.'

Hij haalde zijn schouders op. 'Ik ben voor iemand op de loop. En ik sta van het uitzicht te genieten. Moet je zien.' Hij draaide zich om en toonde haar de verlichte kamers aan de overkant van de straat. 'Het leven van andere mensen. Je wordt vanzelf nieuwsgierig naar ze. Toch?'

'Wil je het eerlijk weten? Nee.' Carla sloeg haar arm om zijn middel. 'Het leven van andere mensen is bijna altijd saai. Ik ben nieuwsgieriger naar jouw leven. Wat heb je de laatste tijd zoal gedaan?'

'Hij is hier met mij, hoor.' Bibi dook achter hen op; haar stem was zo scherp dat je er een blik mee had kunnen openen.

'Echt?' Carla, die zich had omgedraaid, trok haar wenkbrauwen op bij de aanblik van Bibi's gebruinde borsten, die uit haar laag uitgesneden satijnen jurk dreigden te barsten. Toch nam ze haar hand van Dex' middel.

'Ja.' Bibi keek haar triomfantelijk aan.

Zijn woorden zorgvuldig kiezend zei Dex: 'Nou, ik zou niet direct zeggen dat ik hier met je ben. We hebben alleen maar even staan praten.'

Meteen sloeg Carla haar arm weer om zijn middel, wat niet echt subtiel van haar was.

'Je was met mij toen we stonden te kletsen,' hield Bibi vol. 'Binnen. Je zei dat je mijn tietjes mooi vond!'

'Nee.' Zich bewust van Carla's opgetrokken wenkbrauwen, zei Dex: 'Je vroeg me of ik ze mooi vond...'

'En toen zei jij ja!' Bibi kreeg een steeds schrillere stem.

'Wat moest ik anders? Ik kon toch moeilijk nee zeggen?' Verdorie, dat kwam er anders uit dan de bedoeling was geweest.

'Dus je hebt tegen me gelogen? Wil je beweren dat je ze niet mooi vindt?' Ongelovig haar enorme borsten omklemmend jammerde Bibi: 'Ze hebben me zesduizend pond gekost!'

Oké, dit ging niet echt goed. Iedereen op het terras stond nu naar hen te kijken.

'O mijn god, moet je jezelf eens horen,' zei Carla lijzig. 'Heb je enig idee hoe pathetisch je klinkt? Waarom zou Dex in godsnaam belangstelling voor iemand als jij hebben?'

'O, weet ik veel, misschien omdat ik mooier ben dan jij, en

omdat mijn tieten stukken groter zijn dan die van jou.' Haar haren naar achteren schuddend voegde Bibi er vurig aan toe: 'En bovendien ben ik, anders dan sommige mensen hier, niet zo'n arrogante, sarcastische bitch!'

De andere gasten keken geboeid toe. Een paar begonnen er te lachen. Dex vroeg zich af wat hij moest doen, en ook waarom hij altijd in dit soort situaties verzeild leek te raken; het chique feest in een duur huis in Notting Hill had akelig veel weg van de Jerry Springer-Show. Toen zijn mobieltje in zijn zak overging, slaakte hij dan ook een zucht van verlichting; wie het ook was, het was zijn reddende engel, al wist degene die hem belde dat nog niet. De onderbreking kwam precies op het goede moment en kon als smoes dienen om weg te gaan.

'Ik ben liever een arrogante, sarcastische bitch dan een slettenbak in een goedkoop jurkje,' reageerde Carla minachtend.

'Ho eens even, wat is hier aan de hand?' Kenny, die het terras op kwam stormen met onder zijn ene arm een giechelende blondine en onder zijn andere een fles champagne, nam het strijdgewoel in ogenschouw. 'Dex, man! Zorg je nou alweer voor moeilijkheden?'

'Zei je net Dex?' Een giechelende blondine keek met samengeknepen ogen over het terras naar hem en schreeuwde toen: 'O mijn god, je bent het echt! Dexter Yates, vieze vuile leugenaar die je er bent, je had beloofd me te bellen, maar dat heb je niet gedaan!'

Oeps. Tijd om weg te gaan, om zijn verdwijntruc te doen. Dex griste zijn nog steeds rinkelende mobieltje uit zijn zak, drukte op Beantwoorden en zei vrolijk: 'Hallo?'

7

'Ik wil doen wat jij doet.' Alfie, Molly's nieuwe leerling, wilde het haar graag uitleggen. 'Want het is hartstikke makkelijk werk, toch? Beter dan winkelwagentjes verzamelen bij de supermarkt. Dat doe ik nou al zes weken, en het is echt heel saai. Ik zou veel liever gewoon een beetje zitten tekenen.'

Hoewel Molly altijd bemoedigend en enthousiasmerend was, vond ze dat de zestienjarige Alfie, de schat, niet echt met beide benen op de grond stond. Terwijl de rest van de klas zijn spullen pakte en wegliep, zei ze: 'Je hebt vanavond mooi werk gemaakt. Je moet gewoon blijven oefenen.'

'Ik ben goed in kunst. Voor mijn eindexamen had ik een negen.' Hij keek haar stralend aan. 'Die mensen van de krant, zou je ze niet kunnen vragen of ze ook een baantje voor mij hebben? Want als het dit weer is, vind ik het echt een ramp om op dat parkeerterrein te moeten werken.'

'Alfie, het punt is dat er heel veel mensen zijn die voor de krant willen werken...'

'Dat weet ik ook wel.' Hij keek haar met een gekwetste blik aan, alsof hij wilde zeggen: denk je soms dat ik achterlijk ben? 'Daarom wil ik ook dat jij tegen ze zegt dat ik heel goed kan tekenen en dat ze me een baan zouden moeten geven.'

'Kom op, jongeman, tijd om te gaan.' Celeste, die Alfies ouders kende, rammelde met haar autosleuteltjes. 'Het giet van de regen. Zal ik je even naar huis brengen?'

Toen iedereen weg was, ruimde Molly de boel op. Het punt was dat mensen vaak dachten dat ze een gemakkelijke baan had. Een dagelijkse strip tekenen voor de krant? Snel drie of vier simpele lijntjes zetten, die haar, wat, hooguit een uurtje tijd kostten? Over een luizenbaantje gesproken! En wanneer ze dan ook nog hoorden dat haar kleine strip in een stuk of tien kranten over de hele wereld verscheen, nou, dan dachten ze echt dat het een goudmijn was. Het geld zou wel met scheppen binnenkomen. De mooiste baan ter wereld.

Het was inderdaad leuk werk, hoewel niet altijd even gemakkelijk. Als autodidact had ze jarenlang geoefend en haar tekenkunsten verfijnd, terwijl ze aan allerlei ideeën voor strips had gewerkt die nooit werden aangekocht. Uiteindelijk was dat wel met *Boogie en Boo* gebeurd, en het was een van de mooiste momenten uit haar leven geweest toen ze haar werk voor het eerst in druk had gezien. De strip verhaalde over de avonturen van Boo, een grappige *it girl* uit Californië, en Boogie, haar geliefde, maar spotlustige en levensmoede chihuahua. De interactie tussen het kleine, openhartige schoothondje en zijn onnozele bazinnetje had positieve reacties van lezers opgeleverd en daarmee veel belangstelling opgeroepen. De strip was in steeds meer kranten geplaatst...

Dat betekende echter ook dat iedereen aannam dat ze er goed van kon leven. Terwijl het in werkelijkheid gerommel in de marge was, alles bij elkaar genomen net genoeg om van te kunnen leven. En dat was ook de reden dat Molly haar inkomen aanvulde met het geven van een avondcursus in karikatuur- en striptekenen. Ook daar verdiende ze niet veel mee, maar alle beetjes hielpen. En het was leuk; haar cursisten kwamen graag naar Briarwood, waar ze de serre van Frankies lunchcafé in bezit namen en nieuwtjes uitwisselden, terwijl ze aan het werk waren. Het was een gezellige groep, die uitkeek naar de maandagavond, zelfs als het zulk hondenweer was als vandaag.

God, moest je die regen buiten eens horen; het plensde echt. Molly ruimde de laatste lege kopjes en achtergelaten potloden op, ervan balend dat ze geen paraplu bij zich had. De ijzige vrieskou van de afgelopen week had vanochtend plaatsgemaakt voor een gierende storm – o kijk, iemand was haar leren handschoenen vergeten. Waarschijnlijk Celeste...

Toen de buitendeur met een klap open- en dichtging, pakte Molly de handschoenen om ze te kunnen teruggeven aan de rechtmatige eigenaar. Maar toen ze zich omdraaide, zag ze dat het niet Celeste was. Er stond een man bij de deur, helemaal doorweekt; zijn haar zat vastgeplakt aan zijn schedel, en zijn gezicht droop van de regen.

'Hoi, je bent dus open. Mag ik een koffie?'

Dat meende hij niet. Dacht hij nou echt dat een klein lunchcafé in een dorp op maandagavond om negen open zou zijn?

'Sorry,' zei ze. 'Het café is gesloten.'

'O. Ik zag licht branden. En mensen weggaan.'

'Dat waren mijn cursisten.'

'O. Oké.'

'In de Swan kun je ook koffie krijgen.' De man kwam haar vaag bekend voor, maar ze kon hem niet plaatsen.

'Ik heb geen zin om naar de pub te gaan. Nou ja, maakt niet uit,' zei de man. 'In elk geval bedankt.'

Pas toen hij weg wilde lopen en het licht vanuit een andere hoek op zijn gezicht viel, wist ze weer wie hij was.

'O mijn god, jij bent het. Ik herkende je niet met dat natte haar!' Nog terwijl ze het zei, bedacht ze gegeneerd dat hij haar ook niet had herkend. En zij had niet de smoes van druipend haar. Maar eigenlijk gedroeg hij zich ook heel anders dan die ene keer dat ze elkaar hadden gezien. Maar misschien was hij wel de niet-lachende, niet-flirtende en ongelooflijk serieuze tweelingbroer van die andere man...

'Sorry?'

'Herinner je je de vis nog?' O god, hij keek haar nog steeds niet-begrijpend aan. Hoewel ze er al behoorlijk veel spijt van had dat ze een gesprek was begonnen, vervolgde ze haastig: 'De vis die door de lucht vloog waardoor je vriendin onder de spetters kwam te zitten? Ik ben de buurvrouw.'

Hij sloot zijn ogen en schudde zijn hoofd, alsof hij dan weer helderder zou kunnen denken. 'O ja. Nu weet ik het weer. Sorry.'

Wat had die man? Was hij ziek? Stoned? Het incident met de vliegende vis was acht maanden geleden voorgevallen. Een week na hun eerste ontmoeting op die zonnige dag was er voor Gin Cottage een bordje met VERKOCHT erop neergezet, en Molly had zich erop verheugd om haar nieuwe buurman terug te zien.

Dat was echter niet gebeurd. Wel waren er bouwvakkers ten tonele verschenen, die het huis uitgebreid onder handen hadden genomen. Dat had tot oktober geduurd, waarna de bouwvakkers waren verdwenen, en het huis min of meer leeg had gestaan. In werkelijkheid was Dexter in die tijd twee keer in het huis geweest, maar beide weekenden was Molly weg geweest. Wel had ze na terugkomst in Briarwood beide keren te horen gekregen dat hij en een vriendin de Swan met een bezoekje hadden vereerd. Iedereen vond hem leuk en aardig, en hij had de vaste vrouwelijke klanten om zijn vingers gewonden alvorens na sluitingstijd weer te verdwijnen. De dag erna werd de Porsche gestart en was hij weer weggestoven, terug naar Londen.

De eerste keer was hij in het gezelschap geweest van een rossige schoonheid. De tweede keer had hij een welgevormde brunette bij zich gehad.

En vaker dan dat was Gin Cottage niet bewoond geweest, op vorige week na, toen er een vrouw met een baby was langsgekomen. Molly was toen wel thuis geweest, en ze had gezien dat de vrouw uit een oude Ford Escort stapte, wat spullen uit de kofferbak pakte en naar binnen ging. Een paar uur later was ze met de baby weer naar buiten gekomen en in de auto gestapt. Toen de vrouw had gemerkt dat Molly naar haar keek, had ze het zijraampje naar beneden gedraaid en vrolijk geroepen: 'Niks aan de hand, ik ben geen inbreker.' Daarna was ze weggereden.

Wat was er in vredesnaam gebeurd dat de man er nu zo aan toe was? Was de vrouw een afgewezen ex geweest? Had ze het huis compleet verwoest? Was het zijn kind? Had hij dat soms net ontdekt?

'Wacht even, kom,' riep Molly hem na, voordat hij de deur uit ging. 'Gaat het wel?'

Wat wel zo ongeveer de allerstomste vraag ooit was, maar ja, ze moest toch wat.

'Ja hoor, het gaat prima met me.'

'Nee, dat is niet zo. Ben je ziek?'

Hij schudde alleen maar zijn hoofd.

'Je mag er wel over praten, als je wilt. Ik zal het niet doorvertellen.' Zou hij haar nu een verschrikkelijk nieuwsgierige buurvrouw vinden? Ze vroeg: 'Heeft het soms met de baby te maken?'

'Wat?' Met een verdrietige blik in zijn ogen keek hij haar aan.

'Sorry, ik wil je alleen maar helpen. Ik heb ze vorige week gezien,' legde ze uit. 'Een vrouw in een rode Escort. Ze had een baby bij zich. Ze deed iets in je huis, maar ik weet niet wat. Ik heb ze alleen maar vanuit mijn raam gezien...' Haar stem stierf weg toen ze tot haar schrik merkte dat het huilen hem nader stond dan het lachen. 'Hoor eens, ik ga even koffie voor je zetten.' Want daarvoor was hij immers gekomen.

'Dat hoeft niet. Je bent gesloten.'

'Doe niet zo raar, moet je jezelf nou eens zien.' Hij was doorweekt en stond te rillen van de kou, maar omdat ze al wist dat hij geen krankzinnige gek was, stak ze haar hand uit en zei: 'Geef me eerst die jas van je maar eens.'

Het water droop van de jas af. Ze hielp hem bij het uittrekken en hing de jas daarna over een stoel naast de radiator. 'Wacht hier, dan ga ik koffie voor je maken. Melk, suiker?'

Even leek het alsof hij zich dat niet kon herinneren. Toen knikte hij en zei: 'Melk en twee klontjes suiker. Graag.'

8

Wat deed hij hier eigenlijk? Dexter luisterde naar het geluid van het koffiezetapparaat dat in de keuken stond te borrelen en sissen. Wat moest dat meisje wel niet van hem denken? Maar hij had gewoon weg gemoeten, hij had moeten vluchten, en intuïtief was hij via de M4 naar Briarwood gereden. Nee, niet intuïtief; hij wist best waarom hij hiernaartoe was gekomen. Verdomme, wat mankeerden zijn ogen toch? Hij had voor het laatst gehuild toen hij kind was, hij was vergeten hoe het voelde.

Dexter ging op de stoel zitten waar zijn jas over hing en wilde zijn zakdoek uit zijn linkerzak pakken. Er kwam nog iets mee.

Hij draaide het om in zijn ijzige handpalm. Wanneer had hij dat ook alweer gekocht? Vlak voor kerst. Een antiek roodgouden kikkertje op een schepje, ongeveer een centimeter lang, een bedeltje voor aan een armband. Na een bijzonder goede lunch in het Savoy was hij door Burlington Arcade gelopen, waar het bedeltje op de een of andere manier zijn aandacht had getrokken, toen hij voor de etalage van een juwelier was blijven staan om naar de Patek Philippe-horloges te kijken in de vitrine erboven. Het was bijna kerst, en hij had nog geen enkel cadeautje gekocht. Maar het kikkertje was grappig, iets in de manier waarop het keek trok hem aan, en Laura had een bedelarmband die ze bij speciale gelegenheden graag droeg. Hij was de winkel in gegaan en had het bedeltje voor haar gekocht. Er waren niet veel vrouwen die liever een kikkertje op een schepje hadden dan iets met schitterende diamanten, maar hij wist dat zij zo'n vrouw was.

En hij had gelijk gehad. Toen Laura op kerstochtend het doosje van de juwelier had opengemaakt, was ze buiten zichzelf geweest van vreugde... En pas toen was tot hem doorgedrongen dat ze geen gouden armband droeg, maar een zilveren.

'Maar dat maakt niet uit,' had Laura tegengeworpen, lachend om zijn gezicht. 'Ik vind het nog steeds hartstikke mooi! Mixen is helemaal in. Kijk.' Ze had het kikkertje bij de armband om haar pols gehouden. 'Echt prachtig!'

'Dat kan echt niet.' Hij vond het ongelooflijk dat hij zo'n fout had gemaakt. 'Dat staat heel stom. Ik koop wel een zilveren voor je.'

'Dex, dat kan helemaal niet, dit is victoriaans of zo. Oud!'

Niemand was koppiger dan Laura. Er was maar één manier om te voorkomen dat ze een gouden bedeltje aan een zilveren armband zou dragen. 'Nou, daar vergis je je in,' had hij gelogen. 'Want ze hadden er precies zo eentje in zilver. Dus dan koop ik die wel voor je.'

Goed, misschien was hij ook koppig.

'Echt waar?' Opgetogen over deze oplossing, had ze hem het bedeltje meteen teruggegeven. 'In dat geval is het fantastisch. Dan kun je dit ruilen.'

En Dex, net zo opgetogen omdat hij had gewonnen, had zich voorgenomen om een zilversmid of sieradenontwerper te gaan zoeken. Hoe moeilijk kon het per slot van rekening zijn om zoiets na te maken? Dan was het weliswaar niet meer victoriaans, maar dat zou Laura niet erg vinden. Bovendien, als hij het haar niet vertelde, hoefde ze het nooit te weten te komen.

Behalve dat het er niet van was gekomen om een zilversmid te zoeken, en nu zou ze het bedeltje nooit meer krijgen. Omdat hij het te druk had gehad, was hij het vergeten, er waren zoveel andere afleidingen in zijn drukke, drukke leven...

Oké, niet aan denken.

Het meisje kwam inmiddels terug met de koffie. Hij had er nu al spijt van dat hij ermee had ingestemd. Terwijl hij het bedeltje weer in zijn jaszak stopte, droogde hij snel zijn tranen met zijn zakdoek. Je kon wel proberen om er niet aan te denken, maar er zat geen uit-knop in zijn hoofd.

'Dank je.' Met trillende handen pakte hij de koffie aan. Hij morste meteen wat op de grond. Toen hij zich bukte om de vlekken weg te vegen met zijn zakdoek, morste hij nog meer.

'Laat maar. Maakt niet uit. Drink nou maar gewoon je koffie op,' zei het meisje. 'Zo te zien heb je het hard nodig.'

'Jij heet Molly, toch?' Ietwat aan de late kant herinnerde hij zich haar naam weer.

'Goh, dat je dat nog weet.'

Nou, zo reageerden niet veel meisjes. Hij zei: 'We hadden vroeger een goudvis die Molly heette.'

'In veel opzichten lijk ik erg op een goudvis.'

'Ik ben hier vanavond naartoe gereden. Ik was vergeten dat er niet veel in huis was. Nou ja, behalve een restje whisky dan. Dus dat heb ik toen maar opgemaakt. Maar toen besefte ik ineens dat ik niet meer kon rijden om nog ergens boodschappen te gaan doen.' Hij schudde zijn hoofd. 'Dit dorp heeft een benzinepomp nodig die dag en nacht open is.'

'Je bent nu niet in de grote stad.'

'Dat is duidelijk. Hoe ver moet ik rijden voor een winkel die nog open is?'

Molly haalde haar schouders op. 'Een paar kilometer.'

'Zou jij me kunnen brengen? Ik betaal je ervoor. We kunnen met mijn auto gaan.'

'Nergens voor nodig, ik heb genoeg in huis. Zeg maar wat je nodig hebt voor vanavond, dan kun je er morgenvroeg zelf naartoe rijden.' Ze zweeg even. 'Of als je dat niet aankan, wil ik het wel voor je doen.'

'Ik weet het niet. Ik kan niet nadenken. Mijn hoofd is gewoon... vol.' Het drong tot hem door dat ze aardig voor hem was, zonder zelfs maar te weten wat er aan de hand was.

'Oké, geen probleem. Je kunt het me ook morgen nog zeggen.'

Ontroerd door haar zorgzaamheid flapte hij eruit: 'Mijn zus is gisteren overleden.'

'O, wat verschrikkelijk.' Ze sloeg haar hand voor haar mond. 'Wat erg voor je.'

Hij knikte, niet in staat om een woord uit te brengen. Voor het eerst in zijn volwassen leven wilde hij dat een vrouw haar armen om hem heen sloeg, in een niet-seksuele omhelzing.

46

Laura was twaalf jaar ouder geweest dan hij, en na de dood van hun ouders was ze een soort moeder voor hem geworden. Dit voelde alsof hij opnieuw zijn ouders verloor. En oké, hij was nu achtentwintig en volwassen, maar het voelde bijna nog erger.

Molly-de-buurvrouw omhelsde hem niet. En hij kon haar er moeilijk om vragen.

'Is ze lang ziek geweest?' vroeg ze tactvol. 'Of was het plotseling?'

'Plotseling. Ik had haar gisterochtend nog aan de telefoon, en toen was er niks aan de hand. Ze is gistermiddag op straat ingestort. Vlak voor de bank. Een hersenbloeding blijkbaar. Tegen de tijd dat de ambulance bij het ziekenhuis aankwam, was ze al gestorven.'

'Wat erg voor je.' Het meisje keek hem ontzet aan. 'Wat vreselijk allemaal. Geen wonder dat je in shock bent. Wacht even.' Ze liep weg, om een paar seconden later terug te komen met een wc-rol. Ze trok er een meter papier af en gaf het hem. 'Zo, nou kun je huilen zoveel als je wilt. Gewoon laten gaan. Niks zo erg als ertegen proberen te vechten.'

Maar zijn ogen waren inmiddels droog en deden pijn. Afwezig haalde hij een hand door zijn haar en nam nog een slok koffie. Hij wilde dat hij het beeld van het tafereel voor de bank uit zijn hoofd kon zetten: Laura die op de grond viel, bezorgde voorbijgangers die zich om haar heen verzamelden, onbezorgde forenzen die zich langs haar heen haastten, de kinderwagen die langzaam doorreed tot hij van de stoep viel, op de drukke straat...

'Hoe oud was ze?' De stem van het meisje sleurde hem terug de werkelijkheid in. 'Jonger dan jij?'

Ze wist het niet.

'Ouder,' zei hij. 'Je hebt haar vorige week gezien. Laura.'

Toen tot Molly doordrong wie hij bedoelde, werd haar verbijstering nog groter. 'Dat was je zus? Met de baby? Mijn god...'

'Tja.'

'Had ze nog meer kinderen?'

'Nee.'

'En wat erg voor haar man... partner...'

'Geen van beide. Ze waren met z'n tweetjes. Zij en Delphi.'
Geschrokken sloot ze even haar ogen. 'Och, dat arme kind. Ik heb haar alleen van een afstandje gezien. Hoe oud is ze... zes maanden?'

'Acht.' Zijn keel kneep zich opnieuw samen bij de gedachte aan Delphi, die zonder moeder moest opgroeien; het leek erop dat de prop wc-papier toch nog wel eens van pas kon komen. 'Acht maanden. Ze zat in de wandelwagen toen het gebeurde. Hij rolde van de stoep af en iemand kon hem nog net op tijd weggrissen, anders was ze onder een vrachtwagen gekomen. Het is een wonder dat ze nog leeft. Ik was er niet bij,' legde hij uit, 'maar iemand had het aan het ambulancepersoneel verteld.'

'Ik weet niet wat ik moet zeggen.' Het meisje keek hem verslagen aan. Hij was alweer vergeten hoe ze heette... Goudvis... Molly.

'Ik ook niet.'

'Maar als het allemaal zo snel is gegaan, heeft ze in elk geval niet geleden.' Toen Molly de blik op zijn gezicht zag, voegde ze er hulpeloos aan toe: 'Sorry, ik weet het. Maar misschien dat die gedachte je ooit zal kunnen troosten.'

'Misschien. Ik denk het.' Hij schrok van een onverwacht geluid aan de andere kant van de muur. 'Wat is dat?'

'Dat is de huiskamer van mijn vriendin. Dit is haar lunchcafé. Als ze merkt dat ik er nog ben, komt ze misschien wel hiernaartoe.' Molly stond op en nam de bijna lege mok van hem over. 'Zullen we gaan?'

Dex pakte zijn jas van de stoel, en Molly pakte haar weinig glamoureuze, maar uiterst praktische Barbour die eronder hing. Nadat ze het café had afgesloten, liepen ze samen door het dorp, langs de Saucy Swan. Het ging harder regenen toen ze door het parkje liepen; binnen de kortste keren was hij weer doorweekt, maar dat was zo onbelangrijk, zo niet ter zake doend, dat hij het nauwelijks merkte.

Laura was dood. Hoe kon Laura nou dood zijn? Het was gewoon onmogelijk. Met gebogen hoofd bleef hij zijn ene voet voor de andere zetten, zich nauwelijks bewust van het meisje dat naast hem liep.

Wat moet ik in vredesnaam doen?

9

'Je moet eerst even iets eten.' Molly merkte dat Dex alles op de automatische piloot deed, en ze nam hem mee haar tuinpad op en pakte haar huissleutel.

In de keuken scharrelde ze wat eten bij elkaar: een zak chips, een halfvol koekblik met allerlei koekjes erin, een pot koffie en een pak melk waarvan de uiterste houdbaarheidsdatum gevaarlijk dichtbij kwam. Ze deed wat suiker in een lege kom, pakte een paar van de minst rimpelige appels uit de fruitschaal en zei: 'Wat dacht je van brood en wat muesli? Ik heb wit gesneden of bruin met van die zaadjes erin, en nog wat cornflakes met noten als je daar zin in hebt. En anders heb ik ook nog wel wat worstjes in de vriezer liggen.'

Ze wist best dat ze vreselijk aan het overcompenseren was, ze leek wel zo'n verschrikkelijk bazige teamleider die iedereen liever zag gaan dan komen.

Dexter schudde even zijn hoofd. 'Alleen iets om koffie mee te maken graag.'

'Sorry, ik probeer alleen maar te helpen, maar ik weet niet hoe.' Molly gooide de zak met worstjes terug in de vriezer.

'Ik ook niet. Nee, dat is niet waar. Ik weet het wel. Heb je wijn in huis?'

Ze trok een gezicht. Vorige week had ze bij de loterij in de pub een fles wijn gewonnen, gemaakt door Lois' vader. Maar dat was zo'n ondoorzichtig brouwsel, dat kon ze hem niet aandoen.

'Ik denk niet dat je die lust. Zelfgemaakte wijn, van pastinaak. Maar ik heb nog wel wat sherry van afgelopen kerst. O, en ook nog wat bruine rum. Lijkt je dat wat?'

Hij knikte. 'Ik red me er wel mee.'

Het kwam er natuurlijk op neer dat niets hem kon redden. Molly pakte een plastic tas en begon alles erin te stoppen, in de verwachting dat Dex naar huis zou gaan. Maar hij draaide de fles rum open en zei: 'Wat hoort hierbij? Ik heb het nog nooit eerder gedronken.'

'Ik ook niet. Ik gebruik het alleen bij het koken. Rum en cola, lijkt me.'

'Heb je cola?'

Molly pakte twee blikjes uit de ijskast en gaf ze hem. Toen hij zich niet verroerde, vroeg ze: 'Wil je naar huis of blijf je liever hier?'

'Ik geloof dat ik liever hier blijf,' zei hij. 'Nog even. Kan dat?'

Ze moest eigenlijk nog een strip afmaken, maar sommige dingen gingen nu eenmaal voor. Dit viel onder verzachtende omstandigheden. Het was al schokkend genoeg om te bedenken dat de vrouw die zo vrolijk had geroepen dat ze geen inbreker was, nu dood was. En haar broer stond hier bij haar, diep in rouw. 'Natuurlijk kan dat.' Ze pakte twee glazen. 'Kom, laten we erbij gaan zitten.'

'Ik was op zo'n stom feest in Notting Hill, met twee meisjes die als katten vochten. Om mij. Ik dronk champagne.' Hij schudde zijn hoofd bij de herinnering. Hij merkte dat hij, nu hij eenmaal was begonnen, niet meer kon ophouden met praten. 'Ik vermaakte me prima. Het was gewoon... nou ja, gewoon grappig om die meisjes zo opgefokt bezig te zien. Belachelijk, maar ook wel geinig. En het maakte niet eens uit, want ik vond geen van beiden echt leuk. Toen mijn mobieltje ging, beschouwde ik dat alleen maar als een fantastische smoes om van ze af te komen. Ik was blij dat ik werd gebeld. Dus nam ik op, van plan om wie het dan ook was die belde, aan te grijpen als reden om weg te kunnen gaan... en dan zou ik dat later allemaal aan iedereen vertellen, er een leuk verhaal van maken, snap je? Zoals ik altijd doe. Maar dit was geen leuk verhaal.' Hij stopte abrupt met praten en nam nog een slok rum-cola, rillend bij de herinnering.

Toen begon hij te vertellen over hoe Laura vroeger was geweest. Zoveel verhalen, soms verhalen waar hij in geen jaren meer aan had gedacht. Zoals die keer dat ze gestruikeld was, toen hij paardjereed op haar rug en als een jockey over haar hoofd heen was gevlogen. Of die keer dat ze hem in een kartonnen doos had gezet en de doos als een sleetje de trap af had geduwd, waarbij hij een tand was kwijtgeraakt, lang voordat hij moest gaan wisselen. Of die keer dat ze in de tuin op een kleedje had liggen zonnen, en hij over haar hand was gereden, zodat ze twee vingers brak.

'Dus het was nogal een gewelddadige relatie.'

Hij moest lachen om de manier waarop Molly het zei. 'Niet altijd. Ik kon haar ook op andere manieren op de kast krijgen. Toen ik een jaar of vijf was, heb ik in de garage een jampot vol insecten verzameld, die ik later in haar bed heb leeggekieperd. En ze haatte mosterd, dus dat smeerde ik soms stiekem tussen haar broodjes.'

'Jij was het ondeugende kleine broertje. Je was vast ook vreselijk toen ze met vriendjes thuis begon te komen.'

Dexter lachte, overvallen door een herinnering die hij compleet was vergeten. 'Ja, inderdaad. Er was een keer een jongen... Ze zaten samen op de bank tv te kijken, en ik had me achter de gordijnen verstopt. Ik heb daar echt heel lang gestaan. En toen gingen ze elkaar kussen. En ik wachtte en wachtte en toen riep ik ineens: "Laura Yates, wat ben jij daar aan het doen?" Ha, je had ze eens moeten zien. Ik was zo trots op mezelf. Gek genoeg hebben we dat vriendje nooit meer gezien.'

Ineens werd hij overspoeld door een nieuwe golf van verdriet. Hij stopte met praten en dronk zijn glas leeg. 'O god, ik kan gewoon niet geloven dat ze er niet meer is. Ik weet gewoon niet waar ze is.'

Toen hij weer op zijn horloge keek, was er een uur verstreken, en was de fles rum leeg. Ze dronken de rest van de sherry ook op. Molly, opgekruld in een leunstoel aan de andere kant van de open haard, luisterde blijkbaar nog steeds naar hem.

'Goh, je zit nog steeds naar me te luisteren. Wat goed van je.' Hij hield zijn lege glas op. 'Is vast niet leuk om mij zo te horen doordrammen.'

'Ach, daar heb je buren voor. Wat wil je dat ik met dat glas doe?'

'Bijvullen.'

'Er is niks meer. Behalve dan een of andere rare Griekse likeur. We hebben het huis compleet leeggedronken.'

Dex wapperde met het glas naar haar. 'Nou, dan wordt het die rare Griekse likeur.'

'Die ruikt naar houtvuur en afbijtmiddel. Er is nog nooit iemand geweest die de moed had om hem te proberen. Zal ik anders even koffie voor je zetten?'

'Nee, doe nou maar.' Hij moest slapen en hij wist dat hem dat niet zou lukken als hij zich niet volledig lam zou zuipen. 'Wees maar niet bang, ik verander echt niet in een eng monster. Maar anders wil ik die fles wel van je overnemen, dan neem ik hem mee naar huis.'

'Dat hoeft niet.' Ze liet zich van de stoel glijden en trippelde op haar badstof sokken naar de keuken om even later terug te komen met de fles.

'Dank je.' Hoewel de fles er beslist bedenkelijk uitzag, kon het Dex niks schelen. Hij pakte hem van haar aan en schonk zijn glas halfvol.

'Je moet echt iets eten. Ik kan een geroosterde boterham met kaas voor je maken, als je wilt.'

Hij schudde zijn hoofd. 'Geen honger.'

'Oké, je hebt heel veel over Laura verteld, maar er is één ding waar je het nog niet over hebt gehad.' Aan haar blik zag hij wat ze wilde gaan zeggen, en hij wilde dat niet horen.

'Op een keer, toen ik een jaar of tien was, had ik stinkbommetjes in haar schoenen gestopt, en die ontploften toen ze ze aantrok. Vlak voordat ze naar een afspraakje met een vriendje zou gaan. Het is eigenlijk een godswonder dat ik nog tanden in mijn mond heb.' Hij staarde afwezig in het vuur en nam zonder nadenken een grote slok. Jezus...

Molly wachtte tot hij was uitgehoest. Toen vroeg ze: 'Hoe gaat het nu verder met de baby?'

Daar had je het. Dat was de vraag waar hij tot nu toe niet over had willen nadenken. Hij hoestte nog een paar keer.

'Waar is ze?' Ze bleef hem recht in de ogen kijken.

'Wie?'

'Je weet best wie. Delphi.'

'Die is in goede handen. Ze is niet alleen thuis, als je dat soms bedoelt. Er past iemand op haar.'

'Mooi zo. Wie?'

God, ze leek wel een Exocet-raket. 'Waarom vraag je dat?'

'Omdat je zo afwerend kijkt.'

'Kunnen we het misschien ergens anders over hebben? Ik wil hier nu niet over praten.'

'Volgens mij kun je dat maar beter wel doen. Hoor eens, we

kennen elkaar nauwelijks, we zijn zo'n beetje vreemden voor elkaar. Waar is Delphi?'

'Bij een pleeggezin.' Alleen het woord te moeten uitspreken, vond hij al vreselijk. 'Dat heeft iemand in het ziekenhuis geregeld, nog voordat ik er was. Er zijn pleeggezinnen die dit soort... noodgevallen opnemen.'

Molly knikte. 'Oké. En wie gaat er daarna voor haar zorgen?'

Daar had je hem, de vraag die hij niet wilde beantwoorden. Maar ook een vraag die niet weg zou gaan.

'Dat weet ik niet.' Hij deed even zijn ogen dicht.

'Hoe zit het met de vader?'

'Die is niet in beeld. Het was gewoon een korte affaire. Ze heeft hem nooit verteld dat ze zwanger was.'

'En je ouders zijn allebei dood.' Hij had dat gezegd toen hij haar over Laura had verteld. Ze zei: 'Maar ze moet toch hebben nagedacht over wat ze zou doen als haar iets overkwam? Ze zal toch plannen hebben gemaakt? Wie zijn haar vriendinnen, ken je die? Misschien heeft ze een van hen wel gevraagd om voor Delphi te zorgen.'

Hij schudde zijn hoofd. 'Nee, dat heeft ze niet gedaan.'

'Nou, heeft ze een testament?'

'Ja.' Hij slaakte een diepe zucht. 'Dat heeft ze.'

'Dus dan zal het daar wel in staan.'

Hij knikte. 'Ja.'

'Weet je wat erin staat?'

Hij durfde haar niet aan te kijken.

'O god,' zei ze. 'Jij bent het, hè?'

'Ja.' Hij liet zijn hoofd in zijn handen vallen. 'Ze vroeg me om een papier te tekenen waarop stond dat ik voogd zou worden, maar ik heb alleen maar getekend omdat ik dacht dat het toch nooit zou gebeuren. Je zegt dat je dat soort dingen wel doet, maar je verwacht eigenlijk niet dat het ooit zover zal komen.' Zo, hij had het gezegd. Het was eruit.

'Dus je wilt het eigenlijk niet.'

Hoewel ze niet beschuldigend klonk, voelde hij zich toch schuldig verklaard. Somber zei hij: 'Het is geen vraag of ik het wil. Ik kan het gewoon niet.'

'O nee?'

'Nee! Ik bedoel, god, hoe zou ik dat moeten doen?'

Molly zei niets, ze keek hem alleen maar aan. Hij wist wat ze dacht: gewoon, op de normale manier.

'Je ziet toch hoe ik ben, wat voor leven ik leid?' Hoe kon hij het haar duidelijk maken? 'Ik heb geen verstand van baby's. Voordat Delphi er was, had ik zelfs nog nooit een baby vastgehouden. Ik maak idioot lange dagen, soms werk ik nachtenlang door. En als ik niet werk, dan... dan ga ik uit. Er is geen plaats voor een baby. Maar bovendien, zelfs als die er wel was, dan was ik wel de laatste persoon ter wereld aan wie je een baby zou durven toevertrouwen. Dat zou een ramp worden. Ik ben zo iemand die altijd zijn autosleuteltjes kwijt is.'

'Oké.'

'Ik weet wat je denkt.'

Ze schudde haar hoofd. 'Nee, dat weet je niet.'

'Natuurlijk wel. Je vindt het gewoon ongelooflijk dat iemand zo egoïstisch kan zijn. Dat denk je toch? Wat een klootzak, denkt alleen maar aan zichzelf. Maar ik ben alleen maar eerlijk, ik kan dat niet. Zo'n soort mens ben ik niet.' Hij wreef over zijn ogen, die langzamerhand prikten van vermoeidheid; hij begon eindelijk te voelen dat hij gisteren geen oog dicht had gedaan en dat hij allerlei drankjes door elkaar had gedronken.

'Hou je van haar?' vroeg Molly.

'Van Delphi? Natuurlijk houd ik van haar, maar daar gaat het niet om. Want snap het dan, ik ben een egoïst. Ze verdient het niet om met iemand als ik opgescheept te zitten. God, sinds kerst heb ik al drie keer een nieuw mobieltje moeten kopen. Als ik haar ergens mee naartoe zou nemen, zou ik haar vast gewoon in de taxi achterlaten.'

'Dat zeg je nu.' Haar stem kreeg een zachte klank. 'Maar Delphi is geen ding. Het is anders. Je kunt het je veroorloven om autosleutels en mobieltjes kwijt te raken, omdat die niet belangrijk zijn. Je houdt er niet met heel je hart van. Iedereen die voor het eerst een kind krijgt, vindt dat doodeng. Het is volkomen normaal om in paniek te raken bij de gedachte dat je verantwoordelijk bent voor een echt kind. Maar dat heet nou onvoorwaardelijke liefde – dat je er alles voor zult doen om haar te beschermen.'

'Denk je dat echt?'

'Ja,' antwoordde ze simpelweg. 'Zo zit de menselijke natuur in elkaar. Luister, als je dit kind niet wilt opvoeden, prima. Maar als je het wel wilt, maar alleen bang bent dat je het niet kunt... Nou, daar zou ik me maar geen zorgen om maken. Want er bestaat geen enkele reden waarom je het niet zou kunnen.'

Wauw, waar was die toespraak ineens vandaan gekomen? En kon ze eigenlijk wel zoveel vertrouwen hebben in iemand die ze nauwelijks kende? Stel je voor dat hij haar geloofde en de baby echt een keertje op de achterbank van een taxi zou laten liggen?

Aan de andere kant, luisterde hij überhaupt nog wel naar haar? Op dit moment zat hij fronsend in zijn glas te turen.

'Dit is leeg. Mag ik nog wat?'

Nou, daar zat ze dan met haar gepassioneerde peptalk.

'Tuurlijk. Ik ga voor mezelf even koffiezetten. Wacht,' zei ze, terwijl ze opstond. 'Ik ben zo terug.'

In de keuken zette ze de waterkoker aan en wachtte tot het water kookte. Ze nam niet eens de moeite om echt koffie te zetten. Na een paar minuten liep ze de huiskamer weer in. En ja hoor, hij was in slaap gevallen.

Het zou je maar gebeuren. Ze kon niet anders dan medelijden met hem hebben. Nadat ze de glazen had weggeruimd, bleef ze een tijdje naar hem staan kijken. Zijn ademhaling was diep en regelmatig. Hij had wallen onder zijn ogen, en omdat zijn hoofd iets naar achteren op het kussen lag, lichtte zijn jukbeen op in het schemerlicht. Zijn haar was inmiddels opgedroogd. Hij zag er mooi, maar verdrietig uit, wat hij ongetwijfeld ook was.

Hoewel hij in feite een volslagen onbekende voor haar was, maakte ze zich geen zorgen. Er zat een slot op haar deur, en hij leek haar niet het type om er met haar tv vandoor te gaan. Ze kon hem hier vannacht met een gerust hart laten liggen.

Ze spreidde zijn jas over de radiator uit. Omdat er niet meer plek was, nam ze haar Barbour mee naar boven, waar ze hem in de badkamer hing. Met het dekbed voor noodgevallen liep ze weer naar beneden.

Dexter verroerde zich niet toen ze het over hem heen legde. Hij zou de rest van de nacht wel buiten westen blijven.

Nou, wat een maandagavond! Nadat Molly twee paraceta-molletjes en een glas water op de salontafel had achtergelaten, ging ze weer naar boven. Na de rum en de sherry en de afbijt-likeur zou hij dat allemaal nodig hebben als hij wakker werd.

Toen Molly de volgende ochtend beneden kwam, was hij weg. Net als de paracetamolletjes. Het dekbed was, als een soort groot formaat muiltje van Assepoester, in een verkreukelde hoop op de verder lege bank achtergebleven. Geen briefje, geen ander teken dat hij hier was geweest.

Ze deed de voordeur open en rilde toen er ijzige regen in haar gezicht spetterde. Bah, februari. En haar Barbour hing nog bo-ven. Op blote voeten rende ze het tuinpad af, constateerde dat de felgele Porsche niet meer voor Gin Cottage stond en racete weer naar binnen. Betekende dat dat hij boodschappen aan het doen was? Of dat hij terug was naar Londen? In dat geval zou ze misschien wel nooit te weten komen wat hij met Delphi had gedaan.

Die arme Dex, wat een verschrikkelijke toestand. Maar ze moest hem op de een of andere manier toch wel kunnen hel-pen? Terwijl ze de regendruppels van haar neus veegde, hoop-te ze met heel haar hart dat hij zou terugkomen.

10

Frankie Taylor was nooit van plan geweest om een lunchcafé te beginnen. Toen Joe en zij bijna twintig jaar geleden naar Briarwood verhuisden, was dat wel het laatste geweest waar ze aan had gedacht, en er had ook nog nooit iemand van de soap-serie *Next to You* gehoord.

Toen ze Ormond House hadden bezichtigd, stond het huis al enkele maanden leeg en was het in de tussentijd verhuurd aan een klein, onafhankelijk tv-productiebedrijfje, dat het als locatie voor een nieuwe serie had gebruikt. Ze hadden weinig geld en nul ervaring, alles moest op een koopje, en er was weinig hoop op succes. Een tijdlang was het er één grote chaos, terwijl er zes afleveringen van een halfuur in recordtijd in en om het huis werden gedraaid. Daarna verdween de ploeg weer net zo onverwacht als hij was gekomen en werd in het dorp alles weer bij het oude, alsof ze er nooit waren geweest.

Frankie en Joe hadden het huis gekocht en er verder niet meer aan gedacht tot de serie veertien maanden later eindelijk op tv kwam. De hoofdpersonen van *Next to You* waren een katholieke priester van middelbare leeftijd, zijn buurvrouw, een lieve weduwe, haar excentrieke, maar glamoureuze moeder en een geit die Bert heette. De serie had hier en daar iets surrealistisch en was spitsvondig en grappig, en het charismatische spel van de hoofdrolspelers was zo naturel dat het hele land meteen verkocht was. Tegen alle verwachtingen in raakte iedereen die keek meteen betoverd; het scenario stoelde op het ultieme zullen-ze-wel-zullen-ze-niet-maar-ze-kunnen-helemaal-niet-gegeven. Er werd meteen een vervolg besteld, en tijdens de opnames daarvan werden Frankie en Joe, samen met hun nieuwe aanwinst, dochter Amber, ondergebracht in het nabijgelegen Colworth Manor Hotel. Wat helemaal geen straf was geweest.

Toen de tweede reeks werd uitgezonden, overtrof hij de eerste. *Next to You* werd een fenomeen, het was ontzettend grappig, en de onuitgesproken aantrekkingskracht tussen de twee hoofdrolspelers, Mags en Charles, ontroerde de kijkers als nooit tevoren. Er gingen geruchten dat het paar ook in het echt wat met elkaar had, hoewel dat door de acteurs zelf werd ontkend. William Kingscott en Hope Johnson, die weliswaar allebei single waren, waren totaal niet publiciteitsgeil en gaven er de voorkeur aan om hun privéleven privé te houden.

Maar het was wel wat iedereen dacht.

En toen, een week voordat de laatste aflevering zou worden uitgezonden, en op het hoogtepunt van de opwinding omtrent de alle records verbrekende tweede reeks, werd William Kingscott aangereden door een vrachtwagen waarvan de chauffeur de macht over het stuur had verloren.

Hij was op slag dood.

Het hele land verkeerde in shock; in twee jaar tijd had William de sprong gemaakt van een onbekende acteur naar de lieveling van het hele land. De laatste aflevering werd op de avond van zijn begrafenis uitgezonden en brak alle kijkcijferrecords. Hoewel het ongeluk op honderden kilometers afstand van Briarwood was gebeurd, in Edinburgh, werd het huis van Frankie en Joe dé herdenkingsplek, waar huilende fans zich verzamelden en bloemen op de stoep neerlegden.

De bedenker van de serie kondigde aan dat er geen vervanger zou worden gezocht voor Williams personage en dat er geen nieuwe afleveringen meer zouden komen van *Next to You*. Het was afgelopen; Mags en Charles waren niet meer. Hope Johnson sprak nooit publiekelijk over haar relatie met haar medespeler; ze stopte met acteren en verdween als een kluizenaar in de anonimiteit.

Hoewel de bezoekers aan Briarwood niet langer huilden en ook geen bloemen meer neerlegden, bleven ze onverminderd gefascineerd door Ormond House. In de loop der jaren werd *Next to You* een erkende klassieker en werd de serie een onderdeel van het nationale bewustzijn. Er kwamen steeds meer tv-kanalen die de serie bleven uitzenden, zodat deze ook wereldwijd populair werd. Mensen die naar Engeland op vakantie gingen, kwamen ook naar het dorp, waar ze oneindig veel foto's van elkaar namen voor het beroemde huis; ze belden zelfs aan om te vragen of ze binnen een kijkje konden nemen.

Iedereen was altijd erg aardig en beleefd, en Frankie was een vriendelijke vrouw die het moeilijk vond om nee te zeggen. Maar het slokte wel al haar tijd op. Bovendien was Mags in de tweede reeks in een deel van het huis een lunchcafé begonnen, omdat ze geld nodig had; de bezoekers vroegen altijd waar het lunchcafé was en waren steevast teleurgesteld dat het helemaal niet bestond.

Uiteindelijk zwichtte Frankie, en opende ze zelf een lunchcafé. Niet om het geld, maar om in een behoefte te voorzien. Amber was toen inmiddels vijf en zat op school, dus Frankie had er de tijd voor, en bovendien betekende het dat ze de toeristen nu in haar eigen zaak kon verwelkomen en niet meer hoefde te doen alsof ze het leuk vond dat ze haar huis wilden zien, terwijl ze alleen maar hoopte dat ze snel weer zouden vertrekken.

En nu, twaalf jaar later, kwamen er nog steeds toeristen, en runde ze het lunchcafé nog steeds. Het was ingericht zoals het er in de serie had uitgezien, en dat bleef onveranderd. Eén muur was bedekt met foto's en memorabilia uit de serie. Ze had voor zichzelf handige openingstijden ingesteld, van elf tot vier, en soms, in de zomer, als er een bus met toeristen verscheen, wat langer. In de serie had op het uithangbord Mag's Café gestaan. Op het hare stond Frankie's Café. Zo had ze wat omhanden. Ze genoot van de praatjes en het gezelschap; vooral omdat Joe zoveel weg was; zijn werk als regiomanager voor een kledingbedrijf bestreek heel Zuid-Engeland, en hij was veel onderweg.

'Dat rotbeest ook.' Joe, die de zaak in kwam om gedag te zeggen, schudde zogenaamd wanhopig zijn hoofd. 'Hij probeerde net de mouw van mijn overhemd op te eten.'

Joe had een langdurige haat-liefdeverhouding met de jonge Bert, hun huisdier-geit die, vastgebonden aan een lang touw, zijn dagen sleet in de tuin en het heerlijk vond om samen met toeristen op de foto te worden gezet. Als hij tenminste niet bezig was hun kleren aan flarden te scheuren.

'Dat is omdat hij van je houdt en niet wil dat je weggaat.' Frankie kwam van achter de toonbank vandaan, streek een paar slordige haren op Joe's kruin glad en kuste hem. 'Als ik dacht dat het zou helpen, zou ik dat ook doen.'

'En dat zou jammer zijn, aangezien je dit overhemd zelf hebt uitgekozen.' Hij kuste haar op de mond. 'Hoe dan ook. Dit is een korte trip. Ik ben morgenavond weer thuis. En gedraag je een beetje in de tussentijd.'

'Jij ook.' Het was een vast grapje van hen. Frankie zei tegen iedereen dat ze alleen nog maar getrouwd waren omdat Joe twee à drie dagen per week niet thuis sliep. Zoals ze zeggen: afwezigheid versterkt de liefde...

'Bah, kussende mensen.' Hoewel het café nog niet open was, had Molly zichzelf binnengelaten. 'Heeft niemand jullie verteld dat jullie te oud zijn voor al dat gefoezel?'

'Je hebt gelijk. Het is walgelijk. Schandalig gewoon.' Grijnzend gaf Joe Frankie nog een kus. 'En door al dat geknuffel zou ik nog te laat komen ook. Ik moet er maar eens vandoor. Tot morgenavond.' Nog een laatste kus, en weg was hij. 'Dag Moll, veel plezier samen zonder mij.'

'Reken maar van yes,' zei Molly. 'Er treden vanavond mannelijke strippers op in de Swan.'

Toen Joe weg was, vroeg Frankie: 'Echt waar?'

'Helaas niet. Tenzij harige Phil te veel cider drinkt en zijn kleren gaat uittrekken.' Dat idee was zo afgrijselijk, dat ze allebei begonnen te grijnzen. 'Hoe dan ook,' begon Molly, die het blijkbaar ergens anders over wilde hebben, 'ik heb gisteren die mysterieuze buurman van me weer gezien.'

'Die man die Gin Cottage heeft gekocht?' O, dat werd interessant; Frankie had hem nog niet gezien. 'En toen?'

'Nou, het eindigde ermee dat hij bij me is blijven slapen. Nee, niet op die manier,' voegde Molly eraan toe, toen Frankies mond openviel. 'Het is eigenlijk heel zielig. Zijn zus is net gestorven, en haar baby is pas acht maanden. Er is niemand anders om voor haar te zorgen, en Dex is haar voogd, maar hij zegt dat hij het niet kan. Het punt is dat hij nu in shock is. Ik hoopte dat jij het er misschien een keertje met hem over kon hebben.'

'Wat vreselijk. Ja, natuurlijk wil ik met hem praten, als hij dat ook wil.' Net zoals een lunchcafé runnen nooit Frankies bedoeling was geweest, was het ook niet de bedoeling geweest dat ze de onofficiële praatpaal van Briarwood zou worden. Op de een of andere manier was dat toch gebeurd; zonder dat ze het ooit van plan was geweest, was ze iemand geworden aan wie mensen graag hun problemen toevertrouwden. Ze vertelden wat er was, en zij hielp hen met het vinden van oplossingen. Ze kon goed luisteren en had blijkbaar een meelevend gezicht.

'Hij is er op dit moment niet,' zei Molly. 'Hij is gisteravond op mijn bank in slaap gevallen. Toen ik vanochtend beneden kwam, was hij weg. Hij is óf boodschappen gaan doen, óf hij is terug naar Londen. Maar als hij wel terugkomt, dan zal ik hem zeggen dat hij naar jou... haaa... haaa.... haaa-tsjie!' Vlak voordat ze moest niezen, wist Molly nog net een papieren zakdoekje uit de zak van haar Barbour te grissen. Tegelijkertijd viel er iets kleins en metaligs uit haar zak, dat over de keukentafel scheerde. Frankie pakte het bedeltje op en bekeek het.

'Wat mooi. Pas maar op dat je het niet kwijtraakt.'

'Wat is het? Laat eens zien?' Fronsend hield Molly haar hand op.

'Het is een kikkertje op een schepje.'

'Dat heb ik nog nooit van mijn leven gezien! Dat is niet van mij!'

'Nou, het kwam toch echt uit jouw zak,' zei Frankie.

'Wat raar. Ik snap niet hoe het daar terecht is gekomen. Echt een raadsel.'

'Heeft iemand anders je jas soms aangehad?'

'Nee.' Molly bestudeerde het bedeltje aandachtig. 'Wat schattig, hè? Het enige wat ik kan bedenken, is dat iemand het op de grond heeft zien liggen en dacht dat het van mij was. Ik zal eens rondvragen. Alleen zouden ze het dan niet in mijn zak hebben gestopt, toch? Niet zonder iets te zeggen.'

'Vraag maar in de pub, aan Lois, misschien dat zij weet of iemand het kwijt is.' Frankie keek op haar horloge. 'O shit, is het al zo laat? Ik moet opschieten.'

'Ik ook. Ik moet mijn werk van gisteravond nog inhalen.' Terwijl Molly naar de deur liep, zei ze: 'Als Dexter met je wil praten, bel ik je wel even.'

Maar 's avonds was de felgele Porsche er nog steeds niet; Molly's buurman was blijkbaar terug naar Londen om zijn problemen zelf op te lossen. En toen ze rondvroeg in het dorp, wist niemand iets van het kleine gouden kikkertje op een schepje; niemand had enig idee waar het vandaan kwam.

11

Laura's huis in Islington – het huis waar ze waren opgegroeid – mocht dan nog steeds vol staan met haar spullen, het voelde onbeschrijflijk leeg aan. Dex had het gevoel alsof hij zat opgesloten in een nachtmerrie waaruit hij niet kon ontsnappen. Iedere keer dat hij dacht aan wat er was gebeurd, had hij alleen maar zin om te zeggen: 'Oké, nu is het genoeg. Nu weer normaal doen, alsjeblieft.'

Het leek onvoorstelbaar dat hij ooit zou accepteren dat dat niet zou gebeuren.

Als op de automatische piloot liep hij door de vertrouwde kamers. De maatschappelijk werkster had geopperd dat hij misschien wat spulletjes van Delphi kon gaan ophalen, spulletjes waarvan hij dacht dat ze die graag bij zich zou hebben terwijl ze in het pleeggezin zat. Niet dat hij een flauw idee had van wat ze nodig had of wat ze zou willen. Tot dusverre had hij allerlei babykleertjes en zachte speeltjes in een weekendtas gegooid zonder te weten of ze ze leuk vond of niet. Er zat een klein geel eendje bij dat klaaglijk kwaakte wanneer je ermee schudde – hij had haar er met de kerst mee zien spelen – maar verder was het giswerk.

Wat gewoon schandalig was. Die arme Delphi. Alsof het al niet tragisch genoeg was dat ze haar moeder had verloren, was het enige familielid dat ze nog had een nutteloze oom die niet eens wist waar ze het liefst mee speelde.

Hij vroeg zich ook af of ze Laura miste. Vast wel. Maar had ze door dat er iets heel ergs was gebeurd? Volgens de maatschappelijk werkster was Delphi nogal stilletjes en leek ze soms verward naar een gezicht te zoeken dat er niet was. Hoewel ze een paar huilbuien had gehad, leek ze verder wel tevreden; omringd door zorg en liefde leek ze goed te gedijen bij haar nieuwe pleeggezin. Dex wist niet wat hij daarvan moest denken; moest hij blij zijn omdat ze zich blijkbaar zo gemakkelijk aanpaste? Maar de gedachte dat ze zich – op haar eigen, hulpeloze babymanier – net zo bedroefd voelde als hij, vond hij ook onverdraaglijk.

Dex bleef even in de kinderkamer uit het raam staan kijken. Voor het huis stond Laura's auto, de rode Escort waar ze zo trots op was geweest, hoewel hij al heel oud was. Een nieuwe golf van verdriet overspoelde hem toen tot hem doordrong dat hij al haar spullen zou moeten uitzoeken.

O god, Laura, ik wil dit niet, het is tijd dat je terugkomt en de touwtjes weer in handen neemt...

Beneden werd aangebeld. Hij schrok van het schrille geluid en dacht idioot genoeg heel even dat het misschien Laura was die aanbelde, omdat ze haar sleutels was vergeten.

Hij haastte zich met de weekendtas de trap af en deed open.

'O hallo, dat is lang geleden!' Het was Phyllis, die al vijftig jaar in het huis ernaast woonde. Haar witte haar omlijstte als een pluizenbol van een paardenbloem haar gerimpelde gezicht. 'Is Laura ook thuis? Want ik heb haar gevraagd om wat postzegels voor me te kopen, maar ze heeft ze nog niet gebracht en ik moet mijn elektriciteitsrekening betalen.'

Hij kon het haar niet op de stoep vertellen. Dus voelde hij zich genoodzaakt om haar binnen te vragen en een kop thee voor haar te zetten, voordat hij haar het vreselijke nieuws vertelde. Het was bijna onverdraaglijk om degene te moeten zijn die een vrouw van tachtig aan het huilen maakte.

'O nee, hè? O nee, dat is te erg voor woorden. Zo'n lieve meid.' Phyllis' kromme vingers beefden toen ze een zakdoek uit de mouw van haar vest trok en ermee langs haar bleke ogen veegde. 'En Delphi, die kleine schat. Hoe moet dat nou verder met haar?'

'Gaat het?' Henry, gekleed in zijn gebruikelijke gekreukte grijze pak, keek Dex bezorgd aan.

'Wat denk je?' Het was al tussen de middag, en Dexter was nog steeds niet aangekleed. Hoewel hij niet had geslapen toen de bel ging, had hij nog wel in bed gelegen. Inmiddels had hij een spijkerbroek aan en wreef hij over zijn ontblote borstkas, terwijl hij vermoeid naar de keuken knikte. 'Als je iets wilt, ga je gang. Wat kom je doen?'

Ze werkten al jarenlang samen en waren in de loop der tijd vrienden geworden, hoewel ze heel verschillend waren. Henry Baron, die zevenendertig was, was een typisch voorbeeld van de uitdrukking dat je mensen niet op hun uiterlijk kunt beoordelen. Bijna twee meter lang en enorm gespierd trok hij overal en altijd de aandacht, voornamelijk van vrouwen die betoverd werden door zijn gelijkenis met de acteur Idris Elba, vooral van Elba in de rol van de rebelse vechtersbaas die nooit op school had gezeten en zich met zijn vuisten een weg door het leven baande.

Henry daarentegen, en het had even geduurd voordat Dexter dat had ontdekt, was op zijn ruige school in een Londense achterstandswijk juist gepest, omdat hij hoogbegaafd was en weigerde te vechten. Hij was uiteindelijk cum laude afgestuurd in de wiskunde, was doodsbang voor de vrouwen die achter hem aan zaten en probeerde al zijn hele leven lang zijn stotteren te overwinnen.

Meestal lukte hem dat goed.

Anders dan de rest van Dex' collega's was Henry rustig, huiselijk, gewetensvol en... nou ja, aardig. Hij was een vriendelijke reus, een goede vent. Wat op dit moment wel het allerlaatste was wat Dex kon gebruiken.

Verdomme, hij wilde niet dat iemand hem aan het huilen zou maken.

'Je bent niet op je werk geweest,' zei Henry. 'En je telefoon staat uit. We maken ons zorgen om je.'

Ja, natuurlijk. Dex haalde zijn schouders op. 'Nergens voor nodig. Ik leef nog.'

'Hoe ging het gisteren? Sorry,' zei Henry met een grimas. 'Stomme vraag.'

Dexter zuchtte diep. De begrafenis was net zo afschuwelijk geweest als hij had verwacht. Maar het was nu achter de rug. Laura's vrienden en vriendinnen en hijzelf hadden afscheid van haar genomen, en daarna had hij het gevoel gehad dat er iets was afgesloten. Voor de anderen dan, niet voor hemzelf.

'Het was vreselijk. Iedereen huilde en riep dat het zo tragisch was voor Delphi. En toen vroegen ze me wat er met haar ging gebeuren, en ik zei dat ik dat nog niet wist, maar dat ze nu in een pleeggezin zat. En toen zeiden ze me allemaal dat dat het beste voor haar was, dat ze het wel zou redden, dat het vast stikte van de mensen die haar wilden adopteren en een mooi leven wilden bezorgen, omdat het wel duidelijk was dat ik dat zelf niet kon.' Dex zweeg even en masseerde zijn pijnlijke slapen. 'En dat maakte me kwaad, en ik vroeg hoezo het wel duidelijk was dat ik dat niet kon, en toen kwamen ze allemaal met redenen... smoezen... en het was allemaal precies wat ik mezelf de hele week al had voorgehouden. Bovendien klonk het ook allemaal wel logisch, maar er is één ding waar ik steeds aan moet denken.' Hij was flink op dreef inmiddels, alle gedachten die door zijn hoofd hadden getold, kwamen er nu uit rollen.

'Ze heeft mij aangewezen, Henry. Ze heeft mij aangewezen als voogd. Als ik het niet doe, stel ik haar teleur. Dus toen zei ik dat tegen haar vrienden op de begrafenis, en je had hun gezichten eens moeten zien toen ik het zei. Toen ik zei dat ik misschien wel voor Delphi kon zorgen, keken ze me aan alsof ik gek was. Alsof ik een klein jongetje was, dat verkondigde dat hij later voor het Engelse elftal zou spelen.'

'Dus in feite hebben ze gelijk,' zei Henry. 'En dat weet jij ook. Je wilt het alleen niet uit hun mond horen.'

Dus nu koos Henry ook nog hun kant. Allemachtig zeg. Dex zei: 'Als ik het wil, kan ik het heus wel.'

'Je hoeft niet kwaad op mij te worden. Ik ben alleen maar eerlijk tegen je.' Henry stak zijn handen op. 'Je kunt dat gewoon niet.'

'Wel als het moest.'

'Maar het is helemaal niks voor jou.'

'Dus wat je in feite zegt, is dat ik er te egoïstisch en oppervlakkig voor ben.'

'Nee, dat zeg ik niet,' zei Henry vriendelijk. 'Maar vergeet niet dat ik psychologie op school heb gehad, en ik kan je dus vertellen dat je daarmee in feite beschrijft hoe je over jezelf denkt.'

'Rot op, man.' Dex had zichzelf vorige week inderdaad zo beschreven, toen hij met dat meisje in Briarwood had gepraat.

'Ik probeer je alleen maar te helpen,' zei Henry. 'Maar het is nergens voor nodig om je schuldig te voelen. Sommige mensen zijn geknipt voor dit soort dingen en andere niet.'

'En ik dus niet.'

'Precies. Ten eerste al omdat je zestig uur per week werkt.'

'Dan neem ik een kindermeisje.'

'Je hebt er twee nodig. Eentje voor als je werkt, en eentje voor als je de stad onveilig maakt.'

'Nou, dan doe ik dat.'

'En dan ga je naar bed met een van de kindermeisjes en dan wordt de andere jaloers. En na een enorme ruzie vertrekken ze allebei, en dan kom jij naar je werk met Delphi in zo'n hanggeval voor je borst...'

'Ze hebben je zeker hiernaartoe gestuurd omdat ze willen weten wanneer ik weer aan het werk ga,' onderbrak Dex hem.

Henry knikte. 'Ja.'

'Het interesseert ze geen reet hoe het met me gaat, hè?'

'Heus wel...'

'Ze hebben me alleen maar nodig om deals voor ze te sluiten, om klanten te paaien, om als een idioot te werken en bergen geld voor ze binnen te slepen.'

'Je sleept ook genoeg voor jezelf binnen,' wees Henry hem er in alle redelijkheid op.

Dexter, die niet in de stemming was voor redelijkheid, nam in die ene fractie van een seconde een besluit. Hij pakte een fles Perrier uit de ijskast en nam een slok. Daarna zei hij op kalme toon: 'Zeg ze maar dat ik niet terugkom. Ik neem ontslag. Per direct.'

Henry zuchtte. 'Je roept maar wat.'

'Nee, ik meen het. Er zijn belangrijker dingen in het leven.' Al zijn schuldgevoel en besluiteloosheid gleden van hem af toen hij het zei. Wat een fantastisch gevoel, dacht hij.

'Oké, luister naar me. Dit is geen beslissing die je in een opwelling kunt nemen,' zei Henry. 'Je kunt niet zomaar bij die pleegouders op de stoep gaan staan verkondigen dat je Delphi met je mee naar huis neemt.'

'Dat weet ik ook wel.' Een gevoel van paniek bekroop hem. Zijn nekhaartjes gingen er recht van overeind staan. Hij had dat helemaal niet geweten.

'Ze geven kinderen niet zomaar aan iemand mee,' vervolgde Henry. 'Je moet bewijzen dat je het aankunt.'

'Shit. Hoe dan?' En waarom maakte Henry het hem uitgerekend vandaag zo lastig?

Er verscheen een klein lachje om Henry's mond. 'Nou, om te beginnen door niet zo vaak te vloeken.'

'Volgens mij heb je een fan,' zei Molly.

'Wat?' Amber, die op zaterdag, wanneer het wat drukker was, in het lunchcafé hielp, veegde energiek het tafeltje naast dat van Molly schoon.

'Die jongen daar. Ik heb hem in de gaten gehouden. Hij kijkt de hele tijd naar je.'

'Hm. Niet mijn type.' De voorkeur van de zeventienjarige

Amber ging op dit moment uit naar magere, getatoeëerde jongens met lang haar, die van hardrock hielden. Ze vond het blijkbaar wel grappig dat Molly ook maar kon denken dat ze de bewuste jongen leuk vond, want ze zei: 'Veel te netjes voor me.'

De jongen in kwestie zag er inderdaad uit alsof hij zo uit een tandpastareclame was gestapt. Hij was zo'n verzorgde, aantrekkelijke jongen waarmee moeders hun dochter graag thuis zagen komen. De vriendjes die Amber echter meebracht naar Ormond House, wilde Frankie altijd het liefst in een heet bad met ontsmettingsmiddel stoppen.

Amber liep door naar de keuken, en Molly ging verder met haar werk; ze vond het fijn om voor de afwisseling af en toe in het café te gaan zitten schetsen om ideeën op te doen voor de volgende aflevering van *Boogie en Boo*.

Tien minuten later kwam de perfecte clou in haar op, en ze grijnsde van opluchting. Toen ze haar hoofd hief, zag ze dat de keurige jongen haar verschrikt aankeek.

'Sorry!' Ter verontschuldiging wapperde ze wat met haar vrije hand. 'Je hoeft niet te schrikken, ik lachte niet naar jou.'

'Ik schrok niet. Ik vroeg me alleen af wat je aan het doen was.' De jongen had een mooie stem en een prettige manier van doen. 'Je zit te tekenen, maar ik weet niet wat.'

'Een strip.' Ze hield kort haar schetsboek voor hem op.

'Echt? Mag ik het zien?' Toen Molly knikte, kwam hij bij haar tafel staan om te kijken wat ze had gemaakt. 'Hé, dat is *Boogie en Boo*. Je bent goed, zeg.' Hij bestudeerde de tekeningen wat aandachtiger. 'Bijna net zo goed als de echte. Dat moet je de tekenaar laten weten, dan kun je voor hem invallen als hij een keertje ziek is.'

'Dank je.' Molly, die haar werk altijd ondertekende met M. Hayes hield haar gezicht in de plooi. 'Maar eerlijk gezegd, ben ik de tekenaar.'

'O god, sorry.' Hij bloosde en keek haar besmuikt aan.

'Geeft niks. Je zou je alleen maar hoeven schamen als je had gezegd dat ik slecht was. Iedereen houdt van complimenten.'

'Nou, hoe dan ook, ik vind het echt fantastisch. Ik ben dol op *Boogie en Boo*.' Zijn bruine haar viel naar voren toen hij vooroverleunde om nog eens te kijken. 'Ik wou dat ik dat kon.'

Molly maakte er geen gewoonte van om cursisten binnen te proberen te halen, maar omdat hij er zelf over was begonnen, zei ze: 'Als je belangstelling hebt, ik geef een avondcursus.'

'Echt? Cool. Waar?'

'Hier.'

'O.' De jongen leek niet goed te weten wat hij moest zeggen.

'Iedere maandagavond. Het is hartstikke leuk. Amber?' Ze draaide zich om en riep: 'Liggen er nog visitekaartjes van me achter de toonbank?'

De jongen leek een beetje te verstijven toen Molly Amber riep, maar toen Amber in de la naast de kassa begon te rommelen, deed hij net alsof hij haar niet zag.

'Ja, nog een paar. Wil je er eentje?'

'Graag.' Molly knikte naar de jongen. 'Ze heeft er eentje voor je gevonden. Ga maar halen.'

De jongen liep naar de toonbank en pakte het kaartje van Amber aan. 'Dank je,' mompelde hij.

Zo schattig.

'Waar woon je?' vroeg Molly behulpzaam.

'Eh... hier in de buurt.'

'Nou, als je zin hebt, dan weet je ons te vinden. Maandagavond, van zeven tot negen.'

'Oké. Nou. Goed. Ik moet maar weer eens gaan.' Nog steeds niet in staat om Amber aan te kijken, dronk hij zijn zwarte koffie op. Hij wierp Molly een glimlachje toe, terwijl hij het kaartje in zijn zak stopte. 'Nogmaals bedankt.'

'Graag gedaan. Amber komt ook best vaak. Het zijn niet alleen maar saaie oude mensen. Dus misschien tot volgende week,' zei Molly.

Een beetje koppelen kon geen kwaad, vond ze. Frankie zou dolblij zijn als Amber eens een keer iets kreeg met iemand die niet onder de tatoeages en piercings zat.

'Leuk geprobeerd,' zei Amber, terwijl ze door het raam de jongen nakeek die de hoofdstraat af liep. 'Maar ik val nog steeds niet op hem.'

'Ik vond hem heel charmant overkomen.' Oké, ze wist best dat dat het dodelijkste was wat ze had kunnen zeggen.

Amber rolde met haar ogen. 'Dat bedoel ik dus.'

12

Dex was kapot. Henry had gelijk gehad wat maatschappelijk werksters betreft; ze gaven niet zomaar een kind aan iemand mee. In plaats daarvan stelden ze honderden vragen, maakten ze bladzijden vol aantekeningen, vulden ze een veelvoud aan ingewikkelde formulieren in en dronken ze talloze koppen thee, die hij in zijn glanzende, futuristische keuken voor hen zette.

Zouden ze hem stiekem ook cijfers geven voor zijn theezetvaardigheden?

Sommige van de maatschappelijk werksters waren behoorlijk aantrekkelijk, maar Dex voelde dat hij beter niet kon toegeven aan zijn natuurlijke neiging om te gaan flirten. De verantwoordelijkheid voor een baby van negen maanden op je nemen was een ernstige zaak, en hij moest ze ervan zien te overtuigen dat hij het aankon. Dus deed hij zijn uiterste best om de indruk te wekken dat hij een serieuze en heel verantwoordelijke volwassen man was. Wat hem bijzonder goed afging.

Behalve toen ze hem hadden gevraagd wat hij zou doen als alle liften in zijn gebouw kapot waren, en hij met Delphi in een kinderwagen naar beneden moest. Hij had geantwoord: 'Misschien dat ik haar vastbind aan een bungeetouw.'

Maar verder had hij het idee dat hij het behoorlijk goed had gedaan. En het waren ook aardige vrouwen, dat was het punt niet; ze stonden aan zijn kant en wilden hem graag helpen. Ze vielen er zelfs niet over toen ze ontdekten dat zijn oven vol serviesgoed stond en hij zich genoodzaakt voelde om toe te geven dat hij niet wist hoe hij de oven moest aanzetten.

Bij twijfel, uiteten. Dat was altijd zijn motto geweest, en het was hem goed bekomen.

'Maar je kunt Delphi niet iedere avond meenemen naar de Ivy,' had de jongste maatschappelijk werkster, Jen, plagend gezegd.

Wat een verontrustend idee was, hoewel Dex dacht dat het eigenlijk best kon. Kinderen werden toch niet echt uit restaurants geweerd? Bovendien konden ze het maar beter vroeg leren.

Natuurlijk moest hij de waarheid een paar keer een klein beetje geweld aandoen. Hij had niet kunnen voorzien dat hij referenties zou moeten overleggen van drie verschillende personen die hem op zijn minst al vijf jaar kenden. Gelukkig sloot dat de meeste van de meisjes met wie hij wel eens uit was geweest, uit, want die zouden zich waarschijnlijk niet al te lovend over hem hebben uitgelaten. Uiteindelijk had hij Henry gevraagd, plus een aardige getrouwde vriend van hem, van wie hij wist dat hij alleen maar positieve dingen zou zeggen. De derde referentie had Phyllis gegeven, de vriendelijke oude dame die naast Laura had gewoond en die nog steeds graag taarten bakte voor Dex, die voor haar nog steeds de vrolijke, behulpzame jongen was die als tiener haar hond had uitgelaten om een zakcentje te verdienen. Ze was een beetje zenuwachtig geworden bij het vooruitzicht een referentie te moeten schrijven, dus was het ermee geëindigd dat hij haar de woorden had gedicteerd.

Nou ja, het was toch heel menselijk om een flatteuze beschrijving van jezelf te willen geven?

Langzamerhand begon alles echter op zijn plaats te vallen. Hij was door de vereiste hoepels gesprongen en had steeds meer hordes genomen. Naarmate de weken verstreken, begon wat eerst onmogelijk had geleken, zowaar vorm te krijgen. Omdat hij ontslag had genomen, kreeg hij een soort vakantiegevoel over zich. Delphi zat nog steeds in het pleeggezin in Islington, waar ze zichtbaar tevreden was; wanneer hij haar daar opzocht, en ze hem herkende, voelde hij zijn hart uit elkaar barsten van geluk. En wanneer haar gezicht opklaarde als ze hem zag, wist hij dat hij goed bezig was.

Ook wanneer ze te snel te veel melk dronk en zijn overhemd onder spuugde, wist hij nog steeds dat wat hij deed goed was. Delphi kon er niets aan doen dat het een overhemd van Ozwald Boateng was.

En ze kon er ook niets aan doen dat haar moeder was gestorven. Gelukkig was ze zich daar niet van bewust, voorlopig niet tenminste.

Dex wist dat hij een impulsief besluit had genomen dat zijn leven voorgoed zou veranderen. Wanneer hij dacht aan wat hij op zich had genomen, was hij het ene moment opgetogen en het volgende doodsbang. Maar hij kon niet meer terug. Dit was wat Laura had gewild.

Nou ja, natuurlijk was het niet wat ze had gewild; ze was natuurlijk veel liever blijven leven om haar dochtertje zelf op te voeden. Maar aangezien dat niet kon, was het aan hem om haar zo goed mogelijk te vervangen.

En niemand kon zeggen dat hij daarvoor geen offers bracht. Toen hij de opgetrokken wenkbrauwen had gezien toen hij zijn kanariegele Porsche tot stilstand had gebracht voor het huis van het pleeggezin, had hij meteen gezegd: 'Maken jullie je maar geen zorgen, ik ga hem verkopen.'

Mel, de maatschappelijk werkster die de eerste ontmoeting begeleidde, was zichtbaar opgelucht geweest. 'Dat lijkt me heel verstandig. Je kunt beter iets geschikters kopen.'

'Dat was ik ook van plan.' Dex had geknikt. 'Ik heb altijd al een Ferrari Testarossa willen hebben.'

Maar Mel, die hem inmiddels wat beter had leren kennen, had alleen maar vriendelijk gevraagd: 'Wat dacht je van een Fiat Panda?'

Dat was nu twee weken geleden. Hoewel hij de Porsche nog niet had verkocht, zou dat wel gaan gebeuren. Vandaag werd zijn appartement vanuit een gezondheids- en veiligheidsaspect bekeken. Er ging een wereld voor hem open van ijskastsloten, kindveilige stopcontacten en traphekjes.

Toen de intercom ging, drukte Dex op de zoemer. 'Mel?'

'Nee, niet Mel, maar iemand die nog veel leuker is! Ha schat, ik ben het, Bibi!'

Wie? O god, de vrouw met de tieten. Van die noodlottige avond.

'Hoe weet je waar ik woon?' vroeg hij met gefronste wenkbrauwen.

'Ik ben gewoon slim.' Ze giechelde. 'Nee hoor, maar ik kwam die vriend van je tegen, Kenny, van het feest, en ik zei dat ik je dringend moest spreken, en toen heeft hij me je adres gegeven. Mag ik binnenkomen?'

'Eigenlijk niet. Ik verwacht bezoek. Wat is er zo dringend?'

'Dat isj een geheimpje!'

Oké, ze sliste dus. Zo te horen had Bibi een lange en natte lunch achter de rug.

'Misschien een ander keertje,' zei Dex. Zoals bijvoorbeeld nooit.

'Nee nee, ik wil je nu zjien! Laat me binnen,' smeekte Bibi. 'Alsjeblieft?'

'Hoor eens, het komt nu echt niet uit.'

'Nou, mij best, maar ik ga echt niet weg. Ik wacht gewoon tot je van gedachten verandert.'

O god.

'Wacht, ik kom naar beneden.'

Dex stapte beneden uit de lift met het idee om zich zo snel mogelijk van zijn onwelkome gast te ontdoen.

Helaas had Bibi andere plannen.

Tot overmaat van ramp was Mel inmiddels ook gearriveerd; ze had blijkbaar net bij hem aangebeld. Terwijl Dex door de lobby van grijs marmer liep, zag hij door de glazen deur de twee vrouwen met elkaar praten. Bibi met een fles champagne onder haar arm...

'Ha Dex! O, wat fijn om je weer te zjien!' Bibi wierp zich op hem, kuste hem smakkend op zijn mond en sloeg met de fles tegen de glazen deur, die in het slot dreigde te vallen. 'Niks aan het handje. Ik heb haar gevraagd of ze je nieuwe vriendin is, maar ze zegt van niet. Dus. Logisch, ze is ook helemaal niet je type!' Hoewel Bibi iets zachter probeerde te gaan praten, klonk haar stem nog steeds luid en duidelijk toen ze vervolgde: 'Heb je die schoenen van haar gezien? Zjoooo truttig!'

'Bibi, je kunt echt niet binnenkomen. Ik heb een belangrijke afspraak met...'

'Luister nou even naar me. Het punt is dat je niet snapt wat je met me hebt gedaan!' Hoofdschuddend en alcoholdampen over hem heen wasemend zei ze: 'Ik kan je echt gewoon helemaal totaal niet uit mijn hoofd zetten sinds die avond, Dex. Je kent dat toch? Soms leer je iemand kennen en dan weet je het gewoon! En zo is het nu ook!' Met een dramatisch gebaar sloeg ze haar handen tegen haar borstkas. 'Ik wisjt het gewoon! En dat andere meisje was zo'n trut, je hebt gewoon de kans niet gekregen om me echt te leren kennen, dus moeten we opnieuw beginnen, maar nu echt.'

'Mel, sorry.' Dex schonk haar een verontschuldigende grimas.

'Geen probleem.' Mel zette haar professionele gezicht op dat zei: ik kijk nergens meer van op.

Bibi gaf haar een klap op haar schouder. 'Ik wist wel dat je het niet erg zou vinden! Het is net als iets uit zo'n romantische film, hè? Soms moet je gewoon je kansj grijpen en de man vertellen wat je voor hem voelt. Anders loop je je kansj mis! Kunnen we nu naar binnen gaan?'

'Nee,' zei Dex ferm.

'O alsjeblieft, heel even maar, ik moet zo nodig plassen!'

'Hoor eens, ik kan je echt niet _'

'Dex, ik ben wanhopig! Ik verzet geen stap voordat je me binnenlaat.' Ze ging steeds harder praten, terwijl ze met grote ogen vervolgde: 'En als je me hier laat staan, dan pis ik gewoon op de grond!'

'Volgens mij kunnen we haar maar beter even binnenlaten, Dex,' zei Mel op kalme toon. 'Denk je ook niet?'

Gingen er nu punten af? Wat dacht Mel allemaal, achter dat kalme uiterlijk van haar?

In de lift zei Bibi tegen Mel: 'Weet je, als je een beetje je besjt zou doen, zou je echt wel wat van jezelf kunnen maken.'

'Dank je,' reageerde Mel ernstig.

Zodra Bibi naar de badkamer was verdwenen, zei Dex: 'Het spijt me echt. Ik heb haar maar één keer gezien. Ze is niet mijn vriendin. Ongelooflijk dat ze zomaar ineens op de stoep staat.'

Natuurlijk had hij zijn sociale leven tegenover Mel en alle anderen van het adoptieteam veel degelijker en rustiger afgeschilderd dan het nu leek. Dit kwam heel slecht uit. Hij nam zich voor Kenny te vermoorden, omdat hij Bibi zijn adres had gegeven.

'Ach, niks aan de hand,' zei Mel. 'Ik ga even water opzetten.'

Water? Whisky wilde hij!

'Zjo, dat voelt stukken beter!' Bibi was in recordtijd terug. Ze wankelde de keuken in, terwijl ze haar rok nog aan het fatsoeneren was.

Werkelijk, dacht ze soms dat het aantrekkelijk was om je mond met een dikke laag fluorescerende roze smurrie vol te smeren?

'We hebben hier een belangrijk gesprek.' Dex knikte naar Mel. 'Je moet nu echt gaan.'

'Hij isj een ramp.' Hem negerend ontkurkte Bibi onbekommerd de fles champagne en keek Mel stralend aan. 'Hij isj dol op mijn tieten, weet je. Hij is er gewoon stapelgek op.'

'Niet waar,' zei Dex snel.

'Wel waar! En ik wist ook meteen dat hij een stouterd wasj. Ik bedoel, op het feest, toen waren we met zj'n drieën om hem aan het vechten. Idioot gewoon! Maar zoals ik al zei, als je de ware tegenkomt, laat je hem niet zomaar gaan. Zelfs al heeft hij dan de stoutste reputatie ter wereld!'

De moed zonk Dex in de schoenen. 'Ik heb geen reputatie.' Hij schudde zijn hoofd naar Mel. 'Ze verzint dit gewoon.'

'Volgens Kenny wel. Hij vertelde me dat je met zo'n beetje ieder meisje uit Londen naar bed bent geweest. Nou hoef je niet zo bezorgd te kijken, dat isj helemaal niet erg!' haastte Bibi zich hem gerust te stellen. 'Het zegt gewoon dat je veel oefening hebt gehad en dus echt goed bent in bed.'

Uiteindelijk wist hij haar het huis uit te krijgen, maar niet voordat ze een halve fles Bollinger achterover had geslagen en hem had aangeboden om later terug te komen voor een nacht vol pret. Haar laatste woorden voor Mel waren: 'Echt schat, een beetje botox in je voetzolen doet wonderen! Dan kun je de hele dag je Louboutins aan! Ik zjou het doen als ik jou wasj!'

'Sorry,' zei Dex, toen ze weg was.

'Geen probleem.' Mel glimlachte even. Wat geruststellend zou zijn geweest als ze niet tegelijkertijd iets in haar notitieblok had genoteerd. Ze sloeg het dicht voordat hij kon zien wat ze had opgeschreven.

'Ik moest wel zeggen dat ik haar nog zou bellen. Anders was ze nooit weggegaan. Maar ik doe het echt niet.'

'Oké.' Ze knikte. 'Mag ik je iets vragen? Dat wat ze zei over dat je met de meeste meisjes uit Londen naar bed bent geweest...'

'Dat is niet zo. Natuurlijk niet. Alleen met... nou ja, gewoon... een paar...' Dex zweeg even; wanneer Mel hem op die manier aankeek, was dat een beetje intimiderend, net alsof ze hem hypnotiseerde om hem te dwingen de waarheid te spreken.

En dat ging echt niet.

'Een paar?' Haar stem klonk bedrieglijk zachtmoedig.

'Nou ja, misschien wat meer dan een paar.' Zijn nekhaartjes gingen overeind staan van schrik; zou ze hem echt vragen een exact aantal te noemen?

'Dex, rustig maar. Ik ben geen monster. Ik hoop alleen dat

je begrijpt dat je bepaalde aspecten van je leven zult moeten veranderen als je wilt dat deze plaatsing doorgaat. Ik ben hier niet om een preek af te steken, maar ik weet zeker dat je snapt wat ik bedoel.'

'Ja.' Hij knikte, terwijl hij wat aan zijn manchet frunnikte.

Op geduldige toon vervolgde ze: 'Zoals je weet, maakt het niet uit of je getrouwd bent of niet, omdat je familie van Delphi bent. We discrimineren geen alleenstaanden. Maar je moet aan Delphi denken, Dex. Ze heeft een stabiel gezinsleven nodig. Het zou heel verwarrend voor haar zijn als hier continu andere vrouwen zouden blijven slapen. Dat begrijp je toch wel?'

'Dat gebeurt echt niet.' Dex wist dat hij het niet alleen moest zeggen, maar ook moest menen. 'Er zal hier nooit meer een vrouw overnachten. Echt niet.'

Aan haar ogen zag hij dat ze hem niet geloofde.

'Nou ja, ik neem aan dat je begrijpt wat ik bedoel.' Ze zweeg om nog wat aantekeningen te maken. 'Een andere vraag die ik voor je heb, is wat voor algemene ondersteuning je denkt nodig te hebben.'

Gezien de omstandigheden kon hij waarschijnlijk maar beter geen grapjes maken over steunzolen of zo.

'Je zei dat ik jou altijd kon bellen als er iets was,' zei hij. Het zat er dik in dat hij dat dus heel vaak zou moeten doen.

'Natuurlijk kun je ons bellen, maar ik dacht meer aan de thuissituatie.' Ze gebaarde om zich heen. 'Hoe is het contact met je buren bijvoorbeeld? Zou je ze in geval van nood kunnen bellen?'

Goed, dit was beslist een vraag die hij met ja zou moeten beantwoorden. Terwijl het antwoord eerlijk gezegd nee was. In het appartement links van hem woonde een dure callgirl, in het appartement rechts een rechter. Soms ging de rechter 's avonds laat bij de callgirl op bezoek, maar Dex vermoedde dat hij de enige was die dat doorhad. Hoe dan ook, geen van beiden was echt ideaal als hij hulp nodig had met de baby.

'Waarschijnlijk wel,' reageerde hij voorzichtig. Het appartementencomplex mocht dan wel chic en duur zijn, het was niet het soort gebouw waar het de bedoeling was om nauwe contacten met je buren te onderhouden, behalve dan als callgirl en rechter. Misschien moest hij zich maar eens gaan voorstellen aan zijn buren, zodat hij kon bekijken wie hem eventueel zouden kunnen bijstaan.

'Want dat maakt veel verschil. Als je mensen hebt op wie je kunt bouwen. Goede buren zijn goud waard,' zei Mel. Ze keek hem aan. 'Wat?'

Het was net zoiets als een geur opsnuiven en je dan ineens iets herinneren. Dex staarde uit het tien meter lange raam naar het panoramische uitzicht voor hen: het ultramoderne Londen, het staalgrijze water bij Canary Wharf, in gedachten verzonken stadsmensen die zich als insecten over straat haastten en hun anonieme drukke leven leefden.

Buren.

Daar heb je buren voor.

Graag gedaan.

Hardop vroeg hij: 'Is een appartement als dit wel een goede plek om een kind te laten opgroeien?'

Ik zou het kunnen doen, ik zou naar Briarwood kunnen verhuizen.

'Alsjeblieft, Dex, maak je daar nou maar niet druk over. Er is geen enkele reden waarom een kind hier niet zou kunnen opgroeien.'

Hij knikte, nog steeds in gedachten. Ik zou gewoon kunnen verhuizen. We hoeven hier niet te blijven.

'Gaat het, Dex? Alles in orde?' Mel begon bezorgd te kijken.

'Niks aan de hand.' Er verscheen een brede lach van opluchting om zijn mond. Hij had de oplossing, dit was wat hij moest doen. Een nieuwe start, dat was wat Delphi en hij nodig hadden; weg van alle verleidingen, weg van zijn oude hedonistische leventje en zijn schandelijke gewoontes.

Het was hem een raadsel waarom hij er niet eerder aan had gedacht.

13

Het lastige van zo lang gebogen op een kruk achter een schuin tekenbord zitten, was dat het een ramp was voor je nek en schouders. Als je echter geconcentreerd aan het werk was, en het allemaal lekker ging, merkte je dat pas als het te laat was.

Zoals nu.

Molly legde haar zwarte pen neer, strekte haar rug en pakte haar iPod. Tijd voor een dansje om haar pijnlijke spieren te ontspannen. Maar het was een productieve ochtend geweest. In vier uur tijd twee afleveringen van *Boogie en Boo* af en al een idee voor een nieuwe. Ja, dit was een goede dag. Terwijl ze haar oortjes indeed en het geluid veel te hard zette, liet ze zich van haar kruk glijden en liep weg bij het tekenbord. O ja, fantastisch liedje, perfect... zo, daar gaan we...

'Nou, dit is het dan,' zei Dex. 'We zijn er, dit is ons nieuwe huis. Wat vind je ervan?'

Delphi, in zijn armen, nam haar vingertjes uit haar mond en zei: 'Bbbbbrrrrrr.'

'Dank je.' Hij stak zijn tong naar haar uit, terwijl ze haar vieze natte vingers over zijn wang liet glijden. Ongelooflijk, voordat Delphi in zijn leven was verschenen, was het uitgesloten geweest dat iemand dat bij hem had mogen doen. Maar op de een of andere manier was het lang niet zo weerzinwekkend als je zou denken. Of misschien maakte het je niet uit als je veel hield van degene die het deed.

Toen Delphi met haar tandeloze mondje naar hem lachte en zijn linkeroor probeerde vast te pakken, deed hij alsof hij in haar handje wilde bijten. Delphi krijste het uit van plezier en verstopte haar gezicht tegen zijn borstkas. De babygeur van haar hoofdje opsnuivend, kuste hij haar op haar donzige donkere haartjes. Het was anderhalve maand geleden dat Laura was gestorven. Gisteren was hem officieel de voogdij toegekend over zijn nichtje Delphi Yates. Na alle paniek en angst dat ze hem hopeloos ongeschikt zouden vinden en hem recht in zijn gezicht zouden uitlachen, was het eindelijk zover. Delphi was weg bij haar tijdelijke pleeggezin en stond nu onder zijn hoede. Hoewel het doodeng was, was het op de een of andere manier ook fantastisch.

'Bbbbbrrrrhhh,' murmelde ze tegen zijn overhemd. 'Bbbbbbbbrrrrgh!'

Hij voelde de natte warmte door het katoen trekken; voor zo'n klein ding produceerde ze aardig wat spuug. Hij keek op zijn horloge: het was één uur, en het bezoek zou om drie uur komen.

'Kom. Werk aan de winkel.' Hij tilde Delphi hoog op en zwierde haar door de lucht, net op tijd wegduikend voor een sliert spuug. 'We moeten iemand om een gunst vragen.'

'Bah!' riep Delphi.

Omdat hij wist dat er geen bloemenzaken in Briarwood waren, had hij een boeket gekocht bij de dure winkel vlak bij zijn appartementencomplex in Canary Wharf. In de chique buurten in Londen wist je dat bloemen schreeuwend duur waren wanneer er een of ander oud gerafeld lintje omheen zat. Terwijl hij met Delphi op zijn heup het tuinpad op liep, hoopte hij maar dat ze in het dorpse Briarwood niet dachten dat zo'n bos goedkope troep was.

Molly's auto stond voor het huis, en de ramen beneden waren open, dus ze was vast thuis. Dat was al wat. Hij belde aan en wachtte.

Niets.

Hij belde nog een keer aan.

Nog steeds niets.

Lieten ze hier echt hun ramen wijd openstaan als ze weggingen, vroeg hij zich verbaasd af. Hij liep naar het kamerraam en keek naar binnen...

Ha, raadsel opgelost.

Daar had je haar, met haar streperige blonde haar in een losse knot, gekleed in een blauw-wit gestreept rugbyshirt, een knielange witte legging en donzige oranje sokken. Ze stond met haar rug naar het raam te dansen op muziek die alleen zij kon horen.

Dex grijnsde. Hoe zeiden ze dat ook alweer: dansen alsof er niemand naar je kijkt? Nou, dat deed ze met overgave. Wanneer mensen door hun koptelefoon naar muziek luisterden, kon je meestal niet raden waar ze op dansten, maar door Molly's armgebaren wist hij precies waarom ze als een hyperactieve baviaan rondhopste...

Y... C... M... A...

En het was heel charmant zoals ze de letters door elkaar haalde. Y... M... C... A... Terwijl Molly's armen nu wel de juiste vormen maakten, zong Dex het lied in zijn hoofd mee.

Delphi keek aandachtig naar de uitbundige show, zichtbaar genietend.

Y... M... C... Oeps! Midden in een sprong maakte Molly een noodstop en slaakte een kreet van afschuw. Ze trok de oortjes uit, greep naar haar keel en begon zichtbaar te hyperventileren, alsof ze een stripfiguur was.

'Klaaaah!' Delphi, die het maar niks vond dat de voorstelling voortijdig werd onderbroken, klapte in haar handjes, alsof ze een regisseur was die eiste dat de show werd hervat.

'Sorry,' zei Dex door het open raam. 'Ik heb een paar keer aangebeld, maar je hoorde het niet.'

'Nee, waarschijnlijk omdat ik druk bezig was mezelf voor schut te zetten. Oké, laat me even tot mezelf komen.' Molly drukte haar handen op haar gloeiende wangen, maar toen ze ineens het bundeltje in zijn armen zag, begon ze te glimlachen. 'Is dat Delphi?'

Dex knikte, ontroerd dat ze nog wist hoe ze heette. 'Ja.'

'Oké, wacht even.' Molly liep de kamer uit om even later de voordeur open te doen. 'Kom binnen. Ik dacht dat we je hier nooit meer terug zouden zien. O, wat een schatje!' Dat laatste was niet tegen hem; ze streelde Delphi's gezichtje en kietelde haar onder haar wangetje om haar aan het lachen te maken. 'Dag liefje, wat ben je mooi! Wat een ogen!' Zich tot Dex wendend zei ze: 'Precies die van jou. Maar wat doe je hier, een dagje uit? Hoe vaak mag je haar zien?'

Hij liep haar achterna naar de keuken. 'Laten we bij het begin beginnen. Deze zijn voor jou.' Hij haalde de bos bloemen tevoorschijn die hij half achter zijn rug had verstopt. 'Sorry, een beetje aan de late kant, maar nog bedankt voor alles.'

'Doe niet zo raar.' Hij vond het wel leuk hoe ze zijn dankbaarheid van tafel veegde. 'Dat zou iedereen hebben gedaan.'

'Ja, maar nu was jij het. Je hebt me uren laten praten. Je was echt fantastisch, en toen ben ik de volgende ochtend zonder ook maar een bedankje vertrokken. Heel onbeleefd.'

Molly pakte de bloemen van hem aan. 'Je was in shock. Dan mag het.'

'Maar toch, nogmaals bedankt. Meestal ben ik niet zo lomp.' Hij keek naar haar, terwijl ze met een van de bloemen Delphi's oortje kietelde; het beviel hem wel dat ze meer aandacht had voor Delphi dan voor hem.

'Je bedoelt dat je, als je bij een meisje blijft slapen, de volgende ochtend meestal wel gewoon gedag zegt voordat je voor altijd uit haar leven verdwijnt?'

'Zoiets.' Haar gevoel voor humor beviel hem ook wel.

'Je zult wel rotweken achter de rug hebben.' Ze keek hem opeens ernstig aan. 'Heb je het een beetje gered?'

Hij haalde zijn schouders op. 'Het gaat wel. De begrafenis was zwaar, maar ik kan nu wel met het idee leven. En ik huil ook niet meer, dat zul je vast wel fijn vinden om te horen.'

'Daar zou ik me maar geen zorgen over maken. Huilen is heel normaal.'

'Voor mij niet. De laatste keer dat ik huilde, was toen ik zeven was en mijn hamster doodging.' Hij grijnsde. 'En dat was behoorlijk gênant.'

'Daar is toch niets gênants aan? Je was pas zeven!'

'Mijn juf op school zei dat de hamster naar de hemel was gegaan, dus toen klom ik in een boom om te kijken of ik hem van daaruit kon zien,' vertelde hij. 'Maar toen begon de juf tegen me te schreeuwen, en toen viel ik uit de boom en brak ik mijn arm. Dat deed verdomde pijn. Ik begon te huilen. En sommige kinderen begonnen te lachen.' Met een stalen gezicht eindigde hij: 'En daarna heb ik nooit meer gehuild.'

'Voor je leven getekend.' Molly knikte ernstig. 'Maar hoe gaat het met Delphi?'

'Prima, net zo vrolijk als altijd. Het klinkt verschrikkelijk, maar het is beter dat ze nog te jong is om het te begrijpen.'

'Dat is mooi.' Weer een meelevend knikje. 'En hoe vaak mag je haar nu zien?'

'Tot nu toe was het drie of vier keer per week.' Dex verplaatste Delphi van zijn ene heup naar de andere, terwijl er een gevoel van liefde en trots in hem opwelde. 'Maar sinds gisteren zal het zo'n beetje permanent worden.'

'Je bedoelt... Hoe bedoel je?' Terwijl de woorden langzaam tot haar doordrongen, keek ze hem met grote ogen aan. 'Ga je zelf voor haar zorgen?'

'Ja.'

'Fulltime?'

'Zeven dagen per week. Ik weet het, ik kan het zelf ook nauwelijks geloven. Gisteren is het officieel geworden. Ik ben nu de pleegouder van een hulpeloos wezentje, gek hè?'

'O mijn god,' riep Molly uit. 'Wat fantastisch! Maar je zei dat je dat niet kon!'

'Dat meende ik ook. Maar jij hebt me aan het denken gezet.' Hij glimlachte even. 'Nog iets waar ik je voor moet bedanken.'

'Oké, nu voel ik me stom. Ik moet bijna huilen.' Terwijl ze snel de tranen uit haar ogen veegde, zei ze: 'Het klinkt vast heel gek, maar ik ben zo trots op je. En Laura zou zo... blij zijn. Je moet me alles vertellen. Wat moest je doen om te bewijzen dat je het kunt? Moest je een test afleggen of zo?'

'Breek me de bek niet open. Omdat ik familie ben, val ik onder netwerkpleegzorg. Ontzettend veel vragen, ontzettend veel controles. Maar de maatschappelijk werksters zijn fantastisch. Echt ongelooflijk gewoon.'

'Je bedoelt dat je ze hebt versierd? Sorry.' Ze grijnsde om zijn gespeeld boze blik. 'Je hebt me zelf verteld hoe je was.'

'Wás. Je zegt het goed. Verleden tijd. Ik heb het pleegzorgteam beloofd dat ik mijn leven zal beteren.' Hij voelde Delphi's hoofdje zwaar worden op zijn schouder toen ze in slaap soesde. 'En dat heb ik mezelf ook beloofd. Niet meer continu uitgaan, niet meer continu vrouwen versieren. Dit is de nieuwe ik. Ik heb geleerd hoe je luiers moet verschonen. Ze hebben gekeken of ik geen strafblad heb. Ik heb een EHBO-cursus gedaan.'

'Wauw.'

'Ja, gek hè? Echt, nog even, en ik weet zelfs hoe je een linzentaart moet bakken.'

'Ik ben diep onder de indruk,' zei Molly. 'Heel goed van je. En heb je een kindermeisje voor als je naar je werk bent?'

Hij schudde zijn hoofd. 'Nee. Ik ben gestopt met werken.'

'Jemig.'

'Ik ben ook weg uit Londen. Mag ik ons even voorstellen, je nieuwe buren.'

'Serieus?' Ze keek hem verbaasd aan. 'Kom je hier echt wonen?'

'Ik ben niet vaak serieus,' zei hij. 'Maar inderdaad, we komen hier wonen. Je zei dat de plaatselijke bevolking aardig is.'

'Nog aardiger zelfs wanneer je bezoekjes zich niet beperken tot eens in de paar maanden.'

'Hoe dan ook, het lijkt me een geschikte plek om kinderen te laten opgroeien.'

Molly knikte. 'Dat is het zeker.'

'En de buren lijken niet al te gestoord.'

'Behalve dan als ze als idioten dansen op de Vill...' Ze stopte gauw.

'Rustig maar, ik wist allang dat het de Village People was.' Met zijn vrije arm maakte Dex de linkerkant van de gebaren. 'Misschien ben ik wel helderziend.'

'Nu schaam ik me nog meer,' zei ze.

'Nergens voor nodig. Niks om je voor te schamen. Als mensen je veroordelen omdat je van "YMCA" houdt, dan zijn ze het niet waard om je druk over te maken.'

Ze maakte een kleine buiging. 'In elk geval, welkom in Briarwood. Jullie allebei. Hoewel een van jullie helemaal van de wereld is.'

'Dank je.' Hij voelde de pufjes van Delphi's warme adem tegen zijn hals. 'Ik moet haar in bed stoppen. En eerlijk gezegd zijn die bloemen niet alleen om je te bedanken, ik probeer je er ook mee om te kopen. Ben je later vanmiddag nog in de buurt?'

'Ja hoor, geen probleem. Wat kan ik voor je doen?'

Dat bedoelde hij nou. Geen achterdochtige vragen, geen aarzeling, gewoon behulpzaam zonder verdere poespas.

14

'Dus jullie kennen elkaar al bijna een jaar.' De maatschappelijk werkster van de regionale afdeling pleegzorg maakte aantekeningen, terwijl ze Gin Cottage inspecteerde. 'Sinds Dexter voor het eerst in het dorp kwam?'

'Dat klopt.' Molly knikte. Nou ja, technisch gezien was dat ook zo, al hadden ze elkaar dan maar twee keer gesproken. Ze moesten de vrouw er alleen maar van zien te overtuigen dat Dexter in zijn nieuwe woonplaats vrienden had; mocht hij hulp nodig hebben met Delphi, dan zou hij altijd een beroep op haar kunnen doen.

De balpen bleef boven het papier hangen. 'En zijn jullie... nauw bevriend?'

Bah, wat gênant. Molly schudde fanatiek haar hoofd. 'God nee, niet op die manier!'

De maatschappelijk werkster glimlachte. 'Daar hoef je niet zo vies bij te kijken! Zo afstotelijk is hij toch niet?'

'We zijn gewoon vrienden,' zei Molly.

'Ik doe dat soort dingen niet meer,' bemoeide Dex zich er op ferme toon mee. 'Kijk maar in de aantekeningen. Vanaf nu houd ik me alleen nog met Delphi bezig.'

Gin Cottage werd goedgekeurd, de maatschappelijk werkster vertrok, en Molly bleef om Dex te helpen de rest van zijn spullen uit zijn auto te laden. Geen felgele Porsche meer; die was vervangen door een praktische Mercedes Estate.

'Moet je zien.' Nadat Dex de kinderwagen uit de kofferbak had getild, klapte hij hem open en klikte de hendels met een zwierig gebaar op hun plaats.

Haar mondhoeken vertrokken iets. 'Hoe lang heb je daarop geoefend?'

Hij keek haar trots aan. 'Weken.'

'Heel goed,' zei ze.

'Ja hè? Als ik de Dexter van drie maanden geleden op straat was tegengekomen, had ik mezelf niet herkend. Ik ben echt een degelijke huisvader geworden.'

In zijn hoofd misschien. Vanbuiten zag hij er nog net zo woest aantrekkelijk uit als anders en wasemde hij gevaarlijke hoeveelheden charisma uit.

Toen ze alles uit de auto hadden gehaald, en ook de dozen waren uitgepakt, nam Dex een fles champagne uit de ijskast en zei: 'Nou, dat is het dan. We wonen nu officieel in ons nieuwe huis. Ik hoop dat je nog even blijft om dat met ons te vieren.'

'Als je echt zo degelijk was, zou je nu een kop thee nemen.' Molly hoopte maar dat de man voor wiens goede gedrag ze net garant had gestaan, geen zwaar alcoholprobleem had.

Alsof hij haar gedachten kon lezen, zei hij opgewekt: 'Geen paniek. Nieuwe bladzijde en zo. Vanaf nu drink ik nog maar één glas per avond.'

'Jemig.'

'Ik weet het.'

'Wordt dat niet lastig?'

'Vergeleken met het verschonen van stinkluiers stelt het niks voor. Hoe dan ook, het hoort erbij.' Hij haalde zijn schouders op. 'Je kunt moeilijk drinken als je voor een kind moet zorgen, toch? Dus doe ik dat niet.'

Delphi, die een hansopje droeg, kroop vastbesloten over de tegelvloer naar hem toe. Molly keek naar hen, terwijl Dex Delphi optilde; ze hoorde dat Delphi het uitgierde van pret en zag de blik van liefde op zijn gezicht. 'En ze is het waard,' zei ze.

'Nou en of.' Dex knikte en zei toen: 'O, ik moet je nog iets laten zien. Weet je nog die keer dat je Laura hier zag, met Delphi? Ze had mijn sleutels geleend zonder me te vertellen waarom. Ze zei dat het een verlaat kerstcadeau was, maar wilde niet zeggen wat. En ik had het te druk om te gaan kijken.' Onder het praten liep hij voor haar uit, de wit met blauwe keuken uit en de trap op. 'Ik weet ook niet wat ik precies had verwacht. Een lampenkap of zoiets misschien. Of een meubelstuk dat te groot was om in de Porsche te vervoeren of zo. Maar het is iets veel mooiers.' Ze waren inmiddels op de overloop, en hij bleef halverwege staan.

'Heeft ze dat voor je gekocht? Wauw!' Molly had zijn blik gevolgd en bestudeerde het glas-in-loodraam aan het eind van de overloop. 'Prachtig.'

'Brrraaahhhh!' zei Delphi, vrolijk kwijlend.

'Ze heeft het zelf gemaakt. Ze heeft zelfs de oude sponningen eruit gehaald om het passend te maken. Ongelooflijk, hè?'

'Nou.'

Terwijl de glimlach van zijn gezicht verdween, raakte hij het raam even aan. 'Ze was heel handig. Veel handiger dan ik.'

'Het is echt heel mooi.' Molly meende het; het raam stelde een tuin voor, vol bomen, struiken en vlinders, en een kleine vijver vol waterlelies op de voorgrond.

'Het is de tuin uit onze jeugd, in Kent. Het moet uren werk zijn geweest,' vertelde hij. 'Niet te geloven dat ze zoveel moeite voor me heeft gedaan.'

'Je was haar broer.' Molly kreeg medelijden met hem. 'Waarom zou ze dat niet voor je overhebben?'

Hij haalde zijn schouders op. 'Ja, maar het geeft me een rotgevoel. Ik had voor haar een kerstcadeautje gekocht dat helemaal verkeerd bleek te zijn. Dus toen zei ik dat ik het wel zou ruilen...' Hij stopte, zichtbaar verteerd door schuld. 'Maar dat is er nooit van gekomen. Echt weer iets voor mij. Ik durf te wedden dat Laura best wist dat ze naar haar kerstcadeau kon fluiten, maar toch heeft ze al die moeite voor mij gedaan. Dat is het verschil tussen ons.' Zijn stem begaf het. 'O shit...'

'Hé.' Het lukte hem zo goed om te doen alsof er niets aan de hand was dat je gemakkelijk zou vergeten dat hij nog in de rouw was. 'Ze was je zus,' zei Molly. 'Al had je duizend gebreken gehad, dan zou ze nog van je hebben gehouden. Wanneer heb je dit voor het eerst gezien?' vervolgde ze. 'Was dat de laatste keer dat je hier was?'

Hij schudde zijn hoofd. 'Nee. Ik ben die avond niet naar boven geweest. Ik zag het vanmiddag pas, toen ik het ledikantje naar boven bracht.'

'Dus je wist niet dat ze dit voor jou had gemaakt toen je besloot om de zorg voor Delphi op je te nemen. En waarom doe je dat? Omdat je van haar houdt en omdat je van je zus hield.' Ze zweeg even. 'Dus je hebt geen enkele reden om je schuldig te voelen. Toen het erop aankwam, heb je gedaan wat je moest doen.'

'Denk je dat echt?' Hij leek nog steeds niet erg overtuigd.

'Ja, echt.' Ze knikte.

'Dit is pas de eerste dag. Het is doodeng,' zei hij op ernstige toon. 'Ik voel me zo'n oplichter. Stel je voor dat ik het niet kan?'

'Luister.' Toen ze een hand op zijn arm legde, voelde ze hoe gespannen hij was. 'Je moet het gewoon stapje voor stapje doen. Ik weet zeker dat je het kunt.'

Het was drie uur 's nachts, en Delphi kon niet slapen.

Zodat ze allebei niet sliepen.

Dex deed even zijn ogen dicht. O god, wat nu?

Molly had hem aardig gerust weten te stellen, maar nu was ze er niet, en hij werd weer door twijfels bekropen. Gisteravond in Londen had hij geluk gehad. Delphi had de hele nacht doorgeslapen, waardoor hij had gedacht dat ze een regelmatige slaper was en dat het altijd zo zou gaan.

Vannacht was het echter het tegenovergestelde, en hij voelde zich totaal hulpeloos. De afgelopen twee uur was ze klaarwakker en onhandelbaar geweest, en hij had geen idee wat er mis kon zijn. Had ze het te koud? Te warm? Had ze honger of had ze juist te veel gegeten? Hij wist het niet, hij wist het gewoonweg niet.

'Meh... mehhh...mehhhhh.' Het gedrein ging over in gejammer, en Dex haalde haar voor de zoveelste keer uit bed. Hij had ergens gelezen dat je baby's gewoon moest laten huilen, maar dat kon hij niet. Stel je voor dat ze haar moeder miste?

'Sst, rustig maar, niks aan de hand.' Er was natuurlijk van alles aan de hand, maar hij zei het toch, in de hoop dat het geluid van zijn stem haar zou troosten.

Delphi schudde verwoed haar hoofd en prikte hem met haar duim in zijn oog. 'Au.' Haar in zijn armen wiegend liep hij de overloop op en neer, van de trap tot aan het glas-in-loodraam en terug, onderwijl mompelend: 'Au... au... au... au,' op de toon van 'YMCA', omdat dat deuntje de hele dag in zijn hoofd was blijven hangen en Delphi er rustig van leek te worden. Ze keek hem met haar grote donkere ogen aan, met haar rechterarmpje tegen zijn borstkas, en steeds als hij stopte met zingen, begon ze weer te jammeren. 'Au... au... au... au,' ging Dexter verder. Hij merkte dat ze dat echt leuk vond. Het idee dat zoiets stompzinnigs een levend wezentje kon bekoren, scheen hem een wonder toe. En anders dan bij Molly met haar rare danspasjes, was er niemand getuige van zijn stompzinnigheid. Eigenlijk was het heel bevrijdend, en Delphi zou hem ook niet verraden.

'Gahhh.' Haar kleine vingertjes bewogen zich tegen zijn huid.

'Y... M... C... A,' zong Dex. Hij zag het begin van een lachje op haar gezicht verschijnen. O ja, succes. Hallo Wembley!

'Y... M... C... A!'

'Khabrroegh.'

Delphi stevig in één arm houdend, beschreef hij met zijn andere arm de letters. Delphi schopte en kirde van plezier, terwijl hij over de overloop danste, de slaapkamers in en uit. Oké, in de babyboeken stond ook dat je moest zorgen voor een rustige sfeer om de baby weer in slaap te krijgen, maar dat had hij al geprobeerd, en het had niet gewerkt. Dit vonden ze in elk geval allebei leuk; ze werden er vrolijk van.

Gelukkig was Delphi niet lastig. Ze maalde er niet om dat hij de tekst niet kende.

Veertig minuten later legde hij haar in het ledikantje en zei: 'Dat was het, liefje. Het concert is afgelopen. De Village People zijn vertrokken.'

Delphi's antwoord bestond uit een paar keer met haar ogen knipperen, haar ogen dichtdoen en in slaap vallen.

Zo simpel was het. In nog geen drie seconden helemaal van de wereld.

Ik ben een genie, dacht hij. Ik zou zelf zo'n babyboek moeten schrijven.

Het probleem was dat hij zelf inmiddels klaarwakker was en niet meer kon slapen. Zo werkte dat bij hem. Nadat hij Delphi had toegedekt met haar roze olifantendekentje, ging hij weer naar zijn eigen slaapkamer. De interieurontwerper had hem goed begrepen en de slaapkamer helemaal naar zijn smaak ingericht. Het resultaat was indrukwekkend: grijze muren, een zilveren plafond, zwart met wit beddengoed en één kastenwand.

Ironisch genoeg zou hij geen damesbezoek meer ontvangen dat hij hiermee kon imponeren. Voorlopig niet in elk geval. Hij liep naar het raam. Er was wel heel veel niets daarbuiten. Overdag was het uitzicht op het dorp perfect, als iets wat het toeristenbureau zou kunnen gebruiken voor een poster, de ultieme afbeelding van het leven in een dorp in de Cotswolds. Hoewel hij wist dat het dorp er was, leek het op dit moment een schoolbord dat grondig was schoongeveegd. In sommige huizen brandde hier en daar nog licht, maar dat was alles. Voor de rest was het een en al overweldigende duisternis.

Het was kwart over vier 's ochtends, en heel Briarwood lag te slapen. De stilte lag zwaar over het dorp, als een deken die elk geluidje dempte.

Onwillekeurig rilde hij even. Stel dat hij niet de enige was die nog wakker was in het dorp, maar dat er een ramp was gebeurd, en hij de enige op de hele wereld was? Dat was een droom die hij als kind steeds weer had gehad; hoewel hij het al jaren niet meer had gedroomd, wist hij nog dat hij altijd doodsbang was geweest.

Zou een psycholoog zeggen dat het met verlatingsangst te maken had, met de dood van zijn ouders en de daarmee verbonden angst in de steek gelaten te worden?

Zou dat de reden zijn waarom hij met zoveel meisjes naar bed was geweest?

Hij dacht er even over na. Nee, onzin, hij was met zoveel meisjes naar bed geweest omdat dat leuk was en omdat hij de mogelijkheid had.

Toch was de stilte drukkend. Wat overdag vredig leek, voelde 's nachts alarmerend eenzaam. Misschien was het wel een grote vergissing geweest om hiernaartoe te...

Trrrrinnng, trrrrinnnggggg.

Wie belde er in godsnaam op dit tijdstip? Zijn mobieltje opnemend voordat Delphi wakker zou worden van het geluid, zei hij: 'Hallo?'

'Hé Dex! Hé!' Hij hoorde een schorre mannenlach en bonkende muziek.

Dus de rest van de wereld sliep toch niet. Nog geen honderdvijftig kilometer verderop hadden Kenny en Rob de tijd van hun leven in een nachtclub.

'Dexy, man! Hoe gaat-ie? Waar ben je nou? Wij zitten in Mahiki, en je moet meteen komen!'

Dex slaakte een zucht. 'Ik zit in Briarwood.'

'Bryard?' Kenny klonk verbaasd. 'Nooit van gehoord. Is dat

een nieuwe club? O, is dat soms die tent die net open is, achter Harvey Nicks?'

'Ken, luister, probeer je te concentreren. Ik woon niet meer in Londen. Het is bijna halfvijf 's ochtends, en ik zit in mijn huis in Briarwood, met Delphi.'

'Delphi.' Kenny was dronken; het duurde even voordat hij deze informatie tot zich had genomen. 'O ja, dat is dat kind van je zus, toch? Maar je hebt toch wel een oppas? Je kunt toch gewoon hiernaartoe komen?'

Dex voelde zijn kaken verstrakken; was Kenny altijd al zo'n randdebiel geweest? 'Nee, dat kan ik niet. Want ik ben degene die voor Delphi zorgt,' zei hij op scherpe toon.

'Man, daar hoef je toch niet kwaad om te worden.' Blijkbaar nog steeds stomverbaasd vervolgde Kenny: 'Maar je hebt toch een kindermeisje?'

'Nee, geen kindermeisje. Ik ben hier in mijn eentje met haar.'

'Jezus man, wat een ellende. Maar wie zorgt er dan anders voor haar?'

'Ik.'

'Maar... maar...'

'En weet je? Sommige mensen denken dat ik het nog kan ook.' Na die woorden zette hij zijn mobieltje uit.

Opnieuw stilte.

15

'Mag ik hier zitten?'

Toen Amber opkeek, zag ze de lange jongen met het halflange bruine haar staan die in februari in het lunchcafé was geweest – dat moest nu zes à zeven weken geleden zijn. Molly had hem een visitekaartje van haar opgedrongen, maar daarna had hij zich niet meer laten zien.

Nu was hij echter terug. Nog steeds aantrekkelijk op een nette manier, en nog steeds niet haar type.

'Ja, hoor.' Ze knikte; hij had zijn hand al op de stoel naast de hare gelegd. 'We hadden niet gedacht dat je nog terug zou komen.'

'Ik heb het druk gehad.' Hij haalde zijn schouders op en ging zitten. 'Jij heet toch Amber?'

'Ja.' Natuurlijk wist hij dat nog; hij was het type dat zich dat soort dingen herinnerde.

'Ik heet Sam. Hoi.'

'Hoi.' Jemig, ze leek wel een papegaai. 'Mag ik even iets zeggen?'

Hij aarzelde. 'Oké.'

'Je moet het niet verkeerd opvatten,' zei ze, 'maar als je hier voor mij komt, dan moet ik je teleurstellen.'

'Hoe bedoel je?'

'Ik val niet op je. Totaal niet. Sorry.'

'Allemachtig zeg,' zei Sam. 'Ben je altijd zo bot?'

Ze haalde haar schouders op. 'Zo ongeveer. Sorry, maar ik vind gewoon dat je sommige dingen maar beter meteen kunt zeggen.'

'Mij best.' Een vage glimlach. 'Gelukkig val ik ook niet op jou. Dus dat komt goed uit.'

Sceptisch trok ze een wenkbrauw op. Ze deed niet aan valse bescheidenheid, ze wist gewoon dat ze heel mooi was. De meeste jongens vielen op haar. Hij zei het waarschijnlijk alleen om haar met gelijke munt terug te betalen.

'Zie je dat daar? Al die scherven op de grond?' Hij wees naar iets op de vloer voor hen.

Zich omdraaiend vroeg ze: 'Waar? Wat dan?'

'Mijn hart, in duizend stukken. Zie je het niet? Nou, dan ben ik nog heel.' Hij sloeg een hand voor zijn borst. 'Oef. Gelukkig maar.'

'Je bent ontzettend grappig.'

'Dank je. Ik weet het.'

Hoewel hij de spot met haar dreef, was haar nieuwsgierigheid gewekt. 'Waarom ben je dan teruggekomen?'

Hij knikte naar het schetsboek op zijn knie. 'Ik wil leren striptekenen.'

'Laat eens zien?' Ze sloeg het schetsboek open en bladerde erin. Och hemeltje.

'Nou?' Hij wachtte op een reactie.

'Je weet dus dat ik nogal bot ben?'

'Ja.'

'Nou, ze zijn niet al te best, hè?'

Hij nam haar geamuseerd op. 'Dat weet ik. Daarom ben ik ook hier. Voor de avondcursus. Om beter te worden.'

Iets vertelde Amber echter dat dat niet de ware reden was.

Iedereen was er inmiddels. Molly begroette hen allemaal opgewekt, stelde Sam voor aan de rest van de groep, schreef een lijst tekenopdrachten op het bord en hing wat foto's op die ze konden gebruiken als basis voor de karikaturen en strips. Zodra iedereen aan het werk was, zou ze zich met elke cursist afzonderlijk bezighouden, suggesties doen en uitleggen hoe je scenario's en speciale effecten maakte.

'Leuk dat je bent gekomen!' Molly ging bij Sam zitten en keek naar de strip die hij aan het tekenen was.

'Zeg het maar gewoon, hoor,' zei hij. 'Ik weet best dat het bar slecht is.'

'Nee hoor. Ik zie een paar heel mooie lijnen. Alleen zijn het er te veel. Je moet zo min mogelijk lijnen proberen te gebruiken. Je moet het vereenvoudigen.' Ze pakte een schoon vel papier en kopieerde het tafereel dat hij had proberen te tekenen. 'Kijk, zo simpel mogelijk, maar de uitdrukkingen overdrijven... Je hebt helemaal niet zoveel lijnen nodig om beweging te suggereren. Probeer het nog eens, ontspan je hand en maak je schouders los. Probeer de lijnen sneller te zetten... Zie je wel? Veel beter al! Probeer ervan te genieten en verlies je niet in details. Het zijn jouw personages; je kunt ze alles laten doen wat jij wilt... Ja, zo... gewoon doorgaan... Heel goed!'

Amber moest glimlachen om de blik op Sams gezicht. Ze kende die blik, dat moment van pure verwondering wanneer Molly haar cursisten liet zien dat ze veel beter waren dan ze ooit van zichzelf hadden verwacht. Het was een openbaring, en je werd er vrolijk van als je het zag, alsof je naar een kind van vijf keek dat voor het eerst op een fiets zonder zijwieltjes reed.

Dat nam niet weg dat hij nog steeds behoorlijk slecht was, maar oké. Molly's enthousiasme werkte aanstekelijk; haar specialiteit was het wegnemen van de angst waardoor veel mensen falen nog voordat ze zijn begonnen.

'Cool, zeg.' Sams gezicht was gewoon een plaatje, toen hij met zijn potlood over het papier begon te zwieren. 'Ongelooflijk, dat ik dit nooit eerder heb geprobeerd. Het maakt zoveel verschil als je je potlood wat losser vasthoudt... Oeps, dat ging mis.' Hij zwierde iets te ver door.

Molly grinnikte naar Amber en vroeg: 'En wat zeggen we dan?'

'Dat geeft niks,' reciteerde Amber. 'Je bent geen Michelangelo die aan een blok carraramarmer van duizend kilo werkt. Het is maar een stuk papier. Als je het kunt corrigeren met een gummetje, doe dat dan. Zo niet, draai het papier om en begin opnieuw.'

'Zo is dat.' Molly knikte tevreden. 'En wat zeggen we nog meer?'

'Niets gaat vanzelf,' zei Amber tegen Sam. 'Oefenen, oefenen en nog eens oefenen.'

Molly lachte naar hen allebei. 'Precies. En geniet ervan.'

Twintig minuten later had Sam zijn eerste karikatuur af. Hij liet haar aan Molly zien. 'Nou?'

'Heel goed.'

'Wie is het?'

'Eh... Mick Jagger?'

'Nee!'

Amber onderdrukte een lachje.

'O sorry,' zei Molly.

Sam keek haar bezeerd aan. 'Het moet Steven Tyler voorstellen.'

'Nou, hij lijkt precies op hem. Op allebei om precies te zijn. Die twee lijken zoveel op elkaar dat ze wel een tweeling zouden kunnen zijn,' zei Molly.

Sam wierp een blik op Ambers schetsboek. 'Wie doe jij? Is dat Shrek?'

Ze keek hem onschuldig aan. 'Nee, dat ben jij.'

'Nou, je wordt bedankt.' Hij grijnsde.

Ze vond het leuk zoals hij op haar plagerijtjes reageerde. 'Nee hoor, het is Shrek. Ben je van plan om iedere week te komen?'

'Dat weet ik nog niet. Ligt eraan wat ik nog meer te doen heb. Misschien wel, misschien niet.'

'Waar woon je?'

'In Cheltenham.'

'Hoe heet je?'

'Mankeert er iets aan je kortetermijngeheugen soms? Ik heet Sam.'

'Dat weet ik wel. Ik bedoel je achternaam.'

'Hoezo, zodat je me kunt opzoeken?'

Betrapt schudde ze met haar roze krullen, en ze zei ondeugend: 'Wie weet.'

'Sam Jones. Maar ik zit niet op Facebook.'

'Echt niet? Waarom niet?'

Hij haalde zijn schouders op. 'Je kunt ook heel goed zonder Facebook overleven, hoor.'

'En chatten dan?'

'Nee.'

Geschokt vroeg Amber: 'Hoe hou je dan contact met mensen?'

'E-mail. Sms'jes. Maak je maar geen zorgen, ik red me wel.'

Ze tekenden en kletsten verder. Een tijdje hadden ze het over muziek. Daarna over het eindexamen dat hij dit jaar moest gaan doen, over het tussenjaar dat hij wilde nemen voordat hij ging studeren en hoe zijn ouders omgingen met het vooruitzicht dat hij het huis uit zou gaan.

'Mijn vader redt het wel. Mijn moeder ziet er vreselijk tegenop. En jouw ouders?'

'O, ik moet nog een jaar. Maar ze zullen me wel missen als ik het huis uitga, dat weet ik zeker. Ik ben enig kind,' vertelde ze. 'Dus ze weten vast niet wat ze met zichzelf aan moeten als ik weg ben.'

'En je moeder runt dus het lunchcafé. Ze leek me wel aardig toen ik haar laatst zag.' Sam was inmiddels bezig aan een karikatuur van prins Charles; hij stopte even om naar de foto te kijken die hij ervoor gebruikte. 'Hoe is ze?'

'Mijn moeder? De praatpaal van het dorp. Als mensen problemen hebben, gaan ze naar haar toe. Dat komt doordat ze...' Amber zocht naar het juiste woord. 'Empathisch is. Het is net alsof ze iedereen begrijpt, en ze veroordeelt ook nooit iemand. Het tegengestelde van mij dus,' voegde ze er grijnzend aan toe. 'Ik ben helemaal niet aardig en heb over iedereen een oordeel.'

'Je véroordeelt iedereen, bedoel je.'

'En ik kan er ook niet tegen als mensen me verbeteren. Ik geef de voorkeur aan mijn versie.'

Zijn mondhoeken gingen iets omhoog. 'En nog eigenwijs ook. En je vader, hoe is hij?'

'Echt fantastisch. Altijd druk, dat wel,' gaf ze toe. 'Maar ook heel grappig. We zijn gewoon een gelukkig gezin. Ik weet dat dat niet erg interessant is, maar zo is het nu eenmaal. En bij jou?'

Sam haalde zijn schouders op. 'Ongeveer hetzelfde. Geen grote trauma's. Beter dan bij veel anderen.'

'Hoe gaat het hier?' Molly had haar rondje gemaakt en kwam achter hen staan. Ze legde haar handen op hun schouders en bekeek hun werk. 'Heel leuk, jullie zo samen bezig te zien.' Ze knipoogde toen Amber zich omdraaide om haar aan te kijken.

'Niet doen,' zei ze. 'Ik ben niet zijn type en hij is niet het mijne.'

'Goed, ik zal niks meer zeggen. Maar in dat geval wil ik dat jullie tegenover elkaar gaan zitten.' Molly deed een stap naar achteren en gebaarde met haar armen. 'En dan moeten jullie elkaar tekenen.'

Sam fronste. 'Wat? Elkaars gezichten?'

'Karikaturen van het hele lichaam. En je mag overdrijven wat je maar wilt. En dat zou ik niet van jullie vragen als jullie wel elkaars type waren,' zei Molly. 'Want dan zou het er waarschijnlijk op uitdraaien dat jullie je beledigd voelen en daar dan ruzie over gaan maken. Maar aangezien jullie niet elkaars type zijn, kunnen jullie net zo gemeen zijn als jullie willen.'

'Te gek!' Ambers ogen glansden van voorpret.

'Dus,' zei Molly tegen Sam. 'Wat zou je overdrijven om een karikatuur van Amber te maken?'

'Maf haar.' Sam maakte kronkelende gebaren om zijn hoofd.

'Goed. En wat nog meer?'

'Reusachtige oorringen.'

Amber rammelde trots met haar oorringen; ze droeg altijd enorme zilveren ringen in haar oren.

'En verder?' vroeg Molly.

'Schonkige schouders. Grote voeten.'

Amber hapte beledigd naar adem. 'Hé, pas een beetje op, hè? Bambi!'

'Wat wil je daar nou weer mee zeggen?' wilde Sam weten.

'Je ogen! Die lange, meisjesachtige wimpers! Net een kameel!'

'Ga elkaar nu maar tekenen,' zei Molly kalm. 'En probeer te voorkomen dat jullie elkaar gaan slaan. Lukt dat, denken jullie, of moet ik jullie aan Greg en Toby koppelen?'

Sam keek Amber aan. 'Zou je dat liever willen?'

Amber glimlachte. 'Nee.'

Sam schudde zijn hoofd tegen Molly en zei: 'Prima, het lukt ons wel.'

16

De avondcursus liep ten einde. Frankie, die vanuit de deuropening toekeek, genoot van de aanblik van Amber en de aantrekkelijke jongen, die met elkaar aan het bekvechten waren, terwijl ze hun tekeningen bekeken. Hij was dus toch teruggekomen. En, wat nog belangrijker was, ze leken het goed met elkaar te kunnen vinden. Was dat het teken dat Amber eindelijk over haar grungejongensfase heen was? Niks ten nadele van de grunge jongens waar ze de laatste jaren steeds mee thuis was gekomen, maar wat haar betreft had het lang genoeg geduurd.

'Mam!' Toen Amber haar moeder zag staan, wenkte ze haar enthousiast. 'Moet je eens kijken wat we hebben gemaakt!'

'Hallo, leuk dat je er weer bent.' Frankie keek de jongen met de groene ogen, de lange wimpers, het steile haar en de frisse teint stralend aan.

'Hoi.' Hij glimlachte terug.

'Hij heet Sam,' zei Amber, terwijl ze haar kunstwerk liet zien. 'Zie je? Ik heb hem een soort kamelengezicht gegeven.'

'Heel mooi. Maar je lijkt niet echt op een kameel, hoor,' stelde Frankie Sam gerust. Toen ze de karikatuur zag die hij van Amber had getekend, schoot ze in de lach.

'Nou, je wordt bedankt,' zei Amber nuffig. 'Het is eigenlijk de bedoeling dat je alleen maar lacht om mijn tekening van hem.'

'Ik kan helemaal niet tekenen. Ik ben er hartstikke slecht in,' zei Sam vriendelijk. 'Maar het was wel leuk.'

Hij had een echt lekkere aftershave op; ook iets nieuws. 'Ze zijn allebei heel mooi. En het belangrijkste is dat jullie het leuk hebben gehad.' Ze glimlachte weer naar Sam en hoopte maar dat ze hem niet afschrikte. Zou Carole Middleton zich ook zo hebben gevoeld toen haar dochter Kate haar had voorgesteld aan prins William?

'Mam, ik vertelde Sam net dat jij een soort praatpaal bent, goed met problemen en dat soort dingen. En hij zit ook ergens mee waar jij hem misschien wel mee kunt helpen.'

Frankie zag dat de jongen verstijfde en iets paniekerigs kreeg toen Amber dat zei.

'Maak je geen zorgen,' stelde Amber de jongen gerust, terwijl ze met haar oorringen schudde. 'Ik weet dat het moeilijk voor je is om te vertellen. Dus zal ik het dan maar voor je doen? Mam, het punt is dat Sam een geheim heeft en dat hij niet weet wat hij daarmee aan moet. Hij vindt het leuk om meisjeskleren te dragen. Rokjes en hoge hakken en dat soort dingen.' Op fluisterende toon voegde ze eraan toe: 'En... en kanten ondergoed. Ik heb al gezegd dat het niet erg is, dat het niet iets is om je voor te schamen, maar wat denk jij, zou hij het aan al zijn vrienden moeten vertellen?'

De eerste paar seconden had Frankie het verhaal geloofd; haar hersens waren op volle toeren gaan draaien, heen en weer schietend van: 'O nee!' en 'Arme jongen' tot 'Hoe zou ik hem kunnen helpen?' Maar ze besefte algauw dat het weer een stom grapje van Amber was en dat ze zich nergens druk om hoefde te maken.

Het was echter wel interessant om te zien dat zij en Sam zich op hetzelfde moment weer hadden ontspannen, alsof ze zich allebei schrap hadden gezet voor wat Amber zou gaan zeggen.

Maar ja, dat was het punt met Amber: je wist nooit precies waar ze nu weer mee op de proppen zou komen.

Dan was het eerlijk gezegd toch ook geen wonder dat de jongen zenuwachtig was?

Toen Sam Briarwood verliet, klopte zijn hart in zijn keel. Hij had zijn sporen toch goed uitgewist, of niet? Geen aanknopingspunten gegeven. Twee bezoekjes al, en hij wist dat hij geen risico's moest nemen. Wat hij echter niet had voorzien, was dat de aantrekkingskracht zo sterk zou zijn.

Zou het ook zo voelen als je verslaafd was aan harddrugs? Dat je wist dat het verkeerd was en dat je gevaarlijk bezig was, maar dat je de onweerstaanbare drang voelde om er desondanks mee door te gaan?

Nou ja, misschien zou hij wel weer bij zijn positieven komen zodra hij thuis was.

Hij had al gedaan waarvoor hij was gekomen.

Zijn hart ging nog sneller slaan.

Toch?

Facebook, Facebook, wat was Facebook toch fantastisch! Wat Amber er het mooist aan vond, was dat het niet alleen een kwestie was van wie jij kende, maar wie je vrienden en hun vrienden weer kenden. Dus ze mocht dan wel niet in Cheltenham op school zitten, ze kende een paar meisjes die daar wel op school zaten.

Bournside was verreweg de grootste school; dikke kans dat Sam daar in het eindexamenjaar zat.

Behalve dan dat dat, na wat rondvragen, niet zo bleek te zijn.

Amber, van nature een doorzetter, ging volhardend verder met haar zoektocht; de openbare scholen, de jongensscholen, de katholieke school... Uiteindelijk controleerde ze zelfs nog of de meisjesschool in Cheltenham inmiddels geen jongens toeliet.

Maar Sam Jones was nergens bekend.

Wat... en dat was gewoon zo... echt heel maf was.

Haar nieuwsgierigheid naar hem was ook gewekt omdat haar moeder in het voorbijgaan had gezegd: 'Zag je hoe die jongen keek toen je zei dat hij een geheim had? Hij was heel even doodsbang!'

'Misschien is hij wel echt een travestiet.' Ze had het met haar onschuldigste gezicht gezegd.

Haar moeder was geschokt geweest. 'O schat, dat soort dingen moet je niet zeggen. Natuurlijk is hij dat niet!'

Dat was eerder die avond geweest, een grapje dat ze hadden gemaakt, terwijl ze voor de tv aten. Geen van beiden had er verder nog bij stilgestaan. Maar inmiddels was het middernacht en begon Amber er anders over te denken. Terwijl ze de kussens in bed opschudde, keek ze fronsend naar het scherm van haar laptop. Sam Jones. Samuel Jones. Zou Sam soms een afkorting zijn van een of andere buitenlandse naam? Zou dat de oplossing van het raadsel zijn?

Beneden ging de voordeur open en dicht, het teken dat haar vader thuiskwam. Hij had de afgelopen twee dagen in Dorset gewerkt.

Toen Amber haar moeder 'Je bent er weer!' hoorde zeggen, wist ze dat ze elkaar in de gang omhelsden.

'Je had niet op hoeven blijven voor me.' Haar vader zei dat altijd wanneer hij laat thuiskwam, maar haar moeder bleef toch altijd op hem zitten wachten.

'Geen probleem. Heb je honger? Er is nog wat pasta, of anders koude kip en aardappelsalade.'

'Doe geen moeite, ik heb bij het benzinestation buiten Winchester wat te eten gehaald. Waar is mijn meisje trouwens?'

'Boven.'

'O. Slaapt ze al?'

Hij klonk teleurgesteld. Het had iets heerlijk troostends om mensen die van je hielden over je te horen praten. Terwijl Amber haar laptop op stand-by zette, riep ze: 'Ik ben nog wakker!' Meteen hoorde ze voetstappen op de trap.

Haar vader verscheen in de deuropening. 'Ha liefje, ik heb je gemist.'

'Ik jou ook.' Amber stak haar armen naar hem uit voor een kus en snoof de geur van de aftershave op die hij vorige week had gekocht, wat citroenachtiger dan de geur die ze gewend was, maar best lekker.

'Ik heb een cadeautje voor je.' Hij stak zijn hand in zijn zak. 'Een lekker potje vissenogen en wat ingelegde varkensoren.'

Natuurlijk was dat het niet. Hij diepte een zak Maltesers op. Misschien was het kinderachtig, maar het was traditie geworden dat hij altijd met een klein cadeautje thuiskwam en haar dan vertelde dat het iets weerzinwekkends was.

'Ik ben dol op varkensoren.' Ze pakte de Maltesers van hem aan. 'Dank je, pap.'

'Hoe gaat het op school? Heb je je opstel af?'

'Ja, maar ik heb er heel lang over gedaan.' Ze trok haar voeten weg toen hij op de rand van het bed ging zitten.

'Maar het is je uiteindelijk wel gelukt?'

'Het is briljant geworden.' Ze grijnsde. 'Logisch.'

'Fijn om te horen. En dan nog steeds zo bescheiden. Maar moet je eens zien hoe laat het is.' Hij gaf haar een liefdevol kneepje in haar schouder. 'Je zou allang moeten slapen.'

Ze was inderdaad moe. Terwijl hij de laptop van haar aanpakte en op de ladekast zette, vroeg ze: 'Pap, wat moet je doen als je ontdekt dat iemand tegen je heeft gelogen?'

Hij keek haar ernstig aan. 'Wie dan? Een vriendje van je?'

'Nee. Gewoon een jongen.'

'Daniel met de haaientandenketting?' Hij probeerde niet al te hoopvol te klinken.

'Nee.' Haar ouders waren geen grote fans van Daniel. 'Iemand die ik pas twee keer heb gezien. Hij was vanavond op de tekencursus.'

'En heeft hij een oogje op je?'

'Dat weet ik niet.' Ze schudde haar hoofd. 'Hij zegt van niet. Maar Molly en mama zeggen van wel.' Ze moest ineens enorm gapen.

'Misschien probeert hij gewoon indruk op je te maken met sterke verhalen. Maar als je die jongen net kent, en hij liegt nu al, dan is dat geen goed begin. Als ik jou was, zou ik hem niet vertrouwen.'

Ze gaapte nog een keer, ze was echt moe. Terwijl haar vader naar de deur liep, zei ze: 'Maak je maar geen zorgen, ik vertrouw hem ook niet.'

Vanuit de deuropening knikte hij goedkeurend. 'Mooi zo.'

Op zijn fitnessclub in Londen was Henry Baron net bezig zijn spullen in een kastje te leggen, toen hij hoorde dat er een mailtje op zijn mobieltje binnenkwam.

Uit macht der gewoonte kon hij dat niet negeren. Niet alleen omdat hij hopeloos gewetensvol was, maar ook omdat tijd geld was voor een hedgefondsmanager als hij, en je nooit kon weten wat je misschien misliep. Hij ritste zijn sporttas open, pakte zijn mobieltje en zag dat het een berichtje van Dex was.

Oké, snel even kijken. Hij opende het mailtje, dat luidde: 'En hier stel ik Delphi voor aan mijn nieuwe vriendin...'

Op de bijgevoegde foto was Delphi te zien, met een oranje wollen muts op en een paars jack aan, die een komisch verbaasd gezicht trok naar de geit met sik en kraaloogjes vlak voor haar gezicht.

Henry wilde best toegeven – hoewel alleen tegenover zichzelf – dat hij zich bezorgd had afgevraagd of zijn vriend zo'n radicale verandering van levensstijl wel zou aankunnen. Maar tot dusverre leek Dex zich gelukkig goed te redden. Henry glimlachte, hoewel zijn aandacht inmiddels getrokken werd door de vrouw op de achtergrond van de foto. Haar verwaaide lichtbruine haar bedekte de helft van haar gezicht, maar je kon zien dat ze om Delphi's gelaatsuitdrukking moest lachen, terwijl ze achter hen langsliep, met een dienblad met kopjes in haar handen.

De deur van de kleedkamer ging open, en Henry's squashpartner stak zijn hoofd om de hoek.

'Daar ben je! We zitten op je te wachten.'

Afwezig zei Henry: 'Ik kom zo.'

De deur ging weer dicht, en Henry maakte de foto zo groot mogelijk. Delphi en de geit verdwenen aan de onderkant van het schermpje, toen hij inzoomde op het gezicht van de vrouw tot wie hij zich als een magneet aangetrokken voelde. Ze was een jaar of veertig, schatte hij, en droeg een rood shirt en een spijkerbroek. Ze had een weelderig figuur en een stralend gezicht; haar glimlach was... O god, Henry kon nauwelijks geloven dat hij dat dacht, maar haar glimlach was gewoonweg betoverend. Hij kon gewoon niet ophouden met naar haar te kijken, wat ronduit belachelijk was, want het was niet zo dat hij haar kende of dat ze een of andere beroemdheid was of zo...

Oké, doe normaal, zet je telefoon uit, je moet squashen.

Een uur later, na het winnen van de wedstrijd, zette hij zijn telefoon weer aan en sms'te: 'Mooie foto. Waar is hij genomen – in een of andere dierentuin of zo?'

Heel subtiel, vond hij zelf.

Nog geen minuut later kreeg hij al antwoord. 'Nee! Hier in het plaatselijke lunchcafé! Waar die tv-serie is opgenomen. *Next to You*. Vandaar de geit. PS: die niet mijn nieuwe vriendin is. Voornamelijk niet omdat het een mannetje is.'

Yes! Henry voelde dezelfde adrenalinestoot als wanneer hij een riskante deal sloot die goed uitpakte. Dit betekende dat als hij toevallig een keertje in Briarwood zou zijn, hij dan op de gok naar het lunchcafé kon gaan om te kijken of de vrouw er nog werkte...

O god. Misschien werkte ze er wel helemaal niet. Hij rilde bij de gedachte dat ze misschien wel gewoon een klant was die met een dienblad langsliep.

En Dex zou hij het echt niet vragen, want dan zou hij vast een of ander geintje met hem uithalen. Daar stond hij om bekend.

Oké. Denk na. Hij was waarschijnlijk een van de weinigen die nooit naar *Next to You* hadden gekeken, maar hij had er wel van gehoord. En blijkbaar had er ook een geit in meegespeeld.

Henry googelde *Next to You*, Briarwood en lunchcafé.

En daar had je het al, Frankie's Café, een eenvoudige website die de bezoekers aan Briarwood verwelkomde, uitleg gaf over de geschiedenis van de serie en de openingstijden vermeldde. Er stonden ook foto's op van het huis, van verschillende memorabilia uit *Next to You* en van de vastgebonden geit, 'die de jonge Bert' bleek te heten.

Maar het mooiste was dat er ook een foto op stond van Frankie, de eigenares en uitbaatster van het lunchcafé, en die helemaal geen Frankie van het Sinatra-type was. Op deze foto leek ze een beetje verlegen, zich zichtbaar bewust van het feit dat ze werd gefotografeerd; ze had stijve schouders en een strak glimlachje. Henry vond haar er alleen maar leuker door. Hij was precies hetzelfde: hij verstijfde zodra er een camera op hem werd gericht. Sommige mensen bleven relaxed en trokken zich er niets van aan; andere genoten er zelfs van om met zichzelf te kunnen pronken. Persoonlijk vond hij het net zo ontspannen als een wortelkanaalbehandeling.

Het was een extra bevestiging van de band die hij met haar voelde. Hij staarde naar Frankies gezicht, alle details in zich opnemend; hij had het gevoel dat hij haar al jaren kende en wist dat hij haar ook beslist wilde leren kennen. Was hij soms gek aan het worden? Het was toch niet normaal om zo geraakt te worden door de foto van een volslagen onbekende vrouw?

Zoiets was hem nog nooit overkomen.

Maar ze leek zo volmaakt, zo precies goed.

'Heb je je nog niet eens gedoucht?' Kenny, met een handdoek om zijn middel geslagen, spoot energiek deodorant onder zijn oksels.

'Sommige mensen hebben belangrijke zaken af te handelen. Dat heet geld verdienen,' zei Henry. 'Geef me twee minuutjes.'

'Ga je nog mee wat drinken?'

'Vanavond niet.' Henry's hersens draaiden op volle toeren; hoe kon hij te weten komen wat hij wilde weten zonder argwaan te wekken?

Gelukkig was er voor ieder probleem een oplossing. Hij stuurde nog een sms'je: 'Misschien een raar toeval, maar de vrouw op de foto komt me bekend voor – ze is toch niet getrouwd met een man die Bernard heet?'

Onder het wachten voelde hij het zweet opdrogen op zijn huid. Niet echt een aangenaam gevoel. Kom op, Dex, schiet eens een beetje op...

Want om de een of andere reden merkte hij dat hij zich niet wilde gaan douchen voordat hij antwoord had gekregen.

Vier lange minuten later gebeurde het: 'Andere vrouw. Frankie runt het café en haar man heet Joe.'

Henry zuchtte. Dat was het dan, ze was getrouwd. Precies het antwoord dat hij niet had willen horen.

Verdomme nog aan toe.

Nee, gewoonweg shit!

Typisch iets voor hem. Zodra hij hoop koesterde, werd die altijd meteen de grond in geboord.

17

'Ik zou heel graag willen dat je iets voor me deed. Ik weet alleen niet of je het kunt.'

'Als je hulp nodig hebt bij je wiskundehuiswerk, vraag maar raak,' zei Molly. 'Alleen kan ik je nu al voorspellen dat mijn antwoord op iedere vraag zeven zal zijn.'

Amber, die heel goed was in wiskunde, zei: 'Gelukkig gaat het niet daarom.'

'Kom dan maar binnen.' Molly had in haar ene hand een stuk toast en in haar andere een pen. 'Wat kan ik voor je doen?'

'Oké, je vindt het vast heel raar, maar ik heb geprobeerd om meer te weten te komen over die jongen van gisteravond.' Amber, die rechtstreeks van de schoolbus naar Molly's huis was gekomen, liet haar zware tas met schoolboeken op de bank vallen. 'En het komt erop neer dat hij óf geen Sam Jones heet óf niet in Cheltenham op school zit.'

Molly fronste. 'Dat is inderdaad raar.'

'Ja, hè? Ik heb samen met wat vriendinnen geprobeerd uit te zoeken wat er precies aan de hand is, maar zij weten niet hoe hij eruitziet.'

'Ik snap het al.' Molly's gezicht klaarde op. 'Dus je wilt dat ik stiekem een foto van hem neem, als hij volgende week weer op de cursus komt. Of misschien niet eens stiekem. We zouden er een opdracht van kunnen maken. Prima, dat doen we.'

Kwam het omdat Molly ouder was dat ze zoveel geduld had? Amber zei: 'Ja, maar dat is pas over zeven dagen. Zou je echt zo lang kunnen wachten? Wil je het niet meteen weten?'

Molly at eerst haar mond leeg en vroeg toen: 'Maar wat had je dan in gedachten? Wil je het potlood waarmee hij gisteren heeft getekend aan een DNA-test onderwerpen? Wil je de politie vragen camerabeelden van de openbare weg vrij te geven?'

'Nee, maar kun je geen portret van hem tekenen?'

'Wat? Nee.' Molly legde haar pen neer en schudde haar hoofd. 'Geen sprake van.'

'Waarom niet?'

'Dat kan ik gewoon niet. Niet zonder foto of zo. Als hij volgende week weer komt, wil ik hem wel vragen om model te zitten.'

Dat was precies het antwoord dat Amber niet wilde horen. 'Zou je een portret van mij kunnen tekenen? Nu? Als ik niet voor je zat?' vroeg ze.

Molly dacht even na en keek haar toen gepijnigd aan. 'Waarschijnlijk wel. Maar dat is alleen omdat ik je al zo lang ken. Maar toch zou ik het niet doen.'

'Hoezo niet?'

'Omdat het niet goed genoeg zou worden.'

'Heb je het wel eens geprobeerd?'

'Nee!'

'Waarom niet?' Het begon langzamerhand op een ondervraging te lijken.

'Omdat ik al weet dat het niet goed genoeg zou zijn!'

'Oké, rustig maar. Je bedoelt dat het niet zou voldoen aan de eisen die je jezelf stelt,' probeerde Amber haar te kalmeren. 'Het zou niet zo mooi worden als anders. Maar dat hoeft in dit geval ook niet, het hoeft alleen maar herkenbaar te zijn.'

Molly leek er nog steeds weinig voor te voelen. Het zou wel iets met trots te maken hebben, dacht Amber. Maar in elk geval schudde ze niet meer haar hoofd.

'Het kan toch geen kwaad om het te proberen? Gewoon je ogen dichtdoen en proberen je hem voor de geest te halen.' Molly sloot haar ogen en Amber sprak op zachte en bemoedigende toon, als een hypnotiseur. 'Denk aan zijn wenkbrauwen. Aan zijn wimpers. Aan de manier waarop zijn haar naar voren valt. Aan de vorm van zijn mond... Gewoon proberen, kijken wat het wordt. Het hoeft maar een heel klein beetje op hem te lijken, dan zijn we al tevreden.'

Molly deed een oog open. 'Probeer je me soms te hypnotiseren?'

'Ja, werkt het al?'

'Nee.'

'Probeer nou gewoon. Een vel papier, meer is er niet voor nodig. En het maakt toch niet uit als het niks wordt? Het is ook weer niet zo dat je dan een blok carraramarmer van duizend kilo hebt verpest...'

'Oké, hou maar op. Ik probeer het wel.' Ten teken dat ze zich gewonnen gaf, gooide Molly haar armen in de lucht.

'Yes!'

'Maar hou er maar rekening mee dat het niks wordt.'

Molly begon aan het portret. Zoals ze al had voorspeld, was het niet eenvoudig. Zich Sam voor de geest proberen te halen, was niet echt een probleem, maar om dat beeld over te brengen op papier was heel wat anders.

De eerste paar pogingen werden afgekeurd. Amber at Honey Cheerios uit het pak, terwijl Molly potloodlijnen trok die ze weer uitgumde, gefrustreerde zuchten slakend. Algauw lag de vloer van de kamer bezaaid met proppen papier.

'Ik kan geen gewoon portret maken,' zei ze uiteindelijk. 'Daarvoor ken ik te weinig details. Ik zal eens een karikatuur proberen.'

Hoewel het even duurde, kwam ze na nog wat pogingen waar ze zijn wilde. Ze durfde nauwelijks adem te halen, terwijl ze naar haar tekenbord keek waarop het beeld van de jongen vorm begon te krijgen. Zoals ze al had voorspeld, was het niet echt goed of meteen herkenbaar als de zogenaamde Sam, maar het leek in elk geval genoeg op hem.

Wat, met een beetje geluk en als alles meezat, wel eens tot het gewenste resultaat zou kunnen leiden.

Amber knuffelde haar toen ze klaar was. 'Hartstikke bedankt.'

'Oké, maar ik vind het nog steeds niks,' mopperde Molly. 'Niet doorvertellen dat ik dit heb gemaakt.'

Uiteindelijk vond Amber Facebook te openbaar. Nadat ze in haar slaapkamer de tekening in haar computer had gescand, besloot ze hem naar zes vriendinnen te mailen, samen met de woorden: 'Ik speel een beetje voor detective, dus mondje dicht tegen anderen, maar doet dit portret jullie aan iemand denken?'

Algauw stroomden de sms'jes binnen op haar mobieltje. Haar vriendinnen, die weliswaar geïntrigeerd waren, konden haar over het algemeen niet helpen, hoewel Aimee schreef: 'Hij lijkt een beetje op een jongen die ik vorig jaar bij een barbecue heb ontmoet, maar ik weet niet meer hoe hij heet.'

Toen stuurde Georgia een sms'je. 'Ha, Sherlock Holmes! Heet hij soms Connor? Win ik hier nu een prijs mee?'

Amber sms'te: 'Connor wie? Hoe ken je hem?'

Meteen kwam het antwoord: 'Heb hem leren kennen op het feest van Donna's vriendje, vlak voor kerst. Het heeft geen zin om Donna naar hem te vragen, want ze was stomdronken en herinnert zich niks van die avond!'

Lekker dan. Amber stuurde de tekening naar nog een stuk of vijf vriendinnen, om haar netten nog wat verder uit te zetten. Daarna ging ze naar beneden om te eten. Ze liet het telefoontje op haar onopgemaakte bed liggen, want ze wist dat haar ouders gek werden van het eindeloze gebliep ervan.

Ze aten biefstuk met cognac en champignons in roomsaus en gebakken aardappelen, haar vaders lievelingsgerecht, voordat hij naar Norfolk vertrok.

'Nog iets nieuws uitgevonden over je bewonderaar?' Haar moeder keek haar belangstellend aan.

'Niet echt. Misschien dat hij Connor heet. Maar trouwens, hij is mijn bewonderaar niet.' Hoezeer de kwestie Amber ook bezighield, ze wilde haar moeder er niet bij betrekken; er was niets zo gênant als ouders die je wilden koppelen aan iemand die zij leuk vonden. Dus veranderde ze van onderwerp. 'Pap, waar gaan we dit jaar naartoe op vakantie? Kunnen we weer naar Frankrijk gaan?'

Na het eten namen ze afscheid, en toen haar vader was vertrokken, ging Amber weer naar boven.

In haar afwezigheid had haar mobieltje vele sms'jes te verwerken gehad.

De meeste reacties kwamen neer op:

'Nee.'

'Nee. Maar wat een wimpers! Welke mascara gebruikt hij??!!'

'Geen idee, maar heb jij dat portret getekend?'

'Is dat niet Sean Corrigan?'

'Is het Hugh Grant????'

'Geef ons nog een aanwijzing. Te gek spelletje.'

En uiteindelijk een tweede reactie van Georgia: 'Stom stom stom van me! Niet Connor. Sean. Was in de war omdat we gisteravond een James Bond-film hebben gezien met die ouwe Sean Connery erin. Door al dat huiswerk van ons zijn mijn hersens gekrompen, ha ha!!! Xxx.'

Wat natuurlijk gelogen was, want Georgia maakte haar huiswerk echt helemaal nooit.

Toch begon het er al wat beter uit te zien. Amber ging Facebook op en toetste de naam Sean Corrigan in.

God, daar waren er ontzettend veel van. Honderden Sean Corrigans, verspreid over de hele wereld. Gelukkig kon ze het gebied wat verkleinen. Gloucestershire, typte ze in.

O. Geen enkel resultaat. Dat was misschien iets te veel verkleind.

Of misschien had hij de waarheid verteld toen hij had gezegd dat hij niet op Facebook zat.

Amber tikte met haar nagels tegen het scherm en dacht na over wat ze nu moest doen.

Wiltshire. Nee.

Oxfordshire. Ja, in Oxfordshire woonde een Sean Corrigan. Die op het ogenblik een tussenjaar had en in Australië zat.

Nog meer nagelgetik.

Oké, een andere spelling dan.

S-h-a-u-n C-o-r-r-i-g-a-n.

Gloucestershire.

Enter.

En daar had je hem.

Wauw. Amber leunde achterover in haar stoel. Dat was hem, Shaun Corrigan, lachend in de camera. Hij had allerlei privacy-instellingen ingeschakeld, wat dikke pech voor haar was, maar er stond wel dat hij op de Deer Park School in Cirencester zat.

Dus niet Sam Jones. Niet Cheltenham. Waarom zou hij daar nou over gelogen hebben?

Oké, even terug. Het was Susie die zijn naam had geweten. Gelukkig was ze discreet. Amber stuurde haar een sms'je. 'Ja, heel goed van je. Waar ken je hem van?'

Een paar minuten later bliepte haar mobieltje. 'Hij woont in Tetbury, tegenover mijn oom. Ik heb hem leren kennen op het oudejaarsfeest van mijn oom. En jij? Hij is helemaal je type niet!!!'

Haar hart klopte inmiddels in haar keel. Dit detectivegedoe was gewoon verslavend. Ze schreef: 'Kan ik niet zeggen. Dit is TOPGEHEIM, oké? Weet je waar hij woont?'

Weer een paar minuten, en bliep. Nu een e-mail, met een link naar Google Earth erbij: 'Het huis links, nummer 17, is dat van mijn oom, naast de brievenbus. Sean woont ertegenover op nummer 22, het huis met de gele voordeur en de witte bloemen in de tuin.'

Amber opende de link en zoomde in op StreetView. Ze vond het huis, de helft van een twee-onder-een-kap, en verder onopvallend.

Het verstandigste zou natuurlijk zijn om gewoon af te wachten of Sam-Sean-Shaun volgende week weer op cursus zou komen, zoals Molly had geopperd.

Maar stel dat hij niet kwam? En ook niet de week erna? Wat moest ze dan doen?

Ze kon hem natuurlijk ook gewoon een bericht sturen, nu, meteen. Gewoon iets luchtigs, zoals: 'Hm, ik dacht dat je niet op Facebook zat??'

Wanneer je zo ongeduldig was als zij, was dat een heel verleidelijk idee. Een vraag stellen, een antwoord krijgen, zonder omhaal, simpel als wat.

Want ze viel in de verste verte niet op hem – anders had ze natuurlijk nooit zo brutaal durven zijn. Maar aangezien ze dus echt niet op hem viel, kon ze hem best op de man af vragen waar hij mee bezig was.

Alleen... zou het echt zo simpel zijn? En wat voor antwoord zou ze krijgen? Want het nadeel van elektronische communicatie was dat degene aan de andere kant de tijd kreeg om na te denken. En zo met een plausibel antwoord op de proppen kon komen.

Terwijl oog in oog veel interessanter zou zijn.

Toch?

Amber glimlachte bij zichzelf, terwijl een nieuw plan gestalte begon te krijgen. Morgen was het woensdag, wat goed uitkwam, dan kon ze het meteen doen.

Ze ging echt geen week wachten tot Mohammed – misschien – naar de berg kwam. Veel beter als de berg proactief naar Mohammed zou gaan.

Naar Mohammed, die in werkelijkheid Shaun Corrigan bleek te heten.

18

Het had even geduurd voor ze er was; het was een behoorlijke reis geweest. Na school had Amber twee bussen moeten nemen om in Tetbury te komen. In de eerste bus had een stelletje uitgelaten jongere jongens achter haar grapjes gemaakt over haar kapsel. 'Hoe kom je aan die kleur? Gewoon bieten stampen en over je hoofd uitsmeren?'

In de tweede bus had ze gezelschap gehad van twee oude vrouwen, die continu hadden zitten klagen over de jeugd van tegenwoordig. 'En ik weet ook hoe het komt. Door dat zachte wc-papier. We zouden er als land veel beter voor staan als we gewoon nog oude kranten gebruikten.'

Oude mensen waren echt knettergek.

Toen ze eindelijk in Tetbury aankwamen, stapte Amber uit. Na al deze moeite was het Shaun Corrigan geraden dat hij thuis was.

Het was niet moeilijk om Parnall Avenue te vinden. Ze herkende de straat ook meteen van StreetView. Daar had je nummer 17, het huis van Susies oom. Ze liep langs de brievenbus en bleef even staan om naar nummer 22 aan de overkant te kijken. De voordeur was nog steeds geel. De voortuin was klein, maar goed onderhouden.

Oké, het had geen zin om het nog langer uit te stellen. Ze stak over en liep het tuinpad op.

Ze belde aan.

Het werd nu behoorlijk spannend.

Hij kon verdomme maar beter thuis zijn!

Even later ging de deur open, en stond Amber tegenover een slanke vrouw met groene ogen, die vast Shauns moeder was. Ze was begin veertig, leuk om te zien, en droeg een schort over haar spijkerbroek en grijze trui met v-hals. Achter haar steeg de heerlijke geur van een stoofschotel op.

'Hallo.'

'Uh, hallo. Is Shaun ook thuis?'

De vrouw lachte nu breeduit. 'Ja, hoor. Hij zit boven huiswerk te maken. Nou ja, dat zegt hij tenminste. Wie kan ik zeggen dat er is?'

Wilde ze de blik van verbazing op zijn gezicht mislopen? Nee toch. Je bent niet de enige die zijn naam voor de lol kan veranderen, Shaun Corrigan!

'Jessie,' zei Amber.

Zijn moeder riep naar boven: 'Shaun? Je hebt bezoek! Jessie is er.'

Ze hoorden allebei een slaapkamerdeur opengaan. 'Wie?'

'Jessie.'

Ambers hart sloeg over; nog even, en dan zou hij haar zien staan. Ze hoorde voetstappen op de overloop. Even later zag ze zijn in gympen gestoken voeten op de trap, toen zijn spijkerbroek, en toen de rest van hem.

En toen zag hij haar ook.

Hij werd lijkbleek en bleef stokstijf staan, haar geschrokken aankijkend.

'Wat is dit verdomme? Wat moet je hier?'

Verbaasd over de uitbarsting van haar zoon zei zijn moeder: 'Shaun!'

'Heel charmant,' zei Amber.

'Ik meen het, ga weg.' Hij schudde zijn hoofd, nog steeds als bevroren halverwege de trap staand. 'Je kunt hier niet komen, je moet weg. Ga nou maar gewoon.'

'Wacht eens even! Jij bent degene die tegen mij heeft gelogen!' wierp ze hem voor de voeten, verbaasd over zijn reactie.

Links van haar hoorde ze zijn moeder zwakjes zeggen: 'O nee...'

Rechts van haar ging een deur open, en een mannenstem zei: 'Het ruikt lekker. Hoe laat eten we?'

En toen was het Ambers wereld die implodeerde en in slow motion verder draaide. Want ze kende die mannenstem.

Maar al te goed.

Het was de stem van haar vader.

'O god.' Hij bleef als versteend staan, sloot zijn ogen en sloeg zijn handen voor zijn gezicht. 'O god.'

Haar hart bonkte nu in haar keel. Het liefst was ze heel hard weggelopen, maar haar benen weigerden dienst. Het was alsof ze aan de drempel zat vastgelast. Vooral omdat haar vader pantoffels droeg.

Wat waren de regels voor hoe het verder moest? Ze had geen flauw idee.

'Amber. Het spijt me.' Haar vader klonk geschokt, wat hem geraden was ook. 'Hoe heb je me gevonden?'

Had ze nog wel een stem? Er was maar één manier om erachter te komen. Amber schraapte haar keel en zei: 'Eh... Ik was op zoek naar hem, niet naar jou.'

Ze wees naar Shaun, die keek alsof hij elk moment kon overgeven.

'Wat?' Ongelovig keek haar vader naar de jongen op de trap, die net een bom onder zijn dubbelleven had gelegd. 'Vertel me wat er aan de hand is.'

De tijd leek nu tegelijk sneller en langzamer te gaan. Ambers oren suisden.

'Dit was niet de bedoeling. Ik weet niet hoe ze me heeft gevonden.' Shaun schudde zijn hoofd tegen haar vader. 'Ik wilde alleen maar weten hoe ze waren.'

'O Shaun...' Zijn moeder zag er steeds verontruster uit. Zijn moeder, die iets had met haar vader.

'Hoe kun je mama dit nou aandoen?' Ambers stem brak, terwijl ze haar vader aankeek. 'Hoe kun je dat nou doen? Hoe lang is dit al aan de gang?'

Stilte. Een ijzige, martelende stilte. Omdat ze het geen seconde langer meer kon verdragen, deed ze wankelend een paar passen naar achteren en draaide zich toen om.

'Amber, nee. Kom terug.' Haar vader klonk gekweld. 'We moeten praten. Ik kan het uitleggen.'

Ze kon hem echter niet eens aankijken. Op zijn pantoffels! Allemachtig zeg. Hij had iets met een andere vrouw en droeg pantoffels!

'Blijf bij me uit de buurt. Ik haat je.' Ze meende het. In nog geen paar seconden tijd was alles veranderd. Ze zou hem dit nooit kunnen vergeven. 'Ik word misselijk als ik naar je kijk. Je bent walgelijk. En mama dan?'

'O god, Amber...' Ze hoorde dat hij haar riep; zijn stem was een mengeling van angst en wanhoop.

'Laat me met rust! Ik haat je! Ik wil je nooit meer zien!'

Haar hoofd tolde. Ze sloeg de voordeur met een klap dicht

en liep wankelend de straat op, hoewel ze geen flauw idee had waar ze naartoe ging. Linksaf aan het eind van de straat... en dan rechtsaf... of was het linksaf? O god, het was net alsof ze zat opgesloten in een nachtmerrie...

Een kwartier later was ze weer in het centrum van de stad, waar mensen rondliepen en deden alsof er niets was gebeurd. Nog steeds in een waas liep ze naar het busstation.

Shaun stond daar al op haar te wachten.

'Ga weg.' Ze stopte haar handen in de zakken van haar jack en weigerde hem aan te kijken.

'Het spijt me zo.'

'Ik wil niet met je praten.'

'Ik wilde niet dat dit zou gebeuren.'

'Nee, vast niet. Nou heb ik alles verpest door hiernaartoe te komen, hè? Dankzij mij is het geheim verraden. O shit, ik kan het nog steeds niet geloven. Echt niet. Als mijn moeder dit hoort, gaat ze dood van ellende!'

'Luister, het is niet wat je denkt...'

'Hou op met dat gezeik.' Hoewel ze eerst niet met hem had willen praten, kon ze nu niet meer stoppen. De woorden tuimelden uit haar mond. 'Je hebt geen idee wat je hebt gedaan. Want mijn ouders zijn gelukkig samen, snap je dat? Ze houden van elkaar. Ze hebben het beste huwelijk ter wereld, echt waar. En nu is alles verpest!' Haar stem begon te trillen. Gelukkig stonden er geen andere mensen bij de bushalte. 'Die stomme moeder van je kent geen enkele schaamte; dat begint maar gewoon een verhouding met een getrouwde man...' Nog onder het praten besefte ze dat ze haar woede alleen maar op Shauns moeder richtte, terwijl haar vader er net zoveel schuld aan had.

Terwijl ze elkaar stonden aan te kijken, begon het te regenen.

'Je snapt het niet,' zei Shaun hulpeloos.

'Echt wel.'

'Zo is mijn moeder niet.'

'O nee? Nou, dan moet je nog maar eens wat beter naar haar kijken.' Amber voelde de druppels op haar gezicht vallen. 'Dan zie je het vanzelf wel.'

'Ik heb al gezegd dat het me spijt. Maar je begrijpt het echt verkeerd,' hield Shaun vol.

'O ja? Is dat zo? Je bent naar Briarwood gekomen toen je wist dat mijn vader er niet was, omdat je nieuwsgierig naar ons was. Je wilde zijn gezin zien.'

Ze hoorden piepende remmen, en toen stond de bus naast hen. De deuren gingen als een harmonica open. Het regende steeds harder. Amber keek Shaun met samengeknepen ogen aan, verwachtend dat hij op zijn minst dat eerlijk zou toegeven.

Hij zuchtte en zei toen: 'Zijn andere gezin.'

De wereld helde weer over.

'Wat?'

'Je noemt hem steeds jouw vader.' Shaun liet zijn hoofd even voorovervallen, keek haar toen weer aan en zei op uitdagende toon: 'Maar hij is ook mijn vader.'

'Halloooo?' brulde de buschauffeur. 'Zijn we daar nog? Blijven we daar staan of stappen we in?'

Amber hoorde Shauns woorden nog nagalmen in haar hoofd. 'Dat kan niet.'

'Wel waar.'

'Eén.' De chauffeur begon af te tellen. 'Twee.'

'Ik word misselijk,' zei Amber.

'Drie!' verkondigde de chauffeur. 'De groeten!'

De deuren gingen dicht, en de bus reed weg.

Amber en Shaun bleven samen achter op de stoep, in de regen.

19

Joe Taylor had ontdekt dat je in wezen een goed mens kon zijn en toch in een situatie kon belanden waardoor anderen misschien – oké, waarschijnlijk – zouden denken dat je slecht was.

En dat was hij niet, echt niet. Hij had alleen heel lang geleden een misstap begaan waar hij nog steeds voor moest boeten. De afgelopen zeventien jaar waren voor hem een oefening in schadebeperking geweest, puur en alleen omdat hij degenen van wie hij hield niet wilde kwetsen en ongelukkig wilde maken.

En dat was hem tot zijn verbazing nog gelukt ook.

Joe sloot zijn ogen. Tot nu toe dan.

Het was zo'n situatie geweest die volledig uit de lucht was komen vallen. Hij had toentertijd in Bristol gewerkt. In het café aan de overkant van zijn werk, waar hij iedere dag even naartoe was gegaan, had hij Christina leren kennen, die bij het naastgelegen advocatenkantoor werkte. In de loop van de daaropvolgende maanden waren ze bevriend geraakt, maar verder was er niets tussen hen gebeurd.

Tot een combinatie van gebeurtenissen daar verandering in had gebracht. Hij was nog van slag van een van zijn zeldzame ruzies met Frankie; ze had hem ervan beschuldigd dat hij niet eens de moeite had genomen haar een verjaarskaart te sturen, terwijl hij dat wel had gedaan. Het was gewoon oneerlijk. En diezelfde dag was hij na zijn werk Christina tegen het lijf gelopen en had haar gevraagd hoe het met haar ging. Ze was meteen in tranen uitgebarsten. Hij had haar meegenomen naar het café, waar ze hem het hele verhaal had verteld; bij haar moeder was kanker in stadium vier vastgesteld, ze had net ontslag genomen bij het advocatenkantoor om haar moeder de laatste maanden van haar leven te kunnen verzorgen; ze vond het verschrikkelijk, morgenochtend vertrok ze al...

Omdat ze verder niemand in Bristol had, vond hij dat hij haar in deze toestand niet alleen kon laten. Hij had haar met de auto naar haar flat in Clifton gebracht, waar ze nog urenlang hadden gepraat. Zelf was hij ook een beetje van streek, want hij wist dat hij het jammer vond dat hij haar nooit meer zou zien, en hij wist ook dat hij hun vriendschap zou missen.

Op de een of andere manier hadden de tranen en knuffels tot meer geleid. Hij had haar een goed gevoel willen geven. Het was verkeerd, natuurlijk was het verkeerd, maar toen het gebeurde, had het heel even niet zo gevoeld.

'O god, wat erg,' had Christina na afloop huilend gezegd. 'Het spijt me zo. We hadden dit niet moeten doen. Je vrouw... het is allemaal mijn schuld.'

Het was iets eenmaligs geweest, en het zou ook nooit meer gebeuren, hadden ze samen besloten. Morgen zou ze weg zijn. Ze zouden er allebei hun mond over houden. Niemand zou ooit te weten komen wat er die avond was gebeurd.

Toen hij die avond om tien uur thuis was gekomen, had Frankie haar armen om zijn nek geslagen. 'Het spijt me zo. Ik wil nooit meer ruzie met je. Ik hou zoveel van je.'

Zijn schuldgevoel was overweldigend geweest. Maar hij had geweten dat hij ermee moest zien te leven, in de veilige wetenschap dat zoiets als met Christina nooit meer zou gebeuren.

'Shauns mobieltje staat uit,' zei Christina. 'Zal ik iets inspreken?'

Joe zat aan de keukentafel met zijn hoofd in zijn handen.

'Laat hem maar even. Amber neemt ook niet op. Niet te geloven dat dit is gebeurd. Verdomme, ik weet niet eens hoe dit kan. Wat moeten we nu doen?'

Christina liet haar tong over haar lippen glijden en legde de telefoon neer. 'Ik weet het niet. Maar ik denk dat je beter naar Briarwood kunt gaan, zodat je er bent voordat Amber thuiskomt.'

Dat was zo'n angstaanjagend vooruitzicht dat Joe het niet zo snel kon verwerken. 'En wat dan?'

'Laat ik het zo zeggen: denk je dat Amber hier haar mond over zal houden?'

Hopeloos schudde hij zijn hoofd. 'In geen duizend jaar.'

'In dat geval zul je het Frankie moeten vertellen,' zei Christina.

Vijftien maanden na hun laatste ontmoeting zag Joe Christina weer. Het was december, en hij deed kerstinkopen in een winkelcentrum in Bristol. Hij stond zijden sjaals te bestuderen in John Lewis en had haar ineens zien komen aanlopen.

Zijn hart maakte een sprongetje toen hij haar herkende. Ze had hem niet gezien; hij kon zich omdraaien en haar langs laten lopen, maar het leek hem geen kwaad te kunnen om haar gewoon even te begroeten. Per slot van rekening waren ze bevriend geweest. En het was bijna kerst.

'Hoi.'

'O! Jemig!' Christina schrok. Op haar gezicht was een mengeling aan emoties te zien toen tot haar doordrong wie haar net had begroet. 'Eh... hallo. Hoe gaat het met je?'

'Prima. Goed.' Hij glimlachte en knikte naar haar. Ze had haar dunne blonde haar in een paardenstaart gedaan en droeg een dikke smaragdgroene jas over een zwarte trui en broek. 'En met jou?'

'Fantastisch, dank je. Je weet wel, cadeautjes kopen voor kerst.' Ze had haar armen vol tassen, en op haar voorhoofd parelden zweetdruppeltjes.

'Maar hoe is het de afgelopen tijd gegaan?' vroeg hij op zachte, meelevende toon. 'Ik bedoel, met je moeder?'

Christina reageerde niet meteen. Toen zei ze: 'Nou, ze is inmiddels overleden. Wat geen verrassing was; we wisten dat het zou gebeuren... Maar het is wel een moeilijke tijd geweest.' Haar stem stierf weg, en ze haalde een paar keer diep adem. 'Goh, wat is het hier warm...'

'Geef mij die tassen maar.' Joe stak zijn handen uit; het was warm in de winkel, en Christina zag eruit alsof ze elk moment kon omvallen. 'Trek die jas van je uit,' beval hij.

Ze knikte en deed wat hij zei. Terwijl ze tegen de glazen toonbank leunde, zei ze: 'Het gaat zo wel weer over. Maar aardig dat je naar mijn moeder vroeg. Ik mis haar, maar het leven gaat door. En hoe gaat het met jou?'

'Goed, goed.' Er bleef zoveel ongezegd in de oververhitte lucht tussen hen.

'Zijn Frankie en jij nog steeds bij elkaar?' Het klonk alsof ze zichzelf wel voor haar kop kon slaan omdat ze ernaar vroeg.

Nu was het zijn beurt om te knikken. Zonder er verder over uit te weiden, zei hij: 'Ja, we zijn nog bij elkaar.'

Even glansden er tranen in Christina's ogen. Ze wendde haar blik af en keek toen naar de dikke jas in haar handen. Ze legde hem over een arm en pakte de tassen weer van hem aan.

Joe vroeg zich af of hij haar een afscheidskus zou geven. Beter van niet. Hij wilde wel, maar hij zou het niet doen. Moest het niet doen.

'Leuk om je weer even te hebben gezien,' zei Christina met een overdreven opgewekt lachje. 'En nog een prettige kerst!'

'Jij ook.' Hij keek haar liefdevol na, terwijl ze zich een weg probeerde te banen tussen de winkelende mensen. Er zat iets op de linkerschouder van haar zwarte trui, alsof er een grote vogel op had gepoept, zag hij opeens. Omdat hij haar goed genoeg kende om te weten dat ze veel zorg aan haar uiterlijk besteedde, liep hij haar na, legde een hand op haar schouder en zei: 'Wacht even, er zit iets op je schouder. Ik zal het er even afvegen.'

Christina bleef staan, keek wat het was en werd meteen knalrood.

'Ach, dat geeft toch niks, ik maak het wel even schoon.' Hoewel hij al bezig was een zakdoek uit zijn zak te halen, deinsde ze naar achteren, en op dat moment drong tot hem door dat het geen vogelpoep was.

En meteen wist hij ook wat het wel was. Hij wist het vanwege de blik van paniek en gêne en verdriet die over haar gezicht trok. Want wat kon het anders zijn?

En meteen daarna wist hij ook dat hij nu nog de kans had om het erbij te laten zitten, om haar weg te laten gaan. De keuze was aan hem. Hij kon zich omdraaien en doen alsof hij het verband niet had gelegd. Gewoon doorgaan met cadeautjes kopen, alles naar zijn auto brengen, terugrijden naar Briarwood en Frankie en zijn ongecompliceerde leventje.

Maar hij merkte dat hij dat, als puntje bij paaltje kwam, niet kon.

'Blijf staan! Christina... o mijn god.' Hij greep haar arm beet en hoorde zichzelf zeggen: 'We moeten praten.'

Zwijgend verlieten ze het winkelcentrum en liepen langs de kerststal en de kinderen die in de rij stonden voor de Kerstman. Kleine kinderen.

Christina's rode Mini stond aan de andere kant van het enorme parkeerterrein. Ze deed hem van het slot, stopte de tassen in de kofferbak en ging toen trillend – meer van emotie dan van de kou – achter het stuur zitten, met haar handen stevig gevouwen in haar schoot.

Joe, die naast haar was gaan zitten, zei: 'Het is dus van mij.'

Ze knikte schokkerig. 'Ja.'

'Je was zwanger, en het kwam niet eens bij je op om het mij te vertellen?'

'O Joe, natuurlijk is dat wel bij me opgekomen.' In haar ogen stond wanhoop te lezen. 'Ik heb het wel duizend keer overwogen. Maar wat zou dat met jou hebben gedaan? Je zou geschokt zijn. Je had je eigen leven, je was gelukkig getrouwd, het was nooit de bedoeling dat...'

'Ik snap ook niet hoe het heeft kunnen gebeuren. Ik bedoel, je zei dat het veilig was om te...'

'Dat dacht ik ook. Ik was er zeker van dat het tijdstip veilig was. Maar dat was blijkbaar niet zo. Denk alsjeblieft niet dat ik expres zwanger ben geraakt,' zei ze. 'Want dat is echt niet zo, dat moet je van me aannemen.'

Haar stem had een verdedigende klank. Joe geloofde haar. Goed, maar nu waren er andere dingen die hij wilde weten. 'Meisje of jongen?'

'Een jongen.'

'Hoe heet hij?'

Zeg alsjeblieft niet dat hij Joe heet.

'Shaun.'

'Is alles... in orde met hem?'

'Hij is volmaakt. Eerlijk gezegd is dit de eerste keer dat ik zonder hem de stad in ben. Als ik je op een andere dag had ontmoet, had ik hem bij me gehad.'

'Je wilde geen kind, maar toch heb je het doorgezet.' Na een korte stilte vroeg hij: 'Waarom?'

'Ik weet het. Het was inderdaad niet het plan. Het kwam in feite door mijn moeder.' Opnieuw glansden er tranen in haar ogen. 'Ze lag in het ziekenhuis, en ik was continu bij haar. Ze wist dat ze niet meer lang te leven had. Op een dag zei ze dat ze het nog het allerergste vond dat ze haar kleinkinderen nooit zou leren kennen. Dat vond ze echt heel jammer. Ze zei dat ik een fantastische moeder zou zijn en dat ze er altijd van had gedroomd om mij met een kind te zien.' Christina stopte even met praten toen een ruziënd gezin langs de auto beende. 'En dat gaf eigenlijk de doorslag. Het was haar diepste wens, en ik was toch al zwanger. Ik had de macht om die wens te laten uitkomen.' Terwijl ze met de achterkant van haar hand de tranen van haar wangen veegde, vervolgde ze simpelweg: 'En toen wist ik dat ik het zou houden. Ze was mijn lieve moeder, en ik hield zoveel van haar. Het was het laatste en mooiste cadeau dat ik haar nog kon geven.'

Hij knikte. Hoewel haar besluit zijn eigen leven net een stuk ingewikkelder had gemaakt, begreep hij haar beweegredenen.

'En heb je haar er gelukkig mee gemaakt?'

'O god, enorm gelukkig. Je hebt geen idee. Een paar weken lang dacht ik zelfs dat ze als door een wonder genezen was, zo opgetogen was ze. Zelfs de dokters stonden verbaasd over hoeveel beter het met haar leek te gaan.' Ze glimlachte even. 'Het bleek natuurlijk alleen maar een korte opleving te zijn. Maar het was wel fantastisch. Ze mocht naar huis, ze begon babykleertjes te breien, ging met me mee naar de verloskundige. Het was alsof ze er een nieuw leven bij had gekregen. Ze is zelfs bij de geboorte van Shaun aanwezig geweest. Het was zo'n prachtige dag. Ik heb nog een video van haar met hem in haar armen. Het was me gelukt, ik had haar droom laten uitkomen.' Er viel weer een korte stilte, terwijl ze in het handschoenenvakje naar papieren zakdoekjes zocht en haar neus snoot. 'Het duurde niet lang natuurlijk. Dat hadden we ook niet verwacht. Het ging algauw weer bergafwaarts met haar, en ze stierf toen Shaun drie maanden oud was. Maar ze heeft hem nog meegemaakt en ze hield heel veel van hem. Dat was heel belangrijk voor haar. En daarom zal ik ook nooit spijt hebben van mijn besluit.'

Ze zaten even zwijgend naast elkaar.

Toen vroeg Joe: 'Wat heb je je moeder over mij verteld?'

'De waarheid. Zonder met een beschuldigend vingertje te wijzen. Ik heb gezegd dat je al iemand had, zodat we niet samen konden zijn, maar dat je verder een heel aardige man was.'

Bij het horen van die woorden kreeg Joe een brok in zijn keel; hij had zichzelf inderdaad altijd als een aardige man beschouwd. Als hij niet aardig was geweest, was hij überhaupt niet meegegaan naar Christina's flat om haar te troosten.

'En wat zei ze?'

'Ze zei dat je sowieso niks aan mannen had en dat ik me prima in mijn eentje zou redden.'

Hij slikte. 'Heb je een foto?'

'Van mijn moeder?'

'Van... de baby.'

'O sorry. Je bedoelt of ik een foto bij me heb?' Ze schudde haar hoofd. 'Zoals ik al zei, dat heb ik niet nodig. Tot vandaag was Shaun altijd bij me.'

'Ik wil hem zien,' zei hij.

Ze aarzelde. 'Waarom? Vertrouw je me niet? Het is echt jouw kind, hoor.'

'Daar gaat het niet om. Ik wil hem gewoon zien. Hij is mijn zoon.'

'Doe je dit soms om mij een beter gevoel te geven, Joe? Dat is nergens voor nodig. We redden ons wel.'

'Ik wil het om mezelf beter te voelen. Ik moet hem zien.'

Met grote ogen keek ze hem aan. 'Nu?'

'Misschien. Ik weet het niet. Waar woon je?'

'In Chepstow. In het huis van mijn moeder. Ik heb de flat in Clifton weggedaan.'

Chepstow. Veertig kilometer rijden... terwijl het druk was op de weg... Nee, dat redde hij niet. Hij zei: 'Vandaag kan ik niet. Frankie verwacht me.'

'Natuurlijk. Het geeft niet.'

'Morgen. Ik zeg wel dat ik moet overwerken. Lijkt je dat wat?'

'Weet je het zeker?'

'Absoluut.' Hij wist het zeker. Hij wist ook dat het een gevaarlijk pad was dat hij ging bewandelen.

'Oké. Leuk.' Christina keek net zo bang als hij zich voelde, en ook net zo opgewonden; haar aarzelende lachje was hartverscheurend. 'Eh... dan schrijf ik het adres even op.'

Ze krabbelde het op een stukje papier. 'Zal ik er mijn telefoonnummer bij zetten? Voor het geval dat je toch niet kunt?'

'Ja, doe maar.' Nadat ze hem het briefje had gegeven, stapte hij uit. Hij omhelsde haar niet en gaf haar ook geen kus; dat zou niet goed hebben gevoeld. 'Ik zie je morgen om een uur of zes.'

'Ja.' Ze knikte.

'Er is nog iets wat ik je niet heb verteld.' Het had geen zin om het te verzwijgen; hij moest het haar nu vertellen. 'Frankie is zwanger.'

Een mengeling van schrik en teleurstelling trok over haar gezicht. Gevolgd door berusting. Na een tijdje zei ze: 'O. Nou... gefeliciteerd.'

Hij slikte. 'Dank je.'

Op weg naar huis herhaalde Joe Christina's adres en telefoonnummer in zichzelf totdat hij ze uit zijn hoofd kende. Daarna verscheurde hij het briefje en gooide de stukjes als confetti uit het raampje.

Voorzichtigheid voor alles.

In Briarwood werd hij met een kus verwelkomd door Frankie; haar buik ter grootte van een watermeloen drukte tegen zijn maag.

Toen ze zag dat hij geen tassen bij zich had, zei ze berispend: 'Nou zeg, ik dacht dat je vandaag alle kerstcadeautjes wilde kopen!'

'Het was te druk, te warm. Ik zag al die lange rijen voor de kassa gewoon niet zitten.' Dat was niet helemaal gelogen, toch? 'Het was gewoon chaos.'

'Wil dat zeggen dat ik dit jaar geen cadeautjes krijg?'

'Maak je maar geen zorgen.' Hij streelde haar gezicht; hij hield zoveel van haar. 'Ik ga nog wel een keer. Hoe voelde je je vandaag?'

'Fantastisch. Opgezwollen enkels, indigestie, schoppen in mijn buik. Kan niet beter.' Haar ogen glansden. 'Maar het is het vast wel waard. O, voelde je dat?'

Joe knikte en legde zijn hand op haar buik, terwijl de baby weer schopte.

Zijn kind.

Een van zijn kinderen.

O god, wat had hij gedaan?

Het huis met de puntgevel stond aan het eind van een doodlopende straat; het was groot en vrijstaand, met een voortuin die steil afliep en een TE KOOP-bord ervoor.

Het eerste wat Christina zei toen ze de voordeur opendeed, was: 'Ik had je dat gisteren al moeten zeggen, maar je hoeft je geen zorgen te maken over geld. Het was mijn beslissing om hem te houden, en ik zal je nooit om een stuiver vragen. Ik wil dat je dat weet.'

Joe voelde zich tegelijkertijd schuldig en opgelucht, want hij zou haar nooit financieel kunnen steunen zonder dat Frankie erachter kwam. Na zijn impulsieve besluit van gisteren had hij de hele nacht wakker gelegen van dat idee.

'Dank je.' Hoewel hij zin had haar te knuffelen, deed hij het niet. 'Niet dat ik je niet zou willen helpen, maar...'

'Ik weet het, het zou de boel te ingewikkeld maken. Maar het geeft niet, dit is nu mijn huis. En mijn moeder heeft me ook wat geld nagelaten. Kom binnen.'

'Maar je hebt het te koop staan,' zei hij.

'Het is te groot voor ons, en de tuin is niet geschikt voor kinderen. Ik wil wat kleiner gaan wonen, ik ga een leuk, eenvoudig huis zoeken. De buren hier zijn een beetje ouderwets. Ze hebben het niet zo op alleenstaande moeders.'

Het liefst was Joe meteen naar de buren gestapt om ze met hun bekrompen koppen tegen elkaar te slaan. Hoe durfden ze Christina af te keuren!

'Het geeft niet,' zei ze, toen ze de blik op zijn gezicht zag. 'Het is een mooie gelegenheid om een nieuwe start te maken. Het wordt een avontuur.' Ze duwde de deur van de huiskamer open en vervolgde: 'Hoe dan ook, klaar om kennis te maken met je zoon?'

Waarschijnlijk niet, maar hij kon er niet meer omheen. En toen gebeurde het. Daar was Shaun, slapend in een blauw kinderstoeltje, met een klein pluchen speeltje in zijn hand geklemd. Zijn haar was babyblond, hij had wangen als van Winston Churchill en een pruilende onderlip als van... nou ja, ook Winston Churchill.

In een blauwe velours pyjama met Pieter Post erop.

Mijn zoon.

Shaun bewoog zijn wimpers en deed toen zijn ogen open, alsof hij wist dat er naar hem werd gekeken. Zijn blik schoot onmiddellijk naar zijn moeder, en hij stak zijn armpjes uit. Christina maakte hem los uit het stoeltje en tilde hem op. Ze gaf een kus op allebei de Churchill-wangetjes en zei liefdevol: 'Dag, mooie jongen, je bent wakker! Er is iemand voor je!'

Iemand. Het was natuurlijk maar bij wijze van spreken, maar toch sneed het woord als een mes door Joe's ziel. Hij was de vader. Sommige mannen wilden misschien liever niet weten dat er ergens een kind van hen rondliep, maar voor hem ging dat niet op.

'Wil je hem vasthouden, terwijl ik zijn flesje klaarmaak?'

'Gaat hij dan niet huilen?'

Christina glimlachte. 'Dat merken we dan vanzelf wel. Maar meestal is hij erg lief.'

Dat was hij inderdaad. Toen Joe hem van haar overnam, wist hij dat er geen weg terug meer was.

Met een stem die hees was van emotie zei hij: 'Mijn jongen... mijn zoon.'

Een maand later was hij erbij toen Frankie – na een moeilijke en pijnlijke bevalling van zevenentwintig uur – het leven schonk aan Amber. Ze werd – met een rood hoofdje en schreeuwend – onderzocht en gewogen door de verloskundige, vervolgens in een wit dekentje gewikkeld en daarna plechtig aan Joe overhandigd.

Uitgeput en verrukt keek Frankie toe terwijl Joe zijn dochter in zijn armen nam. 'Moet je nou eens zien,' zei ze verwonderd. 'Je bent papa geworden!'

De verloskundige zei vrolijk: 'Alsof hij nooit anders heeft gedaan.'

'Hij heeft nog nooit eerder een baby in zijn armen gehad,' vertelde Frankie trots aan de verloskundige.

'Ah, je man is een natuurtalent. Dat is een goed teken.'

Niet bij machte hen aan te kijken, richtte Joe al zijn aandacht op Amber. De afgelopen vier weken was het hem zes keer gelukt om naar Chepstow te gaan. Eergisteren nog had hij zijn zoontje in bad gestopt. Hoewel er enige gelijkenis tussen hem en zijn beide kinderen was, leken de kinderen totaal niet op elkaar. Maar de overweldigende liefde die hij voor hen allebei voelde, was precies dezelfde.

Hij had deze situatie niet gewild, maar het was nu eenmaal gebeurd, het gebeurde nu en het zou blijven gebeuren – hij was per ongeluk in een achtbaan terechtgekomen en zag geen mogelijkheid om er nog uit te stappen.

'Moet je ons nou eens zien. We zijn een gezin!' Frankie keek hem stralend aan, met haar pony tegen haar voorhoofd geplakt. 'Dit is de gelukkigste dag van mijn leven.'

Hij wilde niet tegen haar liegen, maar had hij keus? Hij knikte dus en zei: 'Van mij ook.'

Promotie op zijn werk betekende meer reizen, meer flexibiliteit en meer kansen om ergens anders dan in Briarwood te kunnen zijn. Om zijn afwezigheid te compenseren, was hij een voorbeeldige vader wanneer hij wel thuis was. Hij hield van Frankie en Amber. Hij hield ook van Shaun. Hoewel hij niet van Christina hield, respecteerde hij haar en mocht hij haar graag en genoot hij van haar gezelschap. Ze waren goede vrienden, en hij maakte zichzelf wijs dat er niks aan de hand was, zolang ze alleen maar dat waren: goede vrienden. Hij bedroog zijn vrouw niet.

Het huis van Christina's moeder werd eindelijk verkocht, en ze begon serieus naar een ander huis te zoeken. Toen ze het huis in Tetbury had gevonden en merkte hoe aardig de buren er waren, ging ze de volgende dag terug met Joe om samen het huis in Parnall Road te bekijken.

De makelaar ging ervan uit dat ze een echtpaar waren, net als de eigenaar van het huis. Het was gemakkelijker om ze in die waan te laten dan met ongemakkelijke verklaringen op de proppen te komen, vooral omdat Shaun inmiddels elf maanden oud was en hem papa begon te noemen.

Ze deden een bod, dat werd geaccepteerd, de koop ging zonder verdere problemen door, en ergens tijdens het hele proces kregen de vriendelijke buren te horen dat Joe voor zijn werk gemiddeld vier à vijf nachten per week weg was. Dat was natuurlijk jammer, maar zo was het leven, iedereen moest zich opofferingen getroosten. Zoals Christina zei: vergeleken met soldaten die maandenlang naar het buitenland werden uitgezonden, stelde het niks voor.

Ze legden ook uit dat ze niet wettelijk getrouwd waren, maar dat ze een toegewijd paar waren dat hun zoon aanbad.

Wat ook min of meer klopte.

Toch?

Tot op dat moment hadden ze er zorg voor gedragen om hun hernieuwde relatie platonisch te houden. Joe hield zichzelf voor dat hij zich, zolang het daarbij bleef, niet al te schuldig hoefde te voelen over waar hij mee bezig was.

Maar naarmate de tijd verstreek... Nou ja, het bleek dat ze uiteindelijk toch gewoon mensen waren. Zijn gevoelens voor Christina verdiepten zich; haar mogen en bewonderen veranderde in oprecht van haar houden, net zoveel als hij van Frankie hield. En na ongeveer nog een jaar te hebben geprobeerd om hun gevoelens te beheersen, won het gevoel het van het verstand. Want Christina hield ook van hem, en het leek oneerlijk dat ze gedwongen werd om een celibatair leven te leiden.

Vanaf dat moment had Joe weliswaar meer last van schuldgevoel, maar was hij ook gelukkiger. Hij voelde zich tegelijkertijd beter en slechter over het ingewikkelde web waar zijn leven in was veranderd.

Maar eerlijk gezegd had hij geen andere keus.

20

Heette dit nu een paniekaanval? Dex belde nog een keer aan, terwijl de zweetdruppels hem over zijn rug gleden. Toen Molly opendeed, hield hij Delphi voor haar op. 'Het wordt niks, ik heb er genoeg van. Ik kan niet meer. Ik ben niet geschikt om voor baby's te zorgen.'

'Jammer dan.' Molly schudde haar hoofd. 'Dat is niet mijn probleem.'

'Ik meen het. Jij moet haar nemen.' Hij duwde haar Delphi in de armen en wilde teruglopen over het tuinpad.

'Ik meen het ook. Jemig, wat een nietsnut ben je ook. Hier, vang.'

Dex draaide zich nog net op tijd om op Delphi te vangen. Terwijl hij haar vasthield als een rugbybal, zei hij: 'Nee, je mag haar hebben.' Toen gooide hij haar terug. Ze zouden dit natuurlijk niet moeten doen, niet met een baby, maar Molly moest snappen hoe wanhopig hij was. 'En als je haar teruggooit, vang ik haar niet op.' Om zijn woorden kracht bij te zetten, stak hij zijn armen in de lucht en draaide zich om. Molly trok zich er niets van aan en gooide toch. Te laat besefte hij dat hij Delphi niet op tijd zou kunnen vangen...

Dex schoot overeind, gewekt door de scheut adrenaline die door zijn lichaam joeg. O gelukkig, het was niet echt, het was maar een droom. Geschokt haalde hij een paar keer diep adem en greep de stoelleuningen stevig beet. Daar lag Delphi, veilig en wel, te slapen in haar ledikantje. Hij had haar helemaal niet als een rugbybal door de lucht gegooid, hij had haar niet bijna laten vallen.

Maar jezus christus, wat had het echt gevoeld! Zijn hart bonkte er nog van. Waarom zou hij zoiets nu dromen?

Hij keek op zijn horloge. Het was idioot vroeg, halfzes pas. Delphi, die tandjes kreeg, had weer verschrikkelijk slecht geslapen. Het was hem vannacht drie keer gelukt om haar in slaap te krijgen en weer naar zijn eigen kamer te gaan, maar steeds weer werd hij gewekt door haar zeurderige gesnik. De vierde keer nadat hij haar weer in bed had gelegd, was hij op de harde houten stoel ernaast gaan zitten om te kijken of ze bleef slapen. Dat was twee uur geleden geweest, en hij had nu een enorm stijve nek.

Omdat hij wist dat hij toch niet meer zou kunnen slapen, ging hij naar beneden om koffie te zetten. Met zijn kop koffie liep hij de tuin in. De zon kwam net op, de lucht was helder, en het beloofde een mooie lentedag te worden. Toch zat die droom hem nog steeds dwars. Stel je voor dat het betekende dat hij onbewust van de verantwoordelijkheid voor Delphi af probeerde te komen. Want het viel niet te ontkennen; hoeveel hij ook van haar hield, je kon haar niet altijd echt sprankelend gezelschap noemen.

Dex bleef staan om een spin te bestuderen die een web aan het weven was tussen een van de tuinstoelen en de taxushaag erachter. Vroeger kwam hij altijd net een nachtclub uit wanneer de zon opkwam. Nu strekte zich een hele dag voor hem uit, en waarschijnlijk nog een saaie ook. Voorlopig was het enige hoogtepunt de vraag wat hij zou eten voor zijn ontbijt. Alleen was hij bijzonder onhandig in de keuken, hetgeen betekende dat een geroosterde boterham nog de veiligste optie was. Of een kinderbiscuitje.

Om elf uur had de depressie goed toegeslagen. Vijf uur voelde als vijf dagen. Dex pakte Delphi op, nam haar mee naar Molly's huis en belde aan.

De aanblik van Molly die haar haren met behulp van twee

potloden in een knotje had gestoken, maakte hem aan het lachen.

'Wat doe je tussen de middag?'

'Hoezo?' Ze blies Delphi kusjes toe. 'Moet ik op haar passen?'

Eerlijk gezegd, was die gedachte wel even bij hem opgekomen, maar omdat hij zich nog schuldig voelde vanwege die akelige droom, had hij haar weer verdrongen. Bovendien, als Molly aan het oppassen was, wie zou hij dan kunnen meenemen?

'Nee.' Hij schudde zijn hoofd. 'Ik moet er echt even uit. De muren komen op me af. Heb je zin om ergens met ons te gaan lunchen?'

'Gelukkig hou ik heel erg van eten,' zei Molly. 'Kan ik me nog even omkleden of moet ik zo mee?'

Ze droeg een roze pyjama.

'Ik zal een tafeltje voor ons reserveren in het Avon George Hotel,' zei hij. 'Dus je mag gaan zoals je wilt.'

Rond een uur of twaalf waren ze onderweg naar Bristol. Molly, die zich had gedoucht en een geel jurkje had aangetrokken, keek naar Dex terwijl hij reed. Na een tijdje vroeg ze: 'Wat is er? Je lijkt nog steeds gespannen.'

Dex haalde zijn schouders op en bleef voor zich uit kijken. 'Wil je het echt weten? Ik ben gewend aan het stadsleven, aan werken, uitgaan. Al die dingen waar de maatschappelijk werksters me voor waarschuwden, toen ik zei dat ik het heus wel aankon. Maar nu ik eenmaal hier ben, moet ik er toch nog erg aan wennen.'

Ze kon niet anders dan medelijden met hem hebben. 'Ook als je negen maanden aan het idee hebt kunnen wennen, is het al moeilijk genoeg om voor een kind te zorgen. Dat weet ik natuurlijk niet uit eigen ervaring, maar dat zegt iedereen. Je moet het wat tijd geven. Het is niet meer dan logisch dat je je zo voelt.'

Hij knikte. 'Ik weet het.'

'Je hebt gewoon een slechte dag.'

'Dat klopt.' Hij glimlachte even. 'Laten we hopen dat die wat beter wordt.'

Tegen de tijd dat ze in Clifton, een buitenwijk van Bristol, waren en een parkeerplek hadden gevonden, scheen de zon fel vanuit een stralend blauwe hemel.

'Zal ik de tas dragen?' Molly wees naar de grote weekend-tas, terwijl hij Delphi uit het kinderzitje tilde.

'Laat maar staan. Laten we wild doen.' Al stukken vrolijker vervolgde hij: 'En dan te bedenken dat ik vroeger alleen maar mijn portefeuille en sleutels bij me had als ik de deur uit ging. Nu is het net alsof we op vakantie naar Australië gaan. Luiers. Babyzalf. Natte doekjes. Flesje melk. Flesje water. Potjes eten. Schone kleertjes voor het geval ze gaat overgeven. Nog meer schone kleertjes voor het geval er iets anders gebeurt. Pluchen speelgoed, dekentje, nog meer luiers...'

'Magnetron, lanceerinrichting, braadpan,' vulde Molly aan. 'Trampoline.'

Hij lachte. 'Zo voelt het soms wel. Kom, dan gaan we.'

Het drukke restaurant had een zonnig terras dat over de rivier en de beroemde hangbrug van Brunel uitkeek. Het eten rook verrukkelijk; aan de ene kant van het terras zaten mensen aan een huwelijksdiner, en er heerste al met al een feestelijke stemming. Een ober bracht een kinderstoel voor Delphi, en Dex zette haar erin. Een paar minuten later hadden ze al ijskoude wijn voor zich staan, was het eten besteld en zat Delphi tevreden op een stukje brood te kauwen.

'Dit lijkt er meer op.' Zich zichtbaar ontspannend, leunde Dex achterover en tikte met zijn glas tegen dat van Molly.

'Meer op je oude leventje,' zei ze.

'Zoiets.' Hij gebaarde naar de rest van het terras. 'Mensen die ik niet ken, luchtkusjes zonder enige betekenis, oppervlakkige corpsbalachtige types die te hard praten en lachen als ezels.'

'Waaaaahhhh,' gilde Delphi, die zich gefrustreerd uit de kinderstoel probeerde te wurmen.

'Nee.' Dex schudde zijn hoofd tegen haar en gaf haar nog een stukje brood. 'Blijf zitten.'

'Brrrgghh-ja.' Delphi gooide het stukje brood zo woest weg dat het op een belendende tafel terechtkwam.

'Sorry!' Molly grijnsde naar de man die eruitzag als een brigadegeneraal en zijn opgeprikte vrouw. 'Mogen we ons brood terug?'

Ze zagen de humor er blijkbaar niet van in. Stelletje ouwe mopperkonten.

'Zit.' Dex wees naar Delphi. 'Waarom werkt dat bij honden wel en bij baby's niet?'

'Ssskkkkkrisssss.' Delphi slaakte zo'n oorverdovende dolfijnenkreet dat iedereen stopte met eten om ongelovig naar haar te kijken.

'Ik haal haar er wel uit,' verzuchtte Dex, toen Delphi bleef proberen om zich uit de stoel te wurmen. 'Dan kan ze bij mij op schoot zitten.'

'Belachelijk,' zei de opgeprikte vrouw aan het tafeltje naast hen hooghartig. 'Een baby die totaal niet luistert, meenemen naar een restaurant!'

Dex wierp het stel een boze blik toe, terwijl hij de trappelende en krijsende Delphi losmaakte en uit de kinderstoel tilde. Als dank schopte ze zijn glas wijn om.

'Geen enkel probleem,' zei de ober, die meteen kwam toegesneld met een doekje. 'Ik zal het even voor u opdeppen.'

'Dank u.' Molly doorstond de koude wijn die van de tafel op haar knieën droop manmoedig. 'Heeft u nog een glas witte wijn voor ons, alstublieft?'

'Bbbbrkk,' brabbelde Delphi stralend tegen de ijzige generaal en zijn vrouw.

De tafel werd afgedroogd, er werd nieuwe wijn gebracht en de voorgerechten arriveerden. Terwijl Dex Delphi met zijn linkerarm op zijn schoot vasthield, pakte hij zijn vork en stak hem in de asperge-kaassou...

'Hatsjoe!'

Ze schrokken allebei van Delphi's onverwachte nies. Net als van de klodder snot die uit haar neus op Dex' bord viel.

Of, om preciezer te zijn, op zijn soufflé.

Och hemel. Op elk ander moment zou het grappig zijn geweest. Vandaag niet. Gelaten pakte Dex een zakdoek en veegde Delphi's neusje schoon. Voor zo'n klein exemplaar had het aardig wat schade aangericht. Hij schoof zijn bord weg en zei: 'Laat ik dit maar overslaan.'

Molly vroeg aan de aardige ober: 'Kan hij een nieuwe soufflé krijgen?'

'Natuurlijk, maar dan moet u wel twintig minuten wachten.'

'Doe maar geen moeite. Ik wacht wel op het hoofdgerecht.'

Molly stak haar armen uit. 'Dex, geef haar maar even hier. Dan neem ik haar op schoot.'

Hij schudde zijn hoofd. 'Nee, dat hoeft niet. Het maakt niet uit. Goed, laten we gewoon proberen te genieten. Moet je eens zien.' Hij wees naar het indrukwekkende ravijn waar de rivier door stroomde. 'Wat een uitzicht.'

'Er zijn mensen die vanaf die brug hebben gebungeejumpt,' vertelde Molly.

Hij grijnsde. 'Typisch iets wat ik ook zou hebben gedaan voor een weddenschap of zo. Heb jij ooit gebungeejumpt?'

'Nee, maar ik heb wel aan abseilen gedaan.'

'Ik ook. Van hoe hoog?'

Het was fijn om te zien dat hij zich eindelijk een beetje begon te vermaken. Molly nam een slokje witte wijn en antwoordde: 'Van net iets hoger dan jij.'

De genadeslag kwam tien minuten later, toen de hoofdgerechten arriveerden. Uit Delphi's luier steeg een geluid op als van een kleine vulkaan die uitbarstte.

'O mijn god.' Ongeveer twee seconden moest Dex lachen, tot duidelijk werd hoe groot de schade van de uitbarsting was. Zijn gezicht betrok toen de warmte en vochtigheid ervan tot hem doordrong. Hij sloot zijn ogen en zei: 'Shit.'

Wat heel toepasselijk was.

Vanaf de andere kant van de tafel zag Molly dat de poep overal uit de luier begon te druipen. Misschien hadden ze de schade kunnen beperken als Delphi een hansopje had gedragen, maar met zo'n tweedelig pakje was dat niet mogelijk. Ook op Dex' witte overhemd en zijn spijkerbroek verschenen veelzeggende bruine vlekken.

'Waahhh,' brulde Delphi. Ze liet de autosleutels waar ze mee had zitten spelen uit haar hand vallen, terwijl Dex zichzelf vol afschuw bekeek.

Allemachtig, zijn overhemd!

'Rustig maar, ik zal de tas even uit de auto gaan halen.' Molly pakte de sleutels van tafel, stond op en rende door het hotel naar het parkeerterrein.

Toen ze een paar minuten later de lobby in kwam, zei de receptionist meelevend: 'Hij is op de heren-wc.'

'Dank u.' Ze draafde de trap af en klopte op de deur.

Dex liet haar binnen. 'Wat een ramp. Ik weet gewoon niet wat ik als eerste of laatste moet doen.'

'Ik help je wel even.'

'Nee.' Hij nam de tas van haar over. 'Dit is mijn probleem, niet het jouwe. Laat me nou maar.'

Hij meende het. Leunend tegen de wasbak keek Molly toe, terwijl Dex Delphi's met poep besmeurde kleren moeizaam uittrok. Er was een heel pakje natte doekjes voor nodig om haar schoon te vegen, terwijl Delphi, zich van geen kwaad bewust, op haar rug lag en tegen Molly kirde.

Na een tijdje was ze weer toonbaar, in een schoon hemdje en lichtgroen broekje. Stralend haalde ze haar duim uit haar mond en zei: 'Baaaa.'

'Ja, jij ook baaaa,' zei Molly.

De deur van de wc-ruimte werd opengegooid, en het generaalstype kwam binnenmarcheren. Hij bleef als aan de grond genageld staan toen hij hen zag en keek Molly met samengeknepen ogen aan.

'Wat is hier verdomme aan de hand? Wat moet jij in de heren-wc?' Hij wendde zich tot Dex. 'En wat moet jij hier met dat mormel?'

Kalm antwoordde Dex: 'Ik heb haar luier verschoond.'

De grijze snor van de man krulde ongelovig omhoog. 'Wat bezielt je, man? Dat soort dingen moet je aan je vrouw overlaten. Het is een regelrechte schande. En moet je die kleren van je eens zien. Onopgevoede kinderen horen niet thuis in dit soort zaken. Ik heb zin om een klacht in te dienen bij de manager.'

'Een heel goed idee. Doe dat.' Onder het praten trok Dex zijn overhemd uit.

O god, dacht Molly, wilde hij soms op de vuist gaan met die man?

'Waag het niet me aan te raken!' De man, die blijkbaar hetzelfde dacht, deinsde achteruit.

'Doe normaal, man.' Dex rolde spottend met zijn ogen en stopte het met poep besmeurde overhemd in de vuilnisbak. 'Zo, we gaan. Geniet nog van je lunch met je vrouw en maak je maar niet druk over ons. En zit er ook maar niet over in dat je onze dag hebt verpest.'

Ze liepen de wc-ruimte uit, de trap op. Dex gebaarde een van de obers om hen naar buiten te volgen. Op de stoep voor de ingang – want het leek hem geen goed idee om met ontblote borstkas en een spijkerbroek onder de poep bij de receptie te blijven staan – maakte hij zijn portefeuille open en begon er briefjes van twintig uit te trekken.

'Maar dat is te veel, sir,' protesteerde de Ierse ober.

'Het is ook voor die twee vuilakken aan het tafeltje naast ons.'

De ober, die het stel blijkbaar ook had horen klagen, zei: 'Maar dat hoeft u echt niet te doen, sir.'

'Dat weet ik, maar ik doe het toch. Stelletje klootzakken.'

'Ik zal tegen ze zeggen dat jullie hier jullie trouwdag vierden.' De ober glimlachte. 'Ik hoop dat u nog eens komt, sir.'

'Dank u. En misschien kunt u iemand sturen om de vuilniszak in de heren-wc te vervangen,' zei Dex. 'Mijn overhemd zit erin.'

Het rook niet al te fris in de auto, dankzij het cadeautje dat Delphi op Dex' spijkerbroek had achtergelaten. Terwijl ze met open raampjes wegreden, probeerde Molly niet naar Dex' strakke, gebruinde borstkas te kijken. Toen ze langs een kledingzaak kwamen, zei ze: 'Zullen we anders even hier stoppen, dan kun je een nieuw T-shirt en een nieuwe spijkerbroek kopen.'

Hij schudde zijn hoofd. 'Nee.'

'Waarom niet?' In een poging de sombere stemming te verdrijven, vervolgde ze: 'Toe nou! Het is nog niet te laat om ergens anders wat te gaan eten.'

'Welles.' Hij zweeg even. 'Sorry. Je hebt vast honger.'

'Nee hoor.' Ze had het nog niet gezegd, of haar woorden werden gelogenstraft door het gerommel in haar maag.

Voor hen zagen ze een Burger King. Dex reed het parkeerterrein op en gaf haar een briefje van tien. 'Ik wacht hier wel. Je mag kopen wat je wilt.'

'Weet je nog dat Richard Gere dat in *Pretty Woman* ook tegen Julia Roberts zei? Ik heb er altijd van gedroomd dat iemand dat tegen mij zou zeggen,' zei ze. 'En nu is het zover.'

Dex was echter niet in de stemming om zich te laten opvrolijken. 'Sorry. We doen de lunch wel een ander keertje over.'

'Hou eens op met je steeds te verontschuldigen. Wat moet ik voor jou meenemen?'

'Niks. Ik heb geen trek.'

Hij zei het weer toen ze thuiskwamen. 'Sorry.'

'Als je later op deze dag terugkijkt, zul je erom kunnen lachen,' zei ze.

Hij schudde echter zijn hoofd; ze had hem nog nooit zo kwaad meegemaakt. 'Eigen schuld, dikke bult. Stom van me om te denken dat we een leuk tochtje zouden kunnen maken, dat we het een paar uur leuk zouden kunnen hebben.'

Zijn ogen, die gewoonlijk glinsterden van pret, waren dof van berusting. Geen spoortje van een lach te bekennen. Hij zorgde al wekenlang onafgebroken voor Delphi, en nu waren ze weer terug in Briarwood.

'Wat ga je nu doen?' vroeg Molly, toen hij de inmiddels slapende Delphi uit haar autozitje tilde.

'Ik? Een douche nemen. Iets aantrekken dat niet naar koeienstront ruikt. De wasmachine aanzetten, de badkamer schoonmaken. En als deze hier wakker wordt, gaan we misschien naar een tekenfilm kijken of wat met lego spelen... ik weet het niet. Er zijn eindeloos veel opwindende mogelijkheden.'

'Waarom ga je niet naar Londen?' stelde ze voor. 'Wat vrienden opzoeken, even pauze nemen. Ik zorg wel voor Delphi.'

Hij schudde niet langer zijn hoofd. De laatste keer dat ze zo'n hoopvolle blik had gezien, was toen Joe en Frankie de toen tienjarige Amber hadden gezegd dat ze mocht kiezen tussen de gebruikelijke vakantie in een caravan in Wales en een trip naar Disneyland in Parijs.

'Meen je dat?'

'Waarom niet? Je hebt gewoon je dag niet. Je moet even vrijaf nemen, en ik heb toch niks anders te doen. Ik pas wel op Delphi, dan kun jij je vrienden opzoeken. Gewoon een nachtje Londen en morgenvroeg weer terug.'

Hij keek haar vertederd aan en mompelde iets wat klonk als: 'Daar heb je buren voor.'

'Wat?' vroeg ze.

'Iets wat je tijden geleden hebt gezegd. Je bent echt te gek. Maar alleen als je het zeker weet.'

'Natuurlijk weet ik het zeker. We redden ons wel. En ga je nu maar douchen.' Terwijl hij het portier met zijn voet dichtduwde, vervolgde ze: 'Niet om het een of ander, maar hoe eerder je niet meer naar een dierentuin ruikt, hoe beter.'

Veertig minuten later was hij weer terug, schoongeboend en gekleed in een zwarte broek en donkergrijs overhemd.

'Zo kun je er weer mee door,' zei ze. Terwijl ze het zei, snoof ze de frisse citroengeur van zijn aftershave op, echt een hele verbetering.

'Ik voel me net een jonge moeder die voor het eerst sinds de bevalling uitgaat.' Dex was weer helemaal de oude. Hij trok aan Delphi's handjes en gaf haar een kus op het puntje van haar neus. 'Je gedraagt je, hè? Ik ben er morgen weer.'

Delphi stak haar vingertjes in zijn mond en gilde het uit van pret toen hij deed alsof hij in ze zou bijten.

'Veel plezier,' zei Molly.

'Dat is wel de bedoeling.' Hij gaf haar zijn huissleutel. 'De logeerkamer is al in orde gemaakt. Je kunt pakken wat je wilt. Ik zie je morgen. En nogmaals bedankt.'

'Graag gedaan.' Delphi bedelde om nog een kus; Molly hield haar omhoog zodat Dex haar wens kon inwilligen. Net toen Molly zich wilde omdraaien, drong tot haar door dat hij haar ook een kus op de wang wilde geven. Het was zo'n typisch onverwacht moment, dat haar overrompelde. Ze draaide zich snel weer naar hem om en slaagde er daarbij in om met haar voorhoofd tegen zijn wang te botsen... O god, wat vernederend, wat kinderachtig.

Oké, gewoon doen alsof er niks aan de hand was.

'Goed dan!' Zenuwachtig deed ze een paar stappen naar achteren en trok de voordeur open. 'Weg jij! Zwaai eens, liefje. Goed zo, brave meid, zeg maar dag!'

'Gaaahhh,' zei Delphi.

21

Het was zes uur, en Frankie maakte toast met gesmolten kaas in de keuken. Amber had een sms'je gestuurd om te zeggen dat ze bij een schoolvriendin bleef eten, en Joe zou pas later vanavond terugkomen, dus het had geen zin om echt te koken. Ze kon lekker voor de tv eten, naar believen tv-kijken en chocola snaaien zonder zich schuldig te voelen, en misschien later in alle rust haar teennagels lakken.

Toen de voordeur openging, schrok ze zo dat ze de toast van haar bord op de keukenvloer liet vallen, met de kaas naar beneden natuurlijk.

Ze riep: 'Amber, ben jij dat?'

Geen reactie. Joe was in Norfolk, dus hij kon het niet zijn. Toch? Ze stapte over de toast heen en deed de keukendeur open.

Het was Joe wel.

'O mijn god, ik schrok me wild! Waarom ben je er nu al? Ik stond net een...' Haar stem stierf weg toen ze zijn gezichtsuitdrukking zag. 'Wat is er gebeurd? Ben je ziek?' Ze had hem nog nooit zo bleek en afgetrokken gezien. Stond hij op het punt om een hartaanval te krijgen? Waarom keek hij haar zo aan? Was hij ontslagen?

Joe schudde nauwelijks waarneembaar zijn hoofd. 'Ik ben niet ziek.'

'Gaat het dan om je baan? Ben je ontslagen? Dat geeft niks, we redden ons wel, we kunnen...'

'Heb je Amber al gesproken?'

'Waarover? Ze is bij Jess.' Haar hart ging als een razende tekeer en haar knieën knikten. 'O god, wat is er gebeurd? Je gaat me toch niet vertellen dat ze in de problemen zit... Ze gebruikt toch geen drugs...' Hij stond nog steeds zijn hoofd te schudden, alsof hij er niet mee kon ophouden. Met een droge mond van angst vroeg ze hees: 'Is ze van school gestuurd? Is ze zwanger?'

'Nee, dat is het niet. Ik hou van je, oké? Je weet hoeveel ik van je hou.'

De tijd vertraagde. Haar oren suisden. 'Zeg het nou maar,'

fluisterde ze. 'O god, zeg het nou maar meteen. Je hebt iemand anders, hè?'

Joe wreef over zijn gezicht; ze hoorde het droge gerasp van zijn hand over zijn stoppeltjes. Het wanhopige schudden ging langzaam over in een berustend knikken.

'Ik hou zielsveel van je. Ik zweer je dat ik dit nooit heb gewild. Maar ja, er is iemand anders.'

Hoewel Frankie zich misselijk voelde worden, hoorde ze hem toch nog zeggen: 'Twee mensen om precies te zijn.' Hij zweeg even toen ze onwillekeurig begon te kreunen. 'En Amber weet het.'

Hoe was het mogelijk dat ze nog kon rijden? Op de een of andere manier reageerden al haar reflexen nog. Amber was nu het belangrijkste, dus zette ze door.

De instructies van het navigatiesysteem volgend, bereikte ze het park in Tetbury. Het was halfnegen; het werd al donker. En fris. Maar daar had je de vijver, en daar de houten banken tussen de bloembedden, en daar zat haar dochter. Precies zoals ze had gezegd. Met de jongen naast haar.

Joe's andere kind.

Zijn zoon.

Ze stopte, maar liet de motor draaien en de koplampen aan. Twintig meter verderop stond Amber op. Ze zei iets tegen de jongen. Hij stond ook op en verdween de andere kant uit, opgaand in de duisternis.

Frankie stapte uit en trok Amber stevig tegen zich aan.

'O mam...'

'Ik weet het, ik weet het. Sst.' Terwijl Frankie de woeste donkerrode krullen van haar dochter streelde, had ze het gevoel dat haar hart brak van medelijden. Haar eigen gevoelens had ze even in de wacht gezet. Amber, die Joe altijd had aanbeden, was nu het belangrijkste.

'Shaun wilde nog komen zeggen dat het hem spijt,' mompelde Amber tegen haar hals. 'Maar ik heb gezegd dat hij dat beter niet kon doen. Hij zegt dat het zijn schuld is, maar ik denk dat het de mijne is.'

'Liefje, dat moet je niet zeggen. Het is jouw schuld niet.' Frankie kreeg een brok in haar keel. 'En ook niet die van hem.'

'Of die van jou.' Haar dochter deed een stap naar achteren. 'Het is papa's schuld. Waar is hij nu?'

'Thuis, hij pakt wat spullen in. Tegen de tijd dat we terug zijn, is hij weg.' Zou Amber nu nog meer van streek raken?

'Mooi zo. Want ik haat hem. Echt,' zei Amber hartstochtelijk. 'Ik kan gewoon niet geloven dat hij ons dit heeft aangedaan. Ik wil hem nooit meer zien. Echt nooit meer.'

Dex wreef over zijn nek en bekeek het tafereel voor zich. Oké, dit was dus niks. Dit gevoel klopte niet. Hij had toch willen vluchten? De eentonigheid van het zorgen voor een kind voor één avond achter zich laten, met wat oude vrienden afspreken, een vrouw versieren, zich weer normaal voelen.

Tenminste, dat was het plan geweest. Hij had daar enorm naar verlangd, nog meer dan hij Molly had willen laten merken. Ze had geen idee hoe het hem allemaal de keel uithing, en hoe schuldig hij zich daarover voelde. Het stel aan de tafel naast de zijne had...

'Kom op, een beetje doordrinken jij! Leegdrinken dat glas, dan bestel ik er nog eentje voor je!' Rob en Kenny kwamen terug van de bar en spraken met harde stemmen om boven de muziek uit te komen. Ze waren in een van hun lievelingsclubs, waar ze vroeger heel vaak samen naartoe waren geweest. Maar vanavond voelde Dex zich hier niet op zijn plaats; het was alsof er iets ontbrak.

Of iemand.

'Drinken jij.' Rob stootte hem aan.

Ach, waarom ook niet? Vroeger had dat ook altijd gewerkt. Dex sloeg zijn biertje achterover, en daarna de whisky, lichtelijk rillend toen de hitte van de whisky zijn maag bereikte.

'Mooie meiden in aantocht.' Kenny's ogen lichtten op. 'Tegen die in dat rode jurkje zou ik geen nee zeggen.'

Rob haalde zijn neus op. 'Jij zou tegen niemand nee zeggen, in wat voor jurkje dan ook. Jij pakt alles wat je kunt krijgen.' Hij liet zijn blik over de meisjes glijden. 'Maar ik durf te wedden dat Dex voor die rooie gaat. Helemaal zijn type.'

Het meisje in het rode jurkje was een oogverblindend mooie,

slanke vrouw met bruin haar, maar Dex' aandacht ging met-een uit naar haar kleinere blonde vriendin; als je door je wimpers keek, niet al te lang, dan kon ze best voor Molly door-gaan.

O god, wat gebeurde er met hem?

'Hi!' Het meisje dat best voor Molly door kon gaan, klonk heel anders dan Molly; ze had de stem van een overdreven op-gewonden parkiet. 'Ik zag wel dat je naar me keek! Kom je hier vaak?'

'Niet meer, nee.' Hoeveel had hij gedronken? Aardig veel, als je alles bij elkaar optelde.

'Ik ook niet! Cool, hè? We zijn hier allebei op dezelfde avond. Dat is zoiets als het lot, zeg maar. Trouwens, ik heet Stacey. Maar je mag gewoon Stace zeggen.' Ze keek hem vol ver-wachting en stralend aan.

'Hallo, Stace. Aangenaam.' Hij pakte zijn autosleuteltjes uit zijn jaszak en wierp haar een verontschuldigend lachje toe. 'Nog veel plezier. Ik moet ervandoor.'

Molly schrok wakker; haar hart klopte in haar keel. Ze wist zeker dat ze net iemand op de trap had horen lopen. Inbrekers? O god, niet uitgerekend vanavond.

Buiten was het aardedonker; het was midden in de nacht. Oké, wat nu? Gewoon op de indringer afstappen? Doen alsof ze sliep? Maar Delphi dan, die in haar ledikantje in de kinder-kamer aan de overkant van de overloop lag te slapen?

Ze hoorde iemand op de deur kloppen, hetgeen betekende dat het een ontzettend beleefde inbreker was of...

'Molly? Ik ben het. Ben je wakker?'

Oké, rustig inademen. De koortsachtige paniek loste zich meteen op. Zuchtend liet ze zich weer in de kussens vallen.

'Ja, ik ben wakker. Waarom ben je nu al terug?'

De deur ging open. Dex kwam de kamer in. 'Mag ik binnen-nenkomen?'

'Je bent al binnen. Maar dat geeft niet,' voegde ze eraan toe, toen ze zag dat hij aarzelde. 'Wat is er?'

'Ik moet met je praten.' Het bed kraakte toen hij ging zitten. 'Je kunt je gewoon niet voorstellen hoe ik me vanmiddag voelde. Ik dacht echt dat ik het niet kon. Ik stond op het punt om de maatschappelijk werkster te bellen en haar te vertellen dat ik mijn oude leventje terug wil.'

'Dat had je nooit gedaan.' Hoewel Dex niet echt laveloos was, kon ze wel merken dat hij behoorlijk wat had gedronken. Er stegen gewoon alcoholdampen uit hem op.

'O nee? Nou, zo voelde ik me anders wel. Ik zweer het je. Al dat babygedoe maakte me gek. Weet je nog, dat stelletje ouwe chagrijnen vanmiddag in het restaurant? Nou, ik had ze het liefst de rivier in gegooid. Het scheelde niet veel of ik had ze verteld wat ik van ze vond.'

'Dat geldt voor mij ook. Maar je hebt het niet gedaan, je hebt zelfs hun lunch betaald. Dat zou ik nou nooit hebben gedaan,' sprak ze hem tegen. 'In geen duizend jaar.'

'Weet je waarom ik dat deed? Omdat ik me schaamde,' zei hij eerlijk. 'Ik was vroeger net als zij. Voordat Delphi er was, werd ik altijd woest als mijn dag werd verpest door andermans kinderen. Die werkten me echt op de zenuwen. Niet te geloven dat ik zo'n zak was, maar het is echt zo. Ik dacht altijd alleen maar aan mezelf.' Hij stopte met praten en ging languit naast haar liggen. Naar het plafond starend, vervolgde hij: 'Ik weet dat ik heb gezegd dat ik het kon, maar het gaat niet vanzelf. Het is lastig om iemand anders op de eerste plaats te laten komen, als je dat niet gewend bent. Om het leven op te geven dat je gewend bent. Dat is verdomd lastig.'

'Natuurlijk is dat lastig.' Molly knikte. 'Je wist dat het niet makkelijk zou worden.'

'En daar had ik gelijk in. Maar weet je, er gebeurde vanavond iets mafs.' Hij keek haar aan en haalde een hand door zijn haar. 'Toen ik daar was, voelde het helemaal verkeerd. Ik miste Delphi. Ik wilde niet in die club zijn, met die meisjes. Ze waren gewoon... helemaal niks. Maar eentje leek een beetje op jou, en toen besefte ik ineens... Nou ja, van alles.' Hij maakte een vaag gebaar, vergeefs naar de juiste woorden zoekend. 'En toen begon ik na te denken over wat er gebeurde toen ik wegging en onze hoofden tegen elkaar aan stootten, en jij verlegen werd, en ik ook, en dat is me echt nog nooit gebeurd... Dus ik vroeg me af of jij dat wel vaker had gehad.'

De manier waarop hij naar haar keek en de toon van zijn stem brachten haar van haar stuk. Inmiddels was hij op zijn zij gaan liggen, met zijn hand steunend op een elleboog. Heel surrealistisch allemaal. Terwijl haar hart in haar keel klopte, zei ze: 'Heel vaak zelfs. Ik ben erg onhandig.'

Dex knipperde met zijn ogen alsof hij zich afvroeg of ze zijn vraag expres ontweek.

'Nou ja, voor mij was het de eerste keer. En toen móést ik gewoon naar huis. Omdat jij hier bent. Want dat was het, snap je; ik besefte dat ik liever hier was met jou dan in Londen met... wie dan ook. Mag ik je iets vragen?'

'Ja hoor.' O help, had hij soms nog meer gedronken dan ze al dacht?

'Vind je me leuk?'

Oké, hij had beslist meer gedronken. 'Doe normaal, zeg,' zei ze. 'Als ik je haatte, zou ik nooit hebben aangeboden om op te passen.'

'Want ik vind jou wel leuk,' zei hij. 'Ik bedoel, echt heel leuk.'

'Niet waar. Niet op die manier.'

'Wel waar.' Hij knikte nu wel erg overdreven. 'Ik vind je op alle manieren leuk.'

Nou, dat was een hele verrassing. Hij had veel te veel gedronken en zei gênante dingen. Waarschijnlijk ingegeven door het feit dat ze hem vandaag had geholpen. En dankzij de hoeveelheid drank die hij achter zijn kiezen had – en in een opwelling van dankbaarheid – leek hij vastbesloten om een dronken versierpoging te doen.

O god.

'Dex, ga naar bed,' zei ze.

Hij grijnsde; ze zag zijn tanden wit opglanzen en zijn ogen ondeugend glinsteren.

'Ik lig al zo'n beetje in dit bed. Mag ik je kussen?'

'Nee.'

'Alsjeblieft. Om goed te maken dat ik er vandaag zo'n complete puinhoop van heb gemaakt.' Gefrustreerd voegde hij eraan toe: 'Niet te geloven dat dat zo verkeerd uitpakte.'

Molly's lichaam tintelde; ogenschijnlijk lukte het haar goed om verstandige dingen te zeggen, maar natuurlijk vond ze hem aantrekkelijk. Want het viel niet te ontkennen dat hij dat was. Lichamelijk gezien was hij zo goed als volmaakt. En ze konden het ook goed met elkaar vinden. Maar verdergaan zou stom zijn. Ze waren vrienden, ze waren buren, en Dex had al min of meer toegegeven dat voor hem vriendinnen meer voor de kerst waren dan voor het leven. Hij was een alfamannetje, een charmeur, die eraan gewend was om naar bed te gaan met wie hem dan ook maar even kon bekoren.

Geen sprake van dat ze iets met hem begon, dat ze zich op zijn lijstje van veroveringen liet zetten, dat ze het zoveelste slachtoffer zou worden van een onvermijdelijke afwijzing.

Over rampzalig gesproken.

'Je zegt niks.' Hij sprak op speelse toon, er blijkbaar van overtuigd dat ze wel zou toegeven.

Ze schudde haar hoofd. 'Nu wel, en ik zeg nee.'

'Wat?'

'Je bent mijn type niet. Helemaal niet zelfs. Ach gut,' voegde ze eraan toe. 'Je wilde gewoon even een vluggertje, hè? Pech gehad. Dan had je beter toch in Londen kunnen blijven, blijkbaar.'

Het kostte Dex even om het te verwerken. 'Meen je dat echt?'

'Ja.'

'Ik dacht dat je me leuk vond.' Hij klonk verrast.

'Niet op die manier. En ik stap ook niet met Jan en alleman in bed. Ga nou maar naar je eigen kamer. Ga slapen.'

'Niet te geloven.' Hij fronste, oprecht verbaasd.

Wat behoorlijk hielp. Heel veel zelfs.

'Dat spijt me dan. Het is zeker wel een schok, hè, om te merken dat je toch niet zo onweerstaanbaar bent als je dacht?' Het werd al stukken makkelijker; zijn opperste zekerheid dat ze zich in zijn armen zou storten, deed haar beseffen dat het heel verstandig van haar was om zijn o zo vriendelijke aanbod af te slaan.

'Maar...'

'Dex, hou er alsjeblieft over op. Verwacht niet dat ik dankbaar ben voor een beetje aandacht. En val me er ook niet meer mee lastig, oké? Misschien dat je in Londen een superster bent en dat de meisjes daar zich aan je voeten werpen, maar hier in Briarwood...' Ze zweeg even. 'Wil je het echt weten? Hier vinden ze je een beetje een nietsnut.'

22

De volgende ochtend werd Molly wakker van het bliepje van haar mobieltje. Niet dat ze veel slaap had gekregen. Ze had onrustige uren beleefd; dat ze tegen Dex was uitgevallen, had haar letterlijk uit haar slaap gehouden. Ze vroeg zich af of ze al die rotdingen niet had gezegd omdat ze, tegen beter weten in, stiekem op hem viel. Het antwoord op die vraag was waarschijnlijk ja.

Maar het had wel gewerkt. Hij was rechtop gaan zitten, had haar even aangekeken en toen gezegd: 'Nou, dat lijkt me wel duidelijk dan. Fijn dat je het me hebt verteld.' Daarna was hij zonder nog een woord te zeggen de kamer uit gebeend en had de deur achter zich dichtgedaan.

Molly kromp ineen bij de herinnering. En het had op dat moment nog wel zo'n goed idee geleken. Misschien moest ze straks haar verontschuldigingen maar aanbieden.

Hoe dan ook, het bliepje betekende dat ze een sms'je had ontvangen. Zich half afvragend of het van Dex was, pakte ze haar mobieltje van het nachtkastje.

Het was tien over acht. En het sms'je was niet van Dex, maar van Frankie. 'Er is iets gebeurd. Ik kom naar je toe.'

Wat? Wat was er gebeurd? Wat had dit te betekenen, en hoe kon Frankie nu zo'n stom kort sms'je sturen zonder verdere uitleg?

Molly gooide het dekbed van zich af en liep naar het raam. Het was een grijze en regenachtige morgen, de wind geselde de laatste narcissen... en daar kwam Frankie, zonder jas, al door het parkje aanlopen.

In elk geval hoefde ze nu niet lang meer te wachten tot ze wist wat er aan de hand was.

Oké, ze kon maar beter maken dat ze naar huis kwam...

Nadat ze snel haar kleren had aangetrokken, wierp ze even een blik in de kinderkamer. Delphi was al wakker. Ze tilde haar op – mmm, wat was ze lekker warm en knuffelig – en liep met haar de overloop over. Daar keek ze nog een keer uit het raam.

Mocht ze al wroeging hebben gehad over wat ze afgelopen

nacht tegen Dex had gezegd, dan verdween die nu als sneeuw voor de zon. Door wat ze zag, kreeg ze gewoon zin om hem een klap in zijn gezicht te geven.

Zonder kloppen beende ze de donkere slaapkamer in, waar hij op zijn buik diep lag te slapen. Ze duwde hard tegen zijn schouder en zei: 'Ik moet weg. Hier heb je Delphi. En nog wat, ik walg van je. Niet te geloven wat je gisterenavond hebt gedaan. Wat mij betreft ben je een compleet misbaksel, en ik voel er veel voor om de politie te bellen.'

'Au.' Met gesloten ogen en fronsend probeerde hij wakker te worden. 'Wat?' mompelde hij.

'Je zou je moeten schamen. En ik weet zeker dat je maatschappelijk werksters dit ook wel zullen willen weten. Ik dacht dat je een fatsoenlijke man was.' Ze deponeerde Delphi naast hem op bed en vervolgde: 'Goed, ik ga nu weg. Dus je kunt maar beter wakker worden om voor Delphi te zorgen. Ze wil haar flesje.'

'Hoe laat is het?' Hij klonk als een man die hoofdpijn had. Net goed.

'Laat genoeg om jezelf eens goed in de spiegel te bekijken en te beseffen hoe belachelijk je bent.'

Nog steeds fronsend masseerde Dex zijn slapen. 'Hoor eens, het spijt me. Kun je niet...'

'Nee,' onderbrak ze hem vanuit de deuropening. 'Je bent een egoïst. En je bent zielig. En je moet jezelf echt eens onderhanden nemen.'

Molly kwam tegelijk met Frankie bij haar huis aan.

'Wat moest je in Gin Cottage?' Frankie zag er raar uit, ze had een woeste blik in haar ogen en een grauw en strak gezicht.

'Oppassen, meer niet. Geen rare geintjes of zo. Maar vertel me eerst eens wat er met jou aan de hand is.' Molly maakte haar voordeur open en liep meteen door naar de keuken.

'Heel veel rare geintjes. Behalve dan dat het niet geinig is. Zet je maar schrap,' zei Frankie. 'Joe heeft iemand anders.'

'O god. O nee!'

'Hij is weg. Ik heb hem het huis uit gezet.'

Joe, uitgerekend Joe. Hoe was het mogelijk? 'Maar is het echt waar? Heeft hij het toegegeven?'

'Gezien de omstandigheden zat er voor hem weinig anders op.' Frankie was aan de keukentafel gaan zitten en speelde wat met de inhoud van de suikerpot. Uiterlijk akelig kalm begon ze de suiker op te scheppen om die vervolgens als een waterval weer in de zilveren pot te laten vallen. Nou ja, grotendeels in de pot. Er viel ook wat op de tegelvloer.

'Is het iemand die we kennen?' Molly kon het gewoon niet geloven. En Frankie deed er zo nonchalant over; ze verkeerde vast in shock.

'Nee.' Frankie schudde haar hoofd.

'Hoe heb je het ontdekt?'

'Amber heeft het ontdekt. Puur toevallig, de arme schat.'

'Maar... is het een korte affaire? Of serieus?'

'O, ik neem aan dat je het wel serieus kunt noemen.' Een nauwelijks waarneembaar, vreugdeloos lachje gleed over Frankies gezicht. 'En wil je ook weten hoe lang het al aan de gang is?'

'Hoe lang dan?'

'Bijna twintig jaar.'

'Twintig jaar!' Molly schudde haar hoofd en riep: 'Maar dat kan niet!'

'Blijkbaar wel. Je hoeft alleen maar heel erg goed te zijn in liegen en multitasken en je sporen uitwissen.'

'Je bent in shock. Ik ga thee voor je zetten.'

'Ik kan geen thee meer zien, ik heb de hele nacht al thee zitten drinken. Het komt me de strot uit.'

Molly was stomverbaasd. Ze had wel een miljoen vragen en ze wist dat haar mond openstond als die van een goudvis op het droge. 'Ik... O god, ik weet gewoon niet wat ik moet zeggen. Dat uitgerekend Joe zoiets doet... Ik kan het nauwelijks geloven.'

Want als je een man als Joe al niet kon vertrouwen, welke man dan nog wel?

'Ik weet het. En het wordt nog mooier.' Nog steeds met droge ogen verbeterde Frankie zichzelf. 'Nee, niet mooier, erger. Het is niet zo'n affaire waarbij je elkaar af en toe stiekem ontmoet. Nee, het is een compleet dubbelleven. Hun buren denken dat ze getrouwd zijn.'

Molly sloeg een hand voor haar mond. 'Nee!'

'O ja. En ze hebben ook een zoon.'

'Wat?'

'Hij heet Shaun.' Frankie morste wat suiker en stak de lepel weer in de suikerpot. Na een korte stilte vervolgde ze: 'Maar vorige week op de tekencursus zei hij dat hij Sam heette.'

'O mijn god!' Terwijl Molly ongelovig haar hoofd schudde, drong ineens door welke rol ze zelf in het geheel had gespeeld. 'Dus daarom wilde Amber zo graag dat ik hem voor haar tekende... Ze wilde hem per se opsporen... Ik had dat nooit moeten doen.'

'Jawel. Hij is er toch, ook als je dat niet had gedaan. En Joe zou dan nog steeds een ander gezin hebben. De jongen kan er niks aan doen,' zei Frankie. 'Hij heeft zijn hele leven al geweten dat zij het stiekeme gezin zijn. Hij was nieuwsgierig, wilde weten hoe we waren. En als je erover nadenkt, kun je hem dat niet kwalijk nemen.'

Molly probeerde zichzelf in Shauns situatie voor te stellen. Natuurlijk zou ze hetzelfde hebben gedaan.

'En Amber? Hoe neemt ze het op?'

'Niet al te best. Wat begrijpelijk is. Ze is behoorlijk van streek. Ze zegt dat ze haar vader nooit meer wil zien.'

'En Joe is weg?'

'Hij is weg.' Frankie knikte even. 'Gisteren was ik nog getrouwd. Vandaag ben ik een alleenstaande moeder. Joe woont dertig kilometer verderop in Tetbury bij zijn andere gezin.'

Joe had een ander gezin. Het was werkelijk onvoorstelbaar. Molly sloot even haar ogen en probeerde zich Shauns gelaatstrekken voor de geest te halen. Nu ze wist wat ze wist, zag ze inderdaad een vage gelijkenis, hoewel haar dat die avond niet was opgevallen.

Hardop zei ze: 'Hij lijkt niet op Joe.'

'Nee. Blijkbaar lijkt hij op zijn moeder. Maar...' Frankie aarzelde en gebaarde wat naar haar eigen gezicht.

'Iets aan zijn kaken...' opperde Molly.

'Ja, precies.' Knikkend zei Frankie: 'Dat zie ik nu ook. En de kin.'

Ze zwegen even.

Toen zei Molly: 'Ik vind het zo erg. Ik weet gewoon niet wat ik moet zeggen.' Met geen mogelijkheid kon ze zich voorstellen hoe haar vriendin zich wel niet moest voelen. 'Zo lang al, en je had geen flauw idee.'

Weer bleef het even stil, toen zei Frankie langzaam: 'Nou, dat zou ik ook weer niet durven beweren.'

Molly keek haar aan. 'Wat? O, mijn god, bedoel je dat je het al wist?'

'Niet alles. Niet het hele verhaal.' Zuchtend leunde Frankie achterover, met haar vingers verstrengeld op de tafel voor haar. 'Maar eerlijk gezegd kwam het niet als een totale verrassing voor me.'

'Meen je dat?' Dit was bijna net zo schokkend als het verhaal zelf. 'Maar je hebt er nooit iets over gezegd! Ik dacht dat jij en Joe een volmaakt huwelijk hadden.'

'Dat dacht iedereen. Daarom was het denk ik ook bijna onmogelijk om iets te zeggen. Je wilt mensen gewoon niet teleurstellen,' zei Frankie hulpeloos. 'Vooral niet omdat ze allemaal met hun problemen naar jou toe komen.'

'Maar je leek altijd zo gelukkig,' wierp Molly tegen.

'Meestal was ik dat ook. Maar er waren wel dingetjes.' Frankie haalde diep adem. 'Dingen die mijn achterdocht wekten.'

'Zoals?'

'Nou, jaren geleden heb ik eens een lippenstift in de auto gevonden, onder de passagiersstoel. Toen ik Joe ernaar vroeg, zei hij dat hij wel van een van de andere vertegenwoordigers moest zijn, een vrouw die hij een lift had gegeven. Wat best had gekund natuurlijk. Dus vroeg ik niet verder. Maar een paar maanden later zei een van de andere moeders van Ambers school dat ze Joe de dag daarvoor in Gloucester had gezien, met een blonde vrouw. Maar die moeder was typisch zo'n roddelaarster, je kent ze wel.' Frankie trok een gezicht. 'Dus ik zei meteen dat dat een collega van hem was en dat ze samen op zakenreis waren. Ik deed net alsof ik ervanaf wist. Maar Joe had mij verteld dat hij die dag in Norwich moest zijn.'

'Heb je hem ernaar gevraagd?' Molly werd overspoeld door medelijden.

'Ja, maar Joe haalde alleen zijn schouders op en zei dat hij dat nooit geweest kon zijn. Want hij had honderden kilometers verderop gezeten. In Norwich. Ik had toen niet de indruk dat hij loog,' vervolgde Frankie. 'Hij kwam volstrekt geloofwaardig over.'

'Dus vroeg je niet verder?'

'Nee. Misschien was het lafheid. Vast wel,' zei ze met een grimas. 'Maar ik wilde gewoon niet dat die andere moeder gelijk zou hebben. Ze zou ervan hebben genoten. En Amber was toen pas acht of negen. We waren zo'n gelukkig gezin. Het was makkelijker om er geen toestand van te maken.'

'En dat was alles? Verder niks?'

'Niks groots. Alleen af en toe een klein dingetje. Op een keer een lange blonde haar op zijn overhemd. En niet lang geleden kwam hij thuis met een flesje aftershave dat hij zelf had gekocht... Wat raar was, want dat deed hij nooit, ik was altijd degene die zijn aftershave kocht.' Weer een zucht. 'Het komt erop neer dat ik altijd wel heb vermoed dat hij affaires had. Per slot van rekening is hij vertegenwoordiger. Als je ergens anders bent, is de verleiding vast groot... Dat zeg ik niet om hem de hand boven het hoofd te houden, het is gewoon realistisch. Maar als ik toen zekerheid had gekregen, wat dan? Amber hield zoveel van haar vader. De gedachte om haar leven op z'n kop te zetten, was onverdraaglijk. En samen hadden we het ook nog steeds fantastisch... Het was geen opgave voor me om met hem door te gaan. Je staat verbaasd van wat je allemaal kunt hebben als het om je kind gaat. Dan is het vrij gemakkelijk om een oogje dicht te knijpen.'

God, zeg.

'Echt waar?'

'Echt waar.' Toen Frankie Molly's blik zag, zei ze: 'Ik weet wat je denkt, maar het is zo. Als Amber maar gelukkig was, dat was het belangrijkste.'

Molly's mobieltje ging over. Toen ze Dex' naam op het schermpje zag staan, zette ze het uit.

'Je dacht dat Joe af en toe vreemdging.'

'Ik hield mezelf voor dat het allemaal niets voorstelde. Het kwam niet bij me op dat het om een lange relatie zou kunnen gaan die wel iets voorstelt. Dat is echt heel wat anders. En nu ik dat weet, is het over. Hij heeft me bijna twintig jaar lang elke dag voorgelogen, en dat is te veel. Hij zegt dat hij van ons allebei houdt, net zoals hij van beide kinderen houdt. God, het is toch ongelooflijk dat ik dit zeg? Na Amber wilde ik heel graag nog een kind, maar Joe kon het niet veel schelen. En nu weten we waarom.'

'Ik kan me gewoon niet voorstellen hoe je je voelt,' zei Molly.

'Op dit moment? Dertig procent geschokt. Tien procent dom. Tien procent doodsbang. En wil je het echt weten?' Frankie wierp even haar hoofd in haar nek en telde toen verder op haar vingers. 'Vijftig procent opgelucht, omdat de kogel nu door de kerk is, en ik niet meer hoef te doen alsof.'

'O god. Kom eens hier jij.' Molly omhelsde haar. 'Dit is echt het mafste verhaal dat ik ooit heb gehoord. Maar je overleeft het wel. Dat is het belangrijkste, dat jij het overleeft.'

Ze hielden elkaar stevig vast. Onder hun voeten knerpte suiker.

'Amber is het belangrijkste. Zij is degene over wie ik me zorgen maak. Je weet hoe dol ze op haar vader is.' Frankie keek op haar horloge. 'Ik kan maar beter naar huis gaan voordat ze wakker wordt. En het café moet straks gewoon open...'

'Je kunt vandaag niet in het café staan,' wierp Molly tegen. 'Zal ik het van je overnemen?'

'Nee, ik moet bezig blijven. Anders ga ik malen.' Met een treurig lachje voegde ze eraan toe: 'Nou ja, dat zal toch wel gebeuren, maar ik heb dan in elk geval iets omhanden. Maar bedankt voor het aanbod.'

'Geef Amber een knuffel van me.' Terwijl ze elkaar nog een keer omhelsden, zei Molly: 'Je bent echt ongelooflijk moedig. Maar beloof me dat je me belt als je me nodig hebt.'

23

Het was tussen de middag, en Amber had het gevoel alsof haar hersens elk moment konden ontploffen, als een watermeloen waar een schot hagel op afgevuurd werd. Er ging veel te veel

om in haar hoofd, te veel gedachten die als dronken vechters-
bazen afketsten tegen haar schedel. Haar woede en frustratie
werden almaar groter. Haar vader was weg, hij was bij zijn andere gezin gaan wonen. Haar vriendinnen wisten dat er iets was,
maar ze hadden nog niet ontdekt wat precies, en ze bombar-
deerden haar nu met nieuwsgierige sms'jes, want roddelen was
hun lust en hun leven.

Op dit moment haatte Amber iedereen. Haar aasgieren van
vriendinnen. Haar vader. Shaun. Shauns moeder. En ook haar
eigen moeder, omdat ze er veel minder kapot van was dan ze
had moeten zijn. Want een uur geleden was ze haar slaapkamer binnengekomen en had zacht gevraagd: 'Slaap je nog?'

Wat een standaardgrap van hen was – wanneer Amber alleen maar 'uh-uh' gromde, betekende dat dat ze er nog lang niet
aan toe was om op te staan – maar vandaag was ze niet in de
stemming voor grapjes. Toch had ze met gesloten ogen 'uh-uh'
gegromd, en toen had haar moeder gezegd: 'Oké, liefje, blijf
maar lekker liggen. Ik ga het café openen.'

Het café openen? Dat meende ze niet!

'Uh-uh.'

'Gaat het wel?'

Wat was dat nou weer voor domme vraag? 'Prima,' had ze
gezegd. 'Ik heb me nog nooit zo goed gevoeld.' En toen haar
moeder aarzelend in de deuropening was blijven staan, had ze
er geïrriteerd aan toegevoegd: 'Ga het café nou maar openen.
Ik voel me prima.'

Ongelooflijk genoeg had haar moeder dat nog gedaan ook.
Terwijl ze zich helemaal niet prima voelde natuurlijk. Hoe zou
ze zich nou prima kunnen voelen? En hoe kon haar moeder gewoon naar beneden gaan, het café openen en vrolijk koffie en
broodjes en stomme gebakjes serveren aan stomme mensen die
ze helemaal niet kende, alsof er niets was gebeurd?

Nog meer warme tranen druppelden uit Ambers ooghoeken,
terwijl ze op haar rug in bed lag. Haar kussen was al nat, en
haar ogen deden pijn en waren opgezwollen, en beneden hoorde ze vaag het geklets van klanten en het gerinkel van serviesgoed. Haar moeder liep beneden te glimlachen en aardig te doen
tegen mensen alsof het een dag als alle andere was.

Dat was niet eerlijk.

Helemaal niet eerlijk.

Amber ging op haar zij liggen, pakte de karaf water die op het nachtkastje stond en smeet hem tegen de muur. Het water vloog alle kanten uit, maar de karaf bleef helaas heel.

'Grrrr.' Ze drukte haar kussen tegen haar gezicht en probeerde haar frustratie er gedempt uit te schreeuwen. 'Klootzak... klootzak... fuck...'

Maar ook dat hielp niet.

Molly legde net de laatste hand aan *Boogie en Boo*, toen er werd aangebeld.

Toen ze opendeed, zag ze dat het Dex was, met Delphi op zijn heup. Zijn haar was nog nat van het douchen, en hij droeg een grijs T-shirt en een oude spijkerbroek. Delphi, in een geel hansopje, straalde toen ze Molly zag – 'Brrahh!' – en bood haar een stukje wortel aan.

Nadat Molly tegen Delphi had geglimlacht, liet ze de lach weer van haar gezicht verdwijnen en vroeg toen op vlakke toon aan Dex: 'Ja?'

'Even over gisteravond. Nou ja, vannacht,' verbeterde hij zichzelf. 'Ik denk dat een verontschuldiging wel op zijn plaats is. Dus bij dezen. Het spijt me.'

Ze haalde kort haar schouders op. 'Oké.'

'Ik heb een fout gemaakt,' vervolgde hij. 'Een grote fout. Ik heb de situatie verkeerd ingeschat... ik dacht dat je misschien hetzelfde gevoel had. Ik ging terug naar huis omdat ik dacht... Nou ja, het was een opwelling, en die pakte verkeerd uit. Zoals duidelijk is gebleken.'

'Heel duidelijk,' zei Molly. Wat pas echt duidelijk was, was dat hij blijkbaar nog nooit was afgewezen. Waardoor ze nog blijer was dat ze dat vannacht wel had gedaan.

'Ik had nogal veel gedronken.'

Ze vertrok haar mond iets. 'Dat heb ik gemerkt.'

'Ik ben het niet meer gewend. Misschien dat het je troost dat ik een enorme kater heb.'

Verwachtte hij soms medelijden van haar? Ze keek hem aan met een blik van Nou en? en zei op bitse toon: 'Maar je leeft nog.'

Hij fronste. 'Wat wil je daarmee zeggen?' Voordat ze kon reageren, maakte hij een vaag gebaar met zijn vrije hand en zei: 'Nou ja, ik wil je dit zeggen: sorry dat ik je verkeerd heb begrepen, maar je hoeft niet bang te zijn dat het nog een keer gebeurt. We zijn vrienden, we zijn buren, dat is alles. Geen... gedoe meer. We laten het hierbij.' Na een korte pauze voegde hij eraan toe: 'Behalve dat jij zelfs dat niet meer lijkt te willen. Hoor eens, ik sta hier mijn best te doen om me te verontschuldigen. Ik weet dat het allemaal een beetje vaag klinkt, maar ik wilde dat je wist wat ik voelde. Was het echt zo erg wat ik heb gedaan?'

Hij had werkelijk geen flauw idee. Terwijl ze hem ongelovig aankeek, vroeg ze: 'Weet je dat echt niet meer?'

'Aaaarrgghhh!' schreeuwde Amber, deze keer zonder een kussen voor haar gezicht.

Dat voelde al beter. Gooi het eruit. Even wat stoom afblazen. 'Aaaaaarrraahh!'

Ze wierp het dekbed van zich af, stapte uit bed, raapte de glazen karaf van de vloer en smeet hem tegen de deur. Verdomme nog aan toe, dat kreng wilde gewoon niet kapot! Ze deed een nieuwe poging en richtte nu op de kaptafelspiegel. Bingo, deze keer ging de spiegel aan gruzelementen, en brak de karaf zowaar in tweeën.

'Waaaaaaahhh,' schreeuwde ze, terwijl ze het flesje parfum pakte dat ze met kerst van haar vader had gekregen. Daarna smeet ze koortsachtig met alles wat ze maar in handen kreeg – make-up, het juwelendoosje dat ze twee jaar geleden had gekregen, haar bedlampje... 'Aaaagggghhhhh!'

'Oké, ik zeg je alleen maar dit. Als je het ooit nog een keer doet, bel ik de politie,' zei Molly.

Dex keek haar aan alsof er plotseling hoorntjes uit haar hoofd groeiden. 'Wat?'

'Je bent naar Londen gereden.' Molly's mobieltje begon te rinkelen. 'Je bent gaan drinken met je vrienden.' Ze keek afwezig naar het schermpje en zag dat het Frankie was. 'En toen ben je in je auto gestapt en helemaal terug naar huis gereden, terwijl je nog steeds dronken was. Hoi, wat is er?'

'Je zei dat ik je altijd kon bellen.' Haar vriendin klonk panisch. 'Amber draait helemaal door op haar kamer. Kun je het café even van me overnemen?'

'Ik ben al onderweg.' Molly pakte haar sleutels en liep naar de deur, Dex gebarend dat ze wegging.

'Mag ik...'

'Sorry, noodgeval, ik moet echt weg.' Ze deed de voordeur op slot en liep zonder ook nog maar een keer om te kijken, het parkje in.

'Brrrraaahhh,' riep Delphi haar na, verontwaardigd dat ze niet net zoals anders een kus had gekregen.

Even voelde Molly zich schuldig, maar het was te laat om nog even terug te gaan; ze moest onmiddellijk naar het café. En Dex stond haar na te kijken, dat voelde ze gewoon. Ze was nog steeds woedend op hem, en hij was degene met Delphi in zijn armen.

Aan wie ze zich gevaarlijk begon te hechten.

Misschien was het tijd om een stapje terug te doen.

'Och liefje, het geeft niks, we overleven het wel.' Frankie had Amber in haar armen; ze had het gevoel dat haar hart zou breken. Ze wiegde haar dochter en gaf haar klapjes op haar rug, net als vroeger wanneer Amber van streek was. Amber lag te snikken als een klein kind, echt te janken van ellende, niet in staat zich te beheersen. Hopelijk hielp het.

Zo bleven ze een tijdje op het bed zitten; Frankies blouse werd steeds natter, terwijl ze Amber over haar hoofd streelde en troostende woordjes in haar oor fluisterde. Ze wist niet of het zin had, maar in elk geval kon ze haar dochter er op die manier van verzekeren dat er nog steeds van haar gehouden werd.

Na een poosje werd het gesnik minder, stopten de tranen en leek de spanning uit Ambers lichaam weg te vloeien.

'Sorry.' Ze veegde over haar ogen en zei: 'Ik kon er niks aan doen. Ik dacht dat mijn hoofd zou ontploffen.'

'Och schat, dat geeft helemaal niks.'

'Ik voel me nu wel wat beter. Wie doet het café?'

'Molly.'

'Dan moet ik haar ook mijn verontschuldigingen aanbieden.

O god, ik voel me zo... stom. Als papa mijn hele leven lang over zoveel dingen heeft gelogen, hoe kan ik dan weten of hij ooit de waarheid heeft gesproken?' Ze stopte even, want het kostte haar moeite om haar gevoelens onder woorden te brengen. 'Zoals wanneer hij tegen me zei dat ik zijn lieve meisje was. Waarschijnlijk meende hij dat niet eens.'

Ook bij Frankie was die gedachte opgekomen. Toch zei ze vol vuur: 'Natuurlijk meende hij dat. Want je bent lief!'

'Houdt hij meer van Shaun dan van mij? Misschien wel, hè?'

Het viel haar duidelijk zwaar dat ze haar vader ineens met iemand anders moest delen. Terwijl Frankie haar een geruststellende kus gaf, zei ze: 'Je vader houdt ontzettend veel van je.'

'En Shauns moeder? Houdt hij meer van haar dan van jou?'

Die zat.

'Ik weet het niet.' Nog een vraag waar ze geen antwoord op had. Het enige wat Frankie wist, was dat ze sterk moest zijn voor haar dochter. 'Maar we slaan ons hier wel doorheen. Echt waar.'

'Hoe dan?'

'Stapje voor stapje.' Ze merkte dat haar gevoelens voor Joe snel in kracht afnamen nu ze zag hoeveel verdriet hij zijn dochter berokkende. Hij was een minder goed mens dan ze had gedacht, en haar liefde voor hem verdampte als sneeuw voor de zon. Wat mooi meegenomen was.

'Wat is de eerste stap?' wilde Amber weten.

Frankie liet haar blik dwalen over de ravage in de slaapkamer en zei met een kort lachje: 'De glasscherven opruimen waarschijnlijk.'

Toen ze vanuit het lunchcafé op weg naar huis was, zag Molly uit de verte dat Dex in de tuin van Gin Cottage bezig was de blauwe regen aan de zijkant van het huis te snoeien.

Toen ze kwam aanlopen, keek hij even op, maar hij wendde meteen zijn blik weer af.

Heel ongemakkelijk.

Toen ze nog dichterbij was, zag ze Delphi in haar loopwagentje op het tuinpad staan, en haar hart sloeg een keer over van liefde. Delphi, die haar ook zag, begon te zwaaien en opgewonden te schreeuwen.

Nog ongemakkelijker.

Molly boog naar links af, weg van Gin Cottage, in de richting van haar eigen huis. Het volgende moment – o help – deed Dex het hekje open. Hij sloot het meteen weer, zodat Delphi niet kon ontsnappen, en kwam doelbewust op haar af lopen.

Hij lachte niet.

Vervolgens haalde hij een opgevouwen stuk papier uit zijn achterzak, dat hij aan haar gaf. 'Alsjeblieft.'

Wat was dit? Molly vouwde het papier open en zag dat het een bon was van een bedrijf dat Brommerboys heette. Onder de naam van het bedrijf stond de wervende tekst: 'Wij rijden u en uw auto terug naar huis en brommen dan terug naar het thuishonk!'

Het was een bon van driehonderdtachtig pond.

'Even voor de goede orde,' zei Dex op kalme toon. 'Ik ga nooit achter het stuur zitten als ik heb gedronken. Dat heb ik nog nooit gedaan, en dat zal ik ook nooit doen. Dit is hoe ik gisteravond ben thuisgekomen.'

'Oké. Nou, mooi.' Ze voelde dat ze bloosde uit schaamte; ze had hem dus valselijk beschuldigd. 'Sorry.'

Toch bleef de sfeer gespannen. Dex' ogen glinsterden. Hij zei: 'Geen probleem', op een toon die duidelijk maakte dat er wat hem betreft wel een probleem was. 'Maar misschien kun je in het vervolg eerst even uitzoeken wat er precies aan de hand is, voordat je me ergens van beschuldigt.'

'Goed, ja, dat zal ik doen.' Dat andere was er ook nog, net zo onoverbrugbaar als de Atlantische Oceaan. Ze aarzelde; zou ze erover beginnen of...

'Nou ja, dat was het. Geen paniek, ik ben onze afspraak niet vergeten.' Hij draaide zich om en liep terug naar Delphi, die door de spijlen van het dichte tuinhek naar hen stond te kijken. 'Dag.'

24

Hoewel Dex er met de beste bedoelingen aan was begonnen, bleek het moeilijker dan verwacht om in zijn eentje voor Delphi te zorgen.

Zijn tripje naar – en rampzalige terugkeer uit – Londen was inmiddels een maand geleden. Molly en hij spraken wel met elkaar, maar er hing een gespannen sfeer tussen hen, en ze beperkten zich tot beleefdheden tussen buren. Hoewel hij dat vreselijk vond, was het niet aan hem om te proberen daar verandering in te brengen; hij had zichzelf totaal voor schut gezet, en dat was dat. Haar afwijzing stak hem nog steeds, maar er zat niets anders op dan het manhaftig te ondergaan.

Wat hij ook had gedaan. Maar nu had hij afleiding nodig. Hij was niet in de wieg gelegd voor het leven van een celibataire monnik.

Gelukkig leek hij, dankzij Delphi's obsessie met de jonge Bert, een nieuwe babysitter te hebben gevonden.

'Ik denk dat dat haar eerste woordje wordt.' In de tuin achter het lunchcafé had Amber geamuseerd toegekeken, terwijl Delphi als betoverd naar de jonge Bert staarde en 'Gei! Gei!' riep.

Dex zei: 'Of ze probeert geit te zeggen, of ze is extreem beleefd en spreekt hem aan met gij.' Persoonlijk snapte hij niets van Delphi's fascinatie; met zijn knokige schedel, zijn bleke kraaloogjes en zijn vlassige witte sikje deed Bert hem denken aan zijn oude scheikundeleraar.

'Gei gei gei!' brulde Delphi, in haar handen klappend naar de geit.

'Wat een schatje.' Amber keek Dex aan. 'Ik ben trouwens een heel goede babysitter. Als je er ooit eentje nodig mocht hebben...'

'Echt waar?' Dex' belangstelling was meteen gewekt.

'Ik heb hier in het dorp heel vaak opgepast. Hè, mam?'

'Hm?' Frankie was bezig de tafels leeg te ruimen en schoon te maken. 'Oppassen? O ja, heel vaak. Er zijn zat gezinnen die haar zullen willen aanbevelen.'

'Wat dacht je van morgenavond?' vroeg Dex.

'Maandag? Geen probleem. Vijf pond per uur,' zei Amber. 'Maar hoe laat kom je thuis? Want ik moet de volgende ochtend vroeg weer op.'

'Twaalf uur? Halféén?' zei Dex.

Ze schonk hem een blik vol medelijden. 'Je mag tot twee uur wegblijven, maar niet later dan dat.'

'Afgesproken. Fantastisch.'

Frankie ging rechtop staan en zei: 'Nou, dat is dan geregeld. Ga je iets leuks doen?'

'Ik weet nog niet wat ik ga doen.' Dex voelde zich al stukken beter; het was gewoon al opwindend dat hij überhaupt kon uitgaan. Of het nou leuk werd of niet.

De Crown Inn lag aan de rand van Marlbury, het kleine marktplaatsje op zo'n tien kilometer afstand van Briarwood. Dex was er door puur toeval beland. Twee jaar geleden had hij op de radio een nummer gehoord dat hij mooi had gevonden; hij had de naam van de band opgeschreven en hun album gekocht. Hij was blijkbaar een van de weinigen geweest, want sindsdien was er niets meer van hen vernomen. Tot gisteren, toen hij in de dorpswinkel een flyer had zien hangen waarop stond dat de band de volgende avond in de Crown zou spelen.

En nu was hij hier, in een drukke kroeg, terwijl de band begon te spelen.

Ze heetten The Games We Play, wat Dex een intrigerende naam voor een band had gevonden. Hij had geen idee gehad hoe ze eruitzagen, want op de cd had geen foto van hen gestaan. Helaas was de zangeres een onnozel uitziende blondine, en de drummer en de gitarist bleken van het geitenwollensokkensoort. Dat had natuurlijk niets moeten uitmaken, maar dat deed het wel.

Bovendien speelden ze alsof ze waren vergeten hoe het moest. Het blonde meisje was zenuwachtig, ze hield haar ogen dicht en zong vals.

God, wat een teleurstelling. Dit was vreselijk. Kon hij niet beter weggaan nu het nog kon? Of zou hij blijven, in de hoop dat ze in de loop van de avond beter zouden gaan spelen?

Na afloop van het eerste nummer klonk er een lauw applaus,

wat niet als een verrassing kwam. Toen Dex zijn blik over het publiek liet dwalen, zag hij dat er maar één bezoeker enthousiast klapte. Aan de andere kant van de kroeg stond een meisje van ongeveer zijn leeftijd, met kort rood haar en stralende ogen, gekleed in een blauw topje en een wijde broek. Ze klapte met haar handen in de lucht om te laten zien dat ze het meende en stak zelfs even haar vingers in haar mond om doordringend te fluiten, wat een kort lachje van dankbaarheid ontlokte aan de onnozele blondine.

Vast familie, of een vriendin.

Alsof ze zijn blik voelde, keek het meisje dat zo indrukwekkend kon fluiten, even naar Dex en wendde toen haar gezicht weer af.

Het volgende nummer werd ingezet. Tijdens het spelen merkte Dex dat het meisje nog twee keer naar hem keek. Toen het nummer was afgelopen, klapte ze weer vol vuur. Beslist een fan. Dex, die tegen de bar leunde, zag dat het glas van het meisje halfleeg was, en hij schatte dat ze na nog twee nummers wel naar de bar zou komen om weer een drankje te bestellen.

Hij had het mis. Er waren drie nummers voor nodig. Toen dook ze naast hem op, wist zonder moeite de aandacht van de barman te trekken en bestelde een Bacardi-cola.

'Hoi,' begroette Dex haar. 'Vind je het mooi?'

De roodharige knikte en zei: 'Heel erg.'

'Ken je ze soms?' Hij wees naar de band op het podium.

'Hoezo?'

'Je stond te klappen alsof het je beste vrienden zijn.'

'Nou, dat is niet zo.' Ze glimlachte. 'Maar toen ik zag hoe zenuwachtig de zangeres was, dacht ik dat een beetje aanmoediging geen kwaad kon. En het heeft gewerkt. Ze is al een stuk minder nerveus.'

'Dat is waar. Wat aardig van je,' zei Dex.

'Ik ben nu eenmaal erg aardig.'

Ze was aantrekkelijk, welbespraakt en had gevoel voor humor. Hij vroeg: 'Ben je hier alleen?'

'Ja. Is dat verboden soms?'

'Natuurlijk niet. Het verbaast me alleen. Ben je een fan van de band?' Als zij ook hiernaartoe was gekomen omdat ze vorig jaar hun cd had gekocht, zou dat toeval zijn. Of misschien wel het lot.

'Ik had nog nooit van ze gehoord. En, niet verder vertellen, maar ik hoop ze ook nooit meer te horen,' vertrouwde ze hem toe.

'Zie je die zangeres daar?' Dex knikte naar de onnozele blondine op het podium. 'Dat is mijn zusje.'

Even viel er een stilte. Toen zei het meisje: 'Als dat zo was, had jij ook heel hard staan klappen.'

Hij lachte. 'Die zit.'

Met glinsterende ogen zei ze: 'Ik heet Amanda. Kan ik je iets te drinken aanbieden?'

'Hallo Amanda. Nee, dank je.' Nu was het zijn beurt om even een stilte te laten vallen. Toen pakte hij zijn portefeuille en vervolgde: 'Laat mij jou iets aanbieden.'

Amanda was dertig. Ze was single en werkte als secretaresse. Van dichtbij waren haar ogen grijs met gouden spikkeltjes. Op vakantie ging ze het liefst skiën of diepzeeduiken. En ze zag het nut er niet van in om curry's te eten als ze niet echt heel erg heet waren.

De band was inmiddels halverwege hun set aanbeland en stopte even voor een pauze. Amanda en Dex klapten toen de bandleden het podium verlieten. Daarna gingen ze naar buiten om een luchtje te scheppen. Ze gingen zitten aan een van de tafels voor de kroeg, en Amanda praatte kort met een ouder echtpaar dat voorbijliep met hun spaniël.

Toen het echtpaar was doorgelopen, vroeg Dex: 'Dus je woont hier?'

'Ja, heel dichtbij zelfs.' Amanda wees naar de huizen aan de overkant.

'Echt?'

'Op nummer 22, het laatste huis.'

'Handig.' Hij besefte meteen hoe dat moest overkomen. Toen ze hem met een opgetrokken wenkbrauw vragend aankeek, vervolgde hij snel: 'Oké, even overnieuw. Ik bedoelde dat het handig is voor jou om zo dicht bij de kroeg te wonen.'

Ze glimlachte. 'Dat is waar. Maar het heeft ook zijn nadelen. Rond sluitingstijd kan het behoorlijk rumoerig zijn. Maar als je gewoon zin hebt om even iets te gaan drinken, wat plaatselijke roddels te horen en te kijken wie er zoal is, ja, dan kan het erg handig zijn.'

Haar speelse toon vertelde Dex alles wat hij wilde weten. Dit was flirten op zijn subtielst. Amanda liet hem op deze manier merken dat ze hem aantrekkelijk vond. Hij nam nog een slok en vroeg toen: 'En wie waren er vanavond? Nog iemand gezien die je leuk vindt?'

Ze boog zich iets naar hem toe. 'Eerlijk gezegd geloof ik van wel.'

Uit het café klonk het geluid van een gitaar die werd gestemd. De barjuffrouw, die glazen van de tafels naast hen afruimde, zei: 'Zo te horen gaan ze weer beginnen.'

Iedereen ging weer naar binnen, maar Dex en Amanda bleven zitten.

'Wil jij de rest nog horen?' vroeg Amanda.

'Och. Jij?'

Ze keek hem onderzoekend aan. Haar mondhoeken krulden op. 'Volgens mij hebben wij ze al genoeg aangemoedigd.' Toen de band binnen weer begon te spelen, luisterde ze even. 'Ze zingt niet meer zo vals.'

'Dan kunnen we dus net zo goed buiten blijven zitten.'

Nadenkend wreef ze over haar armen. 'Alleen wordt het hier een beetje frisjes.'

'Nou, dan gaan we toch weer naar binnen,' zei Dex op nonchalante toon, want hij wist al wat er ging komen.

'Maar dan kunnen we niet meer met elkaar praten.' Ze knipperde met haar ogen en zei toen: 'Als je wilt, kunnen we ook naar mijn huis gaan. Een kop koffie drinken. Wat denk je ervan?'

Er reed een meisje in een rode Peugeot langs; een fractie van een seconde dacht Dex dat het Molly was, omdat ze ook blond haar had. Maar natuurlijk was het Molly niet. Hij keek de Peugeot na en wachtte tot zijn hartslag weer normaal was. Toen dronk hij zijn glas leeg en glimlachte naar Amanda. 'Koffie klinkt als een goed idee.'

Het was tien uur; ze hadden hun koffie gedronken. Amanda

had het licht in de kamer gedimd, en het was wel duidelijk wat ze wilde.

'Oké, zal ik het dan maar gewoon zeggen?' Ze had haar schoenen uitgeschopt en zat naast hem op de bank, met haar voeten onder zich getrokken. 'Ik ben een alleenstaande vrouw van dertig die het niet prettig vindt als er over haar wordt geroddeld. Wat, in een klein stadje als dit algauw gebeurt.'

'Dat kan ik me voorstellen,' zei hij. Goed nieuws.

'Bovendien ben ik niet echt op zoek naar een vaste relatie.'

Hij knikte langzaam om te laten zien dat hij luisterde en het begreep. Het werd steeds beter.

'Dus wat ik eigenlijk wil zeggen... Je lijkt me een fatsoenlijke vent...'

Ze wachtte. Hij knikte weer, hoewel hij zich serieus afvroeg hoe ze dat in vredesnaam kon weten.

'En ik moet morgen weer vroeg op, maar als je hier wilt blijven slapen, dan denk ik dat we het wel eens heel leuk met elkaar zouden kunnen hebben.'

'Dat denk ik ook,' zei hij. 'Hoewel ik ook vroeg op moet, dus waarschijnlijk is het handiger als ik niet de hele nacht blijf.'

Ze keek hem scherp aan. 'Ik ga niet met getrouwde mannen naar bed. Je hebt gezegd dat je single bent. Is dat echt zo?'

'Maak je maar geen zorgen, ik ben echt single. Zo single als een man maar kan zijn.' Hij stond op en pakte haar hand. 'Daarom klinkt dat voorstel van jou me ook als muziek in de oren.'

Nou, dat was leuk geweest.

Soms had je dat gewoon nodig, een beetje echte, puur lichamelijke seks.

Of meer dan een beetje zelfs.

Hoe dan ook. Echt heel leuk.

Amanda's badkamer was van lichtgroen marmer. Dex stapte onder de douche vandaan, droogde zich af en kleedde zich aan. Toen liep hij de slaapkamer weer in.

Ze lag in bed, schaamteloos naakt, en lachte naar hem. 'Wat kijk jij vrolijk.'

Hij grinnikte. 'Hetzelfde geldt voor jou.'

'Het is net zoiets als een goede training op de sportschool.

Alleen veel leuker.' Ze hief haar gezicht naar hem op voor een kus. 'Dank je.'

'Graag gedaan.'

'Nou, je weet waar je me kunt vinden als je ooit nog eens zin hebt. En hier heb je mijn nummer.' Ze gaf hem een Post-it waarop ze met viltstift haar naam en telefoonnummer had gekrabbeld. 'Al heb je er dan niet om gevraagd.'

'Dat wilde ik net doen,' zei hij.

'Ik was te ongeduldig.' Ze gaf hem een speels schopje. 'Soms ben ik gewoon vreselijk onbeschaamd.'

25

In de dorpswinkel liep Molly Amber tegen het lijf.

'Hoe gaat het?' Ze omhelsde het meisje even, want de afgelopen paar weken waren niet gemakkelijk geweest voor Amber, die nog steeds elk contact met Joe weigerde. 'Ik had je gisteravond wel op tekenles verwacht, maar ik hoorde iemand zeggen dat je uitging. Heb je nog iets leuks gedaan?'

'Ik heb wel iets leuks gedaan, maar het had niks met uitgaan te maken. Ik was aan het oppassen. Delphi is echt een schatje, hè? Als je voor haar zingt, gaat ze echt heel grappig dansen, op haar kont, ze schuift heen en weer en gooit haar armpjes in de lucht. Zo schattig!'

'O, heb je bij Dex opgepast?' Molly voelde een scheut van jaloezie vermengd met verdriet; zij was het die Delphi op haar kontje had leren schuifelen, ze hadden het samen op de vloer van de huiskamer gedaan. Niet dat ze had kunnen oppassen gisteravond, maar het kwetste haar dat het haar niet eens meer werd gevraagd. Oppervlakkig gezien waren Dex en zij beleefd tegen elkaar, maar de kille afstandelijkheid bleef. Haar harde opmerkingen hadden hun vriendschap de das omgedaan.

'Ik hoefde niet de hele nacht op te passen,' vertelde Amber. 'Hij was om één uur weer thuis.'

Hoewel het Molly niets aanging, kon ze niet nalaten te vragen: 'Ging Dex iets leuks doen?'

Ik ben niet nieuwsgierig, ik hou alleen maar heel beleefd een gesprek gaande, hield ze zichzelf voor.

'Ik weet niet waar hij heen was, maar hij heeft het beslist heel leuk gehad.'

'O?' Wat betekende dat nu weer?

'Laten we het zo zeggen, hij rook niet meer naar die aftershave die hij altijd op heeft.' Ambers ogen glinsterden ondeugend. 'Hij kwam na vijf uur terug met nat haar en ruikend naar limoendouchegel.'

Oké. Dus Dex had iemand gevonden die wel op zijn avances was ingegaan. Nou ja, dat zat er wel in.

Molly deed haar uiterste best om niet jaloers te zijn. Ze had haar kans gehad, en ze had hem afgewezen. Toch? Om heel goede redenen.

Op de lange termijn was dat echt het beste.

Toen Amber die middag de school uit kwam, had ze meteen het gevoel dat er iemand naar haar keek. Aan de overkant van de straat zat een jongen op een muurtje haar in de gaten te houden. Toen ze bleef staan, liet hij zich van het muurtje glijden en kwam haar kant uit lopen.

Ze had genoeg aan zijn uiterlijk om te weten wie hij was en wat hij kwam doen. Nette jongens hebben nu eenmaal meestal nette vrienden.

'Ben jij Amber?'

'Je weet allang wie ik ben.'

'Oké. Ja. Nou ja, ik heb je op Facebook opgezocht.'

Zelfs zijn gympen waren oogverblindend wit. 'En wie ben jij? Nog een verloren gewaande broer?'

Hij schudde zijn hoofd. 'Nee, ik ben een vriend van Shaun. Max. Hij heeft me gevraagd of ik naar je toe wilde gaan.'

'Waarom? Om me uit te lachen?'

'Natuurlijk niet. Dat moet je niet zeggen. Shaun maakt zich zorgen om je. Hij wil alleen maar weten of het goed met je gaat.'

Amber haalde haar neus op. 'Met mij? O, het gaat prima met

me. Ik heb me nog nooit zo goed gevoeld. Mijn vader heeft mijn hele leven tegen me gelogen en nu woont hij bij zijn andere gezin. Dus waarom zou het niet goed met me gaan?'

'Maar daar kan Shaun toch niks aan doen? En je kon er eerst wel met hem over praten.'

Dat was waar, op die eerste noodlottige dag in Tetbury. Ze was van streek geweest, en Shaun – haar halfbroer – had gezegd dat het hem speet. Zij had vragen gehad, hij antwoorden. Maar na die dag was haar rancune toegenomen. Als Shaun en zijn moeder er niet waren geweest, had zij nog steeds een normaal, gelukkig, zorgeloos leventje geleid. Maar nu haatte ze haar vader, en het feit dat hij bij Shaun en Christina woonde, vervulde haar zowel met woede als met walging.

En oké, ook met jaloezie.

'Luister, ik hoef echt niet met Shaun te praten als ik dat niet wil. En jou op me afsturen, maakt geen enkel verschil, dus je hoeft het niet nog een keer te proberen. Hoe dan ook, ik moet nu weg.'

'Prima.' Max duwde zijn zijdeachtige, blonde haar naar achteren en pakte zijn autosleuteltjes. 'Dus dat is dat.' Hij wierp haar een quasi-treurig lachje toe: 'Missie volkomen mislukt.'

'Daar kan ik niks aan doen,' zei ze. Hij verwachtte toch niet dat ze medelijden met hem kreeg? Dat ze zou zeggen dat ze het rot vond dat hij benzine aan haar had verspild? Echt niet.

'Kan ik je een lift geven?' Toen hij op de sleutel in zijn hand drukte, stootte een sportieve blauwe Renault naast hem een hoge pieptoon uit.

O, nog zo'n blits type ook.

'Nee, dank je. Mijn vriendje wacht op me.'

'Oké. Nou, toch leuk dat ik nu weet wie je bent. Mag ik je nog één ding zeggen?'

'Je doet maar wat je niet laten kunt.'

'Shaun is mijn beste vriend. Hij is een goeie gast. Je zou een veel slechtere broer kunnen treffen.'

'Fijn om te horen, maar ik heb nog steeds geen belangstelling,' zei ze. 'Dag.'

Zoals afgesproken stond Duff voor de drankwinkel op haar te wachten.

'Alles oké?' De kus die hij haar gaf, rook naar cider. 'Heb je geld bij je?'

Amber was zeventien, en de eigenaar van de drankwinkel was een expert in het herkennen van namaakidentiteitskaarten. Dus gaf ze Duff tien pond van het geld dat ze met oppassen had verdiend en wachtte buiten op de stoep, terwijl hij naar binnen ging om zo veel mogelijk goedkope drank in te slaan.

Hij heette natuurlijk niet echt Duff. Zijn echte naam was Daniel, en hij had zijn bijnaam te danken aan het feit dat hij tijdens de laatste jaren op school geen reet had uitgevoerd. En daarna ook niet meer. Maar hij was leuk en zag er ook echt goed uit, mager en donker, met Johnny Depp-ogen en heel veel tatoeages. Ze waren al maanden bevriend, maar de paar keer dat hij bij Amber thuis was geweest, had haar vader zijn afkeuring niet onder stoelen of banken gestoken. Dat was Duff niet ontgaan, en hij was dan ook opgetogen geweest toen hij over Joe's dubbelleven had gehoord. Hij had Amber getroost toen ze troost nodig had gehad, en nu waren ze een stelletje en spraken ze drie à vier keer per week iets af. Ze vond het fijn dat alles minder erg leek, als ze een paar uur naast hem op het gras in het park had gelegen. Ze dronken sterke cider, Duff zei dat Joe een overspelige klootzak was, en ze hadden het over de festivals waar ze in de zomer samen naartoe zouden gaan.

'Ik heb ze.' Hij kwam met een plastic tas vol rammelende blikjes de drankwinkel uit en pakte haar hand beet. 'Kom. Ik heb afgesproken met Beeny en wat maten van hem.'

O. Amber was niet zo dol op Beeny, die meestal niet al te fris rook en behoorlijk saai kon worden wanneer hij stoned was.

'Kijk niet zo,' zei Duff afkeurend. 'Hij is cool.'

'Ik weet het.' Hij had in elk geval een leuke hond, dat pleitte voor hem.

'En hij zei dat hij misschien wat spul voor ons had.'

Spul waar ze net zo zeurderig van zouden worden als Beeny zeker. Nou, nee, dank u beleefd. Amber werd er gek van, zoals hij dan tegen iedereen 'Ma-an' zei. Ze veranderde van onderwerp. 'Wat is er met dat oorringetje gebeurd dat je van me hebt gekregen?' Vorige week had ze op de markt een zilveren ringetje voor hem gekocht.

'O ja, sorry. Dat ben ik kwijt.' Hij sloeg zijn vrije arm om haar schouders, terwijl ze in de richting van het park begonnen te lopen. 'Het is er zeg maar uitgevallen.'

26

Ze was het.

O god, ze was het echt.

Nu Frankie wat beter keek, kon ze het zien. De vrouw aan het hoektafeltje in het café droeg een grijze trui, een wijde witte broek en ballerina's. Ze was slank, bescheiden, zo te zien in de zestig, met een grote bos sprietig grijsblond haar dat om haar gezicht viel, en lichtblauwe ogen die schuilgingen achter een weinig flatteuze bril met schildpadmontuur.

Bijna alsof ze onzichtbaar wilde zijn.

En dat lukte haar blijkbaar erg goed. Frankie, die achter de toonbank stond, luisterde naar twee gezinnen die aan belendende tafeltjes een wedstrijdje hielden over wie de grootste fans waren van *Next to You*. Ze bespraken enthousiast hun favoriete afleveringen, citeerden stukken tekst en probeerden de personages na te doen.

Zich er totaal niet van bewust dat Hope Johnson, een van de sterren uit de serie, op nog geen drie meter afstand van hen zat.

Nou ja, eerlijk was eerlijk, als je niet je best deed om gelijkenissen te vinden, was ze onherkenbaar. Het was achttien jaar geleden dat ze op het scherm te zien was geweest, maar ze was zo veranderd dat het er eerder veertig leken; ze was nog maar een flauwe afspiegeling van haar vroegere levendige zelf.

De twee gezinnen, het ene uit Cardiff en het andere uit Newcastle, wisten van geen ophouden. Er werden foto's gemaakt van memorabilia en van de foto's die aan de muren hingen, en om de beurt poseerden ze buiten met de jonge Bert, die dat inmiddels wel was gewend.

Eindelijk vertrokken ze. Het was bijna vier uur, en Frankie

begon de tafels af te ruimen, zich ervan bewust dat Hope Johnson heimelijk de memorabilia zat te bekijken.

Zou ze iets moeten zeggen?

Of juist niet?

Uiteindelijk vroeg ze toch maar: 'Wilt u nog een kop thee?'

Hope Johnson keek om zich heen. 'O... gaat u sluiten? Sorry...'

'Nee, nee, geen probleem. U kunt blijven zo lang u maar wilt.'

Aarzelend zei Hope: 'Nou, als u het zeker weet...'

'Ja, hoor.' Niemand had jaren iets van haar vernomen; voor de zekerheid draaide Frankie het bordje met GESLOTEN erop om en zei: 'Ik vind het zo leuk dat u hier bent.'

Hope keek als een geschrokken hert in het bos. Haar slanke handen trilden toen ze Frankie haar kopje gaf. 'U weet het?'

'Wie u bent? Ja. Maar maakt u zich geen zorgen,' zei Frankie. 'Ik ben heel discreet. Ik zal het niet doorvertellen als u dat niet wilt.'

'Och jeetje.' Hope slaakte een zucht. 'Niet te geloven dat u me heeft herkend. Dat gebeurt nooit.'

'Nou, ik heb een klein beetje vals gespeeld.' Terwijl Frankie een nieuwe kop thee voor haar neerzette, zei ze: 'Er is één ding dat niet is veranderd.'

'Ik zou niet weten wat.' De oudere vrouw stond voor een raadsel.

'Ziet u die foto daar aan de muur?' Frankie wees naar een close-up van Hope die voor het huis met de regisseur stond te lachen. 'Die heb ik zelf genomen, op de laatste draaidag. Jullie waren net klaar met de laatste scène.'

Turend door haar bril onderwierp Hope de foto aan een onderzoek. 'O ja, ik herinner me die dag nog.'

'Kijk nog eens.' Frankie wees naar de rechterhand van Hope op de foto, die ze vlak bij haar gezicht hield. Toen knikte ze naar de hand waarmee Hope het oortje van haar theekopje vasthield.

'Och hemeltje.' Hope snapte het ineens. 'Mijn ring!'

Het was een eenvoudige zilveren ring met schuine randjes en een ongewoon vierkant tijgeroog in het midden. De ring had iets zelfgemaakts en ook iets vreemd mannelijks, wat volledig in tegenspraak was met Hopes smalle vingers.

'Ik stof de foto's iedere dag af, daarom viel het me op. Zodra ik de ring zag, wist ik dat u het was.'

'Een echte detective,' merkte Hope geamuseerd op.

'We runnen dit lunchcafé al twaalf jaar,' vertelde Frankie. 'Dus ik kan die foto's zo'n beetje dromen.'

'Goh. Nou, leuk om u weer te zien.' Hope nam een slokje thee en keek Frankie aandachtig aan. 'Ik begin me u weer te herinneren. U bent niet veel veranderd. In tegenstelling tot mij.'

Omdat ze er zelf over begonnen was, vroeg Frankie op meelevende toon: 'Bent u ziek geweest?'

Hope keek haar met een treurige blik aan. 'Weet u, soms zou ik willen dat ik dat als excuus had. Maar nee, het heeft geen medische oorzaak. Ik ben gewoon snel verouderd.'

Oei, dat was behoorlijk gênant. 'O sorry, ik wilde niet...'

'U hoeft zich niet te verontschuldigen. Ik zit er niet mee. Ik heb eigenlijk altijd al gedacht dat het gebeuren... Bij mijn moeder is het net zo gegaan. En toen ik merkte dat ik hetzelfde pad bewandelde, heb ik... heb ik het in feite opgegeven. Sommige mensen blijven er hun hele leven fantastisch uitzien. Andere hebben daar de genen niet voor.' Hope glimlachte even. 'Maar goed, ik mag dan wel verwelkt en gerimpeld zijn, ik ben er tenminste nog.'

Aangezien ze daar weinig op kon zeggen, sneed Frankie een ander onderwerp aan. 'Het voelt vast raar om weer terug te zijn.'

'O ja, ik had niet gedacht dat ik deze plek ooit zou terugzien.' Hope keek om zich heen, inmiddels zichtbaar ontroerd door de foto's. 'Ik had nooit gedacht dat ik nog eens zou teruggaan naar Briarwood. Het is zeker niet mogelijk... Nee, laat maar.'

'Wat?' drong Frankie aan.

'Nou... het is een ongelooflijk brutale vraag, maar zou ik de rest van het huis even mogen zien?'

'Natuurlijk!'

'Echt? Wat aardig van u.' Hopes magere gezicht klaarde op. Op ernstige toon zei ze: 'Een paar minuutjes maar. U heeft het vast druk, en ik wil u niet tot last zijn.'

'Dat bent u niet. Als u er niet was geweest, zou ik dit café niet eens hebben. En mijn dochter komt pas vanavond laat thuis,' stelde Frankie haar gerust. 'U mag blijven zo lang als u wilt.'

Gek genoeg gebeurde dat ook. Nadat Frankie het café had afgesloten en Hope het huis had laten zien, gingen ze naar de keuken, waar een kipschotel in de oven stond. Toen Hope zei dat het heerlijk rook, had Frankie spontaan gezegd dat ze wel kon blijven eten, geen moment verwachtend dat ze dat zou doen.

Maar ze was gebleven, en drie uur later was ze er nog steeds. Frankie had een fles wijn opengetrokken, en ze hadden aan de keukentafel ononderbroken met elkaar zitten kletsen. Eerst hadden ze het over het lunchcafé gehad, over de fans die maar naar Briarwood bleven komen, en over het fenomeen dat *Next to You* was geweest. Daarna was na een vraag van Hope naar Frankies man ook dat verhaal eruit getuimeld.

Ze tutoyeerden elkaar inmiddels, en Hope zei: 'Wat vreselijk voor je.' Ze schudde haar hoofd. 'En wat hou je je goed. Ik heb er niks van gemerkt... Je was zo vrolijk tegen alle klanten in het café. Toen ik naar je zat te kijken, dacht ik dat je totaal geen zorgen had.'

'Ik probeer gewoon bezig te blijven.' Frankie opende een tweede fles en vulde hun glazen bij. 'Dat helpt. Nou ja, en de drank ook.' Laconiek voegde ze eraan toe: 'Iedereen krijgt vroeg of laat met rottigheid te maken. Ik probeer het te overleven door bezig te blijven.'

'Heel sterk van je. Misschien is dat mijn fout geweest.' Terwijl Hope een losse haarlok achter haar oor duwde, keek ze Frankie even over de tafel aan, alsof ze zich afvroeg of ze haar kon vertrouwen. 'Ik ben bij de eerste de beste rottigheid weggelopen en heb daarna helemaal niks meer gedaan. Waarschijnlijk het stomste wat ik had kunnen doen.'

'Waar ben je naartoe gegaan?'

'Naar een dorpje in Zuid-Italië. Het soort plek waar toeristen niet komen. Ik sprak nauwelijks Italiaans, niemand daar sprak Engels. Wat precies was wat ik op dat moment wilde, maar het betekende wel dat ik geen enkele afleiding had. Ik had alleen mijn eigen gedachten, steeds dezelfde.'

'Hoe lang ben je daar gebleven?' vroeg Frankie.

'Ik ben er nooit weggegaan.' Hope haalde haar schouders op. 'Ik woon er nog steeds. Ik heb er eerst een jaar een huis gehuurd, en daarna heb ik zelf een klein huis gekocht. Ik ben voor de dieren gaan zorgen die kwamen aanlopen, leerde de dorpsbewoners kennen, de taal. Het is een prachtige plek, in de bergen. Een goede manier van leven.' Op een spijtig toontje voegde ze eraan toe: 'Ik ben weggelopen en nooit meer teruggekomen. Tot nu toe dan.'

'Dat is heel begrijpelijk,' zei Frankie. 'Na het verlies van William. Vreselijk was dat.'

Hope streek met haar wijsvinger langs de rand van haar glas. 'De eerste paar jaar was ik de dorpsgek. De dorpsbewoners hebben zich vast afgevraagd wat voor idioot ze nu weer op hun dak hadden gekregen. Maar uiteindelijk wist ik er weer bovenop te komen.'

Frankie glimlachte. 'Fijn.'

'En toen leerde ik mijn man kennen,' ging Hope verder.

'Ben je getrouwd? Wat heerlijk voor je!'

'Hij heette Giuseppe. Hij was een goed mens, een boer. Vriendelijk, hardwerkend, betrouwbaar. Ik geloof niet dat ik van hem hield, maar hij hield wel van mij. En ik mocht hem heel erg graag. We hielden elkaar gezelschap. Ik maakte hem gelukkig. Geen kinderen, alleen onze dieren en elkaar. Hij is twee jaar geleden overleden.'

'O nee,' zei Frankie meelevend. 'Wat erg voor je.'

'Tja.'

'Het leven is zo oneerlijk. Dus nu heb je het twee keer meegemaakt.'

Weer die blik van Hope. Ze aarzelde, overwoog iets bij zichzelf, vroeg zich af of ze het wel of niet zou vertellen.

'Hoor eens,' zei Frankie snel. 'We hebben allebei aardig wat gedronken. Ik wil niet dat je me iets vertelt waar je later spijt van krijgt. En jij wilt morgen ook niet badend in het zweet wakker worden, omdat je iets hebt verteld wat je liever voor je had gehouden.'

'Maar...'

'Je zou je echt vreselijk voelen. En dan zou ik me ook vreselijk voelen. Kom, laten we het ergens anders over hebben.'

'God, wat ben je toch een schat,' riep Hope uit. 'Ligt het aan mij of heeft iedereen die jou leert kennen meteen het gevoel dat ze je al hun geheimen willen toevertrouwen?'

'Het komt vaker voor,' gaf Frankie toe. 'Ik denk dat het door mijn gezicht komt. Ik ben zo'n beetje de praatpaal van het dorp.'

'Dat verbaast me niets.'

Frankie grijnsde. 'Niet dat het met iedereen werkt. Mijn man heeft achttien jaar lang een behoorlijk groot geheim voor me gehad. Wat het extra vernederend maakt.'

'Oké, ik zeg het gewoon. Ik was niet verliefd op William Kingscott,' zei Hope. 'Ik mocht hem graag als mens. Op het scherm spatte de chemie tussen ons ervan af, vandaar al die geruchten. Hij werd verliefd op mij, maar er is nooit iets tussen ons gebeurd. We waren gewoon heel goede vrienden. Maar hoe meer we ontkenden dat we iets hadden, hoe meer iedereen dacht dat we logen, dat we een prachtige romance geheim wilden houden. Toen hij stierf, was ik natuurlijk van streek, maar ik was niet diepbedroefd.'

Fronsend dacht Frankie even na. 'Maar je verdween, je ging in Italië wonen... je was wel diepbedroefd... O, oké.' Door het onuitgesproken verdriet in Hopes ogen, gecombineerd met haar eigen intuïtie, werd het haar ineens helder. 'O, ik snap het al. Je was wel diepbedroefd, maar niet vanwege Williams dood.' Ze keek Hope even aan en vervolgde toen: 'Er was iemand anders.'

'Je bent echt goed.' Hope knikte. 'Ja, dat klopt. Maar het voelt een beetje raar om te zeggen. Ik heb het nog nooit aan iemand verteld. Behalve aan mijn katten.'

'En dat waren Italiaanse katten, dus die verstonden het toch niet,' zei Frankie.

'Precies.' Een kort lachje. 'Soms is zo'n taalbarrière wel handig.'

'Wie was het dan? Een van de andere acteurs uit de serie? O god, hoor mij nou weer.' Frankie wapperde bij wijze van verontschuldiging met haar hand. 'Het gaat me helemaal niks aan. Zeg maar niks.'

'Het geeft niet, ik wil het nu kwijt ook. Nee, het was niet een van de acteurs. Hij had niets met de productie te maken,' vertelde Hope. 'Hij was zo'n fantastische man, mijn grote liefde.' Haar ogen kregen een zachte glans. 'Maar we hadden geen toekomst samen. Het was onmogelijk.'

'Hoezo? Was hij soms getrouwd?' Frankies wenkbrauwen schoten omhoog. 'O mijn god, was het mijn man?'

Ze barstten tegelijkertijd in lachen uit. Hope proestte wijn op haar mouw en liet zich achterovervallen in haar stoel.

'Dat zou nog eens iets voor een soap zijn, zeg. Nee, het was Joe niet. En hij was ook niet getrouwd. Er was... een andere reden waarom we niet samen konden zijn. De laatste keer dat ik hem zag, was nadat we klaar waren met de opnames voor de laatste aflevering van *Next to You*. Ik had het gevoel alsof mijn leven voorbij was. Ik had al besloten om te verdwijnen toen William omkwam bij dat ongeluk. Dus zo ging het: meteen na de begrafenis ben ik vertrokken.'

'En wat is er van die ander geworden?'

'Wie zal het zeggen? Ik heb hem nooit meer gezien. En dat zal ook wel niet meer gebeuren ook. Hij was niet... Laat ik het zo zeggen: hij was niet het soort man om lang op één plek te blijven.'

'Maar je hebt hem tijdens de opnames hier leren kennen? Betekent dat dat hij hier uit de buurt kwam?'

'Ja,' antwoordde Hope eenvoudigweg.

Wauw. 'En woont hij hier nog steeds?'

Hope schudde haar hoofd.

Frankies hersens draaiden op volle toeren. 'Nou, ik woonde hier toen ook. Heb ik hem gekend, denk je?'

'Ik weet het niet. Misschien. Vast wel.'

'Het gaat me niks aan, en je hoeft het me ook niet te vertellen. Misschien is het wel beter dat ik het niet weet.'

'Hij heette Stefan,' zei Hope.

'O mijn god. Echt waar?' Frankies mond viel open. 'Stefan de zigeuner? Stefan Stokes?'

Hope bloosde. Er verschenen twee gloeiende plekjes op haar wangen. 'Dus je herinnert je hem nog.'

'Ja. Ik bedoel, ik hoef me hem niet te herinneren. Hij woont hier nog steeds.'

Nu was het Hopes beurt om geschokt te zijn.

'Echt? Maar... maar ik ben naar het bos geweest.' Haar handen trilden. 'De woonwagen... er staat niets meer. Er is niets meer van over, het pad is helemaal overwoekerd. Hij zei altijd tegen me dat hij nooit lang op één plek kon blijven...'

'Dat kon hij ook niet.' Stefan had jaren door het land gereisd, soms was hij een tijdje opgetrokken met familieleden, soms had hij er de voorkeur aan gegeven om alleen te zijn. 'Tot zijn dochter zelf een dochtertje kreeg,' legde Frankie uit. 'Toen besloot hij zich te settelen. Hij is acht jaar geleden teruggekomen en nooit meer weggegaan.'

Ademloos vroeg Hope: 'Gaat het goed met hem?'

'Heel goed. De woonwagen is verplaatst,' vertelde Frankie. 'Toen de familie Hanham-Howards Finch Hall kocht, hebben ze hem een plekje op hun landgoed aangeboden op voorwaarde dat hij de boel een beetje in de gaten zou houden. O wauw, dit is te gek,' riep ze uit. 'Net iets uit een film! En hij is nog steeds single. Ik zou je nu naar hem toe kunnen brengen, als je wilt.'

'Nee, nee... dat hoeft niet, dat heeft geen zin, dat zou het er alleen maar erger op maken.' Met haar hand tegen haar borst vervolgde Hope: 'Hij is een Roma, daarom was een relatie tussen ons sowieso onmogelijk. Zijn familie zou het nooit hebben geaccepteerd als hij met een burger was getrouwd. O jemig, moet je mij nu eens zien trillen.' Ze liet haar gestrekte vingers zien. 'Dit had ik niet verwacht toen ik terugkwam. Ik had echt niet verwacht dat hij hier zou zijn.'

'Het is toch fijn om te horen?' zei Frankie. 'Zou je hem niet graag terug willen zien?'

Met vochtige ogen dacht Hope even na. Toen vroeg ze: 'Is hij nog net zo aantrekkelijk als toen?'

Hoe oud was Stefan? Hij moest toch wel zestig zijn. Maar het viel inderdaad niet te ontkennen dat Stefan Stokes, lang en gebruind, met fonkelende zwarte ogen en gebeeldhouwde jukbeenderen, altijd aantrekkelijk zou blijven.

Frankie knikte. 'Ja.'

Het was te zien dat Hope de moed in de schoenen zonk. Met een bedroefd lachje zei ze: 'Natuurlijk is hij nog aantrekkelijk. En moet je mij zien.'

'Hoezo? Wat bedoel je?'

'Toe zeg, ik ben niet blind. Ik kijk ook wel eens in de spiegel. Als het niet anders kan,' zei Hope berustend. 'En ik ben niet vergeten hoe ik er vroeger uitzag.'

'Maar...'

'Dat was toen, en dit is nu. Sommige mensen worden mooi oud, maar daar hoor ik niet bij. Echt, ik zou een vreselijke teleurstelling voor Stefan zijn. En dat is een onverdraaglijk idee.' Hope dronk haar glas leeg, keek op haar horloge en schoof haar stoel naar achteren. 'Hoe dan ook, ik moet er eens vandoor. Het was heel leuk om je weer te zien, en bedankt voor... nou ja, voor alles. Maar ik moet nu gaan.'

Ze was net een bange gazelle. Ze was compleet van slag na de ontdekking dat Stefan nog in de buurt woonde; ze wilde nu niets liever dan heel snel weer verdwijnen. Frankie wachtte, terwijl Hope een taxi belde die haar terug moest brengen naar Cheltenham, waar ze in een hotel zat.

'Ik vond het ook heel leuk om jou weer te zien,' zei Frankie tegen Hope.

'Zeg alsjeblieft tegen niemand dat ik hier ben geweest,' zei Hope smekend. 'Ik meen het, echt tegen niemand.'

'Dat zal ik niet doen. Maar je bent nog steeds jij, hoor.' Frankie kon het niet helpen, ze moest het gewoon nog een keer proberen. 'Ik geloof echt niet dat Stefan teleurgesteld zou zijn.'

'Maar dat risico durf ik niet te nemen. Ik zou het niet kunnen verdragen als hij dat wel was.' Ze stonden inmiddels bij de deur. Hope trilde nog steeds bij de gedachte dat Stefan in de buurt was.

'Je kunt wel binnen wachten tot de taxi komt,' zei Frankie.

'Nee, dat hoeft niet, ik stel me wel verdekt op in het donker.' Op de drempel gaf Hope haar een kus op elke wang en zei: 'Hij komt toch zo.' Met een half lachje vervolgde ze: 'Ik ben zo van slag dat ik helemaal vergeten ben te vragen hoe het met Stefans familie gaat. Ongelooflijk dat zijn dochter hier nu woont. En zijn kleindochter! Hoe heet ze?'

'Addy,' vertelde Frankie. 'Ze is negen. En het is me er eentje.'

Met een melancholiek lachje om haar lippen vroeg Hope: 'Wat fijn. En waar wonen ze precies?'

Het was aardedonker buiten. In de huizen om het parkje brandde hier en daar licht. Frankie wees naar het helderste licht, dat van de Saucy Swan, met de veelkleurige feestverlichting in de bomen die voor de pub stonden. 'Daar. Lois runt de pub.'

Dex had ontdekt dat hij, wanneer Delphi ronduit weigerde te gaan slapen, haar in de wandelwagen moest zetten, die in de meest horizontale stand duwen en dan met haar door het dorp wandelen tot ze in slaap viel. Het was waarschijnlijk verkeerd, maar het werkte. En soms bleef hij even staan praten met een van de dorpsbewoners die aan een tafeltje voor de Swan zaten. Vanavond bijvoorbeeld was hij aangeschoven bij Stefan Stokes, Lois' vader. Na hun niet echt veelbelovende eerste ontmoeting, al die maanden geleden, hadden ze vriendschap gesloten. Vanavond hadden ze het over sterrenkunde, waar Stefan enorm veel vanaf wist, en over de beste manier om een baby in slaap te krijgen.

'Wanneer Lois ons wakker hield, deden we altijd een scheutje cognac in haar melk.' Stefans ogen glinsterden geamuseerd bij de herinnering. 'Dat deed iedereen toen. Ik denk dat je, als je het vandaag de dag zou doen, meteen de kinderbescherming bij je op de stoep hebt staan.'

Lois, die naar buiten was gekomen om lege glazen op te halen, zei: 'Ja, gek hè, dat ze het tegenwoordig niet meer zo'n goed idee vinden om alcohol aan heel kleine kinderen te geven?' Ze schudde haar hoofd tegen Dex. 'Let maar niet op hem.' Vervolgens wees ze naar Delphi, die nog steeds met wijd open ogen in de wandelwagen zat, en ze voegde eraan toe: 'En jij, jongedame, hou op met die spelletjes en ga slapen. Gun je vader ook wat rust.'

'Brrrrrrraaaaahhh,' zei Delphi.

Ze leek nu nog verder van de slaap verwijderd dan ooit. Stefan en Lois gingen naar binnen, en Dex vervolgde zijn wandeling door het dorp. Hij liep langs de ingang van de begraafplaats en bleef toen voor Frankies huis even naar de hemel staan staren. Hij had de sterrenstelsels nooit eerder bestudeerd, maar Stefan had hem er een paar aangewezen, en hij vroeg zich af of hij ze zich zonder hulp nog kon herinneren.

'Kaaaaaah,' mopperde Delphi, omdat ze stilstonden.

'Sst.' Dex schommelde de wandelwagen op en neer en bleef naar de sterren kijken. Hoe was het mogelijk dat de vormen het ene moment nog zo duidelijk te zien waren en het volgende moment totaal onzichtbaar leken? Waar was...

Hij keek om toen tot hem doordrong dat er iemand in het

donker voor de kerk stond. Toen hij zijn ogen samenkneep, zag hij een magere, oudere vrouw naast de muur staan.

'Sorry.' Ze klonk zenuwachtig. 'Ik wilde je niet aan het schrikken maken.'

'Geen probleem.' Dex moest glimlachen om haar bezorgdheid. 'Ik stond net naar de sterren te kijken, ik probeerde de Gordel van Orion te vinden.'

De vrouw stapte weg uit de schaduw van de takken van de taxushaag die boven het kerkportaal hingen. Ze kwam naast hem staan en wees naar de hemel. 'Daar. Zie je hem? Drie sterren op een rijtje.'

'O ja, ik zie hem. Dank u.'

'En daar heb je de Grote Beer.' Ze wees opnieuw en tekende de vorm met haar vinger in de lucht totdat hij hem had gevonden.

'U heeft er verstand van,' zei Dex. Hij had de vrouw nog nooit eerder gezien, maar het kwam nu heel goed uit dat ze er was. 'Ik ben nog maar een beginner.'

'We zijn allemaal beginners geweest. Ik heb het geleerd van iemand die dol was op sterren. En nu ben ik er ook dol op,' zei de vrouw simpelweg, alvorens zich tot Delphi te wenden. 'Is dat je dochter?'

Dat Delphi's haar wat langer werd, had als voordeel dat ze niet meer voor een jongetje werd aangezien. Dex' hart zwol onveranderlijk van trots wanneer hem werd gevraagd of ze zijn dochtertje was. 'Ja.'

Nou ja, zoiets was het toch?

'Wat een schoonheid. Ja, je bent een schoonheid, hè?'

'Kiaahhh.' Delphi schopte stralend haar voetjes in de lucht.

'Het is vast hard werken. Maar ze is het waard.' De vrouw boog zich over de wagen heen en bewoog Delphi's uitgestoken vingertjes op en neer.

'Ze is het heel erg waard.' Dex, die zich afvroeg wie de vrouw was en wat ze hier deed, wilde dat net vragen, toen koplampen het parkje beschenen en er een auto de hoek om kwam.

Toen hij dichterbij was, zei de vrouw: 'Ah, daar zul je mijn taxi hebben.' Ze ging weer rechtop staan en gebaarde met haar vrije arm naar de chauffeur.

Dex keek haar na terwijl ze voor in de taxi stapte en naar Delphi wuifde. 'Dag dag. En vergeet de Gordel van Orion niet!'

'Dat zal ik niet doen,' zei hij, hoewel hij wist dat hij hem vrijwel zeker weer zou vergeten. 'Dag.'

Delphi imiteerde de zwaai van de vrouw door haar handjes open en dicht te doen. 'Daaa!' tjilpte ze.

27

Op vrijdagmiddag om drie uur gaf Henry het eindelijk op en belde hij Dexter.

Hij vond dat hij het lang genoeg had volgehouden. Geschrokken van zijn sterke reactie op de foto van Frankie had hij zichzelf gedwongen om een paar weken te wachten voordat hij bij Dex langs zou gaan. Eigenlijk vooral om zichzelf te bewijzen dat hij niet een of andere maffe stalker was. En ook in de hoop dat zijn gevoelens vanzelf zouden wegebben.

Nou, die missie was half geslaagd; het was hem weliswaar gelukt om niet te gaan, maar zijn gevoelens waren niet verdwenen. En in de tussentijd dacht zijn vriend Dex waarschijnlijk dat hij hem had laten stikken, wat niet zo mooi was.

Dex nam op, en Henry zei: 'Ha Dex, hoe gaat het daar?'

'Fantastisch, hartstikke goed gewoon. Ik zit in de wachtkamer bij de dokter en voel me net een folteraar.'

'Hoezo?'

'Omdat Delphi op de grond met een plastic giraffe zit te spelen en denkt dat er geen vuiltje aan de lucht is. Want ze weet niet dat ik haar zo meteen stevig zal moeten vasthouden, omdat er een spuit ter grootte van een breinaald in haar zal worden gestoken.'

Henry glimlachte. 'Wat een gevoelloze klootzak ben je ook.'

'Zeg dat wel. Trouwens, over klootzakken gesproken, wanneer krijgen we je hier eens te zien? Ik dacht dat je langs zou komen.'

In Londen, in zijn kantoor op de zesendertigste verdieping,

draaide Henry zijn stoel om en keek door het raam naar de stad beneden hem. Dit was de uitnodiging waar hij op had zitten wachten; hij kon nu toch moeilijk nee zeggen?

'Daarom bel ik ook. Wat dacht je van dit weekend? Ik zat te denken om morgen naar je toe te komen.'

'Fantastisch. Te gek. Dan kan ik je voorstellen aan iedereen die ik hier ken.' Dex klonk vrolijk. 'Er is hier een heel leuke pub, met allemaal maffe mensen.'

'Ik verheug me erop.' Henry kreeg al een droge mond bij het idee. 'Zullen we zeggen tussen de middag?'

'Wacht, beter iets later. Ik heb beloofd morgen een handje te helpen in het lunchcafé.'

Bij het horen van het woord 'lunchcafé' schrok Henry op. 'Je bedoelt die tent met die geit?'

'Ja, die.' Geamuseerd zei Dex: 'We hebben het hier wel over Briarwood, het is het enige lunchcafé dat we hier hebben. Als je nou eens rond vijven kwam?'

'Mij best.' Over uitgelezen kansen gesproken. Henry, die beslist niet van plan was om tot vijf uur te wachten, zei: 'Maakt mij niet uit. Je ziet me wel verschijnen.'

Nadat Henry had opgehangen, draaide hij een rondje op zijn stoel en stak inwendig een triomfantelijke vuist in de lucht. Morgen zou hij haar ontmoeten. Hij zou vroeg gaan en aanbieden om haar samen met Dex een handje te helpen.

Beter kon gewoon niet.

'Delphi Yates?' De moederlijke receptioniste keek Dex stralend aan en zei: 'Loop maar door, schat. Tweede deur rechts, dokter Carr staat al voor u klaar.'

Maar waren zij ook klaar voor dokter Carr? Dex voelde zich nu al een beetje misselijk. Wat als hij flauwviel bij de aanblik van de spuit? Hij tilde Delphi van de vloer van de wachtkamer en liep met haar de gang in. Hij klopte aan, duwde de deur open en...

Kwam oog in oog te staan met Amanda.

Ze staarden elkaar even aan.

De laatste keer dat hij haar had gezien, was ze naakt geweest. Vandaag droeg ze een keurige olijfgroene jurk onder een witte doktersjas. Hij had zin om te zeggen: 'Ik had je bijna niet herkend met kleren aan.' Maar het leek hem beter om dat niet te doen.

Uiteindelijk zei hij alleen maar: 'Dus jij bent dokter Carr.'

'Ja.' Ze lachte niet.

'Je hebt me niet verteld dat je huisarts was.'

'Nou ja, dat is niet verplicht.' Met een blik op Delphi, die op Dex' heup zat, zei ze koeltjes: 'En er is blijkbaar ook iets wat jij me niet hebt verteld.'

Dex gaf Delphi een zacht kneepje, terwijl hij ging zitten en haar op zijn schoot nam. 'Niks aan de hand. Ik ben nog steeds single. Ik ben Delphi's voogd. Het staat allemaal in haar dossier.'

Hij wachtte, terwijl Amanda Delphi's gegevens opzocht in de computer.

Nadat ze ze had gelezen, zei ze zichtbaar opgelucht: 'O. Oké. Nou snap ik ook waarom je ineens zo'n haast had om thuis te komen. Mag ik je iets vragen, sta jij ook bij mij ingeschreven? Want als dat zo is, kun je beter naar iemand anders hier overstappen.'

'Dat zal ik doen.' Dex knikte; god, wie had ooit kunnen denken dat het zo'n mijnenveld kon zijn om je in te schrijven bij een nieuwe huisarts?

'Goed, dus Delphi is hier voor haar vaccinaties. Laten we dat dan maar meteen doen, oké?'

Amanda werd weer zakelijk. Dex hield Delphi vast en probeerde haar af te leiden, terwijl de naald in het zachte gedeelte van haar dij werd gestoken. Als in slow motion veranderde Delphi's vrolijke, zorgeloze lachje in een ongelovige brul, en ze begon zich meteen los te wurmen.

Dex, die haar probeerde te troosten, voelde tot zijn afschuw dat hij tranen in zijn ogen kreeg. Hoewel hij wist dat het moest gebeuren, vroeg hij zich toch af of Delphi hem dit ooit zou vergeven en of ze hem ooit nog zou vertrouwen. En wat gênant dat Amanda hem zo moest meemaken...

'Altijd lastig, hè, als je een kind dit moet aandoen.' Ze glimlachte naar hem en blies toen een rubberen wegwerphandschoen op; Delphi stopte vrijwel onmiddellijk met huilen en kraaide van pret, terwijl ze de opgeblazen vingers probeerde beet te pakken.

178

'Hoe dan ook, we hoeven er niet zo ongemakkelijk over te doen,' zei Dex.

'Behalve dan het lichtelijk ongemakkelijke feit dat ik je mijn nummer heb gegeven en dat je me niet hebt gebeld.' Amanda gooide de spuit in de daarvoor bestemde afvalbak en waste haar handen.

'Maar ik heb je nummer nog.' Deze keer had hij het niet meteen weggegooid; hij opende zijn portefeuille en liet haar triomfantelijk het briefje zien. 'Ik heb gewoon nog geen tijd gehad om je te bellen.'

Was dat echt zo? Waarschijnlijk wel.

'O. Oké. Fijn om te horen.'

'Waarom zei je dat je secretaresse was?'

'Beroepsdeformatie.' Amanda grijnsde. 'Dat is gewoon makkelijker. Als je vertelt dat je huisarts bent, wil iedereen het meteen met je over hun krakende nek of hoofdpijn of asymmetrische borsten hebben.'

'Dat laatste zou ik nooit doen,' zei hij.

'Nog fijner om te horen. Nou, leuk om je weer te zien dan maar.' Met een blik op haar horloge vervolgde ze: 'Mijn volgende patiënt zit op me te wachten.'

'Hopelijk ben je daar niet mee naar bed geweest.'

'Nee, vooral niet omdat het een vrouw van achtenzestig is met chronische blaasproblemen.' Glimlachend eindigde ze: 'Dag. En bel me.'

'Daaa,' brabbelde Delphi.

'Dat zal ik doen,' zei Dex.

Het was zaterdag één uur, en de zon scheen ongenadig. Henry, die twee uur eerder in Briarwood was aangekomen, wist niet of hij nu blij moest zijn of niet.

Delphi was weliswaar stapelgek op hem; ze volgde hem overal als een verliefd hondje en was vreselijk gefascineerd door zijn gezicht, zijn haar, zijn tanden en zijn stem.

En ook was het leuk om Dex weer te zien, en hij vond het dorp erg charmant en de dorpsbewoners vriendelijk.

Wat echter helemaal niet leuk was, wat zelfs ronduit teleurstellend was, was dat Frankie Taylor, de vrouw die de afgelopen weken geen moment uit zijn gedachten was geweest, weg bleek te zijn.

Ironisch genoeg was ze in Londen, zo was hem verteld.

En nog ironischer: ze was daar voor het eerst naartoe.

'Daarom heb ik ook aangeboden een handje te helpen,' had Dex hem uitgelegd, nadat hij Henry aan Amber had voorgesteld. 'Laatst was ik hier met Delphi, en toen kwam het gesprek op Londen, en toen zei Frankie dat ze daar nog nooit was geweest. Ik geloofde mijn oren niet. Onvoorstelbaar toch? Dus toen zei ik dat ze nodig eens moest gaan.'

Fantastisch. Echt helemaal perfect. Je wordt bedankt, dacht Henry bij zichzelf, terwijl hij probeerde om niet al te geïnteresseerd te kijken.

'En toen zei mama dat ze dat heel leuk zou vinden, maar dat het niet ging,' bemoeide Amber zich ermee. 'Want ze kon het café niet alleen aan mij overlaten.'

'Dus heb ik aangeboden om een handje te helpen,' zei Dex opgewekt.

Er was ook zoiets als té behulpzaam zijn. 'En nu is ze een dagje op en neer?' vroeg Henry.

'Ze blijft het hele weekend weg! Samen met haar vriendin, Molly.' Amber rolde met haar ogen. 'Overdag van alles bekijken en 's avonds naar een disco. Ik zei nog dat ze te oud was om naar een disco te gaan, maar het lijkt wel alsof ze me expres voor aap wil zetten.'

'Het werd tijd dat ze weer eens iets leuks ging doen,' zei Dex.

'Iets leuks? Iets gênants, zul je bedoelen! Ze heeft gezegd dat ze misschien nog gaat dansen ook!' Zogenaamd rillend van afschuw vervolgde Amber: 'Alleen noemt ze dat zelf "een beetje rondhopsen".'

'Zo, gevonden!' De deur van het lunchcafé zwaaide open, en er kwam een welgevormde vrouw in een strakke roze jurk binnen zetten, met in haar handen iets wat leek op twee houten hekjes. Toen ze Henry met Delphi op zijn arm zag, bleef ze stokstijf staan en zei: 'Aha, mijn dag wordt steeds beter zo te zien. Wie hebben we daar?'

Henry, die dacht dat ze op Delphi doelde, zei: 'Dit is Delphi.'

'Dat weet ik ook wel.' Geamuseerd liet de vrouw erop volgen: 'Ik had het over jou.'

O. Help.

'Maak hem niet zo bang,' wees Dex haar terecht. 'Hij heet Henry, en we waren vroeger collega's. Hij logeert het weekend bij mij.'

'Het wordt almaar beter. Je bent echt een stuk, weet je dat?' Nadat de vrouw de hekjes aan Dex had gegeven, schudde ze Henry de hand, die ze langer dan noodzakelijk vasthield. 'Ik ben Lois. Ik hoop dat we je vanavond in de Swan zien.'

'Lois runt de pub,' legde Dex uit. Hij voegde eraan toe: 'En ik weet niet of het je al is opgevallen, maar erg verlegen is ze niet.'

Henry, die wel verlegen was, slaagde er eindelijk in om zijn hand los te maken uit de hare. Om zijn verwarring te verbergen vroeg hij, wijzend op de hekjes: 'Wat zijn dat?'

'We zijn een kooi aan het bouwen.' Lois keek hem even aan en grijnsde toen breeduit met haar rood gestifte lippen. 'Het is de oude box van mijn dochter. Dexter wilde Delphi aan een paal vastbinden in de tuin, net als de jonge Bert. Ik zei dat hij mijn oude box wel mocht hebben.'

Voordat Henry goed en wel wist wat er gebeurde, stond hij al met Lois in de tuin van het lunchcafé de box in elkaar te zetten, met behulp van de schroeven die ze in haar paarse zijden beha had gestopt. Hij kreeg een spervuur van persoonlijke vragen over zich heen: was hij getrouwd, had hij kinderen, wilde hij kinderen, wanneer, gauw? Overwoog hij wel eens om weg te gaan uit Londen? En hoe hield hij zichzelf in vorm?

Dex, die naar buiten kwam en het even van een afstandje bekeek, zei: 'Je jaagt hem de stuipen op het lijf, Lois.'

'Vast niet. Toch?' Ze klopte op Henry's arm en kneep er toen even in. 'Je hoeft echt niet bang te zijn, ik heb gewoon belangstelling voor mensen. En als je niks vraagt, kom je ook niks te weten. Bovendien, eerlijk is eerlijk, types als jij zien we hier niet vaak.'

'Bedoel je mijn huidskleur?'

'Ha! Nee, ik bedoelde dat je zo aantrekkelijk bent. Je ogen,' zei Lois. 'Die stem van je. Die spieren. Het hele pakket.'

Wat moest hij daar nu weer op zeggen? O god, en had ze haar jurk soms expres wat verder losgeknoopt om haar decolleté te showen?

'Wacht eens even,' protesteerde Dex. 'Wil je soms beweren dat hij er beter uitziet dan ik?'

'Rustig maar, jullie zijn allebei volmaakte exemplaren van jullie soort. Maar deze hier heeft de schouders, de bouw van een grote stoere rugbyspeler.' Toen ze Henry bewonderend over de mouw van zijn overhemd streek, kromp hij ineen. 'Hij is gewoon meer mijn type.'

Terug in de pub, tussen het bedienen van de klanten door, dacht Lois beschaamd terug aan haar aanstellerij ten overstaan van Dex' vriend. Werkelijk, hoe kwam ze erbij? Ze deed soms maar wat. Sommige mensen deden gênante dingen wanneer ze dronken waren, maar het lukte haar op de een of andere manier altijd om idioot te doen terwijl ze broodnuchter was. Het gebeurde gewoon, alsof ze geestelijk geprogrammeerd was om het prototype van een barmeid te spelen: luchtig, brutaal, ordinair en flirterig. Ze zag zichzelf bezig, maar leek niet in staat ermee te stoppen. Zelfs niet wanneer het, zoals vanmiddag, zonneklaar was dat de man in kwestie het liefst met rust gelaten wilde worden.

Ze wist niet eens waarom ze zo deed, het leek wel een soort dwangneurose, alsof ze iedereen wilde laten zien dat ze nergens bang voor was. Het was een façade, een muur die ze optrok voor mannen, om hun te laten zien dat ze hen aankon.

Harige Dave van de garage kwam naar de bar toe lopen. 'Nog een keer van hetzelfde. Twee grote.' Zoals altijd gluurde hij naar haar borsten en voegde er grinnikend aan toe: 'Wanneer je maar wilt, schat. Dat weet je toch?'

Bah, kon hij lang wachten. Maar aangezien hij in zijn eentje zo ongeveer genoeg dronk om de pub draaiende te houden, rolde ze alleen maar met haar ogen en zei vriendelijk: 'Ja Dave, dat weet ik. Je doet je best maar.'

Want was ze, op haar manier, eigenlijk niet net zo slecht als hij?

28

Molly's voeten stonden in brand. Bezienswaardigheden bekijken was hard werken, en ze hadden er vandaag heel wat gezien. Buckingham Palace, de London Eye, de Houses of Parliament, Knightsbridge, de Serpentine... Heel veel dingen die Frankie nog nooit had gezien konden van haar lijstje worden gestreept. Samen hadden ze met de metro de stad doorkruist; ze hadden vriendelijk gelachen naar hun medereizigers, die hen op hun beurt wezenloos hadden aangestaard. Uit ervaring wist Molly dat dat zo ging, en ze had Frankie nog gewaarschuwd, maar Frankie had haar niet willen geloven en was toch gaan glimlachen. Duizenden mensen, als sardientjes in een blik, en dan toch niet met elkaar praten, en zelfs doen alsof er niet eens andere mensen waren!

Maar dat was overdag geweest. Inmiddels was het avond, en viel de onvriendelijkheid van de stad minder op. Na het invallen van de duisternis, en nadat de lichtjes in West End waren aangegaan, had Londen iets sprookjesachtigs gekregen, als iets uit een film. De bruggen die de Theems overspanden, glinsterden als kettingen, verlichte rondvaartboten puften door het water, en in de bomen aan de oevers hingen witte lampjes. Het was een warme avond, en mensen dromden samen op de stoepen voor de bars en eetcafés.

Voelde het ook zo als je hier woonde, of viel het je na een tijdje niet meer op, het eindeloze gewoel, de drukte, de anonimiteit van alles?

Frankie, die blijkbaar hetzelfde dacht, zei: 'Je zou hier weken rond kunnen dwalen zonder ooit een bekende tegen het lijf te lopen.'

Molly knikte, om meteen daarna tegen een man met een oortelefoontje in op te botsen. 'Maar je kunt heel veel onbekenden tegen het lijf lopen.'

Niet iedereen was echter onvriendelijk.

'Sorry, maar ik moet steeds naar je kijken. Je hebt zulke prachtige ogen.'

Het probleem met een complimentje krijgen was dat Molly

nooit wist hoe ze erop moest reageren. Ze waren nu al uren in een club in Charlotte Street, en de laatste veertig minuten daarvan had Adam tegen haar zitten praten. Met haar zitten flirten, om precies te zijn. Op een heel charmante manier ook nog. Hij was best leuk, een reclameman die in Notting Hill woonde en een donkerbruine labrador had die Fredo heette.

'Hij is mijn grote liefde, mijn allerbeste vriend.' Om zijn grijze ogen verschenen lachrimpeltjes, terwijl hij liefdevol over Fredo vertelde. 'Echt een type, hoor. Hou je van honden?'

'O ja.' Molly knikte.

'Ik wist het.' Zijn glimlach werd nog breder. Hij legde zijn hand op de hare. 'Ik zou me nooit aangetrokken kunnen voelen tot een meisje dat niet van honden houdt. Wacht, dan haal ik nog iets te drinken voor je...'

'Ik wil eerst even kijken of mijn vriendin zich nog een beetje vermaakt.' Molly draaide zich om en liet haar blik over de dansvloer glijden. Frankie was aan het dansen met de man met wie ze wat eerder op de avond een tijdje had zitten praten. Hoewel Frankie niet op jacht was, had ze besloten om te doen alsof ze dat wel was. Ze waren in Londen, waar niemand hen kende; deze ene avond had ze de kans om te zijn wie ze maar wilde, in plaats van de zielige Frankie, die twintig jaar lang was bedrogen door haar man. Dus toen deze man haar had gevraagd of ze gescheiden was, had ze simpelweg ja gezegd, alsof het allemaal jaren geleden was gebeurd en het haar helemaal niks meer kon schelen. En nu was ze onder het dansen aan het praten en aan het lachen. Ze begon weer te leren hoe het was om single te zijn, ze begon de kunst van het flirten weer te beheersen.

Hoewel ze eerlijk gezegd nog wel wat aan haar danskunsten moest werken, vond Molly.

'Alsjeblieft.' Adam duwde Molly een glas in de hand. 'Proost.'

'Proost,' zei ze.

Ze klonken, en hij glimlachte weer. 'Je bent echt fantastisch. Ik ben zo blij dat we elkaar hebben leren kennen. Stel je voor dat we elk naar een andere tent waren gegaan.'

'Je zegt maar wat.' Ze schudde haar hoofd. 'Het is gewoon een versierpraatje.'

'Denk je?' De glimlach veranderde in een grijns. 'Maar doe ik het goed?'

'Heel goed.'

'Nou, misschien is dat wel zo omdat het waar is.'

'Je bent goed,' zei Molly. 'Erg goed.'

'Ik vind je parfum ook erg lekker.' Terwijl hij wat dichter naar haar toe schoof, snoof hij het luchtje op. 'Wat is het?'

Ze waren zich die middag bij Harrods te buiten gegaan en hadden zichzelf volgespoten met wel tien parfums waarvan ze nog nooit hadden gehoord. Ze hadden zich gewoon niet kunnen beheersen.

Ze zei: 'Het is een soort mix.'

Hij lachte opnieuw. 'Zie je nou? Hoeveel meisjes zouden zoiets nou zeggen? Ik vind alles leuk aan je. Kom, laten we gaan dansen.'

Er werd wat langzamere muziek gedraaid. En wat voor kwaad kon het nu? Ze liet zich door hem meevoeren, de dansvloer op. Hij sloeg zijn armen om haar middel. Goed, dit zag er veelbelovend uit. Adam kon goed dansen, hij had ritmegevoel, hij was grappig en makkelijk om mee te praten. Het laatste wat ze had verwacht was dat ze vanavond iemand zou ontmoeten met wie ze zowaar wel iets zou willen beginnen, maar misschien hadden de goden andere plannen met haar. Elk stel moet elkaar toch een keertje ergens ontmoeten, of niet soms? Misschien was dit wel hun eerste ontmoeting. Stel je voor dat ze zouden trouwen en kinderen zouden krijgen en samen jarenlang gelukkig zouden zijn, en dat er dan op een goede dag een kleindochter bij haar op schoot kwam zitten en vroeg: 'Oma, waar hebben jij en opa elkaar leren kennen? Wist je meteen dat hij de ware was?' En Adam zou dan lachend zeggen: 'Ik wist wel meteen dat ze voor mij de ware was, maar je oma speelde het heel cool en deed net alsof ze me niet onweerstaanbaar vond. We hebben elkaar leren kennen in een club in Londen en...'

'Hé.' Adams stem onderbrak haar fantasieën. 'Waar denk je aan?'

Alsof ze hem dat zou vertellen!

'Ik dacht eraan dat ik pijn in mijn voeten heb.'

'Wat romantisch.'

'Maar het is wel waar.'

'Terwijl ik net zat te denken dat je de mooiste ogen hebt die ik ooit heb gezien.'

Ja, vast.

'Oké.'

'En een volmaakt neusje.'

'Ha.' Ze schudde haar hoofd. 'Is dat het beste wat je kunt verzinnen?'

'En je mond...' mompelde hij. 'Om te kussen gewoon.'

'Dat kun je niet weten.' Hij had gladde praatjes, maar hij was wel grappig. Het was gewoon een lolletje, meer niet. Molly, die langzamerhand in de stemming kwam, zei: 'Je roept maar wat.'

'Nee, ik heb er verstand van. Ik ben niet alleen maar mooi, weet je. Ik durf te wedden dat je fantastisch kunt kussen.'

'Nee. Ik ben daar vreselijk in, een ramp gewoon. Net een kameel.'

Hij lachte en stopte even met dansen. 'Ik durf te wedden dat dat niet zo is.'

'Ah, maar stel je voor dat het wel zo is?' Molly ging verder met dansen, met haar armen om zijn middel.

Hij zei: 'Oké, ik hou het niet meer. Ik moet het nu weten ook.'

Ze deed net alsof ze hem niet hoorde.

'Als je soms een spelletje met me speelt,' fluisterde hij in haar oor, 'dan werkt het wel. Ik vind je steeds leuker worden. Mijn god, je bent echt een gevaarlijke vrouw.'

En toen pakte hij haar kin beet en hield haar gezicht naar hem op. Een fractie van een seconde overwoog Molly om er een rampzalige kus van te maken, gewoon voor de grap. Maar dat wilde ze eigenlijk niet, want stel je voor dat ze echt zouden trouwen, dan moest de eerste kus toch iets heel moois zijn? Iets waaraan je liefdevol terugdacht. Niet een kus die aanvoelde alsof je door een dolle kameel werd aangevallen...

Hun lippen raakten elkaar, en Adam trok haar wat dichter naar zich toe. Hm, dat voelde fijn, hoewel hij ietwat te ver ging met die hand op haar billen. Molly legde haar hand op de zijne om hem weg te...

'Klootzak, vieze vuile klootzak!' krijste een vrouwenstem op nog geen drie centimeter van haar oor.

'O shit. Nee,' bracht Adam kreunend uit, toen ze door twee woedende armen uit elkaar werden gerukt, alsof ze twee parende honden waren.

Wat beslist niet zo was.

'Wat is er?' vroeg Molly, hoewel het zonneklaar was.

'O hallo, oma van Adam. Je ziet er ongelooflijk goed uit voor een vrouw van vijfentachtig die op sterven ligt,' sneerde een vrouw met superdikke nepwimpers en een grote bos witblonde extensions tot aan haar middel.

O god, iedereen om hen heen was gestopt met dansen, om het allemaal eens goed te kunnen bekijken. Molly zei: 'Misschien dat hij tegen jou gelogen heeft, maar daar kan ik niks aan doen. Ik ken hem niet eens!'

'Nee, vast niet. Ik word gewoon kotsmisselijk van meisjes zoals jij, je zou je moeten schamen. Met het vriendje van een ander het bed in duiken en dan naar de kranten stappen, dat is het enige wat jullie...'

Verbaasd wendde Molly zich tot Adam, die zich er niet mee leek te willen bemoeien. 'Zeg dan wat. Dit is gewoon niet eerlijk!'

'Hou je bek. Hou je bek!' bulderde de blondine haar in haar gezicht. 'En blijf met je tengels van mijn vriendje af!'

'Maar ik...' Molly hapte naar adem toen het haar niet lukte om de wijn te ontwijken die tegen haar jurk werd gesmeten.

29

Molly bevroor.

Haar witte jurk.

Rode wijn.

Overal.

'O shit.' Adam pakte zijn vriendin bij haar arm beet. 'Dat had je niet moeten doen.'

'Ha!' Terwijl haar witblonde extensions alle kanten uit vlogen, wees zijn vriendin naar Molly en krijste tegen hem: 'En jij had dat niet moeten doen!'

Molly keek ontzet naar haar jurk. Het leek wel alsof ze een moord had gepleegd; de rode wijn droop zelfs uit haar haren.

'Dat zal je leren! Blijf in het vervolg met je smerige tengels van mijn vriendje af,' brulde de blondine nog een keer, terwijl Adam haar met zich meesleepte. Wild met haar hand naar zijn hoofd uithalend, voegde ze eraan toe: 'En jou haat ik ook, klootzak!'

'Stomme trut, moet je zien wat je met haar jurk hebt gedaan,' beet Adam haar toe.

'O mijn god.' Frankie, die terugkwam van de wc, bleef als door een wesp gestoken aan de rand van de dansvloer staan. 'Wat is er in vredesnaam gebeurd?'

Vechten met andere vrouwen was niks voor Molly. Dit was een nachtmerrie. Ze draaide zich om en liep naar de uitgang, nog steeds druipend van de wijn. Op de stoep voor de club bleven nog wat mensen staan om naar haar te kijken. Iemand van het barpersoneel kwam achter haar aan.

'Adam heeft me gestuurd. Ik moest je dit geven.' De jongen overhandigde haar een stapeltje bankbiljetten.

Nadere inspectie leerde haar dat het om minder dan een stapeltje ging; het waren er slechts een paar. Blijkbaar had hij de waarde van haar jurk ingeschat op zestig pond.

Gelukkig had ze het ding in de uitverkoop voor dertig op de kop getikt. Dikke winst dus.

'Zeg maar tegen Adam dat hij en zijn vriendin precies bij elkaar passen.' Terwijl Molly de bankbiljetten opvouwde, werd er geflitst, en ze zag dat de barman met zijn mobieltje een foto van haar had gemaakt. 'Hé, waar is dat nou weer goed voor?'

'Sorry. Ik vind het gewoon leuk om foto's te maken. Voor mijn moeder. Dag.'

Hij verdween weer de club in. Een paar seconden later kwam Frankie naar buiten zetten met haar jas over haar arm.

'Ik moest hem bij de garderobe ophalen. Gaat het? Niet te geloven dat ze dat heeft gedaan.'

'Hij had tegen haar gelogen. Hij had haar verteld dat hij bij zijn grootmoeder in het ziekenhuis langsging. Kom, laten we gaan.' Molly, die genoeg had van alle aandacht, sloeg haar armen voor haar doorweekte borst.

Onderweg naar het hotel zei Frankie: 'En dan te bedenken

dat ik me nog afvroeg of we in Londen beroemdheden zouden tegenkomen.'

Molly vertraagde haar pas. 'Hoe bedoel je? Was er een beroemdheid in de club? Verdomme, dat heb ik gemist.'

'Maak je nou een grapje?' Frankie keek haar bevreemd aan.

'Hoezo? Nee. Wie was er dan?'

'Dat meen je niet! Kijk je dan nooit naar *Mortimer Way*?'

Molly schudde haar hoofd; *Mortimer Way* was zo'n soap waar ze nooit verslaafd aan was geraakt.

'De vrouw die wijn over je heen gooide,' vertelde Frankie. 'Zij speelt de kapster in de serie, degene die getrouwd is met een travestiet.'

'O, lekker dan.'

'Ze is net uit de gevangenis, waar ze zat omdat ze het vriendje van haar man had ontvoerd.'

'In het echte leven?'

'Nee, in de serie. Niet dat ik er vaak naar kijk, hoor,' zei Frankie snel. 'Af en toe val ik er midden in.'

In het hotel vulde Molly het bad en ze probeerde tevergeefs de wijnvlekken uit haar jurk te boenen. Nou ja, je kon het altijd proberen, toch? De geruïneerde jurk eindigde in de prullenmand.

Hoewel het bereik van haar mobieltje niet al te best was, wisten ze via Google achter de naam van de actrice te komen: Layla Vitti. Ze was begin dertig en had een hele reeks rampzalig verlopen relaties achter de rug. Iedere keer weer viel ze op mannen die haar slecht behandelden en haar hart braken. Dus nu was Adam de zoveelste die ze aan haar lijstje kon toevoegen.

'Maar waarom moest ze nou per se onze avond verpesten?' mopperde Molly. 'Waarom heeft ze die rode wijn niet over die bedrieger van een vriendje van haar gegooid?'

'Sommige vrouwen zijn gewoon zo. Ze geven nooit de man de schuld. Maar hoe was hij eigenlijk?' Frankie had haar schoenen uitgeschopt en begon nu haar eigen jurk los te ritsen. 'Zo te zien konden jullie het erg goed met elkaar vinden.'

'Dat was ook zo,' zei Molly met een grimas. 'Maar dat was omdat hij was vergeten te vermelden dat hij een vuile leugenaar was. O god, en dit moest jouw grote weekend worden. Het is pas één uur, en er zijn vast nog heel veel andere clubs open. Zal ik iets anders aantrekken? Dan proberen we het nog een keer.'

'Eerlijk gezegd kan het me allemaal gestolen worden. Het heeft toch geen zin.' Terwijl Frankie haar pyjama pakte, voegde ze er droogjes aan toe: 'Jou kennende, zou het er alleen maar op uitdraaien dat we nog een veel ergere vrouw tegenkomen.'

'Ga je nu al weg?' Lois leek diepbedroefd.

Henry wilde ook helemaal niet weg, maar het was zondagavond acht uur, en Frankie van het lunchcafé was nog steeds in geen velden of wegen te bekennen. Het werd echt belachelijk. Dex en hij hadden gisteravond in de Saucy Swan gezeten, terwijl Amber en haar vriendje op Delphi pasten. Vanmiddag waren ze weer naar de pub gekomen, dit keer met Delphi, en hadden ze de befaamde zondagse braadstukken van Lois gegeten.

'Ja, ik ga ervandoor.' Toen Henry zijn autosleutels pakte, drong ineens tot hem door dat ze hem een kus wilde geven. En aangezien er geen ontsnappen aan was, zette hij zich schrap en onderging het gelaten.

'Nou, als je maar wel gauw weer terugkomt!' Met bungelende oorringen en een wolk van parfum om zich heen had Lois zijn hoofd tussen haar handen genomen en een dikke smakkerd op zijn mond geplaatst. 'Moet je dat gezicht van je zien! Ik kon het gewoon niet laten. Had je maar niet zo'n stuk moeten zijn. Was het eten lekker?'

'Heel erg lekker.' Hij knikte. Dat was tenminste waar.

'Ze kan fantastisch koken,' zei Dex goedkeurend. 'Daarom komen we hier iedere zondag ook eten.'

'Een van mijn vele talenten.' Lois gaf Henry een knipoog.

Lois was me er eentje. Ze was ook angstaanjagend. Om zijn verlegenheid te verbergen, wendde Henry zich tot Delphi, die hem geen angst aanjoeg.

'Dag, schoonheid. Tot gauw.'

'Horen jullie dat?' Lois straalde helemaal. 'Hij mist me nu al.'

'Wawawawawaaa.' Delphi, die op Dex' schoot zat te snateren, hief haar hoofdje voor een kus van Henry.

'Ja, jij ook wawawa.' Henry tilde haar even op en stond toe

dat ze zijn oren vastpakte – au – terwijl ze een kus op zijn wang plantte.

'Ach, moet je jullie nou eens zien.' Lois bekeek het tafereel liefdevol. 'Je zou een hartstikke leuke vader zijn.' Met ondeugend glinsterende ogen voegde ze eraan toe: 'Ik ben beschikbaar, als je wilt. Mocht je je het soms afvragen, ik ben pas zevenendertig. Nog eitjes genoeg.'

Een kwartier later, in zijn auto, ging Henry in gedachten de afgelopen twee dagen na. Het was fantastisch geweest, en hij had het echt heel leuk gevonden om Dex en Delphi weer te zien, maar zijn missie was compleet mislukt. Hij had dit weekend zijn doel niet bereikt.

Nou ja, nu was het te laat. Hij kon er niks meer aan veranderen.

Het stoplicht van het kruispunt voor hem werd rood, en hij remde af. Een tegenligger, een gele Fiesta, was ook tot stilstand gekomen. Terwijl Henry zat te wachten tot het licht op groen sprong, zag hij een klein beest de weg op kuieren, voor de Fiesta langs. Een rat? Een hamster? Of misschien een egel? Hij was een stadsmens, hij had er geen verstand van. Maar de belangrijkste vraag was: hadden de mensen in de andere auto het dier gezien? Want anders zouden ze wat-het-dan-ook-was misschien overrijden.

Het licht sprong op groen, en Henry deed zijn zijraampje omlaag om de tegenliggers te waarschuwen. Op hetzelfde moment werd het portier van de Fiesta opengegooid en stapte er een meisje in een rood T-shirt en witte spijkerbroek uit. Ze liep om de auto heen en pakte het dier van de weg. Toen Henry de lange oren zag, begreep hij dat het een jong konijntje was. Het meisje, zich bewust van zijn blik, grijnsde naar hem, terwijl ze het konijn in veiligheid bracht op het veldje naast de weg.

Verward door het tafereel glimlachte Henry, en hij reed verder.

'Oké, dit was dus echt niet mijn weekend.' Terwijl Molly weer instapte, zei ze: 'Dan help je een beest, en wat krijg je als dank?'

'O nee!' Frankie deed haar uiterste best om niet te gaan lachen.

Op droevige toon zei Molly: 'Ik haat dieren.' Ze keek naar

de vlek op haar witte spijkerbroek waar het doodsbange konijntje op haar been had gepist.

Terwijl Molly bezig was ideetjes voor *Boogie en Boo* te schetsen, hoorde ze dat er een e-mail binnenkwam. Toen ze op haar computerscherm keek, zag ze dat het van Liz was, een oude schoolvriendin van haar. De onderwerpregel luidde HAHAHA-HAHA, hetgeen waarschijnlijk betekende dat het een van die grappig bedoelde mailtjes was die mensen doorsturen aan iedereen in hun adresboek. Ze negeerde het en ging verder met de strip.

Twee uur later, toen ze even pauzeerde om een kop koffie te drinken, klikte ze in het voorbijgaan de e-mail aan. 'Hi! Zag dit toevallig online en kreeg de schrik van mijn leven – dat meisje lijkt precies op jou! Wat griezelig om te bedenken dat er ergens een dubbelganger van je rondloopt!!!!'

Er was een link bijgevoegd. Liz vond het altijd leuk om van die kettingbrieven door te sturen. Molly kon bijna wel raden wat ze te zien zou krijgen: een geinige foto van een tandeloos oud besje in bikini.

Molly nam een slok koffie en klikte de link aan.

Toen ze de foto op het scherm zag, verslikte ze zich bijna.

O shit, ze was het echt. Het was een link naar een van de ordinairdere roddelbladen. Deze keer had Liz geen grapje gemaakt.

Verbaasd las ze de kop: 'Layla doet weer een gooi naar de roem!' Daaronder stonden twee foto's, en van een ervan had ze niet eens gemerkt dat hij was gemaakt. Op de eerste foto stond Layla met een leeg wijnglas in haar hand te schreeuwen, halfslachtig tegengehouden door Adam. Molly voelde zich misselijk worden: zelf stond ze ook op de foto, maar haar gezicht ging deels schuil achter Adams schouder.

Anders dan op de tweede foto, de foto die buiten was gemaakt. Daarop stond ze frontaal in beeld, zowel haar jurk onder de wijnvlekken als haar gezicht was te zien.

O god, o god, waarom moet mij dit overkomen?

De begeleidende tekst luidde als volgt: 'De vurige actrice Layla Vitti dook gisteravond onverwacht op in de Bellini Club, waar ze haar nieuwste vlam, de autoverkoper Adam Burns, aantrof in de armen van een mysterieuze blondine. De ontmoeting eindigde ermee dat er wijn werd gesmeten naar Layla's rivale, die prompt de club ontvluchtte. Hier gefotografeerd voor de club, na het dramatische treffen, staat het vernederde meisje het huilen nader dan het lachen.

Wij zeggen: o Layla, dat was niet erg chic van je, hè?

Wij zeggen ook: we zouden heel graag weten wie de mysterieuze blondine met de verwoeste jurk is. Neem contact met ons op als je het weet.'

Molly schudde verwoed haar hoofd. Nee, niet doen! Alsjeblieft niet doen! Had ze al niet genoeg moeten doorstaan?

Trouwens, wat een lef, het huilen had haar helemaal niet nader gestaan dan het lachen, verdomme!

Snel tikte ze een antwoord aan Liz in: 'Ha, grappig, ze lijkt inderdaad op me, alleen was zij in Londen en zat ik thuis in Briarwood op de bank Chinees te eten en tv te kijken. Zo te zien had ik het leuker dan zij – ik durf te wedden dat dat meisje nu ook denkt: was ik maar thuisgebleven! Liefs, Molly xxx'

Zo, versturen.

Zouden er nog meer mensen zijn die haar herkenden? Hoeveel lezers had dat blad eigenlijk? Hopelijk maar heel weinig die haar kenden.

Voor de zekerheid kon ze maar beter Frankie even bellen, om haar te waarschuwen. En mocht iemand vragen of zij het was op de foto... Molly rilde bij het vooruitzicht. Nou, dan moesten ze gewoon volhouden dat ze het niet was.

Ontkennen, ontkennen.

30

Als je een vrijgezelle man was op zoek naar aandacht van het andere geslacht, dan was naar de supermarkt gaan met een schattige baby op sleeptouw nog niet eens zo verkeerd, had Dex ontdekt.

Het enige nadeel was dat de aandacht niet altijd afkomstig was van het soort vrouw dat je in gedachten had.

'Ah, wat een droppie! Ja, jij bent een droppie, jochie!' Een dikke oma in een gehaakt roze vest boog zich over het karretje heen en keek stralend naar Delphi, die verbaasd naar de grote wrat op de neus van de vrouw staarde.

'Dank u.' Dex probeerde door te rijden voordat Delphi naar de wrat zou grijpen, maar de vrouw blokkeerde hem de weg.

'Hoe heet-ie?'

'Eh... het is een meisje. Ze heet Delphi.'

'Ha, wat een gekke naam,' kakelde ze. 'Net een van de zeven dwergen.'

Het was een waar mijnenveld, de gangpaden waar hij doorheen moest, zich bewust van het feit dat elke vrouw die je tegenkwam zich zomaar over Delphi heen zou kunnen buigen om een gesprek te beginnen, over de lengte van haar wimpers, de gevaren van de E-nummers, de prijs van luiers of het beste wasmiddel om vlekken uit kleren te krijgen. Vorige week had een meisje omringd door kleine kinderen hem uitgenodigd om met haar mee naar huis te gaan voor een kop koffie, hem er flirterig van verzekerend dat hij zich geen zorgen hoefde te maken, dat het veilig was, dat ze na de geboorte van de zesde een knoop in haar eileiders had laten leggen.

Een andere vrouw had, toen Delphi dwars was geweest en haar flesje water op de grond had gegooid, opgemerkt: 'Ach, arm kind, moet je dat vieze spul van hem drinken?' Zich tot Dex wendend had ze behulpzaam op de inhoud van haar eigen karretje gewezen en enthousiast gezegd: 'Je moet haar Fanta geven. Mijn kinderen willen niet anders. Ze zijn er dol op!'

En vandaag was hij bij het verlaten van de winkel staande gehouden door een lieve oude dame die minutenlang tegen Delphi had gekird en had uitgeroepen dat ze zo mooi was, om daarna op spijtige toon tegen hem te zeggen: 'Geniet er maar van zo lang het nog kan. Voordat je het weet, zijn ze groot en laten ze je in de steek. Ik heb vijf kinderen en zeventien kleinkinderen, maar ik heb ze al in geen jaren meer gezien.'

Dat was natuurlijk vreselijk droevig. Tot Dex, die het lege wagentje vijf minuten later terugbracht naar de ingang, haar weer had gezien, in het gezelschap van een vrouw van middelbare leeftijd die geduldig tegen haar zei: 'Kom mam, dan gaan we naar huis.'

Wat op een of andere manier ook weer heel droevig was.

Oké, maar nu waren ze weer thuis. Toen Dex zijn auto tot stilstand bracht, zag hij voor Molly's huis een auto staan die hij niet kende. Een glanzende bordeauxrode Mercedes nog wel. Zijn hart sloeg een keer over; had ze soms een vriend?

Hij zag twee mensen bij Molly op de stoep staan, die bij haar aanbelden. Terwijl hij Delphi uit haar stoeltje tilde, draaiden ze zich om en liepen het tuinpad af.

'Hallo! Wauw, wat een schatje!' De vrouw, die hem vaag bekend voorkwam, droeg een strak jurkje met luipaardprint en torenhoge hakken. Ze liet haar blik goedkeurend over Dex glijden en zei: 'Maar de vader mag er ook zijn. Getrouwd?'

'Daar hebben we nu geen tijd voor.' De oudere man schudde zijn hoofd. 'We moeten verder.'

'Oké. Sorry.' De vrouw wendde zich weer tot Dex. 'We zijn op zoek naar Molly Harris. Ze woont toch hier? Maar er is niemand thuis.'

Dex keek op zijn horloge – tien over acht – en wees naar de andere kant van het parkje. 'Ik denk dat ze daar is. Op maandagavond is er tekenles. En ze heet Hayes,' voegde hij eraan toe. 'Niet Harris.'

'*Whatever*,' zei de vrouw met de blonde extensions. Met een guitige blik vroeg ze: 'En hoe heet jij?'

Haar grijsharige metgezel zei ongeduldig: 'Hou daar nou alsjeblieft eens mee op. Daarvoor zijn we hier niet.' Hij wendde zich tot Dex: 'Waar is die les precies?'

Hij wist zeker dat hij de vrouw ergens van kende. Misschien van tv of zo. Nieuwsgierig geworden loog hij: 'Het is nogal moeilijk te vinden. Zal ik jullie anders even brengen?'

De man maakte de kofferbak van de Mercedes open en pakte er een in cellofaan verpakt boeket lelies en een enorme tas vol cadeaus uit. 'Prima.' Hij gaf de tas aan de vrouw. 'Hier, draag jij die maar.'

De vrouw bleek Layla te heten. Haar hakken zakten weg in de zachte grond toen ze door het parkje liepen. Bij het lunchcafé aangekomen, bleef ze even staan om zichzelf in de glazen deur te bekijken. 'Kan het zo?'

'Laat me je tanden eens zien,' beval de grijsharige man. Gehoorzaam ontblootte ze als een orang-oetan haar tanden. Hij klakte met zijn tong. 'Lippenstift op je linkerhoektand. Haal even weg.'

Dex had geen flauw idee wat er aan de hand was, maar hij wist wel dat hij er niets van wilde missen. Nadat Layla de felroze lippenstift met een tissue van haar gebleekte tanden had geveegd, deed hij de deur open en zei: 'Hier is het.'

'Oké, daar gaan we dan.' Layla zette zich schrap en tuurde naar binnen. 'O cool, ze geeft zelf les! Ben je er klaar voor?' Ze keek haar metgezel even aan.

De grijsharige man drukte haar de bos bloemen in haar vrije hand. 'Ga nu maar.'

Meteen paradeerde Layla naar binnen; ze maakte een flamboyante entree. Molly's leerlingen draaiden zich allemaal om om te kijken wie er over de tegelvloer aan kwam trippelen. Eén jongen in het bijzonder, een ineengedoken puber in een grijze hoodie, kon zijn ogen niet geloven en viel bijna van zijn stoel.

Molly, die voor de klas gezichtsuitdrukkingen had staan tekenen op een flip-over, draaide zich eindelijk ook om. Haar viltstift viel uit haar hand. Dex, die tegen de deur leunde met een geamuseerde Delphi op zijn heup, vroeg zich af waarom Molly ineens knalrood werd.

Als ze een karikatuur van zichzelf had moeten tekenen, dan zou ze haar wangen hittestralen laten uitzenden als van de zon.

'Sorry allemaal, maar ik ben hier op een missie.' Moeiteloos droeg Layla's stem door het café. 'Dit is iets wat ik gewoon moet doen! Schat, ik kan bijna niet geloven dat ik je heb gevonden!' Met gespreide armen liep ze naar Molly toe, die als aan de grond genageld leek te staan van schrik. 'Ik ben hier om je mijn verontschuldigingen aan te bieden. Het was gewoon een stom misverstand, en het was helemaal fout van me om te doen wat ik toen deed... Maar ja, dat heb je met die kerels. Ze scheuren je hart aan stukken... Ik kon gewoon niet geloven dat het me alweer overkwam. Hoe dan ook, het spijt me. Uit het diepst van mijn hart. Deze zijn voor jou...' Ze overhandigde Molly de bloemen en de tas. 'En ik hoop dat je me wilt vergeven. Alsjeblieft, hou je van lelies? Het zijn mijn lievelingsbloemen. Toe dan, maak de tas dan open!'

Het drong ineens tot Dex door dat de grijsharige oudere man foto's nam. De puber in de grijze hoodie maakte een filmpje met zijn mobieltje. De rest van de klas zat met open mond te kijken.

'Ik dacht dat hij single was.' Molly had nog steeds een rood hoofd, en ze sprak op afgemeten toon. 'Hij was degene die iets verkeerds deed. Je had hem die wijn in het gezicht moeten smijten, niet mij.'

'Dat weet ik toch!' riep Layla theatraal uit. 'Maar dat jasje dat hij droeg, dat had ik een week daarvoor nog voor hem gekocht! Van Prada! Het heeft me handenvol geld gekost!'

'Dus kon je de wijn beter over mij heen smijten, omdat mijn jurk goedkoper was?'

'Kijk, daarom heb ik nou mijn best gedaan om je op te sporen! Ik voelde me er zo rot over! Ik ben helemaal hiernaartoe gekomen om je mijn verontschuldigingen aan te bieden en het goed te maken. Hier...' Aangezien Molly de tas niet openmaakte, deed Layla het zelf maar. Ze pakte er een witte jurk uit en een lichtpaarse leren handtas met een zilveren randje. 'Voor jou. En ik hoop echt dat we vriendinnen kunnen worden. Kom, dan krijg je een kus van me.'

'Dat hoeft niet, ik...' Het had echter geen zin. Layla was vastbesloten en wist van geen wijken; Molly moest zich wel laten kussen. Toen de man van de krant zijn foto's had, vroeg Molly: 'Hoe hebben jullie me eigenlijk gevonden?'

'Iemand die je herkende van die foto in de krant heeft ons gebeld.'

'Hoe heet die iemand?'

'Wacht, even denken.' Layla kneep haar ogen samen, deed ze toen weer open en zei opgewekt: 'Ik weet het alweer, Alfie!'

Molly rolde met haar ogen en keek naar de puber in de hoodie die zich nog verder onderuit in zijn stoel liet zakken. 'Nou, je wordt bedankt, Alfie.'

'Sorry. Ze zeiden dat ik er twintig pond voor zou krijgen.' Zich tot de grijze man wendend voegde hij er hoopvol aan toe: 'Ben je echt van de krant? Wil je mijn tekeningen kopen?'

De man wierp een ultrakorte blik op de tekening waar Alfie aan werkte en zei toen minachtend: 'Nee.'

31

Na de afhandeling van de pr-activiteiten vertrokken Layla en haar lankmoedige fotograaf weer. Aangezien het bijna halfnegen was, beëindigde Molly de les en stuurde ze haar leerlingen weg. Ze keek Dex achterdochtig aan. 'Wat doe jij hier nog?'

'Ik wilde even op je wachten. Dan kunnen we samen teruglopen.' Nog steeds geïntrigeerd door het hele gebeuren zei hij: 'Zo te horen heb je een spannend weekend achter de rug.'

'En jij wilt nu natuurlijk alle sappige details horen.'

Natuurlijk.

'Je hoeft niet tegen mij uit te vallen. Ik sta aan jouw kant, hoor.' Dat was waar; hij vond het oprecht jammer dat ze zo afstandelijk met elkaar omgingen. Misschien kreeg hij nu de kans om te laten merken dat hij met haar meeleefde, en konden ze weer op de oude voet verdergaan.

Molly aarzelde. Delphi verbrak de stilte met een vrolijk 'Brrrrrrraaahh!'

Het werkte; baby's die scheetgeluidjes maakten, wisten iedereen te ontdooien. Molly glimlachte en zei op spijtige toon: 'Dat had ik zaterdagavond tegen Layla's vriend moeten zeggen. Wat een zak was dat, zeg.'

'Wacht, ik doe dat wel.' Dex gaf Delphi aan Molly en ging verder met de stoelen stapelen. Daarna zette hij de flip-over in de kast. Over zijn schouder zei hij: 'Ik zal heus niet aandringen, als je daar soms bang voor bent. Als je dat niet wilt, hoef je me niks te vertellen.'

Hij had ontdekt dat deze truc vrijwel altijd werkte. Zoals ook nu weer.

'God, het was zo gênant,' liet Molly zich ontvallen. 'We waren in een club en een man begon met me te flirten. Hij leek me echt aardig – wat dus bewijst dat ik echt dom ben. We hebben heel lang zitten praten, hij zei dat hij reclameman was en dat het lang geleden was dat hij zich zo op zijn gemak had gevoeld bij een vrouw. Hij bleef me maar complimentjes maken. Ik bedoel, ik wist best dat hij aan het flirten was, maar ergens dacht ik ook dat hij het meende. Niet te geloven dat ik je dit allemaal vertel.' Ze schudde haar hoofd. 'Over onnozel gesproken. Je lacht je vast een ongeluk.'

'Echt niet. Dat zou ik nooit doen.' Dex pakte de sleutel, sloot af en nam haar mee naar buiten. 'En wat gebeurde er toen?'

'We waren aan het dansen. Op langzame muziek. En Adam wilde me steeds kussen.'

'En toen?' Dex bevroor bij de gedachte dat een man haar had willen kussen. Niet uit jaloezie, dacht hij, maar waarschijnlijk vooral omdat hij al wist dat het niet goed zou aflopen.

'Dus toen maakte ik grapjes over dat ik heel slecht was in kussen... en hij zei dat hij durfde te wedden dat dat niet zo was. En toen zei hij dat we het dus maar moesten doen om te kijken wie van ons er gelijk had. Maar Layla was er toen al.' Molly stopte even om te proberen haar haren los te maken uit Delphi's greep.

'Niet bewegen. Ik doe het wel.' Dex kwam vlak voor haar staan en maakte voorzichtig een paar lokken haar los uit Delphi's plakkerige handje.

'Nou ja, de rest weet je nu wel zo'n beetje. Voor ik het wist, zat ik onder de rode wijn en stond Layla tegen me te schreeuwen, omdat ze dacht dat ik probeerde haar vriend van haar af te pakken. Iedereen keek naar ons. Maar ik wist verdomme niet eens wie ze was. Ik schaamde me alleen maar dood. Stomme kerels ook.'

Dex probeerde niet te denken aan al die keren dat hij de oorzaak van dergelijke schermutselingen was geweest. Het was heus niet zijn bedoeling om meisjes ongelukkig te maken, maar soms gebeurde dat soort dingen gewoon. Zonder nadenken zei hij: 'Het spijt me.'

Ze keek hem bevreemd aan. 'Je was er niet eens bij.'

'Dat weet ik, maar ik verontschuldig me uit naam van alle stomme kerels.'

'Goh, wat voelde ik me stom.'

'Nergens voor nodig.' Dex overwoog even om geruststellend een arm om haar schouders te leggen, maar hij besloot dat het beter was om dat niet te doen. Dus gaf hij haar alleen maar een zacht duwtje. 'Het was zijn schuld, niet de jouwe.'

'Maar ik ben degene die in de krant als een debiel is afgeschilderd. En nu gaat hetzelfde nog een keer gebeuren met de foto's die ze vanavond hebben genomen.' Ze rilde. 'Ik wilde dat helemaal niet. Maar als ik er een toestand van had gemaakt, was het nog erger geworden.'

'En je hebt ook van alles van haar gekregen,' beaamde hij. 'Als je dat had geweigerd, had je er ook niet zo mooi opgestaan.'

Molly, die de bloemen in het café had achtergelaten voor Frankie, schudde gelaten haar hoofd. 'Ik weet het. Goh, ik ben ook zo'n stomkop. Je zou denken dat ik daar inmiddels wel aan gewend zou zijn.'

'Hé.' Hij kreeg medelijden met haar. 'Je hebt helemaal niks verkeerds gedaan.'

'Dat houd ik mezelf ook steeds voor.'

'En ik zal het je ook steeds voorhouden.' Ineens overmoedig vroeg hij: 'Heb je zin om een glas wijn bij me te komen drinken of heb je nog wat anders te doen?'

Ze gaf niet meteen antwoord. O god, probeerde ze soms een smoes te bedenken? Maar hij miste hun oude vriendschap zo!

Toen glimlachte ze echter en zei: 'Ja, leuk. Mag het ook een heel groot glas zijn?'

'Zo groot als je maar wilt.' Dex had het gevoel alsof hij een prachtige prijs had gewonnen. 'Als je wilt, mag je dat rode badje van Delphi wel gebruiken, je weet wel, waar al haar speelgoed in zit.'

'Jij denkt dat je een grapje maakt,' waarschuwde ze hem, 'maar misschien doe ik het nog wel ook.'

Hij gaf haar weer een duwtje. 'Dus we zijn weer vrienden?'

Deze keer gaf ze een duwtje terug. 'Misschien.'

Gelukkig.

'Mooi. Daar ben ik blij om. Ik heb je gemist.'

'Ja, natuurlijk,' zei ze. 'Ik ben heel erg onmisbaar.'

Hij had zin om haar te omhelzen, maar dat ging hij echt niet doen.

Bij hun huizen aangekomen, pakte Dex zijn autosleutels en opende de kofferbak van zijn auto. 'Ik moet de boodschappen nog naar binnen brengen.' Hij gebaarde dat ze niet hoefde te helpen. 'Neem jij Delphi maar mee naar binnen.'

Nadat hij de voordeur had geopend, zei Molly: 'Ze heeft een natte luier. Zal ik haar boven even verschonen?'

'Graag. Je bent een schat.' Hij keek haar na, terwijl ze de trap op liep met Delphi, die over haar schouder stralend naar hem lachte. Wat een lekker kontje had Molly toch. Oké, dat soort dingen moet je dus niet denken.

Hij liep weer naar buiten en pakte de eerste paar tassen uit de kofferbak. In de keuken ontdekte hij dat niet alleen het ijs aan het smelten was, maar ook ander diepvrieseten dat hij had gekocht. Hij begon alles in de vriezer te proppen. Zoals gewoonlijk had hij veel te veel gekocht en was er veel te weinig plek voor.

Net toen hij in gevecht was met een pak diepvrieserwten en een zak ingevroren gebakken aardappels, kuchte er achter hem iemand om hem te laten weten dat hij bezoek had. Een geamuseerde stem zei: 'Officieel kom ik dus even langs om te kijken of alles goed gaat met Delphi na de vaccinatie, maar eigenlijk vroeg ik me af of je soms zin had in een nachtje woeste seks, aangezien ik toch toevallig in de buurt was.'

Shit. Shit! Dex kwam in de benen, draaide zich om en zei: 'Ha, leuk dat je...'

'Ik had anders wel aangebeld, maar de voordeur stond wagenwijd open en ik zag dat je kofferbak vol boodschappen zat,' vervolgde Amanda. 'En ik weet ook wel dat ik eigenlijk had moeten wachten tot jij mij belde, maar ik was bij een patiënt in een dorp verderop langs geweest en toen dacht ik: waarom niet? Je vindt het toch niet erg?' Ze trok speels een wenkbrauw op. 'Als je niet in de stemming bent voor seks, zeg het maar gewoon, hoor. Ik zal me heus niet beledigd voelen.'

Wat een heldere, zelfverzekerde en ontzettend welluidende stem had ze toch.

'Het punt is dat ik een beetje...'

'Hé, geeft niks. Ik help je hier wel even mee. Zal ik de andere boodschappen uit de auto gaan halen?'

'Eh...' Omdat het lang geleden was dat hij in zo'n soort situatie verzeild was geraakt, waren zijn reflexen niet meer zo goed. Amanda was al op weg naar buiten. Hij hoefde haar alleen maar uit te leggen dat hij andere plannen had en...

'Oké, dit is een beetje gênant,' zei Molly van boven aan de trap.

O shit, ze had alles gehoord. Ja, logisch ook. Dex draaide zich om. Delphi, die op Molly's arm zat, had haar zachte blauwe pyjamapakje al aan en was klaar om naar bed te gaan.

'Nee, nee.' Hij schudde zijn hoofd. 'Ik zeg wel tegen haar dat jij er bent.'

'Dex, het geeft niks. Ik ga wel naar huis.'

'Maar...'

'Luister, het is wel duidelijk dat zij jou een veel opwindender avondje te bieden heeft dan ik. Geen probleem. Laat haar nou maar gewoon blijven. Ik wist niet dat jullie iets hadden.' Onder het praten was ze de trap af gelopen. Ze gaf Delphi aan hem. Precies op dat moment verscheen Amanda weer in de deuropening, met drie zware tassen en een multipak luiers in haar armen.

'O hoi!' Anders dan Dex herstelde Amanda zich met de snelheid van het licht. 'Ik wist niet dat er nog iemand was! Ik kwam alleen even langs om te kijken of Delphi geen last had van haar inentingen...'

'We zijn alleen maar vrienden,' vertelde Molly haar. 'Ik woon hiernaast. Echt, het geeft niks. Ik wilde toch net weggaan.'

Dus de opties waren: geen seks met Molly of wel seks met Amanda. Dex voelde zich daadwerkelijk verscheurd. Voordat hij echter kon reageren, werd de beslissing al voor hem genomen.

'O, echt? Nou, in dat geval, tot ziens!' zei Amanda vrolijk tegen Molly.

Thuis ging Molly in kleermakerszit op de bank zitten met een schetsboek op haar schoot. Dus Dex onderhield clandestiene betrekkingen met dokter Carr. Maar als dokter Carr haar zilverkleurige Peugeot voor Gin Cottage liet staan, zouden die betrekkingen niet lang meer clandestien blijven.

Niet dat daar iets mis mee was; ze waren alle twee single, en er was geen enkele reden waarom ze niets met elkaar zouden mogen hebben. Hoewel het ernaar uitzag dat Dex' belofte om niet in zijn eigen huis met vrouwen naar bed te gaan, op het punt stond verbroken te worden.

Maar ja, had ze eigenlijk anders verwacht?

Hoe dan ook, ze wenste ze er veel geluk mee. Met een knoop in haar maag maakte Molly een snelle schets van Amanda Carr met haar geometrisch volmaakte kapsel, haar brutale neusje en frisse witte blouse. Amanda Carr, die altijd zo kalm en beheerst was. Hoewel ze waarschijnlijk niet veel in leeftijd scheelden, was Amanda van hen tweeën de echte volwassene. Zij had een stethoscoop.

Met gemengde gevoelens overdreef Molly het ietwat puntige neusje en de smalle mond, om Amanda wat meer op een heks te laten lijken. Misschien voelde Dex zich aangetrokken tot haar volwassen gedrag. Misschien zou zo'n soort partner hem ervan weten te weerhouden om eindeloos op zoek te blijven gaan naar de volgende verovering.

Molly deed haar ogen dicht en toen weer open. Betekende dat dat deze relatie misschien wel wat langer zou duren? Als ze eerlijk was, moest ze bekennen dat ze dat niet wilde. De reden dat ze Dex' dronken avances had afgewezen, was omdat hij zelf had toegegeven dat hij een versierder was, de laatste persoon om verliefd op te worden. Ze waren buren, en ze had zelf het verantwoordelijke besluit genomen dat ze oneindig veel beter af zouden zijn als goede vrienden dan als twee mensen die een affaire begonnen die toch op niets zou uitlopen.

Vooral niet omdat ze voorvoelde dat het niet Dex zou zijn die er emotioneel aan onderdoor zou gaan als het niets werd.

Wat allemaal goed en wel was en ook heel verstandig, maar wat had ze daaraan als hij nu ineens zijn versierdersactiviteiten bleek te hebben beëindigd en nog lang en gelukkig in Gin Cottage zou blijven wonen met Delphi en de o zo efficiënte dokter Amanda Carr?

Molly voegde vampierstanden en rimpels toe aan haar tekening van Amanda. Vervolgens scheurde ze het vel beschaamd in kleine stukjes. Het ging haar helemaal niks aan. Ze konden doen waar ze zin in hadden. Amanda Carr was een intelligente, aantrekkelijke vrouw met een fantastisch figuur. En jemig, ze waren toch niet elkaars rivalen!

Het was alleen lichtelijk gênant dat zij, de laatste keer dat ze elkaar hadden gezien, met een naakt onderlichaam op de behandeltafel had gelegen, terwijl dokter Carr haar rubberen handschoenen had aangetrokken om een uitstrijkje te maken.

32

Het pakket was een paar uur eerder door de postbode bezorgd, maar pas halverwege de middag, toen het lunchcafé leegliep, kreeg Frankie de gelegenheid om het open te maken. Ze trok het plakband los en scheurde één kant van de bubbeltjesenvelop open. Er kwam iets zachts uit, dat verpakt was in wit vloeipapier.

Meteen toen Frankie het vloeipapier openvouwde, wist ze wat het was en wie het had gestuurd. De jurk met witte stippen, gemaakt van rode viscose, was eenvoudig van snit en had een rond kraagje en lange mouwen; het was de jurk die Hope had gedragen in de geliefde kerstaflevering van *Next to You*.

Wauw.

Er zat een handgeschreven briefje bij. Frankie, ontroerd door de geste, zag aan het adres bovenaan dat het pakket was verstuurd uit het huis van Hopes overleden moeder in Devon. De tekst luidde:

Lieve Frankie,

Ik heb dit jurkje gevonden in een hutkoffer op mijn moeders zolder en dacht dat je het misschien wel leuk zou vinden om aan de memorabilia in je zaak toe te voegen. Beschouw het maar als een bedankje voor je eten en ons fijne gesprek. Je zult begrijpen dat ik liever niet wil dat iemand weet dat het van mij komt, dus mocht ernaar gevraagd worden, zeg dan maar dat je het van een andere verzamelaar via eBay hebt gekocht. Je mag het natuurlijk ook zelf op eBay zetten als je wilt –

het is nu van jou, dus je kunt ermee doen wat je wilt!
Hoe dan ook, het was ontzettend leuk om je weer te
zien. Ik ben blij dat ik de moed heb weten te verzamelen
om terug te keren naar Briarwood. En ik dank je ook
voor je discretie.
Veel liefs,
Hope

Goh, wat ongelooflijk aardig van haar. Ook al moest je het dan misschien beschouwen als een vorm van omkoping. Terwijl Frankie met haar vingers over de zijdeachtige matte stof gleed, ging de deur open en kwamen er een paar toeristen binnen. Ze schrok op uit haar gedachten, vouwde het briefje snel op en stopte het in haar zak.

'Jemig.' De vrouw kreeg ogen als schoteltjes zo groot toen ze de onmiddellijk herkenbare jurk op de toonbank ontwaarde. 'Is dat een kopie van de jurk uit de serie?'

'Het is de echte.' Als een trotse moeder streek Frankie de randen van het witte kraagje glad.

'Verbazingwekkend gewoon.' De man keek ernaar alsof het een gewijd relikwie was. 'Hoe komt u eraan?'

'Ik heb geluk gehad.' Frankie, die ontdekte dat liegen helemaal niet zo moeilijk was, zei vrolijk: 'Ik heb hem op eBay gekocht. Goed hè?'

Het was een besloten feest, dat werd gehouden in een van de grote huizen aan de rand van Bristol, zo'n imposant Georgiaans geval van vijf verdiepingen, waarvan je je niet echt kon voorstellen dat er maar één gezin woonde.

Toch was dat zo. Schattig genoeg was de uitnodiging om karikaturen van de gasten te maken afkomstig van de drieënnegentigjarige Muriel Shaw. Muriel, voor wie de computer geen geheimen had, had contact met Molly gelegd via haar website en had haar voor de hele avond geboekt. Nu Molly haar had ontmoet, begreep ze ineens de betekenis van het woord 'matriarch'.

De benedenverdieping van het enorme huis was helemaal doorgebroken en had een houten vloer, zodat Muriel er op haar scootmobiel doorheen kon razen, met haar hondje Wilbur voorop in een mandje. Het was haar verjaardagsfeest, en ze had het helemaal zelf georganiseerd. De zeer intelligente en charismatische Muriel, met haar witte haar in een elegant knotje en helderblauwe ogen die niets ontgingen, hield toezicht op alle activiteiten, begroette de gasten, sloeg mojito's achterover en imponeerde iedereen met de diamanten ketting die ze zichzelf cadeau had gedaan om te vieren dat ze drieënnegentig was geworden.

'Maak je maar niet druk om mij, je hoeft me niet mooier te maken dan ik ben,' zei Muriel tegen Molly, terwijl ze als een koningin poseerde voor haar eigen karikatuur. 'Als je er maar voor zorgt dat Wilbur er goed uitziet. Het gaat me om hem.'

En toen ze even later het eindresultaat bekeek, zei ze vrolijk: 'Mijn neus is in het echt groter, maar mijn tanden lijken precies. Ik ben blij dat je me zo hebt getekend dat je kunt zien dat ik lol heb.'

De daaropvolgende twee uur tekende Molly de achterkleinkinderen, de verschillende leden van de grote familie en nog wat andere gasten, tot een man een hand op haar schouder legde en zei: 'Ik denk dat je maar eens even pauze moet nemen, voordat je kramp in je vingers krijgt. Ik zal je even laten zien waar het eten staat.'

Toen ze opkeek, maakte haar hart een klein sprongetje. Wauw, over indrukwekkend gesproken. De man was begin dertig, lang, en hij had iets van een rockster met zijn halflange blonde haar en een beetje schuinstaande smaragdgroene ogen.

'Dank je.' Molly liep achter hem aan naar de salon waar een buffet klaarstond, heimelijk zijn lange benen en atletische gestalte bewonderend. Hij was welbespraakt en beleefd en had sierlijke handen en mooie tanden. 'Hoor je bij de familie?'

'Ja. Muriel is mijn grootmoeder. Ze is echt ongelooflijk.' Glimlachend voegde hij eraan toe: 'Ik snap niet hoe ze het doet.'

Nadat hij eten voor haar had opgeschept, zei hij: 'Ik zal ook nog even wat te drinken halen. Waar wil je eten?'

Uit ervaring wist Molly dat haar, wanneer ze zich onder de gasten mengde, zou worden gevraagd om hen te tekenen. 'Buiten? Ergens waar het rustig is? Maar je hoeft me geen gezelschap te houden, hoor.'

'O, maar dat wil ik graag.' Hij ging haar voor naar de tuin, waar hij een lege tafel vond die vol stond met gekleurde glazen potjes met flakkerende kaarsen erin. 'Als je daar tenminste geen bezwaar tegen hebt.'

'Nee hoor.' Juist niet, dacht ze bij zichzelf. Hardop zei ze: 'Ik ben Molly trouwens.'

Zijn ogen glinsterden. 'Ik weet dat je Molly-trouwens bent. Dat heeft Muriel me verteld.' Ernstig schudde hij haar de hand. 'Ik ben Vince.'

'Hoi, Vince. Leuk om je te leren kennen. En ik ben het helemaal met je eens wat je grootmoeder betreft, ze is een fantastisch mens.'

'Mijn ouders waren niet al te blij toen ze die diamanten ketting voor zichzelf kocht.' Hij zei het op een spijtig toontje. 'Zij zijn nogal spaarzaam, terwijl mijn grootmoeder graag geld uitgeeft. Maar, zoals ze zelf zegt: als mijn grootvader nog had geleefd, had hij hem wel voor haar gekocht, dus waarom zou ze hem niet voor zichzelf kopen?'

'En wat vond jij ervan?'

'Ik was degene die zei dat ze het beslist moest doen. Ik heb haar zelfs met mijn auto naar het veilinghuis gebracht.'

'Heel aardig van je.' Molly was er helemaal voor.

'Nee, hoor. Het is haar geld, ze mag ermee doen wat ze wil.' Vince schudde zijn hoofd. 'Mijn moeder vindt het weggegooid geld, omdat Muriel misschien niet lang meer van haar ketting kan genieten. Wat mij betreft juist een reden om hem nu te kopen.'

Molly slikte een mondvol gerooktezalmblini weg. 'Ik ben het met je eens. En wat doe jij?'

'Raad eens.'

Hij zag er ontzettend cool uit. 'Muzikant.'

Hij glimlachte even. 'Architect.'

'Echt waar?'

'Ik weet het. Het komt door mijn kleren.'

'En je haar.'

'Sorry. Ik trek gewoon altijd dingen aan waar ik me lekker in voel. De meeste architecten dragen echte kleren.'

'Bestaat er een echt uniform voor dan?'

'Ja, hoor.' Hij knikte. 'Soms moet ik ook in pak naar mijn werk. Maar ik ben gelukkiger als dat niet hoeft.'

'Ik vraag me ineens af of er niet een cartoonistenuniform bestaat dat ik al jaren had moeten dragen,' zei ze.

'En hoe zou dat er dan uitzien volgens jou?' vroeg hij belangstellend.

'Grote rode clownsschoenen waarschijnlijk. Met een wijde broek en een strikdasje dat je als een molentje kunt ronddraaien.'

Hij lachte en liet haar verdergaan met eten. Ze kletsten nog een tijdje, en Molly vond hem steeds leuker worden. Wat, gezien haar geschiedenis, ongetwijfeld betekende dat hij óf homo was, óf getrouwd, óf een buitenaards wezen.

Na een tijdje kwam er een echtpaar van middelbare leeftijd naar hen toe, dat aan Molly vroeg of ze hen kon tekenen voordat ze weggingen. Ze ging weer naar binnen en werkte nog een uur door. Om tien uur 's avonds kwam Muriel op haar felrode scootmobiel aanzeilen over de parketvloer en zei: 'Schat, mag ik je een paar hoogstpersoonlijke vragen stellen?'

'Vraag maar raak.'

'Ben je single?'

Jemig.

Molly knikte. 'Ja.'

'En houdt dat in dat je wel openstaat voor het idee van een date?'

'Ligt eraan met wie.'

'Oké, ik zal je een klein geheimpje verklappen.' Muriel boog zich naar haar toe en greep haar arm beet. 'Mijn kleinzoon, Vince, is een beetje verlegen. Ik heb geen idee van wie hij dat heeft. In elk geval niet van mij.' De befaamde diamanten schitterden in het licht van de kroonluchter. 'Maar zo is het nu eenmaal. Hij is een schat van een jongen – nou ja, man. Hij heeft alleen geen zelfvertrouwen. Ik sprak hem daarnet, en het is wel duidelijk dat hij je leuk vindt, en ook heel aantrekkelijk. Hoe kan het ook anders? Moet je jou nu eens zien! Hoe dan ook, ik zei tegen hem dat hij je mee uit moest vragen, maar hij was bang dat je nee zou zeggen. Dus ik vraag je dit voor hem, want als je drieënnegentig bent, kun je niet meer zoveel geduld opbrengen.' Met haar kraaloogjes nam ze Molly onderzoekend op. 'Nou, wat denk je ervan?'

Het grappige was dat Muriel haar hoofd schuin hield, net als Wilbur, in precies dezelfde hoek. Het enige verschil tussen hen was dat Muriel een manhattan dronk en dat Wilbur kwispelde.

'Nou,' zei Molly. 'Dit is me nog nooit overkomen.'

'Tja, wat moet ik zeggen? Ik wil gewoon graag mijn kleinzoon gelukkig zien. Dat verdient hij,' zei Muriel. 'Hij is een goed mens, dat kan ik je verzekeren. Hij is intelligent, aantrekkelijk, aardig...' Ze liet haar stem wegsterven, afwachtend of haar verkooppraatje was aangeslagen.

Molly glimlachte. Hoe zou ze dit nu kunnen weigeren? 'Als hij me uit zou vragen, zou ik ja zeggen,' zei ze.

'Heel goed. Je zult er geen spijt van krijgen.' Muriel zette triomfantelijk haar scootmobiel in zijn achteruit en maakte een klein rondje om weer weg te kunnen rijden. 'Heb je hem al getekend?'

'Uh, nee...'

'Prachtig. Ik zal hem naar je toe sturen. Dag!'

Het was misschien wel te begrijpen dat Vince er wat tijd voor nodig had om al zijn moed te verzamelen en naar haar toe te komen.

'Daar ben ik weer,' zei hij, toen ze net de laatste hand legde aan een portret van een van Muriels buren. 'Mijn beurt om getekend te worden.'

'Geen probleem!' Molly ging verder alsof er niets aan de hand was. 'Ga zitten!'

'Oké, het is dus wel duidelijk dat mijn grootmoeder iets tegen je heeft gezegd. Dat zie ik gewoon aan je gezicht.' Hij knikte toen ze deed alsof ze niet wist waar hij het over had.

'O.'

'Hoor eens, het spijt me. Ik ben dol op haar, maar ze is echt onverbeterlijk. Ik heb haar gesmeekt om niets te zeggen, maar ze luistert gewoon nooit. Ze heeft je zeker al gedwongen om een keertje met me uit te gaan, hè?'

'Gedwongen is te veel gezegd.' Molly begreep dat ze hem uit zijn lijden moest verlossen. 'Ze wilde weten of ik ja zou zeggen, als jij me mee uit zou vragen.'

'En?'

'Ik zei ja.'

'Dat hoeft echt niet, hoor.'

Hij was echt een aardige man. En, wat belangrijker was, deze keer was het niet haar eigen mogelijk gebrekkige mening; ze had een keiharde garantie van Muriel gekregen.

Bovendien, waarom ook niet? Het zou een avontuur zijn. De laatste tijd was ze alleen nog maar aan het werk. De fervente visser Graham was haar laatste vriend geweest, hetgeen betekende dat ze nu al bijna een jaar single was.

Jemig, dat was lang! Hoe kwam het dat dat nu pas tot haar doordrong? Wat in beginsel een weloverwogen beslissing was geweest om eventjes helemaal uit de buurt van mannen te blijven, had zich uitgestrekt tot een periode van twaalf maanden.

Als ze zo doorging, zou ze nog eindigen als de ouwe vrijster van het dorp.

Hardop zei ze: 'Het lijkt me echt leuk.'

Ze zag hem opgelucht herademen. 'Zeker weten?'

'Zeker weten.'

'Je zegt dat niet omdat je vindt dat je er niet onderuit kunt?'

'Nee, echt niet.' Ze begon hem te tekenen, terwijl er een glimlach over zijn gezicht trok en hij zich zichtbaar ontspande. Hij mocht dan wel op een rockster lijken, achter zijn sterrenuiterlijk ging een onzekere persoonlijkheid schuil. En dat was wat haar betreft een heel aantrekkelijke karaktereigenschap voor een man.

'Je hebt mijn avond helemaal goedgemaakt,' zei hij. 'Mijn grootmoeder heeft zo haar nut.'

'Als je wilt, mag ze wel met ons mee.'

Hij grijnsde. 'Nee, dat kan niet. Hoeveel ik ook van haar houd, dat zou raar zijn. Kun je aanstaande woensdag?'

'Ja. Maar ik woon in Briarwood; dat is behoorlijk ver weg.'

'Geen probleem. Als je me je adres geeft, dan kom ik je om acht uur ophalen. Dan gaan we samen uiteten.'

'Waar?'

'Ik zoek wel iets leuks uit.'

Molly zei dat hij even zijn mond moest houden en maakte de karikatuur af met zijn lippen in een overdreven grote glimlach. Terwijl ze hem het resultaat liet zien, hoorde ze wielen piepen over het glanzende parket.

'Heel mooi. De neus is precies goed.' Tevreden bestudeerde Muriel de tekening en zei toen: 'En hoe zit het met dat andere?'

Molly hield haar gezicht in de plooi. Heel subtiel, heel gewiekst.

'Het enige wat ik kan bedenken, is dat je haar voor veel geld hebt omgekocht,' zei Vince. 'Want ze heeft ja gezegd.'

'Ik heb haar geen cent aangeboden.' Muriel keek zeer tevreden. 'Dit meisje is niet gek. Na één blik op jou wist ze al dat je een prima keuze bent.'

Vlak voor middernacht was er een vuurwerkshow op de heuvel achter het huis, ter ere van Muriel. 'Zo, daar worden ze allemaal wel wakker van,' zei ze grinnikend, terwijl het vuurwerk in de lucht ontplofte. Tot haar grote vreugde duurde het inderdaad niet lang voordat er politie kwam opdagen, gewaarschuwd door boze buren wier nachtrust was verstoord.

'Stelletje lamstralen,' zei Muriel, zonder enig berouw. 'Sommige mensen weten gewoon niet hoe ze lol moeten maken.'

Om één uur vertrok Molly van het feest. Muriel en Wilbur begeleidden haar naar de voordeur.

'Schat, je zult er geen spijt van krijgen.' De diamanten ketting glinsterde toen Muriel Molly's handen vastpakte. 'Vince zou de droom van elk meisje zijn. Hij is echt een heel aardige man... zindelijk, charmant, kan zelfs koken. Echt, ik verzeker je dat hij een goede vangst is.'

'En u bent uw roeping misgelopen,' zei Molly. 'U had koppelaarster moeten worden.'

'Schat, ik ben mijn hele leven al aan het koppelen. Ik heb er talent voor.' Ze gaf een zacht klapje op Molly's wang. 'En ik heb een goed gevoel over jou.'

Toen Molly in haar auto stapte, trok er een scheut van opwinding door haar heen bij de gedachte aan de komende date. Zo, Dexter was niet meer de enige met wat romantiek in zijn leven.

Na een paar schrikbarend valse starts leek de tijd aangebroken om zichzelf te ont-oude-vrijsteren.

33

Amber lag languit in het gras; de sprietjes kietelden tegen haar schouders en nek. De warmte van de zon leek uit te vloeien over haar gesloten oogleden. In de verte, op het hoofdpodium, speelde een van haar lievelingsbands. Hoewel ze naar hun optreden had uitgekeken, kon ze het niet opbrengen om op te staan en ernaar toe te lopen. Ze lag gewoon te lekker.

'Hé. Alles oké?' Duff gaf haar een zacht schopje tegen haar heupen.

'Ja.' Amber deed haar ogen open. Hij stond boven haar, zijn gezicht rolde af en aan, als golven op de kust. Giechelend zei ze: 'Sta eens stil.'

'Ik sta stil. Je bent stoned.'

'Een beetje misschien.' Beetje dronken, beetje stoned, wat dan ook. Er zoemde een vlieg om haar hoofd, die op haar linkerschouder landde. Ze wilde hem wegslaan, maar in plaats daarvan stompte ze op haar eigen borstkas. 'Au.'

'Hahahaha.' Het was genoeg om Duff aan het lachen te maken; hij gierde het uit en kon niet meer ophouden. Terwijl ze naar de wervelende wolken boven haar keek, lachte Amber met hem mee. De wolken dansten op de muziek van haar lievelingsband. Misschien kon ze dan niet meer opstaan, ze kon wel met haar armen zwaaien... ha ha, maar dan moest ze oppassen dat ze zichzelf niet in het gezicht sloeg...

De band speelde verder, van de hamburgertent kwam de geur van gebakken uien aan zweven, en Ambers maag knorde. Ze had de hele dag nog niets gegeten, wat waarschijnlijk de reden was waarom de cider haar naar het hoofd was gestegen.

'Ik ga dood van de honger,' zei ze tegen Duff.

'Ik ook.'

'Ik wil een hamburger.'

'En ik wil een privéhelikopter en een vakantie naar Las Vegas.'

'Niet Las Vegas, dat is te ver weg.'

'Oké. Ibiza dan.'

'Ik heb nog steeds honger. Zullen we een hamburger gaan halen?'

Zijn gezicht betrok. 'Heb je wel gezien hoeveel ze daarvoor vragen? Stelletje afzetters.'

'Maar we moeten iets eten.' Amber haalde haar laatste briefje van tien uit de zak van haar spijkerbroek; ze wist allang dat ze die van hem ook zou moeten betalen. 'Wil jij ze gaan halen?'

Niet erg enthousiast keek Duff naar de lange rij. 'Waarom ga jij niet?'

'Omdat mijn benen het niet meer doen.'

'Je bent ook zo'n watje.' Hij pakte het geld van haar aan en liep met grote stappen weg. Ze ging weer achteroverliggen en keek naar een vogel die overvloog, loom van richting veranderend alsof hij zijn naam in de lucht wilde schrijven. Ze was alleen maar een watje omdat ze nooit eerder jointjes had gerookt, anders dan Duff, die al jaren rookte. Haar maag knorde, en ze drukte haar hand erop om het geluid te laten ophouden... Sst... God, waar bleef hij nou met die hamburgers?

'Ha Amber.'

Ambers ogen vlogen open. Twee gezichten keken op haar neer. Shaun Corrigan en zijn vriend Max.

'Hoi.' Als ze het zo verveeld mogelijk zei, snapten ze misschien dat ze haar beter met rust konden laten.

'Gaat het wel?'

'Ja hoor.'

Shaun hurkte naast haar neer. 'Zeker weten?'

'Alsof jou dat wat kan schelen.'

'Doe niet zo raar. Natuurlijk kan het me wat schelen. Je bent mijn zus en je ziet er behoorlijk beroerd uit.'

'Nou, dank je. En jij ziet eruit alsof je bij een bank werkt.' Dat was niet echt zo natuurlijk, maar hij en Max zagen er beslist netter en frisser uit dan de meeste festivalgangers. 'Maar wat doen jullie hier eigenlijk? Ik had niet gedacht dat dit iets voor jullie zou zijn.'

'Hé, we houden van muziek. En het is gratis. We waren je trouwens niet aan het bespioneren of zo. We zaten daarginds, en toen zag Max je zitten. Was dat je vriendje?'

'Ja, hij is hamburgers gaan halen.'

'Dus je hebt hasj gerookt?'

O god. Verveeld zei ze: 'Hou je preek maar voor je.'

'Papa zei dat je altijd heel erg antidrugs was.'

'O ja. Misschien was dat ook wel zo, in de tijd dat hij nog mijn papa was.'

'Dat is hij nog steeds.'

Ze schudde haar hoofd. 'Nee hoor, je mag hem hebben.'

'Hij mist je echt,' zei Shaun.

Ze kreeg een knoop in haar maag. 'Nou, ik hem niet.'

Een poosje zaten ze zwijgend naar de band te luisteren die op het podium in de verte speelde. Toen de muziek was afgelopen, zei Shaun: 'Je zit toch midden in de tentamenperiode? Hoe gaat het daarmee?'

'Wil je de waarheid horen? Heel erg slecht. Ik ga er geen eentje halen. Ik heb helemaal niks voorbereid. Maar het interesseert me geen reet. En weet je wiens schuld dat is? Jouw vaders schuld. En dat mag je hem zeggen ook. Als ik blijf zitten, hoop ik dat hij zich flink schuldig voelt.' Ze keek Shaun recht aan. 'Want het komt allemaal door hem.'

'Hij is heel trots op je.' Shaun keek geschokt. 'Hij zal dat echt heel erg vinden.'

'Och, wat vreselijk nou, wat ontzettend jammer.'

'Zal ik hem ook over de hasj vertellen?'

Ze dacht even na; dat was misschien niet zo'n goed idee. 'Nee, doe dat maar niet. Want dan vertelt hij het weer door aan mijn moeder en dan is die weer in paniek.'

'Oké. Maar doe een beetje voorzichtig aan, hè? Pas goed op jezelf.'

'Dat doe ik altijd.'

'Ik ben blij dat ik je heb gezien.' Shaun ging wat zachter praten. 'Het was leuk om weer eens met je te praten. Zullen we telefoonnummers uitwisselen, dan kunnen we elkaar misschien sms'en. Niet vaak, hoor, gewoon af en toe.'

Haar eerste reactie was om nee te zeggen. Maar het was inderdaad leuk geweest om hem weer eens te zien. Op een rare manier dan. En ze was ook blij dat ze hem over haar tentamens had verteld, in de wetenschap dat hij het zou doorvertellen. Dat was een prachtmanier om haar vader ongerust te maken en hem nog wat extra te laten lijden. Wat hij verdiende!

'Oké.' Ze pakte haar mobieltje, en Shaun pakte het zijne, een veel nieuwer model dan zij had. En wie zou dat betaald hebben, hè?

Nadat ze hun nummers hadden uitgewisseld, vroeg Amber: 'En hoe ging het met jouw eindexamen?'

'Wel goed. Ik denk dat mijn eindcijfers wel hoog genoeg zullen zijn om tot de universiteit van Birmingham te worden toegelaten.'

'Fantastisch.' Hoewel het niet haar bedoeling was geweest, kwam het er nogal sarcastisch uit. Ze schudde haar hoofd. 'Sorry, ik vind het echt fantastisch voor je. Je hebt er vast hard voor gewerkt.'

Hij knikte. 'Ja.'

'En hoe voelt het nou om een fulltimevader te hebben? Een beetje raar zeker?'

Met een kort lachje zei hij: 'Een beetje.'

Max, die zich op de achtergrond had gehouden, zei: 'Daar komt je vriend aan.'

'Gelukkig, ik sterf echt van de honger.' Toen ze zich omdraaide, zag ze Duff over het gras komen aanbenen. 'Gaan jullie nou maar.' Intuïtief wist ze dat het ongemakkelijk zou worden; Shaun en Max waren van een heel andere orde dan Duff.

'Dit zijn Shaun en zijn vriend Max. Ze wilden net weggaan.' Terwijl ze het zei, zag ze dat de tas die Duff bij zich had te zwaar was om hamburgers te bevatten. Ze wees ernaar. 'Wat zit daarin?'

'De rij voor de hamburgers was veel te lang, oké? Dus toen ging ik een andere hamburgertent zoeken, en daar stonden jongens die veel te veel cider bij zich hadden, die ze voor echt heel weinig geld doorverkochten.' Trots haalde Duff een paar plastic literflessen tevoorschijn met daarin een troebele, bruinige vloeistof die leek te zijn opgedregd uit een vijver.

'En over hoe weinig geld hebben we het?'

'Een tientje.'

Amber was het liefst tegen hem uitgevallen, maar dat kon ze niet maken, niet waar Shaun en Max bij waren. Ze had zin om te huilen. Hardop zei ze: 'Ik vind troebele cider vies.' Ze wist gewoon dat het smerig zou smaken.

'Stel je niet aan. Je went er wel aan,' zei Duff. 'Je moet het wel proberen.'

Shaun zei: 'Maar tegen ons zei je dat je stierf van de honger.' Hij keek Amber bezorgd aan.

'Ik overleef het wel. Zo'n honger heb ik nou ook weer niet.' Ze schudde gegeneerd haar hoofd.

Duff probeerde zich te verdedigen door te zeggen: 'Dit is stukken beter dan een paar van die stomme hamburgers.'

Shaun negeerde hem. 'Zal ik een hamburger voor je gaan halen?' vroeg hij aan Amber.

'Nee, nee, dat hoeft echt niet.' Dat zou wel de ultieme vernedering zijn; ze zag nu al dat hij zich afvroeg wat ze met Duff moest, die geen slechter moment had kunnen uitkiezen om zich als een debiel te gedragen.

'Zeker weten? Want ik heb geld genoeg.' Hij had zijn portefeuille inmiddels geopend, ze zag een paar briefjes van tien zitten.

'Laat die man toch een hamburger voor je kopen als je daar zin in hebt.' Duff rolde wat met zijn ogen, alsof ze veel heisa om niets maakte.

'Nee, ik hoef niet. We drinken dit wel op.' Ze pakte een plastic fles van hem aan, schroefde de dop los en nam uitdagend een slok. Bah, droog en zuur en smerig. Ze veegde haar mond af, die samentrok van afkeer, en wendde zich toen tot Duff. 'Valt inderdaad reuze mee. Kom, laten we een ander plekje gaan zoeken.' Terwijl ze wegliepen, wuifde Amber met haar vrije hand naar Shaun en Max. 'Dag!'

34

Toen hij haar voor de deur zag staan, floot Dex even. 'Wauw, wat zie jij er mooi uit.'

Molly maakte tevreden een buiginkje. Er was toch niks mis mee om een beetje met jezelf te pronken en naar complimentjes te vissen wanneer je je best had gedaan op je uiterlijk? Ze wist dat ze er goed uitzag, en het was een fijne oppepper voor haar ego om dat ook van iemand anders te horen. 'Ja, wat een schok, hè? Maar ik kwam vragen of ik wat melk van je kan lenen.'

'Geen probleem, kom verder. Heb je geen melk meer in huis?'

'Ik heb net een nieuw pak opengemaakt, maar dat rook niet echt vers.' Ze trok haar neus op. 'En de winkel is al dicht.'

Hij grinnikte. 'Je kleedt je zo mooi aan om thuis een kom cornflakes te gaan zitten eten?'

'Ha. Nee, ik ga uit,' verkondigde ze trots. 'Ik heb een date. Maar als hij me straks thuisbrengt en nog een kop koffie wil, dan kan ik hem geen bedorven melk voorzetten natuurlijk.'

'Een date.' Dex trok een wenkbrauw op. 'Met wie?'

'Iemand die ik onlangs heb leren kennen. Een heel aardige man.'

'Leuk voor je.' Hij pakte de melk uit de ijskast. 'En deze is wel single?'

Nou ja, die vraag had ze kunnen verwachten. En bovendien bewees hij haar een dienst door haar melk te lenen. Dus zei ze waardig: 'Ja. En ja, ik heb dat gecontroleerd.'

'Je ziet er fantastisch uit.' Hij liet zijn blik glijden over haar paarsblauwe, rechte katoenen jurkje, over de donkerblauwe glitterslippers, over haar haren die ze achter haar oren had vast-gezet met zilveren haarspelden, en over haar zorgvuldig opge-maakte gezicht. Terwijl hij melk in een kan goot, voegde hij er-aan toe: 'En je ruikt ook lekker. Wat is het?'

Deze keer was het geen mix van de parfumerie-afdeling van Harrods. 'Gewoon iets goedkoops van de drogist.'

'Lekker.' Hij ging iets dichterbij staan om de lichte, frisse geur op te snuiven. 'Heel lekker zelfs. En hij ruikt helemaal niet goedkoop.'

'Fijn.' Ze kreeg een raar gevoel in haar buik nu Dex zo dicht-bij stond. Even vonden hun ogen elkaar, en haar hart sloeg een keer over.

'Wat een bofkont, die date van je,' zei hij.

'Ik weet het.' Kon hij haar hart horen bonken?

Glimlachend zei hij: 'Alsjeblieft. Is dat genoeg?'

'Zat.' Ze pakte de kan van hem aan, schrikkend van het ge-luid van zijn mobieltje dat naast haar op het aanrecht lag. De schrille 'ddrringg' kondigde de komst van een sms'je aan. Toen ze op het schermpje keek, zag ze Amanda's naam opflitsen, en de woorden: 'Ben om 8 uur bij je xxx.'

'Dus het loopt wel lekker tussen jullie?' Dex had haar toch zien kijken, dus het had weinig zin om te doen alsof ze het berichtje niet had gelezen.

'Heel lekker. Ze is erg leuk. Is dat je date?'

Buiten was een auto gestopt. Molly keek door het raam. 'Ja, dat is hem. Hij is vroeg.'

'Hij heeft er zin in. Tot later.' Dex hield de deur voor haar open. 'Veel plezier.'

Haar maag begon weer te klotsen als een wasmachine. Opgewekt zei ze: 'Jij ook.'

Stond Dex nu naar haar te kijken? Ze had de geleende melk in de ijskast gezet, haar tas en sleutels gepakt en Vince met een kus op de wang begroet, en nu hield hij het portier als een echte heer voor haar open. Ze glimlachte. En hij zag er ook weer ongelooflijk goed uit; hij was het soort date waar je maar al te graag mee gezien werd.

Zich gedragend alsof er niet naar haar werd gekeken, wat echt veel moeilijker was dan je zou denken, lukte het haar om in te stappen zonder te struikelen of haar slipje te laten zien. Ze vroeg zich af of ze eruitzagen als zo'n glamoureus paar uit een tv-reclame.

O, laat het antwoord op die vraag alsjeblieft ja zijn.

'Sorry dat ik te vroeg was,' zei Vince. 'Ik kom altijd overal te vroeg.'

'Het maakt niet uit. Ik was toch al klaar. En zoveel te vroeg was je nu ook weer niet. Maar tien minuutjes.'

Hij grijnsde. 'Eerlijk gezegd was ik hier al veel eerder. Ik heb de afgelopen twintig minuten op het parkeerterrein van de pub staan wachten.'

'Echt waar?' Of maakte hij soms een grapje?

'Nee.' Hij keek haar berouwvol aan. 'Eerder een halfuur.'

Het was een leuke avond geweest. Nee, meer dan leuk, berispte Molly zichzelf, want alleen leuk klonk niet al te enthousiast. Vince had haar meegenomen naar een charmant Frans restaurant in Malmesbury; hij had net zo lang op internet gezocht tot hij het volmaakte restaurant had gevonden. Het eten was heerlijk geweest. Net als de wijn, hoewel Vince nog moest rijden, dus zij had het meeste ervan opgedronken. Maar ze hadden het leuk gehad, het was geen moment ongemakkelijk geweest, en toen Vince even naar de wc was, had een van de twee vrouwen van middelbare leeftijd aan de tafel naast die van hen, zich naar Molly toe gebogen en gezegd: 'Ik hoop dat je het niet erg vindt dat ik het zeg, maar wat heb jij een knappe vriend, zeg. We konden onze ogen nauwelijks van hem afhouden!'

'Net een filmster,' zei haar vriendin enthousiast, met haar handen in extase ineengevouwen.

Wat natuurlijk fijn was om te horen, maar tegelijkertijd ook een beetje leek te impliceren dat ze totaal niet snapten wat hij met haar moest. Tenminste, zo voelde Molly het.

'Is hij soms een beroemd acteur?' De eerste vrouw keek haar hoopvol aan.

'Nee.' Molly schudde haar hoofd. 'Hij is architect.'

'O, nou, dat is ook mooi. Probeer deze vast te houden, meisje. Dat soort mannen is zeldzaam. Laat hem niet ontsnappen.'

'Het is pas onze eerste date,' zei Molly.

'Des te meer reden om hem niet te laten gaan,' fluisterde de tweede vrouw toen Vince door het restaurant hun kant uit kwam lopen. 'Denk eens aan de mooie baby's die jullie samen zouden kunnen hebben.'

Hoe dan ook, ze waren nu weer thuis, in Briarwood. En ze had verse melk. Molly wendde zich tot Vince: 'Wil je nog een kop koffie voordat je naar huis gaat?'

'Lekker,' zei Vince.

'Hé, hallo daar,' riep Dex, toen ze uitstapten. 'Leuk gehad?'

Hij zat aan een tafel in zijn voortuin, met de voordeur achter hem open. Op tafel stond een blikje bier. Naast hem stond een of ander metalen statiefachtig geval te glanzen in de duisternis.

'We hebben heerlijk gegeten. Wat ben jij aan het doen?'

'Sterrenkijken. Moet je zien.' Dex klopte trots op het statief. 'Ik heb een telescoop gekocht.'

'Dat lijkt me nou helemaal niks voor jou,' zei Molly.

'Dat dacht ik eerst ook, maar het is fantastisch. Ik wist niet dat er daar zoveel te zien was.' Hij spreidde zijn armen en keek omhoog. 'Het is daar allemaal zo... zo groot.'

'Ja, het heelal en alle melkwegstelsels zijn inderdaad altijd een beetje aan de grote kant.'

'Hoi, ik ben Dex.' Dex stond op om Vince te begroeten. Nadat ze elkaar een hand hadden gegeven, gebaarde Dex naar de andere stoelen. 'Kom erbij. Er staat bier en wijn in de ijskast... of anders koffie. Hier, ga zitten, het is veel te mooi weer om binnen te zitten. Moet je eens zien wat een heldere hemel!'

Deed hij dit expres? Voor zijn eigen lol? Nou ja, te laat, Vince pakte al een van de stoelen en bestudeerde de ongetwijfeld dure telescoop die Dex in een opwelling had gekocht en waar hij waarschijnlijk tegen het eind van de week alweer genoeg van zou hebben.

'Oké dan,' zei Molly. 'Vince moet nog rijden, dus koffie graag.'

'Het punt is, zou jij die even bij jou thuis kunnen gaan zetten?' In het donker glinsterden Dex' ogen. 'Vandaag heeft er namelijk iemand melk van me geleend, en nou heb ik niet meer.'

Uiteindelijk ging Vince een uur later weg. Terwijl Molly met haar date naar de auto liep, bleef Dex zitten en luisterde naar het zachte gemompel van hun stemmen. Hij kon niet horen wat ze zeiden en hij kon ze ook niet zien; Molly had ervoor gezorgd dat ze aan het oog onttrokken werden door de takken van de jeneverbessen.

Toen reed de auto de straat uit en kwam ze weer bij hem zitten.

'Ik neem dit even.' Ze ging weer zitten en schonk het laatste restje bier in haar lege glas. 'Wat had dat trouwens allemaal te betekenen?'

'Pardon?'

'Dat je ons dwong om hier bij jou te komen zitten. Dat je Vince het hemd van het lijf vroeg. Het was net een ondervraging door de politie.'

O, dat was haar dus niet ontgaan.

'Ik was gewoon benieuwd naar hem. Gaan jullie elkaar vaker zien?'

'Ja.'

Echt, en hoe denk je daar wakker bij te blijven, dacht Dex

bij zichzelf. Hij had al snel ontdekt dat Vince niet echt wat je noemde een sprankelende persoonlijkheid was.

'Waar denk je aan?' Molly nam een verdedigende houding aan, klaar om iedere hint van kritiek meteen in de kiem te smoren.

Omdat Dex voelde dat het verstandiger was om niet echt te zeggen wat hij van Vince vond, hield hij voor deze ene keer in zijn leven zijn mening voor zich. 'Ik vind hem aardig. Goed gedaan, je hebt een leuke man aan de haak geslagen.'

Hij had blijkbaar het juiste gezegd, want Molly ontspande zich zichtbaar en riep trots uit: 'En hij is zo knap!'

'Ja, hij ziet er niet slecht uit. Maar niet zo knap als ik.'

'Hij is veel knapper dan jij.'

'Wat?' Hij greep geschokt naar zijn borst, alsof ze net een pijl op hem had afgevuurd.

'Er zaten in het restaurant twee vrouwen die tegen me zeiden dat hij zo aantrekkelijk was, net een filmster. En dat klopt, zo ziet hij er ook uit.'

'En ik dan? Als een holbewoner of zo?'

'Jij ziet er ook erg goed uit,' zei ze. 'Maar wat gewoner.'

Au. Dex bracht zichzelf snel in herinnering dat hij in elk geval het talent had om mensen aan het lachen te maken. 'Nou, je hebt dus de jackpot gewonnen met hem,' zei hij, om er ondeugend aan toe te voegen: 'Maar dan snap ik niet wat hij in jou ziet.'

Ze gooide het lipje van het bierblikje naar zijn hoofd en gaf hem op de koop toe nog een schop onder de tafel. Hij greep haar enkel beet tussen zijn blote voeten en liet haar pas na een paar seconden weer los.

'En wanneer is de volgende date?' Hij vroeg het op een toon alsof ze alleen maar goede vrienden waren, wat natuurlijk ook zo was.

'Zaterdag.'

'Wat? Maar dat is...'

'Rustig maar,' onderbrak Molly hem, toen ze zijn paniek bemerkte. 'Ik kom heus wel. We gaan daarna pas,' legde ze uit.

Dex voelde zich al iets rustiger worden. Het was niet ideaal, maar hij zou het ermee moeten doen. Delphi was zaterdag jarig. Ze werd dan één.

Op een dag die ongetwijfeld erg emotioneel zou worden, had

hij gehoopt – oké, was hij ervan uitgegaan – dat Molly er zou zijn om hem erdoorheen te slepen.

35

Het was iets wat Frankie sowieso misschien graag zou hebben gedaan, maar dan niet zonder wroeging. Soms hielp het lot echter een handje, en kreeg je een kans in de schoot geworpen die je gewoon niet kon laten lopen.

Dikke Pat was de timmerman in Briarwood. Hij was in de verste verte niet dik, maar hij vond het leuk om verkleed als Dikke Pat uit *Eastenders* naar kostuumfeesten te gaan. Gisteravond had Frankie hem een e-mail gestuurd met een beschrijving van wat ze nodig had, en hij kwam de volgende ochtend bij haar langs om uit te leggen waarom hij het niet kon maken.

'Sorry, schat, ik kan je niet helpen.' Hij hield zijn rechterhand op, die dik in het verband zat. 'Ik heb er gisteren bijna een paar vingers afgehakt, verdomme, zoveel bloed heb je nog nooit bij elkaar gezien, en de dokter denkt dat het weken duurt voordat ik weer aan het werk kan. Dus het enige wat er voor me op zit, is de hele tijd bevelen geven aan die twee nietsnutten van zonen van me, die de klusjes zullen moeten uitvoeren die we al hebben aangenomen.'

'Ach, wat erg voor je.' Frankie gaf hem een stuk walnoottaart, dat hij met zijn reusachtige linkerhand aanpakte. 'Maar het geeft niks. Bedankt dat je me het even bent komen vertellen. Doet het pijn?'

'Niet te geloven hoeveel.' Hij schudde zijn hoofd en trok een gezicht. 'Hoe dan ook, misschien dat je Stefan eens moet vragen. Ik denk dat hij het ook wel kan. Nou hoef je niet zo geschokt te kijken.' Hij grinnikte. 'Als ik het zelf kon, zou ik het niet zeggen. Maar ik kan het niet, dus dan lijkt hij me de beste voor die klus.'

Het was niet de reden waarom Frankie geschokt keek, maar dat deed er niet toe.

En het was een heel logisch voorstel. Nadat Dikke Pat was vertrokken, dronk ze een kop thee en dacht erover na. Was dit het lot? Ongetwijfeld zou Hope Johnson ter sprake komen, en ze vroeg zich af of Stefan haar dan misschien het hele hartverscheurende verhaal zou vertellen, om vervolgens vol wanhoop uit te roepen: 'Kon ik haar maar terugvinden!'

Nou ja, er was maar één manier om daarachter te komen. En het was pas negen uur; ze kon nu meteen wel even gaan, voordat het lunchcafé open moest.

Het was het begin van een prachtige zomerdag. Met haar tas zwaaiend liep ze door het dorp. Bij de rivier aangekomen stak ze de houten brug over en volgde het pad langs de oever.

Het was officieel het land van de Hanham-Howards, maar de familie stond al generaties lang wandelaars op dat deel van het landgoed toe. En Stefan had zelfs toestemming gekregen om er te wonen. Mochten er al wetten zijn die dat verboden, dan zei niemand er ooit wat over. De woonwagen stond inmiddels al zeven jaar in het bos, op een open plek die Stefan in de loop der tijd met veel geduld had omgetoverd in een wilde tuin. Het was er sprookjesachtig, alles leek er even idyllisch, hoewel Frankie hem in de winter niet benijdde.

Toen ze aan kwam lopen, zat hij op het trapje van de woonwagen lekker in het ochtendzonnetje te kijken naar de vogels die in het gras rondhipten. Frankie zag dat hij een hand uitstak en dat een van de vogeltjes zaadjes uit zijn handpalm pikte.

Toen ze bleef stilstaan, boog Stefan licht zijn hoofd en zei: 'Goedemorgen.'

Frankie glimlachte. 'Het is net iets uit een Disney-film.'

'Ze komen iedere dag bij me langs. We kennen elkaar inmiddels redelijk goed.' Toen tot hem doordrong dat ze voor hem was gekomen, vroeg hij: 'Wat kan ik voor je betekenen?'

Hij was lenig en gebruind en droeg een lichtgeel overhemd en een strakke spijkerbroek. Zijn waakzame donkere ogen misten niets, en verraadden gewoonlijk ook niets.

'Ik heb Dikke Pat gevraagd of hij wat voor me kon maken, maar hij is gewond aan zijn hand en kan voorlopig niet werken. Hij zei dat jij het misschien kon.'

'Wat precies?'

'Ik wil een soort houten kastje met glas ervoor om in het café op te hangen.' Ze haalde de rode jurk uit de plastic tas. 'Het is hiervoor.'

Zoals te verwachten, nog geen flakkering. De gelaatsuitdrukking van Stefan Stokes bleef volkomen ondoorgrondelijk. Hij zou een verschrikkelijk goede pokerspeler zijn.

'Oké. Nou, dat lukt me wel. Hou hem eens voor me op?' Hij liet zijn blik over de jurk glijden en zei toen: 'Goed, ik heb de maat. Hoe snel heb je het nodig?'

'Wanneer het je maar uitkomt. Goh, fijn zeg. Bedankt.' Was hij werkelijk zo ondoorgrondelijk of herinnerde hij zich de jurk echt niet? Had hij eigenlijk wel tv? Had hij de serie ooit wel eens gezien? 'Hij is uit de kerstaflevering van *Next to You*.'

Stefan knikte echter alleen maar. 'Het is niet veel werk. Ik zal het zwart verven, daar komt de jurk het mooiste in uit.'

'O ja, goed idee. Nou, nogmaals bedankt.'

'Graag gedaan.' Hij richtte zijn aandacht weer op de vogeltjes die gevoerd wilden worden. 'Eind van de week is het klaar.'

Het dwingende geratel van de ledikantspijlen was het teken dat Delphi wakker was. Halfacht, redelijk netjes. Dex stapte uit bed, liep de overloop over en duwde haar kamerdeur open.

Delphi droeg haar roze hansopje met konijntjes erop en stond rechtop in het ledikantje als de koningin te wachten. Toen ze Dex zag, ratelde ze stralend nog een keer met de spijlen, opgewonden brabbelend.

'Goedemorgen, mooi meisje van me!' Toen Dex haar uit het ledikantje tilde, sloeg ze haar blote armpjes om zijn nek en gaf hem een kus. 'Je bent jarig! Gefeliciteerd!'

'Babababa.' Als antwoord kwijlde ze liefdevol op zijn wang.

Eén jaar oud. Precies een jaar geleden was ze geboren.

Meteen was hij terug in de tijd, terug naar die avond een jaar geleden waarop hij in de late uurtjes naar het ziekenhuis was gegaan en Delphi voor het eerst had gezien. Het stond hem nog helder voor de geest dat hij meteen van haar had gehouden, en ook de trotse blik van Laura zou hij nooit vergeten. Ze was moeder geworden en had iets heel moois en waardevols op de wereld gezet. Het was de gelukkigste dag van haar leven geweest.

Dex kreeg een brok in zijn keel. Het was allemaal zo oneerlijk. Laura had er nog steeds moeten zijn. Het klopte gewoon niet dat ze niet bij de verjaardag van haar geliefde dochtertje was. Ze zou niets van Delphi's leven meemaken: haar verjaardagen niet, haar eerste stapjes niet, haar eerste woordjes niet, helemaal niets...

Tenzij ze nu van een wolk op hen neerkeek, zoals goedbedoelende mensen dan zeiden. Mocht dat inderdaad zo zijn, dan was de kans groot dat Laura, perfectioniste die ze was, naar haar hoofd greep en wanhopig uitriep: 'O god, moet je jou nou eens bezig zien, je doet het helemaal verkeerd!'

Was dat zo?

Dex had geen idee, maar waarschijnlijk was het wel zo. De schrijvers van de vele babyboeken die hij had gelezen, leken er eerlijk gezegd net zo weinig van te begrijpen als hij, en ze spraken elkaar allemaal nog tegen ook.

Hoe dan ook, hij kon alleen maar zijn best doen.

'Je moeder hield heel veel van je,' zei hij tegen Delphi. Ze liepen over de overloop en bleven net als altijd even staan om het door de zon verlichte glas-in-loodraam te bewonderen dat Laura nog had gemaakt.

'Bralamagablahhh.' Delphi drukte haar kleine handje tegen het gekleurde glas.

'Kom, dan gaan we eerst ontbijten. En daarna stop ik je in bad,' zei Dex. 'Je moet er mooi uitzien voor je feestje.'

En later die ochtend, wanneer Molly er was, zouden ze Delphi haar cadeautjes geven en het gebeuren filmen voor het nageslacht. Laura mocht er dan wel niet meer zijn, hij was vastbesloten haar dochtertje een mooie dag te bezorgen.

Frankie keek naar de gasten in de tuin. Gelukkig was de zon blijven schijnen. Het was haar idee geweest om het verjaardagsfeestje in het lunchcafé te geven, en Dex had het voorstel met beide handen aangegrepen en een buffet bij haar besteld dat hij zelf nooit in elkaar had kunnen draaien. Hij had zo'n beetje alle mensen uit het dorp uitgenodigd, dus het was maar beter ook dat het mooi weer was. En de tuin was gelukkig ook groot genoeg. Kinderen van alle leeftijden vergaapten zich aan een goochelaar, er trad een bandje op, de volwassenen zaten aan de champagne, en de jonge Bert had gekleurde lintjes om zijn hoorns.

Het was geen gemiddeld verjaardagsfeestje voor een eenjarige, dat kon je wel stellen.

Lois, die de pub een uurtje in de steek had gelaten, zei zacht tegen Frankie: 'Hij doet echt zijn best voor het kind. Het zal niet makkelijk voor hem zijn geweest, de afgelopen paar maanden.'

'Nee. Maar hij doet het echt heel goed.' Ze keken allebei naar Dex, die Delphi hielp met het uitpakken van een in bloemetjespapier verpakt cadeau van Mary, een van de oudste inwoonsters van Briarwood. Toen het een grote zelfgebreide roze maillot bleek te zijn, veinsde Dex enthousiasme.

'Prachtig. Precies wat ze nodig heeft. Dat je dat kunt,' zei Dex tegen Mary, terwijl hij haar op de wang kuste. 'Heel erg bedankt.'

Mary lachte stralend en tandeloos bij het horen van het compliment. Ze pakte met een verweerde hand zijn onderarm vast en zei: 'Ze is een schatje. De volgende keer brei ik een rompertje voor haar. En als jij ooit een trui nodig hebt, hoef je het alleen maar te zeggen. Ik kan goed breien... altijd al. O, ik heb nog een hele zak oranje wol. Lijkt dat je leuk? Bij jouw teint zal het vast goed staan.'

Frankie verbeet een lachje; Delphi had inmiddels genoeg liefdevol gebreide spulletjes gekregen om haar hele peutertijd mee te kunnen doen. Dex, met zijn open, aardige houding en charmante inslag, was graag gezien bij de oudere inwoonsters van Briarwood.

Lois zei: 'Daar heb je mijn vader.'

Frankie draaide zich om. Haar gezicht klaarde op toen ze zag wat Stefan onder zijn arm hield.

'Was dit het ongeveer wat je in gedachten had?' Hij toonde haar zijn handwerk, een zwart kastje met een glazen voorkant, van precies de juiste afmetingen.

'Stefan, het is prachtig. Wat goed van je. Wat krijg je van me?'

'Twintig pond? Of vind je dat te veel?'

'Ben je mal? Twintig pond is veel te weinig. Je hebt er vast veel werk aan gehad... en dan dat mooie hout...'

Stefan haalde zijn schouders op. 'Maar dat hout had ik al, ik heb alleen het glas hoeven kopen.'

'Veertig. Ik sta erop.' Frankie maakte haar handtas al open.

'Dertig dan. Maar niet meer.' Geld was niet belangrijk voor hem.

'Wat doe je erin?' wilde Lois weten.

'De rode jurk die Hope in de kerstaflevering droeg,' antwoordde Frankie. 'Het komt in de zaak te hangen.'

'O, ik weet precies welke jurk je bedoelt.' Lois knikte. 'Die met die witte stippen. Net sneeuwvlokjes. Hoe kom je eraan?'

Frankie wilde dat ze hun de waarheid kon vertellen. Maar dat moest ze niet doen. En aan Stefan was ook niet te merken of hij extra goed oplette.

'Op eBay gekocht. Hier.' Ze gaf hem het geld. 'En nogmaals bedankt. Als ik nog eens een keer iets nodig heb, weet ik wie ik moet hebben.' Ze glimlachte naar Stefan en wilde dat ze wist wat er achter dat ondoorgrondelijke uiterlijk in hem omging.

'Graag gedaan. Ik hoor het wel.' Hij liet een keurig verpakt cadeau zien. 'Ik ga dit even aan Delphi geven.'

Nadat hij naar Dex en Delphi was gelopen, zei Lois liefdevol: 'Ik denk dat ik wel weet wat het is. Hetzelfde als wat hij voor Addy's eerste verjaardag heeft gemaakt. En voor de mijne.'

Ze zagen dat er uit het papier een houten doos met daarin uitgezaagde gaten tevoorschijn kwam. Delphi maakte het deksel open, gooide de houten vormpjes eruit en probeerde meteen enthousiast een ster in een ovaal gat te stoppen.

'Uren speelplezier,' zei Lois.

'Goh, als je nagaat hoeveel tijd hij daarin moet hebben gestoken,' zei Frankie verwonderd. 'Je vader is echt een bijzondere man.'

'Ik weet het.'

Frankie zag dat op de tafels sommige schalen al leegraakten. 'De sandwiches zijn bijna op,' zei ze. 'Ik kan er maar beter nog wat gaan maken.'

'Je gaat je nu toch niet in de keuken opsluiten? Dan mis je het hele feest.' Lois stootte haar even aan. 'Kom, ik help je wel even, dan gaat het sneller.'

Ze stonden gezellig naast elkaar te werken. Het leek net een kleine productielijn: Lois, die smeerde en de korstjes van de boterhammen sneed, en Frankie, die voor het beleg zorgde en de sneetjes in driehoekjes sneed.

'Je moeder is al heel lang dood.' Aangemoedigd door het feit dat ze geen oogcontact hoefde te maken, vroeg Frankie tussen neus en lippen door: 'Voelt hij zich nooit eenzaam?'

'Mijn vader? Wie zal het zeggen? Hij zegt van niet, maar ik kan me niet anders voorstellen.' Terwijl Lois als een razende aan het smeren en snijden was, slingerden haar grote ronde oorringen heen en weer. Hoofdschuddend vervolgde ze: 'Je weet hoe hij is, typisch een man, hij zegt nooit veel. Ik zou het hartstikke leuk vinden als hij een vrouw leerde kennen, maar hij probeert het niet eens. Hij zegt dat er maar twee vrouwen zijn geweest van wie hij hield, en dat dat genoeg is...'

'Twee?'

'Mijn moeder was er een van. Ze waren gewoon stapelgek op elkaar. Ze hebben elkaar leren kennen toen ze zeventien waren; het was liefde op het eerste gezicht, voor hen allebei, dat is iets heel moois.'

Frankies nekhaartjes gingen rechtovereind staan. 'En die andere vrouw?'

O god, waarschijnlijk bedoelde hij er gewoon Lois mee!

'Ik weet niet wie dat was. Hij heeft het maar één keer over haar gehad, een paar jaar geleden.' Lois stopte met smeren en liet er bedachtzaam op volgen: 'Geen idee waarom hij me dat ineens vertelde. Ik had hem alleen maar gevraagd of hij dacht dat hij ooit nog een vrouw zou vinden, en toen zei hij dat er ooit wel een vrouw was geweest.'

'Maar je hebt geen idee wie het was? Hij zei er verder niks over?'

'Nee.' Lois ging weer verder met smeren. 'Hij zei dat ze van elkaar hielden, maar dat ze niet samen konden zijn.'

'Waarom niet?'

'Geen flauw idee. Tenzij ze getrouwd was.' Lois haalde weer haar schouders op. 'Dat was de enige reden die ik kon bedenken.'

'En dat hij Roma is?' Frankies hand trilde, en ze gooide veel te veel chilisaus over de garnalen. 'Zou dat er wat mee te maken kunnen hebben gehad?'

'Je bedoelt als zij geen Roma was? Pff, dat is echt niet het einde van de wereld, hoor. Zulke dingen gebeuren. Neem mij nou.' Door het raam wees Lois naar haar geliefde dochtertje van zeven. 'Addy's vader was ook geen Roma. Hij was weliswaar een complete zak,' vervolgde ze met een grijns, 'maar dat is heel wat anders.'

'Dus je denkt niet dat het voor je vader een probleem zou zijn om... Nou ja, je weet wel... om iets met een...'

'Om iets met een burger te hebben?' Met een ondeugende glans in haar donkere ogen zei Lois: 'Dat lijkt me echt geen probleem.'

Wat in zekere zin fijn was om te horen, maar ook weer een nieuwe vraag opwierp. Want betekende dat nu dat Stefan er in de laatste jaren wat minder strikte ideeën op na was gaan houden, of dat hij dat Roma-gedoe toen alleen maar als smoes had gebruikt?

En waarom keek Lois haar nu zo raar aan, alsof ze iets van haar wist? Goed, tijd om het ergens anders over te hebben. Opgewekt zei Frankie: 'Hoe dan ook, laten we hopen dat het allemaal goed komt! Wat denk je, hebben we zo genoeg?' Ze legden de sandwiches op de zilveren schalen, en iedereen die er eentje van nam, zou ongetwijfeld geschrokken naar adem happen. 'Zullen we ze naar buiten brengen? En hartstikke bedankt voor je hulp!'

36

Daar had je haar. Daar had je haar! Henry, die net was gearriveerd en al een beetje in paniek was geraakt toen hij haar niet meteen had gezien, haalde opgelucht adem toen de deur openging en Frankie naar buiten kwam met een grote schaal sandwiches. Eindelijk. Het was alsof het laatste puzzelstukje op zijn plek viel. Ze droeg een roze zomerjurkje en een paar zilveren kettingen, en ze praatte breeduit lachend tegen iemand die na haar de deur... O help, het was de wulpse Lois van de pub.

'Henry, wat ben je laat!' Lois' gezicht klaarde helemaal op. Ze liep snel naar hem toe en begroette hem met een dikke kus; als hij niet net op tijd zijn hoofd had afgewend, zou ze hem vol op de mond hebben gezoend. En nu had hij een opvallende rode lippenstiftafdruk op zijn wang, zoveel was zeker. Lachend zei Lois: 'Je bent verlegen, wat schattig. Ik vroeg me al af hoe laat je zou komen. Dexter vertelde me dat je kwam. Hé!' Ze hield Frankie staande, die al door wilde lopen. 'Dit is hem nou, de man over wie ik je vertelde. Dit is Henry. Henry, dit is Frankie. De laatste keer dat je hier was, was ze er niet.'

Vanbuiten was er niets aan Henry te zien, maar vanbinnen schoten er veelkleurige hartjes en sterretjes uit zijn ogen. Tenminste, hij hoopte dat het alleen vanbinnen was. Maar het was zover, zij was er en hij was er. Eindelijk.

Frankie begroette hem met een warme glimlach. 'Hallo.' Van dichtbij waren haar ogen helderblauw met een donkerblauw randje; haar wimpers hadden blonde uiteindes, en ze had vage sproetjes op haar neus. En ze rook heerlijk. Hij wist dat hij dit moment nooit zou vergeten.

'Hallo,' zei Henry. En toen zei hij: 'Oef!' Hij sloeg zijn handen voor zijn kruis, toen de ijskoude inhoud van een bierglas over zijn broek droop.

'O sorry!' Het kleine meisje met de warrige donkere krullenbos, die over een stoelpoot was gestruikeld en hem had natgegooid, piepte: 'Het was per ongeluk, ik deed het niet expres!'

'Rustig maar, Addy, dat weten we wel.' Frankie sloeg even geruststellend een arm om de schouders van Lois' dochtertje, en Lois zei enthousiast: 'Geen probleem, ik haal wel wat keukenpapier om het op te deppen.'

Wat pas echt een schrikbarend vooruitzicht was. Ontsteld naar zijn kruis kijkend, zag Henry dat er cola in het glas had gezeten, wat niet echt ideaal was als je een lichte zomerbroek droeg.

'Het geeft niks,' zei hij tegen Addy. 'Zulke dingen kunnen gebeuren.'

'Daar ben ik al!' Lois, die terugkwam met een rol keukenpapier, was al bezig er velletjes van af te scheuren.

'Ik doe het zelf wel.' Henry pakte ze van haar aan en zei: 'Ik had een extra broek mee moeten nemen.'

'Loop maar even mee naar de pub,' zei Lois geestdriftig. 'Dan regelen we het daar wel.'

Dat was wel het allerlaatste wat hij kon gebruiken.

Het liefst was hij ter plekke door de aarde verzwolgen. 'Nee nee,' stamelde hij. 'Het is niet erg.'

'Dit is mijn zaak. Ik doe het wel.' Frankie nam de touwtjes in handen. Ze wees naar de deur en zei vriendelijk: 'Kom, we hebben je zo weer schoon.'

Kijk, dat was nu een aanbod dat hij niet kon afslaan. Toen ze binnen waren, zei hij gemeend: 'Dank je.'

'Geen probleem.' Ze keek hem grijnzend aan. 'Ik zag hoe geschrokken je keek.'

'O ja?' Terwijl hij achter haar aan de trap op liep, hoopte hij dat ze niet ook nog gedachten kon lezen.

'Ik weet niet of het je is opgevallen, maar Lois is nogal direct. Oké, deze is van mij, dus het is niet ideaal, maar je moet het er maar even mee doen.' In de badkamer pakte ze een donzige lichtgroene badjas van het haakje aan de deur en gaf die aan hem. 'Ik laat de wasbak vast vollopen, trek jij je broek maar vast uit.'

Henry trok zich terug op de overloop, waar hij zijn broek uittrok en de badjas aandeed. Hij was hem veel te klein, en hij zag er natuurlijk belachelijk in uit, maar het was Frankies badjas, dus hem hoorde je niet klagen.

In de badkamer pakte ze de broek van hem aan en stopte hem in de wasbak vol schuimwater. Over haar schouder vroeg ze: 'Hoe is je onderbroek eraan toe?'

Oké, deze vraag had hij vandaag niet verwacht. Vooral niet uit Frankies mond. 'Eh, goed, heel goed. Dank je.' Hoewel zijn onderbroek een beetje vochtig was, was hij niet van plan die ook nog uit te trekken.

'Lois heeft me over je verteld,' vervolgde Frankie. 'Ze is een beetje verliefd op je. Ik dacht dat jij misschien hetzelfde voelde, tot ik die blik op je gezicht zag.'

'Ja, nou. Ze is nogal... opdringerig.'

'Ik weet het,' beaamde Frankie met een meelevend lachje. 'Niet je type dus?'

Hij schudde langzaam zijn hoofd. Hoe zou ze reageren als hij nu zou zeggen: Nee, maar jij wel. Jij bent mijn type!

Maar natuurlijk zou hij dat niet zeggen. Hij was niet helemaal van lotje getikt. Terwijl ze zijn broek vakkundig waste en uitwrong, zei hij: 'Ze is een leuk mens, maar niet echt mijn... pakkie-an.' O god, wat voor woorden gebruikte hij nu weer. 'Maar bedankt voor je reddingsactie.'

'Ja, want wie weet wat ze nu met je aan het doen zou zijn! Zo, klaar. Nu even in de droogtrommel.' Terwijl ze weer naar beneden liepen, zei Frankie: 'Hoe lang ben je? Tegen de twee meter? Als je niet zo lang was geweest, had ik wel zolang een broek voor je gehad, maar de broeken die ik heb, zijn te kort.'

'Hoe mooi ik je badjas ook vind,' zei Henry ernstig, 'ik geloof dat ik toch liever op mijn broek wacht voordat ik me weer tussen de gasten begeef.'

'Geen enkel probleem.' In de bijkeuken stopte Frankie de broek even in de centrifuge en daarna in de droogtrommel. Ze zette hem aan. 'Het duurt niet lang.' Nadat ze hem had meegenomen naar een charmante, blauw met crèmekleurige huiskamer, zei ze: 'Doe alsof je thuis bent. Als je wilt, kun je tv kijken. Zal ik je iets te drinken brengen?'

'Nee, dank je. Ik hoef niks,' zei hij.

Met kuiltjes in haar wangen zei Frankie: 'Goed. Ik kom over twintig minuten je broek weer brengen.'

Er leek een of ander feest aan de gang te zijn. Toen Joe zijn auto tot stilstand bracht voor zijn oude huis, hoorde hij muziek en stemmen, en hij zag dat de tuin vol mensen was.

Wat waarschijnlijk betekende dat dit geen goed moment was om langs te komen. Maar ja, wat moest hij anders? Amber had zijn nummer op haar mobieltje geblokkeerd, en het toestel van Frankie leek uit te staan. Om zijn geweten te sussen had hij echter móéten komen. Er was iets wat opgelost moest worden.

Bijna iedereen was buiten in de tuin. Overal hingen ballons, er waren mensen aan het dansen, kinderen die rondrenden. Toen Joe zag dat de deur waardoor je via de zaak in het huis kon komen, op een kier stond, liep hij naar binnen. In de keuken was niemand, maar de deur van de huiskamer zat dicht en zo te horen stond de tv aan. Waarschijnlijk Amber, die het feest probeerde te mijden.

Joe deed de deur open. Hoewel hij zich schrap had gezet voor het moment waarop hij oog in oog met zijn dochter zou komen te staan, was hij totaal niet voorbereid op de aanblik van een volslagen onbekende man – en dan ook nog een reus van een Afro-Caraïbische man – die languit op de bank, met Frankies badjas aan, naar atletiek lag te kijken.

'Wie ben jij?' wilde Joe op hoge toon weten, verscheurd tussen schrik, woede en – als hij heel eerlijk was – angst. 'Wat moet je hier?'

Na een fractie van een seconde zei de man die de lichtgroene badjas van Joe's vrouw droeg: 'Dat zou ik ook aan jou kunnen vragen.'

'Dit is mijn huis.' Shit, moest je die spieren van die vent zien! En waar was Frankie in godsnaam mee bezig?

'O ja?' De bezoeker trok een lichtelijk belangstellende wenkbrauw op en bleef waar hij was. 'Dan moet jij de ex-man zijn.'

'Geen ex. We zijn nog steeds getrouwd. Je hebt de badjas van mijn vrouw aan.' Hoewel de woorden uit zijn mond kwamen, kon Joe nauwelijks geloven dat hij dat had gezegd. Wilde hij echt tot moes worden geslagen door iemand met het fysiek van een bokser?

'Dat weet ik. Ik ben geen inbreker die haar badjas heeft gestolen, hoor, als je dat soms denkt. Ik mocht hem van haar aan.'

'Zo, daar ben ik weer. Hij is klaar... O!' De deur knalde tegen Joe's schouder. Toen Frankie hem zag staan, vroeg ze: 'Joe! Wat doe jij hier?'

Zijn schouder deed vreselijk pijn, maar als hij er nu over wreef, zou hij als een watje overkomen. Op kalme toon zei hij: 'Ik moet met je praten.'

Ze keek hem verbaasd aan. 'Waarover?'

'Het is privé. Het is belangrijk.' Hij zag de lichte broek in haar handen, zag dat de reus overeind kwam van de bank.

'Dank je. Dan laat ik jullie maar even alleen.' Terwijl de reus de broek van Frankie aannam, zei hij: 'Maar als je me nodig hebt, roep dan maar, oké?'

Nadat hij was verdwenen, vroeg Joe: 'Wie is dat?'

Schouderophalend zei ze: 'Dat gaat je niets aan.'

'Ik vraag het alleen maar uit beleefdheid, hoor.'

'Hij is gewoon een vriend van me.'

'Wat voor soort vriend?'

'Een erg aardige vriend. En kijk me niet zo aan, Joe. Ik ga ook verder met mijn leven,' eindigde ze op uitdagende toon.

'Maar... jij bent helemaal niet het type om verder te gaan met je leven.' Het was niet zijn bedoeling geweest dat het zo klonk; de woorden kwamen er gewoon helemaal verkeerd uit.

Ze keek alsof hij haar een klap had gegeven. 'Misschien nu wel.'

'Sorry.' Ze mochten geen ruzie maken; daarvoor was hij hier niet. 'We moeten het over Amber hebben. Ze wil niet met me praten.'

'O nee? Goh, wat raar. Hoe zou dat nou komen?'

Hij wierp haar een blik toe: de makkelijke Frankie die hij had gekend, zou nooit zoiets hebben gezegd. 'Shaun kwam haar tegen op een festival. Ze hebben een tijdje met elkaar zitten praten. Ze vertelde hem dat ze voor al haar tentamens zou zakken. Blijkbaar doet ze niet eens meer haar best om over te gaan.'

'Goed, ik zal het er met haar over hebben.'

'En er is nog meer. Shaun heeft het niet aan mij verteld, maar ik hoorde hem er gisteren met een vriend van hem over praten. Hij zei dat Amber stoned was toen hij haar zag. Ze dronk cider en ze rookte joints.' Hij schudde zijn hoofd. 'Daar moet iets aan gedaan worden. Dit kan zo niet doorgaan.'

Ze stoof op. 'Wil je soms beweren dat het mijn schuld is?'

'Ik zeg alleen maar dat we niet werkeloos kunnen toekijken. Ze beantwoordt mijn telefoontjes niet.'

'Wacht hier even.' Frankie liep abrupt de kamer uit. Even later kwam ze terug, Amber achter zich aan trekkend. Joe's hart kneep zich samen bij de aanblik van de dochter van wie hij zoveel hield, maar toen hij zag hoe ze hem aankeek, kneep zijn hart zich nog verder samen van verdriet.

'Je hebt me in de maling genomen,' mompelde Amber op ijzige toon tegen haar moeder.

'Sorry, schat. Maar je vader wil je per se spreken.'

Er trok een mengeling van voldoening en minachting over Ambers gezicht. 'Liever niet.'

Op kalme toon zei Joe: 'Shaun heeft me verteld over je tentamens.'

'En wat kan jou dat schelen?'

'Amber, ik ben je vader.'

'Niet meer.'

'Ik heb ook gehoord dat je drinkt, dat je drugs gebruikt.'

'Ha, ik wist het wel,' zei ze met strakke kaken.

'Hij heeft me dat niet verteld, ik hoorde het hem tegen een vriend zeggen.'

'O, ook nog je volmaakte zoontje verdedigen?' vroeg Amber hatelijk. 'Hem beschermen?'

'Als je drugs gebruikt, gaat het me wel wat aan.'

'Het gaat je helemaal niets aan, het is hooguit jouw schuld!'

De kamerdeur sloeg met een klap achter haar dicht.

'Ik praat straks wel even met haar,' zei Frankie. 'Je kunt nu beter gaan.'

Joe wilde zeggen dat het hem speet, hij wilde haar in zijn armen nemen en vertellen dat hij nog steeds van haar hield. Maar hij wist dat dat niet ging.

Zonder nog iets te zeggen vertrok hij.

37

Frankie vond haar dochter in de tuin, waar ze sinaasappelsap zat te drinken en naar de muziek te luisteren.

'Is hij weg?' vroeg Amber.

'Ja. Liefje...'

'O mam, kijk niet zo bezorgd, er is helemaal niks van waar!'

Frankie had een knoop in haar maag. 'Maar waarom zou die jongen – Shaun – dat dan zeggen?'

'Omdat hij geloofde wat ik zei! Ik deed het expres, snap je dat dan niet? Ik wilde gewoon dat papa dacht dat ik alles aan het verkloten was, en ik wist dat Shaun het hem zou vertellen.

Ha, en het heeft nog gewerkt ook!' Stralend vervolgde ze: 'Net goed! Alleen had ik je eigenlijk moeten waarschuwen. Sorry, ik had niet gedacht dat hij echt hiernaartoe zou komen.'

'Dus... maar Shaun zei...'

'Mama, ik heb hem verteld wat hij wilde horen. Ik zei dat ik niks had gedaan en dat ik voor alle tentamens zou zakken. Maar je weet best dat dat niet zo is, je hebt toch gezien hoe hard ik heb gewerkt – ik wil dat echt niet voor niks hebben gedaan, hoor. En toen op dat festival, toen hebben Shaun en zijn vriend me vanuit de verte in de gaten gehouden. Je had ze eens moeten zien, zo keurig en opgedoft, ze pasten daar totaal niet. Toen ze bij me kwamen zitten, leek het me gewoon leuk om te doen alsof ik stoned was. Ik wilde papa kwetsen, en dat leek me wel een goeie manier. Maar jij weet hoe het echt zit, mam. Je weet dat ik geen drugs gebruik, en ik zat ook niet te drinken. Duff had een fles cider bij zich, maar die smaakte walgelijk. Ha, maar ik heb die jongens mooi te pakken gehad.' Met sprankelende ogen voegde ze eraan toe: 'Ik kan nog beter toneelspelen dan ik dacht.' Ze trok een gezicht alsof ze onder invloed was, met hangende oogleden, en zei op een dronken toon: 'Ik zak overal voor en dat doet me lekker helemaal niks.'

Het zag er heel overtuigend uit. En bovendien was ze inderdaad altijd erg tegen drugs geweest. Het klonk allemaal heel plausibel. Frankie besloot haar dochter te vertrouwen en slaakte een zucht van verlichting. 'Nou, gelukkig. Ik begon me al zorgen te maken.'

'Sorry, mama.' Amber sloeg haar armen even om haar moeder heen. 'Maar dat hoeft echt niet. Het gaat prima met me.'

'O, en ik moet me bij jou verontschuldigen!' Frankie hield Henry en Molly tegen die net langsliepen. 'Sorry voor dat kleine misverstand van daarnet,' zei ze tegen Henry.

Hij schudde glimlachend zijn hoofd. 'Geen enkel probleem.'

Molly vroeg: 'Wat voor misverstand?'

'Toen Joe net langskwam, zat Henry in de huiskamer, met mijn badjas aan en zonder broek!'

'Ha!'

'Henry was fantastisch,' vertelde Frankie. 'Hij speelde het heel cool.'

Bescheiden zei Henry: 'Nou ja, zo cool als het ging in een veel te kleine groene badjas.'

'Toen je de kamer uit was, vroeg Joe me wat er aan de hand was.' Blozend vervolgde Frankie: 'Ik hoop dat je het niet erg vindt, maar ik heb gedaan alsof we... nou ja... je weet wel...'

Weer schudde hij zijn hoofd. 'Het zou zonde zijn geweest als je die kans niet had gegrepen.'

Zijn droge humor beviel haar wel, en bovendien vond ze hem heel charmant.

'De laatste keer dat je hier was, zijn we je misgelopen,' zei Molly. 'Maar we hebben al veel over je gehoord.'

'Ik heb jou toen wel gezien,' vertelde Henry haar. 'Uit de verte, toen jullie terugkwamen uit Londen. Er zat een klein konijntje midden op de weg. En jij bent toen uitgestapt om het te redden.'

'Dat klopt! Toen we voor het stoplicht stonden te wachten! Reed jij toen net de andere kant uit? Dat konijn heeft toen mijn hele broek onder gepist. O wauw,' riep Molly uit, wijzend naar zijn broek. 'En zo te zien heb jij precies hetzelfde probleem gehad...'

Frankie keek naar hen en zei: 'Jullie weten toch wel wat dit betekent, hè? Jullie zijn praktisch een tweeling.'

Molly's mobieltje zoemde, het teken dat er een sms'je van Vince was binnengekomen. 'Hoi, hoe gaat het daar? Hoe laat zal ik je ophalen? En zal ik een blauw of een groen overhemd aantrekken?'

Ze aarzelde. Het was vijf uur, en het feest was nog in volle gang.

Naast haar vroeg Dex: 'Problemen?'

'Ik vroeg me alleen af hoe lang jullie hier nog doorgaan.'

'Nou, ik was niet van plan om ze er nu al uit te schoppen.' Dex was druk bezig video-opnames van Delphi te maken die het zoveelste zelfgebreide cadeautje showde, deze keer een pluizig geel mutsje met oorflappen, waardoor ze eruitzag als een onthoofde kip. 'Zolang iedereen zich vermaakt, is er geen reden om ermee op te houden. O ja, je hebt vanavond die afspraak. Hoe laat moet je weg?'

'Nog niet.' Molly trok een grappig gezicht naar Delphi, die

aan het handen klappen was met Henry. Ze zou Vince een sms'-je sturen om te zeggen dat acht uur prima was.

'Kakakakakah!' brabbelde Delphi vrolijk, terwijl ze Henry's vingers vastpakte. 'Gagagagagah... Papapapapapapah!'

'O wauw, moet je horen! Goed zo!' Molly wendde zich opgewonden tot Dex. 'Heeft ze al eerder papa gezegd?'

'Nee,' antwoordde hij droog. 'En het zou nog leuker zijn geweest als ze het tegen mij had gezegd in plaats van tegen Henry, maar het is een begin.'

Ze keken elkaar even aan, en ze voelde met hem mee. Het was een behoorlijk emotioneel moment om Delphi dat woord voor het eerst te horen zeggen, zelfs al was het dan tegen de verkeerde man. En dat nog op haar verjaardag ook.

'Papa.' Molly probeerde Delphi's aandacht te trekken en wees naar Dex. 'Papa!'

'Papapapa.' Delphi sloeg een armpje om Henry's nek en plantte een natte kus op zijn wang.

Molly schrok op toen iemand achter haar geamuseerd zei: 'Genetisch gezien niet erg waarschijnlijk.'

'Hoi.' Dex stopte met filmen, en Amanda liep langs Molly heen om hem met een kus op de mond te begroeten.

Nou, aan aandacht geen gebrek. Overal in de tuin draaiden zich mensen om en werden er wenkbrauwen opgetrokken vanwege deze nieuwe en roddelwaardige gebeurtenis. Molly voelde zich een klein beetje alsof ze een stap had gezet op grond die er niet meer was.

'Ik heb besloten dat er geen enkele reden is om geheimzinnig te blijven doen over ons,' zei Amanda grijnzend tegen Dex. Ze liet haar blik over de zee van nieuwsgierige gezichten glijden en verkondigde: 'Niks aan de hand, mensen. Hij is geen patiënt van me, en Delphi nu ook niet. Het mag! We zijn twee volwassenen die het heel erg goed met elkaar kunnen vinden. Bijzonder goed zelfs. En kijk eens voor wie ik nog meer ben gekomen!' Ze nam Delphi over van Henry en tilde haar hoog in de lucht. 'Gefeliciteerd, kleintje! Wat zie je er mooi uit met dat mutsje! Wat een mooi meisje ben je ook!'

Delphi had de hele middag al in het middelpunt van de belangstelling gestaan, maar dat Amanda haar op zo'n bezitterige manier knuffelde, gaf Molly een nog raarder gevoel dan de kus van Dex en Amanda.

Ze voelde een steek van – wat was het? Jaloezie? – toen ze zag dat Delphi haar roze mondje tuitte en een kus op Amanda's wang plantte.

'Ah, dank je wel, dat was heel fijn,' kirde Amanda.

'Mamamamamah,' zei Delphi.

De steek werd een soort doorboring. Niet in staat het nog langer aan te zien, richtte ze haar aandacht op het mobieltje in haar hand. Vince zat vast op antwoord van haar te wachten.

Met lichtelijk trillende vingers sms'te ze: 'Kom meteen maar.'

'Trouwens.' Lois nam haar vader even apart en fluisterde: 'Niet verder vertellen, maar ik wil je gewoon even waarschuwen. Volgens mij ziet Frankie het wel zitten.'

Stefan fronste een beetje. 'Wat ziet ze zitten?'

'Jou, pap!' Ze moest grijnzen om zijn verbijsterde blik.

'Vast niet.'

'Ik weet het bijna wel zeker. Ze heeft me daarstraks zo'n beetje aan een kruisverhoor onderworpen, ze stelde allerlei vragen over jou en je liefdesleven.' Droog voegde ze eraan toe: 'Dus dat was snel verteld. Maar je had haar eens moeten horen. En hoe ze naar me keek toen ik het over jou had. Ze wilde echt alles weten!'

'O god,' verzuchtte Stefan. 'Ik vroeg me al af of er iets was toen ze bij me was. Ik vond haar een beetje raar doen. Maar ik had nooit gedacht dat dit het was.'

'Waarom zou je ook? Je bent een man.' Lois, die haar vader aanbad, kende de tekortkomingen van het andere geslacht als geen ander; als je zo lang een pub bestierde als zij, dan wist je langzamerhand wel dat mannen over het algemeen hopeloze gevallen waren.

'Weet je zeker dat je gelijk hebt?'

'Papa, ik heb altijd gelijk. Frankies man heeft haar in de steek gelaten. Ze is alleen en wil zich heel graag weer goed voelen. En begeerd. En... aantrekkelijk. Ze heeft een man nodig, als vervanging voor Joe, en zo te zien heeft ze haar zinnen op jou gezet.'

'Nou, dit is wel heel ongemakkelijk.' Stefan keek bezorgd. 'Ik bedoel, ze is een erg aardige vrouw, maar ik... Er is geen enkele...'

'Dat weet ik, pap. Daarom waarschuw ik je ook,' zei Lois meelevend. 'Wil je dat ik het er met haar over heb? Zal ik haar voorzichtig laten merken dat je geen belangstelling hebt?'

'Nee, nee, niet doen.' Zichtbaar ongelukkig bij het vooruitzicht, zei hij: 'Doe dat alsjeblieft niet. Ik zorg wel dat ik bij haar uit de buurt blijf.'

38

Molly was nog nooit zo blij geweest om iemand te zien. Terwijl ze in de gaten hield of Vince er al aankwam, had ze Stefan stilletjes het feest zien verlaten. Vlak daarna was Vince in zijn glanzende auto komen aanrijden. Tien minuten daarvoor had Amanda tegen haar gezegd: 'Ik hoorde dat jij een vriend hebt? Fantastisch, zeg!' Op de manier van een competitieve moeder, die verrukt meedeelde dat haar peuter voor het eerst op de wc had gepoept.

Molly knikte. 'Ja, hij heet Vince.'

'Ik weet het, Dex heeft het me verteld. Is hij aardig?'

'Echt heel aardig.'

'Wat leuk voor je! Ik ben zo benieuwd naar hem. Dex vertelde dat het al een aardige tijd geleden is dat je een vriend had.'

Een jaar geleden om precies te zijn. De afgelopen twaalf maanden waren een soort seksuele woestijn geweest. De enige man met wie ze het bed had gedeeld, was Dex, en dat had nog geen tien minuten geduurd.

Molly vroeg zich af of hij Amanda wel had verteld over die schandalige, overdreven zelfverzekerde, beschonken versierpoging van hem.

Nou ja, waarschijnlijk kon ze er maar beter haar mond over houden.

Ondertussen stond Amanda op een antwoord te wachten.

'Ja.' Ze knikte. 'Het is inderdaad een tijdje geleden.'

Fijn dat je me er even aan herinnert.

'Nou, als je iets nodig hebt qua voorbehoedsmiddelen, bel dan gewoon voor een afspraak.' Amanda keek haar aan met de zelfverzekerde blik van een vrouw die de volledige controle had over haar eigen contraceptieve gedoetje. 'Dan regelen we het zo voor je!'

Hoe dan ook, Vince was er. Hij zag er ontzettend goed uit in zijn donkerblauwe linnen pak en lichtgroene overhemd, zoals hij daar een vlekje van zijn auto stond te vegen met een zakdoek.

'Is dat hem?' Frankie kwam naast haar staan en floot even. 'Wauw.'

'Ja, hè?' Molly voelde even iets van trots; hij was lichamelijk inderdaad een volmaakt exemplaar van de mannelijke kunne. Hoewel dit er misschien een beetje een maf moment voor was, was het misschien toch wel verstandig om maar eens aan voorbehoedsmiddelen te gaan denken.

Maar dat ging ze echt niet via Amanda regelen! Brr.

Nadat ze Vince had begroet, nam ze hem mee de tuin in en stelde hem voor aan de andere gasten. Toen ze bij Dex en Amanda waren aanbeland, schudde Vince Dex de hand en zei: 'Leuk je weer te zien.'

Dex zei achteloos: 'Idem dito.'

'En ik ben Amanda. Hoi!' Amanda stak haar arm bezitterig door die van Dex. Met sprankelende ogen wendde ze zich vervolgens tot Molly: 'Heel goed gedaan!'

Gewoon waar iedereen bij was, alsof ze daarmee haar verbazing te kennen wilde geven over het feit dat zij, Molly, zo'n goede partij aan de haak had geslagen.

En begin alsjeblieft niet weer over voorbehoedsmiddelen!

'We kwamen jullie alleen maar even gedag zeggen,' flapte Molly eruit. 'We moeten meteen weg.' Ze hadden hem nu gezien en bewonderd, en dat was genoeg.

'Dat hoeft niet, hoor,' zei Vince. 'Ik heb voor acht uur gereserveerd, dus we hoeven pas tien voor halfacht weg.' Hij dacht even na. 'Misschien kwart over zeven, voor de zekerheid.'

Goed, hij was de vorige keer ook een beetje zo geweest; punctueel zijn was blijkbaar belangrijk voor hem. Molly zei: 'Ja, maar ik wil me eerst thuis even verkleden en opfrissen.' O god, jemig, had ze dat echt net gezegd? Ze had het woord 'opfrissen' nog nooit eerder gebruikt.

'O, daar had ik niet aan gedacht.' Vince keek op zijn horloge, in zichzelf een nieuwe berekening makend. 'Dan kunnen we maar beter gaan.'

Amanda trok een geëpileerde wenkbrauw op alsof ze Molly discreet in herinnering wilde brengen dat ze zich niet moest laten gaan en geen wilde seks mocht hebben zonder voorbehoedsmiddel. Toen zei ze met een brede lach: 'Veel plezier. Hoor eens, eigenlijk zouden we een keer iets met z'n vieren moeten doen, nu we praktisch buren zijn.' Ze wendde zich tot Dex. 'Zullen we ze voor volgend weekend te eten vragen?'

'Goed idee.' Dex, makkelijk als altijd, was er meteen voor te vinden. 'Waarom niet? Ik ben heel erg goed in kaas op toast.'

Dat was zijn nieuwste culinaire meesterwerk. Molly zei: 'Alleen maar omdat ik je heb geleerd dat je er worcestersaus bij moet doen.'

'Ga je schamen, jullie twee.' Amanda deed net alsof ze het vreselijk vond. 'Ik regel het eten wel. Dat wordt stukken beter dan waar jullie het over hebben. Ik kan namelijk ontzettend goed koken.'

Dex was diep onder de indruk. 'Echt waar?'

'Zeker weten.' Haar lachje was tegelijkertijd speels en uitdagend. 'Gewoon een van mijn vele talenten.'

Gatver, nu was het echt tijd om te gaan.

'Dat hoef je echt niet te doen,' zei Frankie, toen ze Henry met opgestroopte mouwen tot aan zijn ellebogen in het sop alle glazen zag afwassen die niet in de vaatwasser hadden gepast.

'Het is geen probleem.' Hij deed haar protest met een schouderophalen af. 'Ik vind het wel leuk om te doen.'

Het was acht uur; het feest was eindelijk afgelopen, de band had zijn spullen gepakt en was vertrokken, en de laatste gasten maakten ook aanstalten om weg te gaan.

'Altijd leuk, een huiselijke man.' Frankie pakte een schone theedoek en begon de glazen te drogen. 'Blijf je hier vanavond logeren?'

Geamuseerd knikte Henry door het raam naar buiten, waar Dex en Amanda nog zaten.

'Bij die tortelduifjes, bedoel je? Nee, ik denk dat ik nog een paar uur blijf en dan naar huis ga, zodat ze alleen kunnen zijn. Maar het was een leuke dag. Ik heb er echt van genoten.'

'Ik ook. Oeps.' Frankie liet een nat glas uit haar handen glippen dat op de rand van het afdruiprek viel en op de grond zou zijn beland als Henry het niet pijlsnel had opgevangen.

'Alsjeblieft.' Hij gaf het glas weer aan haar.

'Goed gedaan, zeg.' Ze glimlachte; hij was duidelijk een sportman.

'Mam? Ik ga nu weg.' Amber kwam de keuken in stormen om haar een kus te geven. 'Ik blijf vannacht bij Nicola logeren en ben morgen voor de middag weer terug.'

Voor het eerst bespeurde Frankie iets van twijfel bij zichzelf. Tot nu toe had ze Amber altijd volkomen vertrouwd. 'Wat gaan jullie doen?'

'O, niks bijzonders. Een beetje heroïne spuiten en sterkedrank achteroverslaan. Grapje!' Geduldig vervolgde ze: 'In het echt gaan we popcorn maken en dvd's kijken, romantische films en zo. En ik wil morgen voor de middag weer terug zijn, omdat ik nog heel veel huiswerk heb. Maar mocht papa ernaar vragen, zeg hem dat dan maar niet. En geen paniek, want je hoeft je over mij echt geen zorgen te maken. Oké, mam?'

'Ja, maak er maar grapjes over.' Frankie vond het stiekem altijd erg leuk wanneer Amber haar zo plaagde. Ze gaf haar dochter een kus. 'Goed schat, dan zie ik je morgen weer. Veel plezier.'

'Dat zal wel lukken. Dag!' Amber zwaaide nog even en liep toen met verende tred de deur uit.

'Je mag wel trots zijn op je dochter,' zei Henry, toen ze weg was.

Frankie straalde. 'Dank je.'

'En wat ga jij vanavond doen?'

'Ik? Voeten omhoog, een kop thee, tv aan... en dan val ik waarschijnlijk in slaap en mors ik thee op de bank.' Ze keek hem grijnzend aan. 'Ik leid echt een wild leventje.'

Terwijl Henry nog een glas omspoelde, zei hij ineens: 'Want als je soms zin hebt om ergens wat te gaan drinken of eten, dan zouden we dat wel kunnen doen... Ik bedoel, als je dat mocht willen, dan ga ik graag mee...'

Ze keek hem verbaasd aan. Jemig, wilde hij een soort date met haar?

'O nou, dat is heel aardig van je, maar... gossie.' Paniek, paniek. 'Luister, dank je wel, maar ik ben nog niet klaar voor een... je weet wel... een... Nou ja.' Wat compleet belachelijk en pathetisch klonk, maar de woorden rolden als vanzelf over haar lippen, een intuïtieve reactie waar haar hersens niet aan te pas kwamen.

'Oké, oké, geen probleem. Wat je wilt. Vergeet maar dat ik iets heb gezegd.'

Het was een hele troost om te merken dat Henry het ook zo snel mogelijk wilde vergeten en het blijkbaar gewoon als een foutje zag dat je het best maar meteen kon uitwissen.

Ze wierp hem een dankbaar lachje toe. 'Dank je. En het heeft niks met jou te maken, hoor. Het komt puur door mij.'

'Ik had je niks moeten vragen.' Door zijn gegeneerde, maar opgeluchte blik besefte ze voor het eerst dat hij nog verlegener was dan hij al leek.

Wie had dat nou kunnen denken, dat iemand die er zo imposant uitzag zo weinig zelfvertrouwen had?

Een van de laatste gasten kwam de keuken in en vroeg aan Henry, aan wie hij eerder die avond gratis financieel advies had proberen te ontfutselen, of hij zijn nummer mocht hebben. Henry droogde zijn handen af, pakte zijn portefeuille en gaf hem een visitekaartje. Nadat de man hem had bedankt en weer was weggelopen, pakte Henry onhandig nog een kaartje uit zijn portefeuille en gaf het haar. Hij mompelde: 'Voor het geval je me ooit nodig hebt... of iets wilt vragen... Je kunt het natuurlijk altijd in de vuilnisbak gooien zodra ik weg ben.'

Hun handen raakten elkaar even toen Frankie het visitekaartje aanpakte. Er trok ineens een scheut, nee, scheutje adrenaline door haar heen.

'Natuurlijk gooi ik het niet in de vuilnisbak,' zei ze.

Henry zei niets, hij keek haar alleen maar aan met een ondoorgrondelijke blik in zijn donkere ogen. Weer een scheut, maar nu stukken sterker.

Frankie hapte bijna naar adem en wendde gauw haar blik af. Jemig, waar kwam dit ineens vandaan?

39

Hoewel Dex en Amanda er bij hem op hadden aangedrongen om nog wat langer te blijven, wist Henry heel goed dat alleen Dex het meende; het was duidelijk dat Amanda Dex voor zichzelf wilde. Zodra Delphi naar bed was gebracht, en hij het vijfde wiel aan de wagen was geworden, had hij afscheid genomen.

Het was kwart over acht, en achter hem ging de zon onder, terwijl hij nog wat gas gaf en de M4 in oostelijke richting opreed. Nou, dat was me het dagje wel. Eerder die dag, op de heenweg naar Briarwood, had hij een expert in positief denken op de autoradio horen zeggen dat mensen dingen die ze wilden, alleen maar in gang hoefden te zetten om een beter leven te krijgen. 'Je moet nooit spijt hebben van de dingen die je hebt gedaan,' had de positieve denker benadrukt, 'alleen van de dingen die je niet hebt gedaan.'

Wat eerlijk gezegd vreselijk eng had geklonken, maar Henry was de woorden niet vergeten; ze waren hem door het hoofd blijven spelen als een grammofoonplaat waarop de naald bleef hangen.

Dus wat had hij gedaan? Hij had besloten het risico te nemen, de sprong te wagen, impulsief te handelen en te kijken of die uitspraak klopte.

Hetgeen betekende dat hij Frankie had leren kennen, met haar had gepraat en had ontdekt dat ze in het echt nog leuker was dan hij al had gedacht.

En toen had hij haar heel onhandig mee uit gevraagd.

En was kordaat afgewezen.

Maar zelfs toen had hij er nog vertrouwen in gehad, een belachelijk vertrouwen, en hij had dus een nog veel onhandiger zet gedaan door haar zijn visitekaartje in de maag te splitsen, terwijl het zonneklaar was dat ze geen belangstelling voor hem had.

Wat een idioot was hij ook. God, wat moest ze wel niet van hem hebben gedacht toen hij zo aan het stuntelen was en zichzelf als een halvegare tiener stond aan te stellen? Met zijn handen stijf om het stuur kwelde Henry zichzelf met de herinnering aan alle stomme dingen die hij had gezegd en gedaan, en hij dacht aan Frankie, die zo tactvol en lief met zijn ongewilde avances was omgegaan.

En het was allemaal zijn eigen schuld.

Dat kreeg je ervan als je luisterde naar de raad van zogenaamde deskundigen op de radio.

Die fout zou hij niet snel meer maken.

Stilte. Stilte. En nog meer stilte.

Frankie, die languit op de bank lag, zette de tv aan en begon wat te zappen. Ze zette de tv weer uit en keek naar haar kop thee, die koud en troebel was geworden.

Hoe kwam het toch dat sommige avonden voorbijvlogen, en andere zich als een slak met constipatie voortsleepten? Had ze eigenlijk ooit wel eens een avond meegemaakt die zo langzaam voorbijging als deze? Ze slaakte een gefrustreerde zucht; daar zat ze dan, in een leeg huis, en ze voelde zich eenzamer dan ooit tevoren. Amber was weg. Molly was uit met Vince. Joe was in Tetbury, bij Christina. Op een schaal van verveling van één tot tien, was dit een twintig. God, en de uren strekten zich eindeloos voor haar uit... Inmiddels had ze er behoorlijk spijt van dat ze niet op Henry's voorstel was ingegaan.

Zoals gewoonlijk was het haar weer gelukt om nee te zeggen terwijl ze ja had moeten zeggen.

En het was nu te laat om nog van gedachten te veranderen.

Of niet soms?

Niet aan denken. Natuurlijk is het te laat.

Frankie stond op en liep naar de keuken om een fles wijn uit de ijskast te pakken.

Twintig minuten later zoemde de vraag nog steeds door haar hoofd.

Wat als het niet te laat was?

Wat als dat nou gewoon niet zo was?

Naast haar, op de bank, ging haar mobieltje over, en ze schrok zich rot. Was het Henry, die belde om te zien of ze van gedachten was veranderd?

Goed, dat was zeer onwaarschijnlijk, aangezien hij haar nummer niet had.

'Ik ben het,' zei Joe. 'Heb je nog met Amber gepraat?'

O fijn, dit kon ze er ook nog wel bij hebben.

'Met Amber is alles in orde. Ze heeft geen drugs genomen, ze deed alleen maar alsof, omdat ze wist dat jij het te horen zou krijgen.' Dat mocht hij best weten, vond ze. Ze voegde eraan toe: 'En ze werkt ook heel hard voor haar tentamens.'

'En jij gelooft haar?'

Ze stoof op. 'Ja, natuurlijk. Ik ben haar moeder en ik weet heus wel wanneer ze liegt of niet.'

'Hm. En wie was die man die jouw badjas aanhad?'

Aha, dus dat was nog een reden waarom hij belde.

'Dat heb ik je toch gezegd? Hij is een vriend van me.' Haar glas was leeg. Ze liep terug naar de keuken om bij te schenken.

'Oké, als je maar niks overhaasts doet.'

'Wat wil je daarmee zeggen?'

'Dat weet je best. Iedereen houdt je in de gaten nu, wacht af wat je gaat doen. Het is nergens voor nodig om jezelf voor schut te zetten.'

Opstuiven was helemaal niets vergeleken met wat ze nu voelde. Ze keek naar de ijskoude fles in haar hand; als Joe hier was geweest, had ze hem er maar al te graag mee voor zijn kop geslagen. 'Je bedoelt dat het nergens voor nodig is om mezelf nog meer voor schut te zetten, aangezien mijn man me al voor schut heeft gezet door twintig jaar lang zijn andere gezinnetje voor me verborgen te houden, en ik sowieso al de risee van het dorp ben?'

'Ik heb het nu over waardigheid. Ik wil je alleen maar helpen, en jij schiet meteen in de verdediging,' zei hij. 'Wat des te meer bewijst dat ik gelijk heb.'

God, wat haatte ze het wanneer hij op dat overdreven redelijke toontje van hem sprak. 'Ik zal maar niet zeggen wat ik van je denk, want dan word ik nog opgepakt wegens laster.'

Ze verbrak de verbinding en schonk nog meer wijn in; haar hand trilde zo erg dat de hals van de fles tegen de rand van het glas tikte.

Waardigheid. Jezelf niet voor schut zetten. Gewoon in je eentje thuiszitten, geen gekke dingen doen en vooral geen lol hebben, dat was het dus wat Joe van haar verwachtte.

Nou, hij kon de pot op. En nog een keer. Ze sloeg nog meer wijn achterover en voelde haar hart tegen haar ribben bonken. Toen liep ze naar de keuken om het visitekaartje te pakken dat Henry haar had gegeven.

Ze toetste het nummer in en hoorde zijn toestel overgaan. Dit was niet iets wat ze normaal deed.

Nou ja, misschien was het tijd voor verandering.

Ze schrok toen ze zijn voicemail kreeg, want ze had niet bedacht wat ze in dat geval zou zeggen.

'Hoi, met mij... eh, Frankie... sorry, ik vroeg me af of je zin hebt om alsnog hiernaartoe te komen, maar aangezien je niet opneemt, zul je wel in de auto zitten... dus ben je al op weg naar Londen... Oké, maakt niet uit. Ik ben gewoon te laat. Dag!'

Alle overmoedigheid was ineens verdwenen. Terwijl ze de verbinding verbrak, slaakte ze een kreet van wanhoop en brulde: 'O fuck!' Toen ze naar haar toestel keek, schrok ze zich lam; ze zag dat haar telefoontje nog aan stond en dat haar woorden nog steeds werden opgenomen. Ze piepte: 'Sorry!' en drukte de toets nog een keer in, er deze keer op lettend dat de verbinding echt werd verbroken. Toen begroef ze haar hoofd in haar handen.

Henry reed het benzinestation in en luisterde het bericht af. Voelde het ook zo als je gebeld werd en ze je vertelden dat je de lotto had gewonnen?

Hij belde terug en hoorde Frankie voorzichtig vragen: 'Hallo?'

'Met mij. Mag ik nog steeds langskomen?'

'Meen je dat?' Haar stem schoot omhoog. 'Natuurlijk! Ik wist niet dat je nog in Briarwood was, ik dacht dat je in de auto zat.'

Hoe ver was hij van Briarwood? Als hij bij de volgende afslag keerde en snel terugreed, hoe lang zou hij daar dan over doen? Eén ding wist hij zeker: hij kon haar niet vertellen waar hij was.

'Wacht op me.' Er trok een onnozele grijns over zijn gezicht, terwijl hij zijn auto in de achteruit zette. 'Ik ben al onderweg.'

Het was halftien toen er werd aangebeld.

Met een bonkend hart deed Frankie open. 'Je zat al op de M4,' zei ze.

'Maar nu ben ik hier,' zei Henry.

'Dit is idioot.'

'Ik weet het.' Hij knikte en lachte een beetje.

'Sorry dat ik fuck zei. Ik dacht dat ik mijn telefoontje al uit had.'

'Ik vond het wel fijn dat je fuck zei. Dat maakte het makkelijker om je terug te bellen.' Hij zweeg even. 'En terug te rijden.'

Frankie haalde opgelucht adem. Het was gewoon hartstikke gek wat er nu gebeurde. Op de een of andere manier hadden hun toenaderingspogingen, die elk op hun beurt behoorlijk in de soep waren gelopen, de boel in evenwicht gebracht. Eerst Henry met zijn onhandige toenaderingspoging, toen zij. Ze stonden nu quitte, ze hoefden niet meer te doen alsof.

'Waar staat je auto? Ik heb hem niet gehoord.'

'Ik wist niet of je wel wilde dat hij voor je huis stond. Ik heb hem in het laantje achter de kerk geparkeerd.' Na een korte aarzeling voegde hij eraan toe: 'Ik wist niet of het misschien al te laat zou zijn om nog uit te gaan. Maar als je wilt, kunnen we dat best doen.'

'Tja, het is inderdaad aan de late kant.' Ze voelde dat ze knikte, een raar geknik, als dat van die speelgoeddingetjes met hoofden op veertjes. 'Waarschijnlijk is het makkelijker om gewoon thuis te blijven. Ik heb wijn. Of koffie, als je wilt.' Dat ze hem wijn aanbood, hield dat in dat ze ervan uitging dat hij echt bleef? O god, dit was gewoon een mijnenveld.

Maar wel heel opwindend.

'Maakt mij niet uit,' zei hij. 'Zeg jij het maar.'

Hij had betoverende ogen. Frankie pakte nog een wijnglas uit de glazen kast en zette toen het koffiezetapparaat aan. 'Weet je wat, ik zorg voor allebei. En dan kun je nemen waar je zin in hebt.'

Terwijl ze koffiezette en een glas wijn inschonk, was ze zich er erg van bewust dat er iemand achter haar stond. Wat dacht hij nu? Leek haar kont niet erg groot? Merkte hij hoe ze zich op dit moment voelde?

Het was Henry die de stilte verbrak. 'Dus Amber is een nachtje uit logeren?'

'Ja.' Dat wist hij al.

'En je verwacht ook geen ander bezoek vanavond? O god.' Hij schudde vol wanhoop zijn hoofd. 'Dat is iets wat een moordenaar zou vragen. Sorry, sorry. Ik ben geen moordenaar.'

'Fijn om te horen.' Ze glimlachte. 'En nee, geen ander bezoek. Ben je zenuwachtig?'

Hij knikte. 'Heel erg. En jij?'

'O ja. Hier, pak aan.' Ze gaf hem de wijn en de koffie en liep voor hem uit naar de huiskamer. 'Weet je wat, zet alles maar neer. Mag ik gewoon iets doen?'

Want hoe sneller het gebeurde, des te sneller ze van dat ongemakkelijke gedoe af waren. Met een onstuimig bonkend hart wachtte ze tot hij het kopje en het glas op de salontafel had gezet. Toen liep ze naar hem toe, sloeg haar armen om zijn nek en kuste hem vol op de mond.

Wauw, moet je mij eens zien, moet je eens zien wat ik doe!

En nog meer wauw, dit voelt echt fantastisch!

Toen er werd aangebeld, bevroren ze allebei in hun bewegingen.

Allemachtig, zeg.

Dus wel bezoek.

'Ik heb geen idee wie het is,' fluisterde ze. 'Maar ik moet wel even opendoen.'

'Wat zal ik doen?'

'Blijf maar gewoon hier. Wie het ook zijn, ik wimpel ze wel af.'

Ze sloot de deur van de kamer achter zich en liep de gang door. Wie belde er in vredesnaam zo laat nog aan?

'Hoi,' zei Lois. 'Sorry, heb ik je aan het schrikken gemaakt? Je kijkt alsof je een spook hebt gezien!'

40

Uitgerekend Lois. Henry's grootste en vurigste fan.

'Ik verwachtte gewoon niemand. Daarom schrok ik.' Frankie klopte op haar bonkende hart; dat was in elk geval niet gelogen. 'Wat is er?'

'Het gaat om het armbandje van Addy. Ze heeft het vanmiddag hier laten liggen. Blauwe en zilveren kraaltjes, het is niks waard, maar je weet hoe die meisjes zijn. Ik moest het per se van haar gaan halen.'

'Ik heb het nergens gezien.' Frankie schudde haar hoofd; Addy was een schatje, maar haar gevoel voor timing was behoorlijk beroerd.

'Ze heeft me verteld waar het ligt. Ze was bang dat de jonge Bert erop zou gaan kauwen, dus heeft ze het binnen neergelegd. Het ligt in dat kleine zilveren schaaltje op de schoorsteenmantel.'

'O, oké. Wacht even, dan ga ik het voor je halen!' Frankie stak als een verkeersagent haar handen op om aan te geven dat Lois zich niet moest verroeren. Terwijl ze de gang door liep, riep ze nog een keer: 'Ik haal het meteen voor je!'

Lois, die blijkbaar geen lichaamstaal verstond, volgde haar echter door de gang.

O nee, ze zou niet blij zijn als ze zag wie...

Er was niemand. Helemaal niemand. De kamer was leeg. Er stond alleen een kop koffie op tafel, maar Henry was in geen velden of wegen te bekennen. Jezus, waar was hij gebleven? Was hij soms stiekem een goochelaar of zo?

'Ik heb het al.' Frankie pakte het armbandje en smeet het Lois zo'n beetje in de hand. 'Zo!'

'Dank je.' Lois nam haar bedachtzaam op.

Waarom?

'Oké. Druk in de kroeg vanavond? Nou ja, het is zaterdag, dus natuurlijk heb je het druk!' Ze probeerde Lois de kamer uit te krijgen, maar Lois bleef waar ze was.

Lois zei: 'Oké, ik wil niet dat je het verkeerd opvat, maar er is iets wat ik je moet zeggen. Mijn vader heeft niet echt belangstelling voor... je weet wel.'

Met stomheid geslagen vroeg Frankie: 'Waarvoor heeft hij geen belangstelling?'

Lois haalde een keer diep adem en zei toen op meelevende toon: 'Nou, voor jou.'

Frankie verslikte zich bijna. Ze sloeg een hand voor haar mond. Toen zei ze: 'Pardon?'

'Het geeft niks, je hoeft je echt nergens voor te schamen. Nadat je me al die vragen over mijn vader had gesteld, begreep ik ineens waarom dat was. Dus daarom kan ik maar beter meteen zeggen dat... dat dat nooit zal gebeuren. Maar maak je geen zorgen, dit blijft tussen ons. Ik zal het aan niemand verder vertellen.'

Nadat Frankie Lois had uitgelaten, deed ze de voordeur achter haar op slot.

Terug in de huiskamer zei ze: 'Lois is weg. Waar ben je?'

'Nou, ik heb me niet in de schoorsteen verstopt,' antwoordde Henry. 'Ik ben de Kerstman niet.'

Trillend van de zenuwen trok ze de gordijnen voor de openslaande deuren open. Daar stond hij, met in elke hand een glas wijn.

Natuurlijk had ze geweten dat hij daar stond. Er was geen andere plek om je te verstoppen.

Henry hief ernstig zijn glas en sloeg de wijn in één teug achterover.

Frankie pakte het andere glas en volgde zijn voorbeeld.

'Dat over haar vader...' begon ze. 'Ik ben niet verliefd op Lois' vader.'

Hij schudde zijn hoofd. 'Nee, en je vertelt de waarheid, anders zou je niet zo hakkelen en je er zo druk over maken.'

Ze grinnikte, want hij had helemaal gelijk. 'Hoe kun jij dat nou weten?'

'Omdat ik ook zo zou doen.' Hij haalde zijn brede schouders op en zei simpelweg: 'We lijken op elkaar.'

Hij had gelijk; onder hun zeer verschillende uiterlijk leken ze op elkaar. Frankie voelde ineens de elektrificerende zoef van een aantrekkingskracht zonder lichamelijk contact... wat als gevolg had dat ze juist naar dat laatste ging verlangen.

Tegelijkertijd wist ze echter dat ze eerlijk moest zijn.

'Oké, ik moet je iets zeggen. Wat ik je eerder vertelde, geldt nog steeds; mijn man heeft me vernederd, en ik begin er net aan te wennen om weer alleen te zijn. Ik ben nog helemaal niet klaar voor een relatie. God, moet je mij nou horen.' Ze lachte wat om haar eigen veronderstellingen. 'Alsof jou dat wat kan schelen. Maar hoe dan ook, ik wil alleen maar zeggen dat we geen... geen echte verhouding kunnen beginnen.' Haar wangen waren inmiddels knalrood. 'Niet te geloven dat ik dit zeg. Sorry.' Allemachtig, hij woonde in Londen. Hoe kon ze ook maar een moment denken dat hij uit was op een echte relatie met haar?

Henry schudde zijn hoofd. Ongetwijfeld vond hij het erg grappig dat ze hem zo'n beetje beval om zich geen romantische ideeën in zijn hoofd te halen over een slonzige oudere vrouw die jarenlang door haar man was bedrogen.

Uiteindelijk zei hij, er op de een of andere manier in slagend zijn gezicht in de plooi te houden: 'Kom hier.'

En dat deed ze.

Oké, dit was gênant. Molly, wier lichaam blijkbaar een of ander kinderachtig spelletje met haar uithaalde, deed zo haar best om niet te gapen dat ze gevaar liep haar kaken te ontwrichten.

'Hoe zijn de worteltjes?' Vince wees naar de groente op haar bord. Deed hij dat omdat hij dacht dat ze niet wist hoe worteltjes eruitzagen?

'Lekker. Heerlijk.' O nee, was ze er net in geslaagd om de laatste gaap te onderdrukken, lag de volgende alweer op de loer. Dit was vreselijk, ze had al twee keer een gaap onderdrukt; ze bleven maar komen, ze had er totaal geen controle over.

'Alles in orde?' Hij keek bezorgd toen ze subtiel een hand voor haar mond hield.

Arme Vince, wat moest hij wel niet denken? Ze knikte opgewekt en zei: 'Prima!'

Het had echter geen zin, de gapen zaten in haar en wilden eruit. Ze at haastig haar bord leeg, terwijl Vince het had over het gesprek dat hij gisteren met een nieuwe opdrachtgever had gevoerd. Toen schoof ze haar stoel naar achteren en zei vrolijk: 'Ik ben zo terug!'

In de verder lege dames-wc, een luxueuze en grote ruimte, gaapte ze uitgebreid drie keer op een rij. Maar had ze ze nu ook echt uit haar systeem? Zo te voelen niet. Oké, je ging gapen als je lichaam meer zuurstof nodig had. Het leek daarom logisch dat ze lichaamsbeweging nodig had om haar gegaap onder controle te krijgen. Zag je bij de Olympische Spelen ooit een hardloper halverwege de baan stoppen om te gapen? Nee dus. En aangezien hier toch niemand was...

Molly stond al een paar minuten fanatiek op de plaats te joggen toen haar mobieltje ging.

Oeps, hopelijk was het niet Vince die vanuit het restaurant belde om te vragen waar ze bleef. Toen ze op haar schermpje keek, zag ze tot haar opluchting dat het Dex was, en ze nam zonder nadenken op.

'Ja?' Och hemel, ze was echt buiten adem.

'Molly?'

'Wat?'

'Stoor ik je bij iets... belangrijks?'

'Nee.'

'Je hijgt,' zei Dex.

'Nietes.'

'Welles. Als een hond. Weet je zeker dat jij en Vince niet aan het...'

'Heel zeker. Ik was gewoon aan het lachen.'

'Waarom moest je lachen?' Door de twijfel in zijn stem wist ze dat ze de juiste beslissing had genomen; toegeven dat ze aan het joggen was geweest, omdat ze een gevecht tegen niet te stoppen gegaap voerde, zou koren op Dex' molen zijn geweest.

'Vince zit me gewoon allerlei grappige verhalen te vertellen... We hebben het ontzettend leuk.' Molly deed even alsof ze grinnikte, op een manier alsof alleen de gedachte aan al die grappige verhalen alweer genoeg was om haar in hysterisch gelach te doen uitbarsten.

'Oké,' zei Dex. 'Nou, dat is fijn.'

Zie je nou wel? Zelfs nu deed hij het nog, een beetje verbaasd klinken. Met haar ademhaling weer normaal vroeg ze: 'Waarom belde je eigenlijk, Dex?'

'Amanda wil een datum afspreken voor een etentje volgende week. Ze moet het op tijd weten in verband met haar werk. Wat dacht je van woensdagavond?'

'Nee, sorry, woensdag kan ik niet.' Ze kon heus wel, maar waarom zou Amanda de enige zijn met belangrijk werk waar rekening mee moest worden gehouden?

'En vrijdag?'

'Wacht, dan vraag ik het even aan Vince. Ik weet dat hij het deze week behoorlijk druk heeft.'

Gelukkig hoefde ze niet meer te gapen. Met haar hand over de telefoon liep ze terug naar de tafel, waar Vince op haar zat te wachten. 'Dex en Amanda willen graag een eetafspraak maken. Kun je aanstaande vrijdag?'

'Leuk.' Vince knikte. 'Waar ben je al die tijd geweest?' voegde hij er vrolijk aan toe. 'Ik was al bang dat je door het wc-raampje was ontsnapt!'

Hopend dat Dex dat laatste niet had gehoord, haalde Molly haar hand van de telefoon en zei: 'Vrijdag is goed.'

'Mooi.' Dex klonk geamuseerd. 'Mag ik iets vragen?'

Ze wist haar kalmte te bewaren. 'Vraag maar raak.'

'Was je soms aan het hijgen omdat je probeerde door het wc-raampje te ontsnappen?'

Hij was echt een ramp. Met oren als van een vleermuis. 'Dag Dex,' zei ze, waarna ze de verbinding verbrak.

41

Wauw. Alleen maar... wauw.

Als iemand Frankie had zien liggen, zou hij denken dat ze sliep, maar onder de gesloten oogleden was haar brein wakkerder dan ooit tevoren.

Vannacht had ze de eerste onenightstand van haar leven gehad, met als enige reden dat het een manier was om Joe met gelijke munt terug te betalen. Hoewel hij dit waarschijnlijk nooit te weten zou komen.

Oké, dat was niet de enige reden geweest. Er was ook het vuurwerk van de lichamelijke aantrekkingskracht, die uit het niets leek te zijn gekomen en haar volledig had verrast. Het was al een tijdje geleden dat ze dat gevoel had gehad. Hoe kon het ook anders, als je twintig jaar getrouwd was? En in plaats van terughoudend en verstandig te doen en te roepen dat er niks zou gebeuren tot ze elkaar beter kenden, had ze expres haar keurig nette andere ik genegeerd, alle voorzichtigheid laten varen, en was ze naar bed gegaan met een man die ze pas een paar uur kende.

Niet te geloven, ze hadden seks gehad!

Ze had zich uitgekleed – echt helemaal, o god nog aan toe! – en seks gehad met een lichamelijk prachtige man, die nog echt seks met haar had willen hebben ook.

En ze wist niet eens zijn achternaam.

Haar keurig nette ik was geschokt door dit impulsieve en lichtzinnige gedrag. En die keurig nette ik had ook eigenlijk gewild dat de seks een teleurstelling zou zijn, gewoon om haar een lesje te leren.

Maar dat was nu net het punt, het was geen teleurstelling geweest. Integendeel zelfs. Het was de heerlijkste, spectaculairste en misschien wel beste seks van haar leven geweest.

Met haar ogen nog steeds dicht voelde ze dat ze continu lag te grijnzen. Betekende dat dat ze een schaamteloze, losbandige sloerie was?

Ja?

Yes!

En nu was het halfzes 's ochtends, de zon was al op, en Henry probeerde onopvallend het bed uit te kruipen. Ineens leek wat vannacht zo wild en verrukkelijk was geweest een stuk minder leuk.

'Probeer je er soms stiekem vandoor te gaan?' Ze keek hem lachend aan om te laten zien dat ze een grapje maakte. Een beetje dan.

'Hoi. Nee.' Hij schudde zijn hoofd. 'Ik dacht alleen dat het misschien slim was om vroeg weg te gaan, voordat iemand me ziet. Je zei gisteravond dat dit iets eenmaligs was. En ik wil niet dat je je nu paniekerig gaat afvragen hoe je in godsnaam van me af kunt komen. Bovendien heb ik om negen uur een squash-afspraak,' voegde hij eraan toe. 'Dus het wordt ook tijd om terug te gaan.'

Dat waren wel heel veel redenen tegelijk, die met de snelheid van het licht werden opgelepeld door een man die blijkbaar doodsbang was dat zijn liefje voor één nacht er ineens uit zou flappen: 'Ik weet wat ik gisteren heb gezegd, maar ik

ben van gedachten veranderd – wil je alsjeblieft mijn vriendje zijn?'

'Oké. Ja.' Niet dat ze dat eruit zou hebben geflapt, maar dat
kon hij niet weten. Verwoed knikkend zei ze: 'Een heel goed
plan om nu weg te gaan. Heel logisch.'

'En maak je geen zorgen, ik zal het niet aan Dex vertellen.
Niemand hoeft dit te weten te komen.'

'Fijn. Het is ons geheimpje.'

'Kom hier jij.' Nadat Henry het bed was uitgestapt, trok hij
haar tegen zich aan. 'Het was... fantastisch.'

'Ja.' Hij was zo'n schat, echt een schat, maar dat kon ze niet
tegen hem zeggen. Ze hadden allebei gewoon seks om de seks
gewild. Toch? En het gekregen ook. Wat kon een mens zich
nog meer wensen?

'Ik ben blij dat ik gisteren naar het feest ben gekomen.' Na
een korte aarzeling gaf hij haar een kus op de wang.

'Ik ook.' Goed, dit was heel gênant. Afgelopen nacht was het
een en al vuurwerk geweest, waren ze zo intiem geweest als
maar mogelijk was, en nu kuste hij haar alsof ze een oude tan-
te van hem was.

Nou ja, wat had ze anders verwacht? Bij het besef dat haar
Assepoester-moment weer voorbij was, voelde ze zich diepbedroefd. Hij had gedaan waarvoor hij terug was gekomen. En
nu wilde hij weer weg.

Voor de tweede keer in nog geen twaalf uur tijd reed Henry weg
uit Briarwood. Zijn hoofd tolde. Gisteren was echt ongelooflijk
geweest. Stel je voor dat je een jonge jongen was die heimelijk
verliefd was op Beyoncé en erover fantaseerde dat ze je tijdens
een concert het podium op zou vragen, met je zou dansen, voor
je zou zingen en je dan voor de afterparty zou uitnodigen.

En stel je vervolgens voor dat die droom zou uitkomen.

Goed, Frankie was Beyoncé niet, maar dat hij haar had leren kennen had nog veel meer voor hem betekend, echt waar.
Dat ze samen de nacht hadden doorgebracht, overtrof zijn
stoutste dromen; het was duizend keer het resultaat waar hij
op had durven hopen.

Gelukkig was het hem gelukt haar niet de stuipen op het lijf te jagen door haar dat allemaal te vertellen. Stel je voor hoe zij zich dan zou hebben gevoeld.

Nee, hij had gewoon het geluk gehad dat hij op het juiste moment op de juiste plaats was geweest. En ze had hem zelf verteld – tot twee keer toe – dat ze niet aan een relatie toe was.

En dat was oké, hij begreep dat best. Net zoals hij had geweten dat er niets anders op zat dan zich vanochtend achteloos en supercool te gedragen.

Want daar kwam het nu eenmaal op neer: er was hem alles aan gelegen om Frankie niet af te schrikken.

'Je bent er al!' Molly keek verbaasd naar Vince, die voor haar deur stond met een donkerblauwe weekendtas in zijn hand. Was de klok soms vooruitgezet zonder dat iemand haar dat had verteld? 'Het is pas zes uur. Ik dacht dat we om zeven uur hadden afgesproken.'

'Ik weet het. Maar ik ben eerder weggegaan van mijn werk. En dat heeft een reden.' Hij hield de canvas weekendtas op en vervolgde: 'Weet je nog wat ik vorige week tegen je zei over je auto?'

'Geen flauw idee. O ja, wacht, je zei dat hij onder het stof zat.'

'Ja.' Hij knikte. 'En ik heb je ook op de krassen en roestplekjes gewezen. Weet je nog?'

Ze herinnerde het zich ineens weer; het was niet bepaald het opwindendste gesprek uit haar leven geweest. 'Ja.'

'En?' zei Vince. 'Heb je er al iets aan gedaan?'

'Nee.' Auto's konden haar niet echt boeien. Zolang ze maar startten en reden wanneer zij dat wilde, was ze tevreden.

'Dat dacht ik al. Maar die dingen zijn wel belangrijk. Ze moeten gebeuren. Roest is net onkruid,' zei hij.

'Echt waar?' Hij was zo aantrekkelijk. En zo serieus.

'Ja. En als er niks aan die krassen wordt gedaan, gaan die ook roesten.'

'Och hemeltje.'

'Je moet goed voor je auto zorgen.' Hij gebaarde haar hem het tuinpad af te volgen. 'En zo moeilijk is het ook weer niet.'

Ze wist best dat het niet moeilijk was. Het was alleen ontzettend saai werk. Geschrokken keek ze toe, terwijl Vince de rits van zijn weekendtas opentrok en er een plastic pakje met iets wits erin uit haalde. Het bleek een papieren overall te zijn die hij over zijn overhemd en broek aantrok.

'Jemig, waar is dat voor?'

'Om mijn kleren te beschermen.' Vince knikte naar de wijde overall, die elastiek om de polsen en enkels had, en een capuchon die zijn haar bedekte. Hij leek net een van die enge wetenschappers uit *E.T.*

'Oké.' Ze aarzelde even, terwijl hij allerlei potjes en doekjes en kwasten uit de tas pakte en in een nette rij op de grond opstelde. 'Zal ik me dan ondertussen maar even gaan omkleden?'

'Je kunt ook blijven kijken,' vond hij. 'Dan kan ik je alles uitleggen, stap voor stap, en dan kun je het in het vervolg zelf.'

Frankies buurman Eric, inmiddels in de tachtig, had er sinds kort moeite mee om zijn oude labrador Bamber uit te laten, dus hielpen de dorpsbewoners hem er een handje mee. Vanavond was het Frankies beurt.

Dat gaf haar meteen de gelegenheid om nog iets anders te regelen.

Onderweg kwam ze langs Molly en Vince, die voor Molly's huis stonden.

'Je lijkt net zo'n forensische onderzoeker uit een of andere misdaadserie,' zei Frankie tegen Vince.

Molly zei: 'Hij laat me zien hoe je roest moet behandelen.'

'Goh.' Wat spannend.

Vince, die bij het rechterspatbord zat geknield, keek op en zei: 'En jij? Zorg jij wel goed voor je auto?'

Frankie aarzelde. 'Eh, ik ben er laatst nog mee naar een wasstraat geweest.'

'En heb je hem daarna met was behandeld?'

Ze schudde haar hoofd. 'Nou... nee.' Waarom trok Molly zo'n raar gezicht naar haar van achter Vince' rug?

'Want dat moet echt, hoor. Dat is belangrijk,' zei Vince. 'Als Molly wat beter voor haar auto had gezorgd, dan zou hij er nu niet zo slecht aan toe zijn. Voorkomen is beter dan genezen.'

'Oké. Wauw, dan zal ik dat in het vervolg maar doen.' Goed, nu begreep ze ook waarom Molly haar lichtelijk wanhopig had aangekeken; het was een teken om door te lopen, om te ontsnappen zo lang het nog kon.

Gelukkig moest ze een hond uitlaten en wat misvattingen uit de weg ruimen. Frankie en Bamber lieten het dorp achter zich en namen het pad langs de rivier. Boven het water dansten libellen, regenboogkleurige flitsen die de zon vingen, terwijl ze alle kanten uit snelden. Na de bocht kwam de woonwagen in zicht, en ze zag Stefan op zijn gebruikelijke plek boven aan het trapje zitten.

Zou hij snel naar binnen vluchten, wanneer hij haar zag?

Ze hoefde niet lang op haar antwoord te wachten. Nog geen twintig seconden later deed hij precies wat ze al had verwacht. Ook toen ze hem een paar dagen geleden de dorpswinkel uit had zien komen, was hij discreet van richting veranderd, toen tot hem was doorgedrongen dat Frankie op weg was naar de winkel. En hij liep tegenwoordig ook altijd langs de andere kant van het park, zodat hij niet meer langs haar huis hoefde.

Frankie glimlachte even. De arme man, hij moest doodsbang zijn; dacht hij echt dat ze op het punt stond hem te bespringen en hem haar eeuwige liefde te verklaren?

Bij de woonwagen aangekomen, klopte ze aan en riep: 'Hoi, Stefan, kan ik je even spreken?'

Zichtbaar verontrust deed hij open. 'Hallo.'

'Hoi, je hoeft niet zo bezorgd te kijken, hoor.' Ze zou het er allemaal in één keer uit gooien. 'Luister, Lois had het mis, ik ben niet verliefd op je, ik val helemaal niet op je. Als dat wel zo was, zou ik hier nooit hebben durven komen. Dus hou alsjeblieft op met dat paniekerige gedoe. Het is nergens voor nodig om me te ontlopen, want ik zit echt niet achter je aan. Lois vergist zich niet vaak, maar wat dit betreft wel.'

Stilte.

Toen zei hij langzaam: 'Nou, het klopt wel wat je zei, dat je hier niet had durven komen als het waar was wat Lois dacht.'

Kijk, dit was nu de les die ze van Henry had geleerd. 'Ja, want als ik echt op je viel, zou ik nu staan blozen en stamelen.' Ze haalde haar schouders op en spreidde haar armen. 'En kijk, niks aan de hand!'

'Oké, ik geloof je.' Hij slaakte een zucht. 'Nou, dat is een hele opluchting. Niet dat je geen leuke vrouw bent natuurlijk.'

'Jij bent ook een leuke man. Maar wel veel te oud voor me natuurlijk,' zei ze grijnzend.

'Dat zei ik ook tegen Lois!' Alle spanning was nu uit zijn gezicht verdwenen. In de woonwagen begon een ketel te fluiten. 'Ik ben net een pot thee aan het zetten. Heb je zin in een kop?'

'Lekker.' Frankie zag dat Bamber in slaap was gevallen aan haar voeten.

'Al die opwinding is hem een beetje te veel geworden.' Met een liefdevol lachje zei hij: 'Laat hem maar lekker liggen. En kom verder.'

De woonwagen was van binnen smetteloos, een wonder van ruimtebesparende orde en een mengeling van modern en traditioneel. Op de houten vloer lagen handgemaakte kleden. De solide kachel glansde. De banken waren overtrokken met donkerrood fluweel, de gordijnen en kussens hadden mooie diepe kleuren, en aan de muren hingen schilderijen. Er was ook een badkamer, een slaapkamer, een goedgevulde boekenkast en een klein gedeelte met een werkbank en een kist met timmergereedschap.

'Alsjeblieft.' Stefan gaf haar een kop thee en een plakje fruitcake en ging toen op het bankje tegenover haar zitten. 'Red je je een beetje, zo zonder Joe?'

Nou, hij nam ook geen blad voor de mond. Schouderophalend zei Frankie: 'Het gaat wel. Ik moet er gewoon even aan wennen.'

'Ja, dat kost tijd.' Hij knikte. 'Vroeg je Lois daarom naar mij?'

'In zekere zin. Jij bent al heel lang alleen. Ik vroeg me af hoe dat voelde.'

Hij keek haar recht in de ogen, terwijl ze op een antwoord wachtte, hoewel ze nog maar de helft van haar vraag had gesteld.

'Zoals je zei, je went eraan. Het wordt op een gegeven moment gewoon. Na de dood van mijn vrouw moest ik voor Lois zorgen. Zij werd het belangrijkste.'

'Maar ze vertelde me dat er nog een andere vrouw is geweest, jaren later. Iemand van wie je hield, maar met wie je niet samen kon zijn. Dat moet je veel verdriet hebben gedaan.' Heel riskant wat ze deed, maar misschien was het haar enige kans, en die wilde ze niet laten lopen. Ze ploeterde voort: 'Waarom konden jullie niet samen zijn? Mag ik dat vragen?'

Stefan keek naar de openstaande deur waar, op het bovenste treetje, een merel was neergestreken. Hij gooide een kruimeltje fruitcake naar de vogel, die ernaartoe hipte, het in zijn gele bekje nam en weer wegvloog. Kalm, zonder haar aan te kijken, vertelde Stefan: 'Ze moest om haar reputatie denken. Er werd op haar gelet. Beroepsmatig gezien zou het niet goed voor haar zijn geweest. Er werd meer van haar verwacht... een betere partner, een partner die haar waard was. Kortom, het zou een nadelig effect op haar carrière hebben gehad.' Hoofdschuddend vervolgde hij: 'En die verantwoording wilde ik niet op me nemen. Ik ben trots op wie ik ben, zelfs als anderen dat niet met me eens zijn. Maar ik wilde niet dat ze haar zouden beschimpen en uitlachen, omdat ze voor mij had gekozen.'

Frankie wist niet wat ze moest zeggen. Dus Lois had gelijk gehad; de reden die hij Hope had gegeven, was een leugen. Hij had hun relatie beëindigd om haar imago en glanzende carrière te beschermen.

Behalve dan dat er later helemaal geen glanzende carrière meer was gevolgd. Hope had zich teruggetrokken uit het openbare leven en had nooit meer geacteerd. Niet te geloven, al die zelfopoffering voor niets.

Over trots en vooroordelen gesproken. De titel van dat boek van Jane Austen dekte hier helemaal de lading.

Hoe graag ze Stefan echter ook alles had verteld, ze kon het niet. Ze had Hope een belofte gedaan, en daar wilde ze zich aan houden.

Zich ervan bewust dat ze misschien over de schreef ging, vroeg ze: 'Hoe heette ze?'

Want als het haar lukte om hem die naam te laten zeggen... nou, dan zou het anders zijn. En bovendien bestond de kans dat Stefan vermoedde dat ze allang wist om wie het ging.

Maar zijn sluwe, waakzame ogen gaven zoals gewoonlijk niets prijs.

Hij schudde nauwelijks merkbaar zijn hoofd. 'Dat doet er niet toe.'

'Misschien toch wel.'

'Tss. Ik heb nog nooit aan iemand verteld wie ze was, zelfs niet aan mijn dochter, dus waarom zou ik het jou ineens wel vertellen?'

Het gesprek liep ten einde; een denkbeeldige deur was net beleefd, maar stevig voor haar neus dichtgeslagen. Stefan was een man van zijn woord en zou het geheim meenemen in zijn graf.

'Daar zit wat in.' Ze nam de laatste hap fruitcake. 'Dit smaakt fantastisch trouwens. Heb je hem zelf gemaakt?'

Met een klein lachje dronk hij zijn mok thee leeg. 'Ik maak dingen van hout, Frankie. Dat is waar ik goed in ben. De cake komt van Marks & Spencer.'

42

Molly kon haast niet wachten tot het etentje achter de rug was. Het was net alsof ze gevangenzat in zo'n droom waarin je examen moet doen en niet eens de vragen begrijpt, laat staan dat je de antwoorden weet.

Niet dat Amanda en Dex hen onderwierpen aan een spervuur van vragen en hen vervolgens uitlachten wanneer ze de verkeerde antwoorden gaven, maar zo voelde het wel. Steeds op het verkeerde been gezet. In de verdediging gedrongen. En ze voelde zich ook gegeneerd, omdat ze zoveel van Vince had verwacht, en het zo heerlijk was geweest om de aantrekkelijke nieuwe man in haar leven aan haar vrienden voor te stellen.

Het lukte haar echter niet meer om zijn neiging tot precisie, zijn pedanterie en zijn gebrek aan humor nog langer met de mantel der liefde te bedekken. Dex en Amanda waren wel zo beleefd om niets van hun gedachten prijs te geven, maar het kon niet anders dan dat ze zo over hem dachten. Vince mocht dan aan de buitenkant volmaakt zijn, qua persoonlijkheid zou hij nooit schitteren. Hij bedoelde het goed, maar hij was saai. Om niet te zeggen dodelijk saai. Steeds als hij iets wilde gaan zeggen, bemerkte Molly bij zichzelf dat ze gespannen werd en hem in stilte aanspoorde om grappig en briljant te zijn, om iets te zeggen waar de anderen hun oren door zouden spitsen en hun mening over hem herzagen.

Maar dat was dus gewoon niet gebeurd. God, wat zou ze nu graag een buikspreker willen zijn, om Vince woorden in zijn mooie mond te leggen.

Zoals beloofd was het eten verrukkelijk. Eigenlijk had dat moeten helpen, maar het maakte alles op de een of andere manier juist erger, omdat het Amanda's prestaties alleen maar onderstreepte en het verschil tussen hen benadrukte. Als voorgerecht hadden ze mosselen gehad, op een bedje van linzen, gesmoord in rode wijn. Als hoofdgerecht had Amanda boterzachte lendebiefstukken in pepersaus, met gesauteerde aardappelen en broccoli klaargemaakt. Zelfs de broccoli, even gehusseld in citroensap en boter, was heerlijk.

En nu kwam ze met frambozensoufflés met romige whiskysaus aanzetten. Zelfs de allerkleinste misser zou een troost zijn geweest, maar niets van dat alles. Missers hoorden niet bij Amanda's leven; ze was mooi en superintelligent, had het figuur van een model... en ze kon soufflés maken die niet instortten.

Nadat Molly een hap had genomen, zei ze: 'Dit is echt heel lekker.' Het had geen zin om te doen alsof dat niet zo was.

Amanda glimlachte. 'Ja, Dex vertelde me over je chocoladetaartexperiment.'

Nou fijn, je wordt bedankt, Dex.

Vorige week had Molly gehoord over een taartrecept dat je in een mok in de magnetron kon maken. Toen Dex en Delphi langs waren gekomen, had ze het gemaakt, opscheppend over hoe fantastisch het zou worden. Ze wist nog steeds niet wat er precies mis was gegaan, maar het eindresultaat had op chocoladebeton geleken.

Waar Dex natuurlijk weer uren van in een deuk had gelegen.

'We hebben echt geprobeerd ervan te eten.' Hij grinnikte bij de herinnering. 'Het heeft me bijna mijn tanden gekost.'

'Och hemel. Molly heeft tot dusverre nog niet voor mij gekookt,' zei Vince. 'Maar nu begin ik me een beetje zorgen te maken.'

Was dat als grap bedoeld? Ze zou het niet weten.

'Trouwens,' vervolgde Vince tegen haar, 'Muriel vroeg gisteren nog naar je. Ze zou het leuk vinden als we binnenkort eens bij haar langskwamen.' Terwijl hij zijn hand op die van Molly legde, voegde hij eraan toe: 'Ze is heel blij dat het zo goed tussen ons gaat. Ik geloof dat ze je officieel welkom wil heten in de familie.'

Oké. Oef.

'Dat klinkt serieus.' Dex trok een wenkbrauw op.

Molly schudde haar hoofd. 'We gaan toch niet trouwen of zo...'

'Dat weet ik wel, maar ze wil je gewoon aan iedereen voorstellen. Ze mag je echt heel graag.' Vince kneep even in haar vingers. 'En ik ook.'

Molly bloosde, toen Amanda zei: 'O, wat romantisch!'

Help! Het was niet romantisch, het was verkeerd. Ze was dol op Muriel, dat was zo'n beetje liefde op het eerste gezicht geweest, maar je kon geen relatie met een man hebben omdat hij zo'n fantastische grootmoeder had.

'Het is donker. Een heldere hemel vanavond.' Terwijl Vince uit het raam wees, vroeg hij aan Dex: 'Doe je nog steeds aan sterrenkijken?'

'Ja.' Dex knikte. 'Probeer het ook eens, je weet niet wat je mist.'

Vince, die de laatste keer al weinig enthousiast was geweest, zei: 'Ik geloof eerlijk gezegd niet dat het echt iets voor me is. Maar als je het leuk vindt, wil ik wel even naar je telescoop kijken, hoor. Haal hem maar tevoorschijn.'

Toen Dex Molly's blik opving, vertrokken zijn mondhoeken iets. Ze keek hem aan, hem in stilte uitdagend er een grapje over te maken.

'Wat is er?' Vince, die zich bewust was van Dex' onderdrukte lach, keek hem verbaasd aan.

'Sorry.' Dex schudde verontschuldigend zijn hoofd. 'Iedere keer als ik aan Molly en die magnetrontaart denk, moet ik weer lachen.'

'Bedankt voor vanavond.' Toen Molly tien minuten later van de wc kwam, zag ze dat Dex in de keuken nog een fles wijn stond open te maken. 'Het was hartstikke leuk, maar we moeten er maar weer eens vandoor.'

'Waarom? Het is pas elf uur.'

'Dat weet ik.'

Hij zette de fles neer en ging wat zachter praten. 'Gaat het wel?'

'Ja, hoor.' Ze kon toch niet uitgerekend aan hem vertellen dat het een chaos was in haar hoofd. 'Ik ben gewoon moe.'

'Vince en Amanda zijn nog in de tuin. Ik heb Vince mijn telescoop laten zien.' Zijn ogen glansden. 'Hij was diep onder de indruk.'

'Je moet geen grapjes over hem maken.'

'Oké, dat zal ik niet meer doen. En jij moet niet met hem trouwen.'

De tijd leek stil te staan. Er trilde een of andere ondefinieerbare emotie in de lucht. Maar toen Molly besefte dat ze het helemaal verkeerd interpreteerde, kneep haar keel zich samen. Dex was gelukkig met Amanda, die een alfavrouwtje was, superzelfverzekerd en met een absolute controle over haar leven. Ze pasten bij elkaar, ze waren het ideale paar. Hij zei het alleen maar omdat hij het gevoel had dat hij haar moest waarschuwen dat Vince haar type niet was, voor het geval ze daar zelf nog niet achter was.

Kortom, ze had geprobeerd een fatsoenlijke man voor zichzelf te zoeken... en was daar totaal niet in geslaagd. Alweer niet.

'Beloof me dat je dat niet doet,' fluisterde hij, met zijn hoofd vlak bij het hare.

'Doe normaal, zeg. Waarom zou ik überhaupt willen trouwen? Ik ken hem nauwelijks,' protesteerde ze. 'Zo wanhopig ben ik nou ook weer...'

'Schiet eens een beetje op daar!' riep Amanda vanuit de gang. 'Hoe lang duurt het nou nog om een fles wijn open te maken? O, ben jij hier ook?' Ze kwam de keuken in en trok aan Molly's arm. 'Mee naar buiten jij! Vince heeft me uitgelegd wat de beste manier is om roest op auto's te behandelen. Wat een schat is het ook, hè? Een hart van goud.' Op die befaamde zoge-

266

naamde fluistertoon van haar voegde ze eraan toe: 'Ik heb je trouwens nog niet op de praktijk gezien. Is alles... geregeld?'

Terwijl ze het zei, wees ze niet al te subtiel naar Molly's bekken.

Dex keek daar nu ook naar. 'Wat is er? Heb je iets? Ben je ziek?'

Zou je dokters geen beroepsverbod kunnen laten opleggen voor dit soort praatjes?

'Ze is niet ziek,' stelde Amanda Dex vrolijk gerust. 'Gewoon meisjespraat over dingen die gebeuren moeten.' Om hem te laten zien wat ze bedoelde, sloeg ze haar arm om zijn middel en duwde haar dij tegen hem aan. 'O, ik bedenk ineens dat we nog geen foto's hebben gemaakt. Hier.' Ze pakte haar mobieltje en drukte een paar toetsen in. Toen gaf ze het aan Molly. 'Wil jij er een paar van Dex en mij nemen?'

Ze zagen er bijzonder glamoureus uit zo samen, allebei lachend en voor de grap allerlei poses aannemend, alsof ze voor elkaar geschapen waren. Molly maakte een foto en de flits ging af.

'O, zijn jullie hier, ik vroeg me al af waar jullie allemaal waren gebleven.' Vince kwam bij hen staan. 'Is dat een 8-megapixelcamera? Die van mij is 10 megapixel, ik zal er zo ook een paar maken.'

Nadat er allemaal grappige, speelse foto's waren genomen, zei Amanda: 'Nu jullie.'

Terwijl Amanda foto's nam, stond Vince erbij als een legerofficier, met een kaarsrechte rug en zijn arm stijf om Molly's schouders geslagen.

'Een beetje losser graag, een beetje lollig,' beval Amanda, bemoedigende gebaren makend.

Vince zei: 'Dit is prima voor ons.'

Toen Amanda hem zijn mobieltje teruggaf, bekeek hij de resultaten en liet ze aan Molly zien. 'Ik zal de mooiste laten printen en inlijsten, dan kunnen we hem aan Muriel geven. Dat zal ze vreselijk leuk vinden.'

Molly knikte en glimlachte en was het liefst door de grond gezakt, want op de foto's leken ze net twee etalagepoppen in een winkel uit de jaren vijftig.

Help, dit kon zo niet doorgaan. Ze moest het goede moment afwachten om Vince te vertellen dat het geen zin had om deze relatie voort te zetten.

43

Aan de naam op het hek zag Frankie dat ze er was. En wat een ontzettend prachtige tuin was het.

Ze deed het hek open en begon over het slingerende, smalle tuinpaadje te lopen dat omzoomd werd door wilde bloemen. Door de gebeurtenissen van de afgelopen maanden was ze moediger geworden, durfde ze meer risico te nemen, was ze meer wat ze noemden proactief. Nadat ze de laatste bocht van het grindpad had genomen, zag ze het huis liggen. Ze hoopte maar dat het niet leegstond.

Om preciezer te zijn, ze hoopte dat het werd bewoond door degene voor wie ze was gekomen.

In nog geen twee uur tijd was ze van Briarwood naar dit kleine, verscholen dorp in de Blackdown Hills gereisd, niet ver van Honiton in Devon. Het huis lag vreselijk afgelegen, wat waarschijnlijk de reden was dat Hope het had aangedurfd om terug te komen en in het huis van wijlen haar moeder te gaan wonen. Als ze er nog steeds woonde, bracht Frankie zichzelf in herinnering. Ze had het adres van het pakket met de jurk met stippels, maar het was inmiddels weken geleden dat ze dat had ontvangen; je kon nooit zeker weten of ze ondertussen niet was verhuisd.

Ze klopte aan op de vale lichtblauwe voordeur, want er was geen bel.

Niets. De moed zonk haar in de schoenen. Ze probeerde het nog een keer.

Toen hoorde ze voetstappen en een aarzelende vrouwenstem die vroeg: 'Wie is daar?'

Godzijdank, het was Hope.

'Hoi, ik ben het, Frankie Taylor, van het lunchcafé, uit Briarwood.'

'Wat?' Hope klonk stomverbaasd. 'Wat is er? Ben je alleen?'

'Ja, ik ben alleen. En maak je geen zorgen, er is niks.' Frankie hoorde het geluid van een grendel die werd verschoven, en toen ging de deur een paar centimeter open.

Hope keek haar even aan, en tuurde toen langs haar heen. 'Je hebt hem toch niet meegenomen?'

'Nee! Dat zou ik je nooit aandoen. Ik heb niks tegen hem gezegd, echt niet,' stelde Frankie haar gerust. 'Tegen niemand niet.'

De deur ging dicht. De grendel werd helemaal losgeschoven. Toen verscheen Hope in de deuropening. Blijkbaar had ze besloten Frankie te vertrouwen. 'Nou, het is leuk om je weer te zien, maar ik snap niet goed wat je komt doen.'

'Ik wilde je iets vertellen. Ik had je een brief geschreven.' Frankie pakte de geadresseerde envelop uit haar tas. 'Maar ik wist niet zeker of je hier nog woonde, en ik wilde niet het risico nemen dat hij kwijt zou raken of dat iemand anders hem zou lezen.'

'Kom binnen.' Hope ging haar voor naar een balkon aan de achterkant van het huis, dat uitkeek over de vallei en het riviertje onder aan de helling. Er stonden een door de zon gebleekte houten bank en een tafel, met daarop een karaf citroenlimonade, een glas, een stukgelezen pocket, een breedgerande strohoed en een halfleeg zakje drop.

'Wat een prachtig uitzicht,' zei Frankie bewonderend, met haar hand boven haar ogen.

'Ja, hè? Ik kan hier uren zitten. Neem plaats.' Hope schudde een allegaartje van kussens op en zei: 'Ik ga nog een glas halen. Doe alsof je thuis bent.'

Toen ze weer terug was met het glas, gaf Frankie haar de envelop en wachtte, terwijl Hope de brief in stilte las.

Toen Hope las dat Stefan had gezegd dat hij de relatie met de vrouw van wie hij oprecht hield wel had moeten verbreken, verschenen er tranen in haar ogen, die langs haar kin op haar wijde grijze linnen broek druppelden.

Nadat ze haar ogen droog had geveegd met de achterkant van haar hand, toverde ze een beverig lachje tevoorschijn. 'Dank je. Dank je dat je erachteraan bent gegaan en dat je me het hebt laten weten. Ik kan gewoon niet geloven dat hij het voor mij heeft gedaan, om mij te beschermen. Ik had daar werkelijk geen idee van. En wat mijn carrière betreft... Och hemeltje, wat zonde van de tijd, om die te proberen te redden. Ik neem aan dat hij er te trots voor was. Snapte hij dan niet dat hij duizend keer belangrijker voor me was dan die hele acteercarrière van me?

En het zou me niets hebben kunnen schelen wat anderen ervan vonden. Stefan had dat moeten weten. Mannen kunnen soms zo blind zijn...'

'Dat heeft met die trots te maken.' Frankie knikte.

'Doodzonde. Nou ja, toch ben ik blij dat ik het nu weet.'

'Ik heb hem niks over jou verteld. Hoewel ik dat heel graag wilde. Ik wou dat het mocht van je.'

'Nee.' Hope rilde en wees naar haar gezicht. 'We hebben het er al eerder over gehad. Ik zou een teleurstelling voor hem zijn.'

'Eerlijk gezegd geloof ik daar niks van.' Hoe kon ze deze onzekere, ooit oogverblindend mooie vrouw ervan overtuigen dat Stefan simpelweg niet zo oppervlakkig was? Dat het hem, wanneer hij dingen uit onopvallende stukken hout maakte, erom ging om de verborgen schoonheid ervan te ontdekken en naar buiten te brengen? 'Maar als je wilt, kun je natuurlijk altijd iets aan jezelf laten doen...'

O god, dat klonk verschrikkelijk.

Op spijtige toon zei Hope: 'Het geeft niks, ik weet wat je bedoelt. Maar er zit een wereld van verschil tussen "iets" laten doen en een complete gezichtstransplantatie.' Met een spottend grijnsje liet ze haar blik over haar hele lichaam glijden en voegde eraan toe: 'Een complete gezichts- en lichaamstransplantatie.'

Nadat Frankie afscheid had genomen van Hope, ging ze bij het hek staan wachten op haar lift.

Het was ironisch dat, hoewel Henry en Hope elkaar helemaal niet kenden, ze er samen de oorzaak van waren dat Frankie haar leven over een andere boeg aan het gooien was.

De afgelopen veertien dagen had ze steeds aan Henry moeten denken en ze had gemerkt dat ze ernaar verlangde hem terug te zien. Maar alleen een schaamteloze slettenbak zou het initiatief nemen en de eerste stap zetten, of niet soms? Al had ze dan allang laten zien dat ze ook een enorme slettenbak kon zijn.

Toen Frankie in de verte een auto hoorde aankomen, glimlachte ze. Als ze iets had geleerd van het liefdesverhaal van Stefan en Hope, dan was het dat je maar één leven had en dat het soms de moeite waard was om de gok te wagen. Twee dagen geleden had ze Henry een sms'je gestuurd waarin ze had geschreven dat hij, als hij haar nog een keertje wilde zien, haar maar moest bellen. Toen hij dat had gedaan, had ze hem op de man af gevraagd of hij ervoor zou voelen om de zaterdagnacht met haar door te brengen in een hotel in Devon.

Zij zou trakteren.

En het bleek dat dat idee hem heel leuk had geleken.

Toen ze had uitgelegd dat ze heel even langs moest bij een vriendin die in de buurt woonde, had hij dat helemaal niet erg gevonden.

Zou ze zonder hem überhaupt wel helemaal hiernaartoe zijn gekomen om Hope te spreken?

En zou ze zonder Hope ooit moedig genoeg zijn geweest om Henry uit te nodigen?

Het kwam erop neer dat dat zeer onwaarschijnlijk was.

Daar had je hem al, hij kwam haar oppikken van een warme en stoffige berm in een godvergeten oord, om haar mee terug te nemen naar een charmant hotelletje dat ze in het nabije Honiton had geboekt. Frankie voelde haar hart opzwellen als een marshmallow, toen de auto stopte en het raampje aan de bestuurderskant naar beneden ging.

Henry zette zijn RayBan af en lachte zijn betoverende witte lach. 'Dag schoonheid. Heb je soms zin om de nacht in een hemelbed door te brengen met een lange, donkere onbekende man?'

'En dat zou jij dan zijn?'

'Inderdaad.'

'Oké, ik wilde het even zeker weten.' Ze vond het heerlijk wanneer hij haar op die manier aankeek. 'In dat geval, ja graag.'

'Stap dan maar in.'

Toen ze naast hem zat, kneep hij even in haar hand en vroeg: 'Hoe ging het met die vriendin van je?'

'Goed. Het was leuk om haar weer te zien.' Wat Frankie het meest was opgevallen, was dat Stefan en Hope allebei urenlang in hun eentje buiten zaten om van hun respectievelijke uitzicht te genieten: de wilde bloemen, de treurwilgen, een stuk grasland dat afliep naar een riviertje... Stel je eens voor hoeveel vrolijker en mooier het uitzicht zou zijn als ze er samen van zouden kunnen genieten.

Nou ja, ze had haar best gedaan. Misschien zouden haar woorden langzaam tot Hope doordringen en het gewenste effect hebben.

'Mooi. Ik ben blij dat het goed is gegaan.' Terwijl Henry de auto over de smalle weg met overhangende bomen die elkaar in het midden bijna raakten, stuurde, zei hij: 'Ik ben nog nooit eerder in Devon geweest. Het bevalt me hier wel.'

Frankie knikte. 'Het is hier heel mooi.'

'Dat is niet het enige wat hier mooi is.' Hij keek even van opzij naar haar. Haar haren wapperden in haar gezicht door de bries die door het open raampje naar binnen kwam. Met een liefdevolle blik vervolgde hij: 'Misschien moet ik het niet zeggen, maar volgens mij wordt dit een fantastisch weekend. Ik ben echt zo blij dat je me hebt ge-sms't.'

Zie je nou wel? Het was gewoon een kwestie van moedig zijn, van de gok wagen. Frankie hield haar gezicht omhoog en voelde een pure verrukking oprijzen. Hardop zei ze: 'Ik ook.'

44

'Bababa... papapa... mamamama... Prieeeegh!'

'Laat dat,' zei Dex hoofdschuddend tegen Delphi, die in haar kinderstoel zat te brabbelen en haar woorden kracht bijzette door met haar lepel op het tafeltje te slaan.

'Tatatakah!' Stralend en met haar beentjes schoppend, smeet ze een lepel vol pap over tafel.

'Nee.' Hij pakte de lepel van haar af en keek haar heel ernstig aan, wat ertoe leidde dat Delphi het uitkraaide van pret. Hij zei: 'Dit is niet grappig, hoor.'

Ten antwoord stopte ze haar vingers in de kom en smeerde twee handen vol pap over haar Bob de Bouwer-T-shirt.

'Nee!' Dex wilde de kom pakken, maar Delphi was hem te snel af; met haar hele lichaam kracht zettend gooide ze hem door de keuken. Wat niet zo erg zou zijn geweest als het een dikke-papdag was geweest, maar vanochtend had hij te veel melk bij de pap gedaan, en de kleverige brij zat nu op het raam, de muur en de vloer.

'Ha-ha-ha!' Delphi slaakte een kreet van vreugde.

Het viel niet te ontkennen; op sommige dagen waren kleine kinderen gewoon vervelende lastpakken. Dex tilde Delphi uit haar stoel en hield haar op een armlengte afstand. Toen hij met haar de keuken uit wilde lopen, gleed hij uit over wat pap op de vloer. In een poging Delphi niet te laten vallen, klemde hij haar stevig tegen zijn borst, met als resultaat dat ze nu allebei onder de pap zaten.

Allemachtig zeg...

'Bwwwwaaaah!' Als klap op de vuurpijl boerde ze midden in zijn gezicht.

Fantastisch allemaal.

De telefoon ging, en Dex' eerste gedachte was om niet op te nemen. Toen zag hij echter wie het was: Phyllis, Laura's aardige buurvrouw uit Islington, die voor zijn mooie referentie had gezorgd toen hij een aanvraag had ingediend om Delphi's pleegouder te worden.

Op dit moment vroeg hij zich af waarom hij dat eigenlijk had gewild. In een parallel universum zou hij nog steeds een zorgeloos, paploos, babyloos leventje kunnen leiden.

Terwijl hij het toestel uit de buurt van Delphi's plakkerige handjes probeerde te houden, drukte hij op Beantwoorden en zei: 'Ha Phyllis. Alles goed met je?'

'O, mijn hemel! Hoe wist u dat ik het was?' Phyllis worstelde nog steeds met de eenentwintigste-eeuwse technologie. 'Hallo, zou ik Dexter alstublieft kunnen spreken?'

'Je spreekt met Dexter.' Zijn stem kreeg een wat zachtere klank. 'Ik zie je naam op mijn toestel verschijnen als je belt.'

'Nou ja, zeg. Het is net tovenarij, vind je ook niet?' Op fluistertoon vervolgde ze: 'Ik zit hier met een vriend van Laura. Hij stond ineens op de stoep en hij wil met je praten. Hij wist niet dat ze dood was. Dus hij is behoorlijk geschokt en van streek.'

Molly was in Cheltenham in de winkel voor kunstenaarsbenodigdheden, waar ze al een uur vrolijk bezig was haar voorraad aan te vullen, toen ze een sms'je kreeg van Dex: 'Moet je spreken. Het is urgent. Kun je z.s.m. naar me toe komen als je weer thuis bent?'

Ze stuurde een sms'je terug. 'Ben in Cheltenham. Ben om drie uur terug. Is dat goed? Wat is er gebeurd?'

Hij antwoordde. 'Vertel ik je dan wel. Kom alsjeblieft snel. x'

Kwam het door het woordje 'alsjeblieft'? Of door dat eenzame kleine kusje? Molly voelde haar hart overslaan en hoopte maar dat hij haar niet hoefde te spreken omdat Amanda hem net had verteld dat ze zwanger was en dat ze zouden gaan trouwen.

Hoewel dat na al haar gezeur over voorbehoedsmiddelen qua leedvermaak wel weer grappig zou zijn.

Ze liep met haar mandje naar de kassa en wachtte, terwijl de verkoper haar pennen, potloden, gummetjes en schetsboeken aansloeg. Ze was eigenlijk van plan geweest om ook naar kleren te gaan kijken, maar na Dex' bericht had ze daar geen zin meer in; ze zou zo snel mogelijk teruggaan.

En nee, natuurlijk zou het niet grappig zijn als Amanda zwanger was; haar nekhaartjes gingen van schrik overeind staan bij de gedachte alleen al. Het zou vreselijk zijn zelfs.

Van schrik, vroeg een stemmetje in haar hoofd, of uit jaloezie?

Nou ja, dat deed er nu niet toe. Snel drukte ze het stemmetje de kop in, terwijl ze haar pasje in het pinapparaat stopte en haar pincode intikte.

Eerst maar eens horen wat er aan de hand was.

Dex stond al op haar te wachten. Toen Molly vlak na de middag haar auto voor haar huis tot stilstand bracht, schrok ze van zijn strakke gezicht. Hij droeg een donkerblauw poloshirt en een spijkerbroek en had de slapende Delphi in zijn armen; haar hoofdje rustte tegen zijn hals.

'Fijn dat je zo snel terug bent gekomen,' zei hij, nadat ze was uitgestapt. De blik in zijn donkere ogen was ondoorgrondelijk.

'Wat is er? Is ze ziek?' wilde Molly weten.

'O nee, dat is het niet.' Hij liep voor haar uit Gin Cottage in en begon door de woonkamer te ijsberen, diep ademhalend en zichzelf zo te zien opladend voor het gesprek.

'Ze slaapt.' Molly wees naar Delphi, die tegen zijn schouder lag te snurken. 'Waarom stop je haar niet in bed?'

Dex schudde echter zijn hoofd; hij hield Delphi vast alsof zijn leven ervan afhing.

'Vertel me wat er is gebeurd. Het heeft iets met Delphi te maken.' Molly merkte ineens dat ze haar nagels in haar handpalmen drukte; zijn nervositeit werkte aanstekelijk.

'Phyllis belde vanochtend. De vroegere buurvrouw van Laura in Islington... Nou ja, zij woont er nog steeds...'

'O ja. Je hebt me over haar verteld.' Molly knikte. 'Toen ze al in de tachtig was, bakte ze nog taarten voor je.'

'Ja, precies.' Dex legde zijn wang op Delphi's donshaartjes. 'Hoe dan ook, vanochtend stond er ineens ene Matt bij haar op de stoep. Hij was eerst bij Laura's huis langs geweest, en de nieuwe bewoners hadden hem naar Phyllis doorverwezen. Hij vroeg Phyllis waar Laura was, en toen moest ze hem vertellen wat er was gebeurd.'

'Arme man,' zei ze. 'Dat moet een hele schok voor hem zijn geweest.' Gezien Dex' reactie meende ze al te weten waar dit naartoe ging.

'Dat was het ook. Een enorme schok,' zei Dex. 'En de schok werd nog groter toen Phyllis over Delphi begon. Zo te horen raakte hij toen helemaal over zijn toeren. Want hij wist niet dat Laura een kind had gekregen.'

O gottegot.

Met droge mond vroeg ze: 'Is hij Delphi's vader?'

Dex haalde zijn schouders op en bleef ijsberen; in zijn kaak bewoog een spiertje. 'Ik weet het niet, maar de kans bestaat natuurlijk dat het zo is. Hij wil haar zien. Hij komt vanmiddag hierheen om met mij te praten en om Delphi te zien. O god, iedere keer dat ik eraan denk, word ik misselijk. Ze is nu van mij.' Zijn stem brak toen hij het zei. 'De gedachte dat iemand haar van me zal afnemen, is onverdraaglijk.'

'Misschien wil hij haar helemaal niet.' Wat kon ze anders zeggen om de ellende te verzachten? 'Veel mannen willen dat niet.'

'Dat weet ik ook wel. Maar als hij er zo over dacht, zou hij meteen weer zijn vertrokken. Hij had gewoon de benen kunnen nemen.' Dex schudde zijn hoofd. 'Maar dat heeft hij niet gedaan. Hij komt hiernaartoe. Phyllis had hem het adres al gegeven. Dus hij heeft wel belangstelling voor Delphi.'

'Goed, belangstelling hebben is één ding, maar echt voor een baby willen zorgen... dat is heel wat anders. Dat is een veel grotere stap,' zei Molly. 'En er zijn niet veel mannen die dat aankunnen.'

Dex sloot even zijn ogen. 'Ja, maar als hij dat toevallig wel wil? Dat de meeste het niet willen, zegt helemaal niks.'

'Oké. Heb je je maatschappelijk werkster al gebeld? Aan haar gevraagd wat je moet doen?'

'Nee.' Hij schudde zijn hoofd. 'Ik wil haar er niet bij betrekken. Je weet nooit wat ze zal zeggen.'

Het was net als de symptomen van een ernstige ziekte vertonen en toch niet naar de dokter gaan omdat je niet wilde dat het waar was. Hoe aardig Dex' maatschappelijk werkster ook was, ze zou hem ongetwijfeld vertellen dat Delphi het recht had haar biologische vader te leren kennen. En als die man dan ook nog besloot dat hij voor haar wilde zorgen, wie zou hem dat dan kunnen weigeren?

'Waarom stond hij vandaag ineens op de stoep?' wilde Molly weten. 'Na al die tijd?'

Het spiertje in Dex' kaak ging nu tekeer als een metronoom. 'Hij heeft al die tijd in Australië gezeten. Daar woont hij tegenwoordig.'

Australië. Dus mocht hij de voogdij over Delphi krijgen, dan zou het zomaar kunnen dat hij haar mee naar de andere kant van de wereld nam.

'Heb je er al met Amanda over gepraat?'

Hun ogen ontmoetten elkaar, en er werd iets onuitgesprokens tussen hen uitgewisseld.

Weer schudde hij zijn hoofd. 'Nee. Alleen met jou,' zei hij langzaam.

Matt-uit-Australië werd om vijf uur verwacht, en Dex was bloednerveus.

Tegen drieën hadden ze twee werkbare alternatieven bedacht: een paar maanden weggaan uit Briarwood en zich ergens verstoppen, of Matt-uit-Australië vermoorden, in de achtertuin begraven en snel een nieuw terras aanleggen.

Om halfvier had Dex een nieuwe optie verzonnen. Het was

zeker niet iets wat zou worden goedgekeurd door de maatschappelijk werksters, maar zoals ze zeggen: wat niet weet, wat niet deert.

Als er mogelijkerwijs zoveel op het spel stond, was hij voor alles in.

'Hoi!' Tina begroette hen met een stralende lach. 'Kom binnen, let maar niet op de rommel, de kinderen zijn net terug uit school... Ophouden jullie, er zijn genoeg koekjes voor jullie allemaal!'

Dex en Molly volgden haar naar binnen. Dex mocht Tina graag; ze woonde naast de dorpswinkel en was altijd vrolijk, hoewel ze zeven kinderen had die samen zoveel geluid produceerden dat een andere vrouw ervan aan de drank zou zijn geraakt.

'Ik wil je om een gunst vragen,' zei Dex tegen haar. 'Er komt een maatschappelijk werkster langs om te kijken hoe het gaat, en wat ze vooral wil weten is hoe Delphi met andere kinderen is. Dus ik vroeg me af of we George een poosje zouden kunnen lenen.'

'Natuurlijk! Je mag er zoveel lenen als je maar wilt!' Tina stapte over een paar kinderen van schoolgaande leeftijd heen, die op de grond met de hond lagen te spelen en tv zaten te kijken. Ze tilde George op en zei: 'Zo, jongetje, lijkt het je niet leuk om met Delphi te gaan spelen?'

George keek zijn moeder aan; hij had lichte ogen met blonde wimpers en leek zich nergens al te druk om te maken. Hij was kalm en rustig, en zolang hij genoeg te eten had, was hij gelukkig. Hoewel Delphi en hij maar een week scheelden, leken ze in niets op elkaar; Delphi met haar donkere ogen was wat je noemt een lekkere baby, maar de kale en mollige George had meer iets weg van een klein nijlpaardje.

'Brrrrrrr!' Bij wijze van begroeting greep Delphi vrolijk naar een oor van George.

'Dank je,' zei Molly, terwijl ze George van Tina overnam. 'En we zullen goed op hem passen. We brengen hem voor zevenen weer terug, is dat goed?'

'Geen probleem.' Tina blies een kusje naar haar zoontje en zwaaide nog even. 'Dag, jongetje van me, veel plezier!'

'Och. Arme George.' Molly deed een stap naar achteren om haar handwerk te bewonderen. 'Zo te zien vindt hij het niet zo leuk.'

'Sorry, George,' zei Dex. 'Maar dit moet echt even.'

Vanaf de bank keek George hen mismoedig aan. Het roze smockjurkje dat Delphi te groot was, zat hem een beetje te krap. Hij droeg witte sokjes met een sierrandje, en ze hadden zijn blonde haar met een felroze elastiekje in een soort knotje gebonden. Toen ineens, alsof hij zich bij zijn lot neerlegde, glimlachte hij kalm en begon belangstellend het witte kanten randje van de zoom van zijn jurkje te bestuderen.

'Brave jongen, George.' Dex knikte goedkeurend. 'Ik bedoel, brave meid.'

Molly zei: 'Als hij later travestiet wordt, is het onze schuld.'

45

Molly was weg en had Delphi met zich meegenomen. Dex stond achter het raam naar buiten te kijken, in afwachting van Matt. George had een paar biscuitjes gegeten en naar *In de droomtuin* gekeken en was daarna in slaap gevallen op de zitzak. Goed, het was onwaarschijnlijk dat Matt meteen vandaag al een DNA-test zou willen, maar mocht hij er binnenkort naar informeren, dan zouden ze George gewoon opnieuw moeten lenen. Iets anders zat er niet op.

En ja, het mocht dan wel illegaal en moreel gezien niet te verdedigen zijn, Dex wist dat hij niet anders kon; hij had er alles, echt alles voor over om te voorkomen dat Delphi van hem werd afgenomen.

En dan helemaal naar Australië zou verdwijnen.

Om tien voor vijf stopte er buiten een auto. Matt, breedgeschouderd en ruim één meter negentig lang, stapte uit. Hij droeg een eenvoudig T-shirt en een spijkerbroek en zag er noch bijzonder goed, noch bijzonder slecht uit. Gewoon gemiddeld. Lichtbruin haar, lichte huid met sproetjes, geen directe gelijkenis met Delphi – maar ja, Delphi leek ook op Laura, met haar donkere haren en ogen; qua uiterlijk was ze typisch een Yates.

Dex wapende zichzelf geestelijk; dit was net zoiets als al die keren in het verleden dat hij tegen een meisje had gelogen, alleen duizenden keren belangrijker... Oké, daar gaan we dan.

'Dexter. Fijn dat ik meteen mocht komen.' Matt gaf hem een hand en zei: 'Ik kan het nog steeds niet helemaal bevatten. Wat een schok. Toen Phyllis me het van Laura vertelde, kon ik het gewoon niet geloven. Wat een tragedie. En toen vertelde ze me ook nog over de baby...'

'Ja. Kom binnen.' Dex, die George diep in slaap in de woonkamer had achtergelaten, liep de keuken in en zette het koffiezetapparaat aan. 'Wanneer ben je naar Australië vertrokken?'

'Iets minder dan twee jaar geleden. Ik heb op een veebedrijf gewerkt. In Queensland. En ik ben niet zo goed in contacten onderhouden... Maar als ik had geweten dat ze zwanger was... Nou... Jezus, ik had geen flauw idee!'

'Maar als Laura had gewild dat je het wist, had ze vast wel een manier gevonden om in contact met je te komen, toch? Ze was zo blij toen ze moeder werd. Dat wilde ze haar hele leven al. En ze was een fantastische moeder,' vertelde Dex. 'En met Delphi gaat alles goed. Ze is heel leuk en doet het echt heel goed. Ze heeft mijn leven veranderd. Ik hou van haar, ik ben haar wettige voogd, ik ga haar adopteren, het gaat allemaal zoals het moet, ze noemt me papa... wat Delphi betreft, ben ik haar vader...'

'Oké. Kan ik haar nu zien?' Matt keek hem bevreemd aan.

'Natuurlijk.' Het drong tot Dex door dat hij veel te veel had gezegd en ook veel te snel, omdat hij zo wanhopig graag aanspraak op Delphi wilde maken. 'Ze slaapt. Kom verder.'

Toen de deur openging, opende George zijn lichtblauwe ogen. Meer dan ooit leek hij op een verkleed babynijlpaardje. Matt keek zwijgend naar hem en sloeg toen geëmotioneerd zijn hand voor zijn mond.

'Delphi, kom eens, liefje, kom eens bij papa!' God, wat voelde het raar om dat tegen George te zeggen. Dex bukte zich en tilde hem op. 'Zo, brave meid. En kijk eens, er is bezoek voor je!'

Aan George' onderlip bungelde een straaltje speeksel. Dex

deed er niks aan; het enige spuug dat hij niet erg vond om weg te vegen, was dat van Delphi.

'Daar is ze dan.' Hij draaide zich om naar Matt. 'Dit is Delphi.'

George knipperde met zijn ogen en kwijlde nog wat, terwijl hij Matt aanstaarde.

Matt staarde even terug. Het straaltje spuug werd langer, als een zilveren bungeetouwtje.

Dex wachtte met ingehouden adem af.

Toen zei Matt kalm: 'Ik weet niet wat hier precies aan de hand is, maar dat is Delphi niet.'

'Wat?'

'Het is Delphi niet.' Hij schudde zijn hoofd.

'Jawel, hoor.'

'Toe zeg.' Matt pakte zijn mobieltje, drukte wat toetsen in en hield het op voor Dex, zodat hij de foto op het schermpje kon zien.

Shit. Wanneer was die nou weer genomen? Een paar weken voor Laura's dood waarschijnlijk. Op de foto was Phyllis te zien, op haar vlekkeloze blauwe bank, trots met Delphi op schoot.

De mooie elfjesachtige Delphi, met haar glanzende donkere ogen, haar fijne gelaatstrekken en onweerstaanbare lachje.

Phyllis had Matt blijkbaar – o, zo behulpzaam – haar geliefde ingelijste foto laten zien, en daar had hij weer een foto van genomen.

Dex voelde zich misselijk worden. Daar ging hun plannetje in rook op. Wat nu?

'Wie is dat?' Matt wees naar George.

'Het zoontje van een vriendin.'

'Zoontje?' Matt zette grote ogen op. 'En waar is Delphi dan?'

'Die is... bij de buurvrouw.'

'Mag ik ook vragen waarom?'

'Omdat ze mijn alles is,' zei Dex. 'En ik raakte in paniek bij de gedachte dat ik haar zou kwijtraken. Dat iemand zomaar uit het niets opduikt en haar dan van me afneemt...' Hij kreeg een brok in zijn keel bij het vooruitzicht. 'Nou ja, en dan doet een mens soms rare dingen.'

'Oké.' Matt knikte bedachtzaam. 'Dat snap ik. Maar ik zou

nu heel graag de echte Delphi zien, als je dat goed vindt. Trouwens,' voegde hij eraan toe, toen Dex weg wilde lopen, 'als dat betekent dat je denkt dat ik de vader ben... Dat is niet zo.'

Molly en Delphi zaten op de grond een toren van houten blokken te bouwen, toen er werd aangebeld.

Tring. Tring. En nog eens tring.

Het hart klopte Molly in de keel van angst, toen ze opstond en opendeed. Ze had Dex echter nog nooit zo blij zien kijken. Hij liet er geen gras over groeien en zei meteen: 'Alles in orde, hij is haar vader niet.'

'Yes!' Haar kreet van opluchting zou oorverdovend zijn geweest als hij niet was gedempt door Dex' armen om haar heen. Alle opgekropte angst verdween als sneeuw voor de zon, terwijl ze elkaar stevig vasthielden. Toen maakte Molly zich los om hem aan te kijken, en ze begonnen allebei te lachen.

'Al die zorgen om niets,' zei ze tegen hem. 'Dus niemand gaat Delphi van je afpakken.' Oeps, ze had bijna 'ons' gezegd.

'Goed, hè?' Hij schudde verbaasd zijn hoofd. 'Ik kan het nog steeds niet geloven. Kom hier.' Weer omhelsde hij haar. De opluchting was zo groot dat hij geen woord kon uitbrengen. En vlak daarop stonden ze elkaar op de een of andere manier ineens te kussen. Het voelde zo natuurlijk, zo precies goed, zijn warme mond op de hare...

'Papapa!' Delphi, die de gang in was gekropen, hees zich aan Molly's been omhoog. Driftig aan de zoom van haar T-shirt trekkend, eiste ze opgetild te worden en mee te mogen doen. 'Papapapapa.'

Aangezien hetgeen zich boven Delphi's hoofd afspeelde, duidelijk niet zo'n goed idee was, kwam haar inmenging net op tijd. Molly tilde haar op, plantte een dikke kus op haar wang en gaf haar toen aan Dex, die haar ook een kus gaf.

'Och, mijn kleine meisje.' Even kreeg hij tranen in zijn ogen, terwijl hij haar stevig omhelsde. Als beloning prikte ze hem in zijn oor. 'Au.'

'Blapapa.' Delphi verontschuldigde zich door hem zacht over zijn wang te strelen.

'Ja, ik hou ook van jou,' mompelde hij. Toen herpakte hij

zich. 'Kom, dan gaan we. Matt zit op ons te wachten. Hij past voor me op George de travestiet, en ik weet niet wie van de twee het enger vindt.'

'Nu zie ik het.' Matt stak een wijsvinger uit, die meteen door Delphi werd beetgegrepen. 'Mijn god, ze lijkt precies op Laura. Die ogen.' Hij wendde zich weer tot Dex. 'Maar ze lijkt ook op jou.'

In een hoek van de kamer liet George zich zonder klagen door Molly uit zijn jurkje hijsen. Daarna veranderde ze hem weer in een jongetje. Ze bemoeide zich niet met het gesprek, terwijl Dex Matt alles vertelde over Laura's veel te vroege dood.

Vervolgens was het Matts beurt om uit te leggen wat zijn relatie met Laura precies was geweest. 'We zijn jaren collega's geweest en daarna altijd bevriend gebleven. Het was voornamelijk aan Laura te danken dat we contact hielden. Ik ben niet zo goed in dat soort dingen.' Hij keek er lichtelijk gegeneerd bij. 'Maar als we elkaar zagen, was het altijd weer als vanouds. Laura was fantastisch. We konden het heel goed met elkaar vinden en vonden het leuk om af en toe bij te praten. Het was een platonische vriendschap.' Hij zweeg even. 'Een paar jaar geleden had ze het er ineens over dat ze graag kinderen wilde, maar dat het met de mannen niet zo wilde lukken. Ze vroeg me of ik haar niet wilde helpen.'

Dex verroerde geen vin. 'In welk opzicht?'

'Zoals vrienden dat doen. Je weet best waarover ik het heb,' zei Matt. 'Laura wilde maar al te graag alle verantwoordelijkheid op zich nemen als alleenstaande moeder. Ze wilde alleen maar een donor om... te doneren.'

'Wanneer was dat?' vroeg Dex.

'Vier jaar geleden. We hebben het een paar maanden geprobeerd, maar er gebeurde niets.' Matt schudde zijn hoofd. 'Die arme Laura, ze was erg teleurgesteld, ze wilde zo graag een kind. Maar toen kreeg ik een baan aangeboden in Alaska, en dat was dat. Ik ben daar een jaar gebleven. Toen ik terugkwam, hebben we elkaar wel weer gezien, maar we hebben niet... nou, je weet wel. Ik kreeg een vriendin, dus het zou niet zo netjes zijn geweest. En niet lang daarna ben ik naar Australië vertrokken.

Met zo'n soort leven verlies je je vrienden nogal snel uit het oog. Iedereen gaat verder met zijn eigen leven. En toen raakte ik ook nog mijn mobieltje kwijt, met alle nummers erin... Ik ging er gewoon van uit dat iedereen het net zo druk had als ik.' Hij zweeg even, diep in gedachten verzonken. 'Je houdt jezelf voor dat je de draad wel weer oppakt als je terug bent. Toen ik vorige week terugkwam, leek het me leuk om Laura weer te zien. Omdat ik haar nummer niet meer had, ben ik op goed geluk naar haar huis gegaan. Maar er werd opengedaan door een jonge jongen die nauwelijks Engels sprak. Ik dacht dat Laura was verhuisd en ik wist ook dat ze altijd op goede voet had gestaan met de buurvrouw, Phyllis. Dus ben ik naar haar toe gegaan om haar naar Laura's nieuwe adres te vragen.' Hij stopte ineens, sloot zijn ogen en haalde een keer diep adem. 'Ik wist niet wat ik hoorde toen ze me vertelde wat er was gebeurd.' Terwijl hij met een hand over zijn voorhoofd streek, vervolgde hij: 'Ik kan het gewoon niet geloven. Laura was zo'n goed mens.'

'Ja.' Dex knikte. 'Dat was ze.'

'En toen begon Phyllis over Delphi. Nou, je zult wel begrijpen waarom dat me schokte. In zekere zin was ik blij, omdat het betekende dat Laura's kinderwens toch nog in vervulling was gegaan. Maar ik was kapot van het idee dat Delphi nu geen moeder meer had. Trouwens, als je dacht dat ik de vader was, betekent dat dus dat je niet weet wie het wel is,' eindigde hij, alsof hij dat nu pas bedacht.

'Geen flauw idee. Een eenmalig iets, zei Laura. Hoe dan ook, ik ga haar adopteren.' Dex was vastbesloten. 'Op dit moment ben ik haar oom en voogd, maar ik word haar vader.'

'Wauw. Dat was de volgende schok.' Matt schudde zijn hoofd. 'Toen Phyllis me vertelde wie er nu voor haar zorgde.'

'Hoe bedoel je dat?'

'Nou, ik kende je natuurlijk niet persoonlijk, maar Laura heeft me wel veel over je verteld.' Verontschuldigend grijnzend vervolgde Matt: 'Niet om het een of ander, maar ze vertelde me hoe je was.'

Aan de andere kant van de kamer wachtte Molly af hoe Dex op deze weinig complimenteuze opmerking zou reageren.

'Dat mag je gerust zeggen.' Delphi probeerde Dex' horloge

af te doen; Dex maakte het los en deed hem om haar enkel, tegenwoordig haar lievelingsplek voor het Zwitserse kleinood ter waarde van een paar duizend pond. 'Ik was vroeger een complete... idioot.' Nu Delphi woorden begon te imiteren, zag Dex zich genoodzaakt om zijn taalgebruik wat te kuisen. 'En ik had ook nooit van mezelf gedacht dat ik dit zou kunnen. De eerste keer dat ik echt met Molly praatte, was vlak na het overlijden van Laura.' Hij keek haar even aan, en ze kreeg een brok in haar keel bij de herinnering aan die avond. 'Ik zei tegen haar dat ik dat niet kon, dat ik echt niet voor een baby zou kunnen zorgen.' Hij zweeg even, en in zijn ogen was een hele wereld aan emoties te zien toen hij haar blik nog wat langer vasthield. 'Zij was degene die zei dat ik het wel kon.'

'En ik had gelijk,' zei Molly.

Ik moet nu niet gaan huilen, dacht ze.

'Uiteindelijk wel. Nou ja, dat nog niet eens. Het gaat stap voor stap. Maar we komen er wel. En ik doe iets waarvan ik nooit had gedacht dat ik het kon. Delphi heeft mijn leven veranderd; ik had geen flauw idee dat je zoveel kon voelen voor iemand die niet eens kan praten. Ze is gewoon alles voor me. Sorry, ik weet dat het pathetisch klinkt. Ik ben het niet gewend om dit soort dingen te zeggen.' Hij wiebelde met Delphi's blote voetje; het grote Breitling-horloge bungelde aan haar enkel. 'Maar ik hou zoveel van haar.'

'Heeft ze een beter mens van je gemaakt?' vroeg Matt.

Dex haalde zijn schouders op. 'Dat weet ik niet, hoor. Ik hoop het.'

Matt wendde zich tot Molly. 'Is hij een beter mens geworden?' Ze knikte. 'Ja.'

'Nou, dat zou Laura erg gelukkig hebben gemaakt,' zei Matt.

Dex knikte. 'Ja. Ze was zelf degene die wilde dat ik Delphi's voogd werd.' Glimlachend drukte hij een kus op Delphi's warrige donkere krullen. 'Mijn grote zus vond altijd al dat zij het het beste wist.'

Molly vertrok, zodat Dex en Matt samen herinneringen konden ophalen aan Laura. Terwijl ze met George op haar heup door het parkje liep, zei ze: 'En niets tegen je moeder zeggen over die verkleedpartij, hè? Dat is ons geheimpje.'

'Daar heb je 'm weer!' Tina deed de deur open, nam George van haar over en overlaadde hem met kussen. 'De verloren zoon is weer thuis. Heeft hij zich een beetje gedragen?'

'Keurig,' zei Molly.

'Ja, zo is hij. En hoe ging het met de maatschappelijk werkster?'

Leugentjes om bestwil waren niet echt heel erg, toch? 'Goed. Laten we hopen dat het in orde komt.'

Tina leek er blij om. 'Dat hoop ik ook. Dex verdient het. We hadden het gisteren nog over hem, ik en de moeders op het schoolplein.'

'O?' Molly glimlachte toen ze het tafereel voor zich zag. Logisch dat de moeders het over Dex hadden; hij was de opwindendste aanwinst van Briarwood sinds jaren.

'Ja! We zeiden dat het net zo'n romantische Hollywood-film is, je kent ze wel. Een aantrekkelijke man, die zijn chique grotestadsleven opgeeft om ergens in de rimboe voor een baby te gaan zorgen.' Stralend vervolgde ze: 'En in het begin heeft hij geen flauw idee wat hij doet en gaat er van alles mis, maar in de loop der tijd gaat het steeds beter... En het eindigt ermee dat hij iets krijgt met het meisje dat hem erdoorheen heeft gesleept!'

'Goh.' Jemig. Molly bloosde bij de gedachte aan al die mensen die op het schoolplein hadden staan roddelen over haar en Dex.

'En natuurlijk gaat het soms ook weer mis, want zo gaat dat in die films. Maar iedereen weet dat ze voor elkaar bestemd zijn, en het hele dorp staat achter hen... En dan gebeurt er op het eind iets echt romantisch en beseffen ze allebei dat het ware liefde is...'

Wauw. Ze moest ineens weer denken aan hun kus van daarnet.

'En dan leven ze nog lang en gelukkig, Dex de stadsjongen en Amanda de huisarts!' eindigde Tina enthousiast.

Molly zag Matt even na achten die avond wegrijden. Vlak daarna werd er bij haar aangebeld.

'Je bent niet teruggekomen,' verweet Dex haar, terwijl hij haar naar de woonkamer volgde.

'Dat was toch nergens voor nodig?' Ze ging weer achter haar tekentafel zitten en haalde de dop van haar pen. 'En ik had nog wat werk in te halen. Hoe dan ook, geen paniek meer dus. Ik ben blij dat het goed is gegaan. Hij leek me echt heel aardig.'

'Dat is hij ook. We hebben over Laura zitten praten. En... over van alles eigenlijk. Hij wil graag contact houden, een soort peetoom van Delphi zijn. Je weet wel, van die ooms die eens in de zoveel jaar langskomen met allerlei verkeerde cadeaus.' Hij zweeg even. 'Luister, ik heb Delphi net in bed gestopt. Heb je zin om even langs te komen? Het leek me wel leuk om een flesje wijn open te trekken om te vieren dat Matt niet haar vader is, dat ze nog steeds van ons is.'

Ons. Hoewel het maar een manier van zeggen was, voelde het voor Molly alsof ze met een mes in haar hart werd gestoken. Ze schudde haar hoofd en concentreerde zich weer op de tekening waaraan ze bezig was, Boogie op een surfplank. 'Ik moet dit echt afmaken. Anders haal ik de deadline niet.'

'O. Oké.'

Er viel een nogal ongemakkelijke stilte. Omdat Molly voelde dat Dex naar haar keek, hield ze haar blik op haar werk gericht. 'Waarom vertel je niet aan Amanda wat er is gebeurd? Hoewel ik dat van die illegale babyruil maar niet zou zeggen.'

'Dat is waar. Goed, dan ga ik maar weer eens naar Delphi.' Hij liep naar de deur. 'Nog bedankt voor je hulp. Met die illegale babyruil, bedoel ik.'

Toen de deur achter Dex dichtviel, kreeg ze een brok in haar keel. Ze had een rood hoofd van schaamte en moest zichzelf bedwingen om niet in snikken uit te barsten.

O god, wat is dit stom...

Een uur later stopte er weer een auto voor Gin Cottage. Amanda stapte uit; haar korte haar glansde, en haar figuur leek mooier dan ooit in het strapless blauwe jurkje en de bijpassende hoge hakken die ze droeg. Toen ze opkeek en Molly als een trol achter het slaapkamergordijn zag staan loeren, zwaaide ze even en lachte met een triomfantelijke blik, alsof ze wilde zeggen: hij is lekker van mij.

En in feite was dat ook zo.

Molly schudde haar hoofd om haar niet al te aardige gedachtes. Ze was echt verachtelijk. Na het nieuwtje dat ze vanmiddag te horen had gekregen, zou ze echt vriendelijker over Amanda moeten gaan denken.

God, ze wilde echt dat Tina haar niks had verteld.

Maar dat was het probleem met roddels: zodra je ze had gehoord, kon je ze niet meer niet weten.

Toen om halftien Vince' naam op het mobieltje oplichtte, was Molly's eerste opwelling om niet op te nemen. Het werd toch niets tussen hen; hij was echt een heel aardige man, maar aardig was niet genoeg. Het was beter om er nu meteen een punt achter te zetten.

Hetgeen waarschijnlijk betekende dat ze de koe bij de horens moest vatten en gewoon moest opnemen.

'Vince, hoi. Luister...'

'Hallo, schat, ik ben het, Muriel! Luister, ik zit hier met Vince... Weet je nog dat we het erover hadden dat we zo dol waren op *Mamma Mia* en dat je had geprobeerd om kaarten te krijgen voor de voorstelling hier in Bristol, maar dat alles uitverkocht was? Nou, waarschijnlijk doen ze extra voorstellingen, want Vince zit nu achter de computer en er zijn nog drie kaarten beschikbaar voor donderdagavond! Maar dan moeten we nu meteen reserveren, anders gaan de kaarten naar iemand anders... Dus kun jij donderdag?'

'Eh...' O god, ze zou echt dolgraag naar *Mamma Mia* in de Hippodrome gaan.

'We hebben nog zevenendertig seconden,' zei Muriel. 'Zesendertig... O, zeg alsjeblieft dat je kunt, Molly. Het wordt vast hartstikke leuk... drieëndertig...'

'Oké, ik ga mee!' flapte Molly eruit. O god, nu was ze officieel een slecht mens.

'Echt? Hoera, ik ben zo blij! Het wordt vast ontzettend leuk!'

Aan de andere kant, Muriel klonk zo enthousiast, dat het misschien was toegestaan.

'Hoor je dat, Vince? We gaan,' zei Muriel opgewonden. 'Schiet op. Ga gauw die kaarten kopen!'

46

Die arme Vince, hij voelde zich als een vis in de Gobi-woestijn. Alleen was het een volle, lawaaierige woestijn. Het publiek bij de uitverkochte voorstelling in de Hippodrome had de tijd van zijn leven; iedereen stond te dansen en te zingen en mee te klappen. Muriel, die naast het gangpad zat, genoot met volle teugen, en Molly, die naast haar zat, kon haar vreugde gewoon voelen. En rechts van haar zat Vince. Hij deed zijn best om mee te doen, hetgeen jammerlijk mislukte. Zijn ongemak was gewoon tastbaar. Het was klaarblijkelijk erg vernederend voor hem om zich op een dansachtige manier te bewegen. Hij kon zich gewoon niet ontspannen, hij kon zijn remmingen niet laten varen en gewoon lol maken.

Als je zijn lenige gestalte zag, zou je denken dat hij fantastisch kon dansen.

Maar dat kon hij dus niet.

Sommige mensen waren gewoon niet het type daarvoor.

'Het was echt prachtig,' verzuchtte Muriel, toen ze weer bij haar thuis waren. 'Heb je genoten?'

'Nou en of.' Molly glimlachte over de keukentafel naar haar. 'Ik ben heel blij dat jullie me hebben uitgenodigd.'

'Schat, ik ben blij dat je bent meegegaan.' Toen Vince de keuken uit liep om een belangrijk bericht op zijn mobieltje te beantwoorden, boog Muriel zich over de tafel heen en fluisterde: 'Ik geloof niet dat het echt iets voor Vince was.'

'Dat viel mij ook op,' zei Molly grijnzend.

'Maar het was wel erg aardig van hem om mee te gaan, toch, terwijl het niets voor hem is? Typisch Vince, altijd even zorgzaam en attent. Wil je ook?' Muriel hield de zilveren heupflacon op, waaruit ze net een scheut cognac in haar koffie had geschonken.

'Nee, dank je. Ik moet nog rijden.'

'Dus je blijft niet slapen?' Muriel knikte behulpzaam in de richting van Vince' appartement.

Bah.

'Nee, ik moet echt terug,' zei ze.

'Een betere vriend dan hij kun je je niet wensen. Hij is aardig... vrijgevig...' Muriels stem kreeg iets van een koopvrouw die van haar waren af moest. 'Hij zal je nooit teleurstellen. Vince is niet het type om spelletjes met je te spelen, weet je?'

Och hemel, dit werd wel erg ongemakkelijk. En dat wisten ze allebei. Na een korte aarzeling zei Molly: 'Dat weet ik wel.'

'Sinds zijn twintigste doet hij al mee aan een of ander pensioenfonds.'

'Nou, dat is... fantastisch.'

Muriel besloot er niet langer doekjes om te winden. 'Goed, misschien ben ik een bemoeial, maar denk je dat jullie samen een toekomst hebben?'

Och hemel, daar gaan we.

Op vriendelijke toon zei Molly: 'Ik denk het niet. Het spijt me.'

'Mij ook. Verdorie.' Muriel slaakte een zucht en schonk nog een scheut cognac in haar koffie. 'Nou, dat vind ik echt heel jammer. Maar niks aan te doen.' Met een spijtig toontje vervolgde ze: 'Ik zou alleen zo graag voor mijn dood al mijn kleinkinderen gesetteld zien. Maar dat gaat niet, hè? Het is net zoiets als een inktvis in een jampotje proberen te proppen.'

Ze hoorden Vince de trap af komen, zijn zakelijke telefoontje afsluitend. Molly dronk haar kop leeg en zei: 'Ik ga maar weer eens.'

Terwijl Muriel haar een kus gaf, fluisterde ze: 'Bedankt dat je het hebt geprobeerd, schat. We komen er wel. Al zal het het laatste zijn wat ik doe in mijn leven, ik zal een leuk meisje voor hem vinden.'

'Zo, klaar. O, ga je al?' Vince leek teleurgesteld, toen Molly haar tas en autosleutels pakte. 'Nou, het was erg leuk vanavond.'

Ze kon het niet nu doen; dat zou te wreed zijn. Ze besloot het hem vanavond nog niet te vertellen. Ze zou morgen terugkomen en het dan doen.

'Ja.' Ze zwaaide nog even naar Muriel en liep toen met Vince de keuken uit. Nadat ze hem snel een kus had gegeven, zei ze: 'Nogmaals bedankt. Het was erg leuk.'

'Wat doe jij hier?' Er bekroop Molly een akelig gevoel toen ze de volgende dag de deur opendeed en Vince op de stoep zag staan. 'Heb je mijn sms'je niet gekregen? Ik zei dat ik naar jou toe zou komen.'

'Dat weet ik.' Hij glimlachte naar haar. 'Maar het leek me leuk om je te verrassen. Ik heb voor vanavond een tafel gereserveerd in het Manor House.'

'Maar...'

'En dan gaan we meteen deze bekijken!' Nadat hij haar was voorgegaan naar de keuken, haalde hij een handvol vakantiefolders achter zijn rug vandaan. 'En ik wil geen nee horen, ik trakteer. Je zei dat je zo graag een keer naar Venetië wilde, dus dat gaan we doen!'

O nee, hè?

'O, maar...'

'Tenzij je liever ergens anders naartoe gaat. Florence... Parijs... Timboektoe?'

Hij had Timboektoe op een grappig toontje gezegd. O help, daar gaan we dan. Molly stak haar hand op om hem het zwijgen op te leggen. 'Vince, wacht. Is dit soms Muriels idee?'

'Nee!' Na een kort stilzwijgen voegde hij eraan toe: 'Nou ja, het kan zijn dat ze zich zoiets heeft laten ontvallen, maar ik had er zelf ook al aan gedacht. We kunnen wel een kort uitstapje gebruiken, vind je ook niet? Een paar daagjes weg, om elkaar beter te leren kennen...' Hij maakte zijn zin niet af toen hij zag hoe ze naar hem keek.

'Sorry, Vince, ik kan niet met je op vakantie.' Dit was de reden waarom ze het steeds had uitgesteld; dit was het gedeelte waar ze een bloedhekel aan had. 'Het is beter als we elkaar niet meer zien. Je bent een schat van een man, maar het voelt gewoon niet goed.'

'Wat?' Hij leek stomverbaasd.

'Het is niet jouw schuld, het is de mijne.'

O nee, kon ze echt niks beters verzinnen dan dit aloude deuntje?

'Je verdient een betere vrouw dan ik,' ging ze verder. 'Je vindt heus nog wel een meisje dat stapelverliefd op je wordt en dat echt waardeert wat je allemaal voor haar doet.'

Stilte. Toen zei hij: 'Maar jij bent dat dus niet.'

Ze schudde langzaam haar hoofd.

'O.' Hij staarde zonder iets te zien naar de folders in zijn hand. 'Het spijt me.'

'Maar... mijn grootmoeder mag je echt heel graag.'

Probeerde hij haar hart soms te breken? 'Ik mag haar ook graag. Maar je vindt wel iemand anders.'

'Dat zeggen ze altijd.' Hij legde de glanzende reisfolders in een rechte rij op de keukentafel en zei bedroefd: 'Maar dat gebeurt nooit.'

Vince vertrok en startte zijn auto. Nou, dat was dat. Zijn hoop dat Molly de ware was ook weer de grond in geboord.

En hij had dorst ook. Normaal had hij altijd een fles mineraalwater in de auto liggen voor noodgevallen, maar gisteren, op de terugweg van *Mamma Mia*, had Muriel die opgedronken, en irritant genoeg was hij vanochtend vergeten een nieuwe mee te nemen. En hij kon moeilijk teruggaan naar Molly en om een glas water vragen.

Het was zeven uur; de dorpswinkel van Briarwood was gesloten, net als Frankies lunchcafé. Alleen de Saucy Swan was nog open. Vince stuurde zijn auto om het parkje heen en reed de parkeerplaats van de pub op.

Het was een warme, zonnige avond, en alle tafeltjes buiten waren bezet, maar binnen was het koel, donker en compleet uitgestorven.

'Hallo!' De aardige barvrouw begroette hem met een brede lach. 'Wat mag het zijn?'

'Alleen een glas water, alsjeblieft.'

'Met of zonder bubbels?'

'Zonder.' Hij hield niet van water met bubbels.

'Komt Molly zo ook?'

Vince kromp ineen bij het horen van haar naam. 'Nee, nee.'

'O! Is alles... in orde?'

Vince keek de barvrouw aan en herinnerde zich dat ze de eigenares van de pub was. Heette ze niet Louise? Hij had haar op Delphi's verjaardag in het lunchcafé ontmoet.

'Niet echt.' Hij rekende af en dronk de helft van het flesje in één teug leeg.

'Och, wat naar. Was het niet jouw beslissing?'

Hij keek haar aan. Ze heette Lois, dat was het, niet Louise. Een enorme bos haar, reusachtige oorringen, een dikke laag vuurrode lippenstift en roetzwarte mascara. Ineens, uit het niets, welde er een golf van emotie in hem op, en hij schudde zijn hoofd.

'Ach, het geeft niks. Maak je geen zorgen.' Ze legde haar hand op de zijne. 'Ik vraag het alleen uit belangstelling. En ik ben geen roddelaarster.'

Hij haalde diep adem en keek nog eens wat beter naar die donkere ogen en de meelevende glimlach. Het was niets voor hem om zijn hart uit te storten bij iemand die hij in feite niet kende, maar Molly's afwijzing was de laatste druppel geweest.

'Het is me wel vaker overkomen.' Toen hij even zweeg om nog een slok water te nemen, merkte hij dat zijn hand trilde. 'En ik snap niet waarom. Niemand heeft me daar ooit echt antwoord op kunnen geven. Ze zeggen allemaal dat ik een aardige man ben en dat ik niks fout heb gedaan, maar dat ze me gewoon niet meer willen zien. Ik bedoel, ben ik dan zo lelijk?'

'Dat meen je niet!' Lois schudde ongelovig haar hoofd. 'Je bent het tegenovergestelde van lelijk. Kom op, zeg. Kijk nou eens naar jezelf. Je zou Brad Pitt nog een complex bezorgen.'

'Maar het eind van het liedje is altijd dat ik weer alleen ben. Ik wilde Molly op een vakantie trakteren, maar ze wilde niet. Wat is dat?' vroeg hij toen ze een glas voor hem neerzette.

'Whisky. Dan ga je je vanzelf wel beter voelen. Van het huis.'

'Maar ik moet nog rijden.'

'Eentje kan best.'

Vince, die geen grote drinker was, nam voorzichtig een slokje. De whisky was verrassend goed. 'Nou, dank je wel,' zei hij. Hij keek Lois na toen ze een andere klant ging helpen. Ze droeg een zwarte jurk die was bedrukt met grote roze rozen. De hals was van gerimpeld elastiek zodat haar gebruinde schouders en indrukwekkende decolleté er goed in uitkwamen. Ze maakte een beetje een ordinaire indruk, als een parodie op een meisje van plezier, met haar felroze pumps met versleten hakken. Maar ze was aardig voor hem, en ze had iets warms over zich dat maakte dat hij wilde blijven om nog wat langer met haar te praten.

Als hij nu naar huis ging, wat zou hij daar dan moeten doen? Niets.

Behalve de volle laag van zijn grootmoeders onuitgesproken teleurstelling over zich heen krijgen.

Voor de zoveelste keer.

'Je hebt je whisky op.' Lois was terug; de andere klant was naar buiten gegaan, zodat ze het rijk weer alleen hadden. 'Wil je soms een kop koffie?'

'Nee, dank je.' Vince staarde naar het lege glas en keek haar toen recht in de ogen. 'Doe me nog maar een whisky.'

47

'Het leek me beter om je even te bellen,' fluisterde Lois. 'Zodat je het weet.'

'O god.' Aan de andere kant van de lijn hoorde ze Molly een zucht slaken. 'Ik dacht dat hij meteen naar huis was gegaan. Hoe gaat het met hem?'

'Hij is een beetje dronken. Maar niet al te erg. Hij geeft geen overlast.'

'Niet te geloven. Hij is helemaal niet het type om dronken te worden.'

'Hij zit zijn verdriet te verdrinken. Dus je wilt niet even komen om met hem te praten?'

'Nee,' zei Molly. 'Het spijt me, maar dat heeft geen zin. Het is uit.'

'Mag ik ook vragen waarom?'

'Weet je? Ik heb niet eens een antwoord op die vraag. Op papier is hij op alle fronten volmaakt. Vince is aardig en attent en aantrekkelijk... Hij heeft zelfs de roestplekjes op mijn auto behandeld. Maar hij is het gewoon niet voor me.'

'Oké.' Lois klonk al wat vriendelijker. 'Nou ja, die dingen gebeuren. Hij zal het wel overleven.'

'Verdomme, hij is met de auto. Je zult een taxi voor hem moeten bellen. Je mag hem niet laten rijden.'

Door de deuropening keek Lois even naar Vince. 'Maak je maar geen zorgen, dat zal ik niet laten gebeuren.'

Het was één uur 's nachts. Lois lag klaarwakker in bed naar het plafond te staren. Haar hersens draaiden op volle toeren.

Om halftwaalf waren alle andere klanten vertrokken. De taxi die ze voor Vince had gebeld, was niet komen opdagen. Ze had de bar schoongemaakt, de kassa geleegd, en nog steeds geen taxi.

'Geeft niks, maak je maar geen zorgen om me.' Vince, die zich een beetje beroerd voelde, maar ook weer niet al te erg, had gezegd: 'Ik slaap wel in mijn auto.'

'Dat gaat echt niet. Weet je wat, je mag in de logeerkamer slapen.'

Boven had hij in de deuropening naar haar staan kijken, terwijl ze de bedbank uittrok. Ze had lakens en een dekbed uit de kast gepakt en gezegd: 'Het is zo gebeurd. Heb je soms honger? Of dorst? Zeg het maar, als je iets wilt.'

'Meen je dat? Wat ik het liefst wil, is dat iemand mij wil.'

Ze had zich naar hem omgedraaid en de uitdrukking op zijn gezicht gezien. Zijn gebeeldhouwde, mooie gezicht.

Met die uitdrukking erop.

'Bedoel je Molly?'

'Nee.' Hij schudde zijn hoofd. 'Wauw, dit is nieuw voor me. Je bent niet het soort vrouw waar ik gewoonlijk op val. Helemaal niet zelfs.'

'Nou, je wordt bedankt.'

'Maar je bent eigenlijk heel erg aantrekkelijk... sexy... O god, sorry, moet je mij nou horen. Dat had ik niet moeten zeggen.'

Lois' hart sloeg over. 'Je mag zeggen wat je wilt.'

'Is dat zo?'

'Ja. Weet je, je kunt er zelf ook wel mee door.'

O, wat brutaal.

Ze keken elkaar verbaasd aan. Vince wankelde een beetje op zijn benen. Lois had een droge mond gekregen.

Waar kwam dit ineens vandaan?

Voordat ze wisten wat er gebeurde, hadden ze zich op elkaar gestort en stonden ze elkaar te kussen. Zomaar ineens. Lois had de adrenaline door haar lichaam voelen jagen en had er gewoonweg niets tegen kunnen doen. Ze waren de logeerkamer met het onopgemaakte bed uit gelopen, haar slaapkamer in...

En nu was het anderhalf uur later. De alcohol had zijn werk gedaan, en Vince lag naast haar diep te slapen, helemaal van de wereld. Maar niet voordat ze het twee keer hadden gedaan. Twee keer!

Het bleek dat het voor hen allebei al een tijdje geleden was geweest. Vince had bekend dat het er met Molly nog niet van was gekomen, waar Lois blij om was. Hoewel ze, toen ze hem had verteld dat het voor haar twee jaar geleden was dat ze met een man naar bed was geweest, had gemerkt dat hij haar niet geloofde. Dat was geen verrassing voor haar; als je eruitzag zoals zij, ging iedereen ervan uit dat je een losbol was, altijd in voor een beetje plezier met wie er dan ook maar belangstelling voor je toonde.

Nou ja. Daar was ze inmiddels wel aan gewend. Terwijl het aantal mannen met wie ze naar bed was geweest, in werkelijkheid belachelijk klein was. En het waren ook niet de meest aangename mannen geweest. Ze viel altijd op brutale opscheppers, die haar uiteindelijk als oud vuil behandelden en haar meer dan eens ook lichamelijk hadden mishandeld. Pas een paar jaar geleden was ze fatsoenlijke, beleefde, aardige mannen aantrekkelijk gaan vinden. Het lastige was dat ze, vanwege haar uiterlijk en haar brutale manier van doen, dat soort fatsoenlijke mannen de stuipen op het lijf joeg; zodra ze maar iets van belangstelling liet blijken, gingen ze er altijd als een haas vandoor.

Tot vanavond dan.

In het donker begon Lois te grijnzen, en ze kon er niet meer mee ophouden. Over een verrassing gesproken! Vince was alles wat ze zich maar had kunnen wensen. En op de een of andere wonderbaarlijke manier had hij besloten haar ook leuk te vinden. Nou ja, in elk geval leuk genoeg om de nacht mee door te brengen, wat een prima begin was.

Ze was niet gek, ze wist dat de situatie verre van ideaal was. Vince was net gedumpt door Molly. Nou ja, dat deed er ook eigenlijk niet toe. De aantrekkingskracht was er, en ze wist gewoon dat ze perfect bij elkaar pasten.

Ze schoof naar Vince toe, die vredig naast haar lag te slapen; ze genoot van zijn heerlijke lichaamswarmte en voelde dat haar oogleden dichtvielen, terwijl ze nog steeds een glimlach op haar gezicht had. Beetje bij beetje zou ze hem voor zich kunnen winnen, dat wist ze gewoon zeker.

Het leven zag er goed uit...

Lois werd zoals altijd om halfzeven wakker van haar inwendige wekker. Ze stapte voorzichtig uit bed, waste zich, poetste haar tanden, haalde haar handen door haar haren, deed een beetje donkergrijze oogschaduw en zwarte mascara op, zette twee mokken thee en gleed weer tussen de lakens.

Hm, hij rook zelfs fantastisch.

Terwijl ze zacht zijn torso streelde, mompelde ze met omfloerste stem in zijn oor: 'Goedemorgen...'

Vince' ogen vlogen open. Hij zat meteen rechtovereind, als een duveltje uit een doosje. Toen tot hem doordrong waar hij was, kreeg hij een blik in zijn ogen die Lois liever helemaal niet had gezien.

Over afschuw gesproken.

'O god, hoe laat is het?'

'Kwart voor zeven.'

'Ik moet gaan. Anders kom ik te laat op mijn werk.'

Dat klopte niet; hij had haar gisteravond verteld dat hij pas om negen uur op kantoor hoefde te zijn. En het leek ook helemaal niets op haar fantasie waarin ze in elkaars armen ontwaakten, en Vince tussen het kussen door fluisterde: 'Jij ook goedemorgen! Wat een heerlijke verrassing is dit.'

En in die fantasie zou hij zich dan heel misschien ook nog hardop afvragen of hij zich niet een dagje ziek kon melden.

Maar niets van dat alles. Iets in haar ziel verschrompelde van schaamte toen hij als een speer het bed uit stapte, zijn kleren van de grond raapte en stamelde: 'Het s-s-spijt me, ik heb dit nog nooit eerder gedaan.' Meteen daarna sloot hij zich op in de badkamer waar hij zich, dat wist Lois gewoon, zo snel mogelijk probeerde aan te kleden, wat waarschijnlijk zo moeizaam zou gaan dat hij ermee in een lachfilm kon.

Toen de deur weer openging, stond ze op hem te wachten.

'Je hoeft je niet te verontschuldigen. We hebben het toch fijn gehad samen? En je hebt nog tijd zat voordat je weg moet. Zal ik een echt Engels ontbijt voor je klaarmaken?'

'Nee, dat hoeft niet.' Hij durfde haar zelfs niet aan te kijken.

'Maar ik heb al thee voor je gezet! Kijk, daar staat je mok!'

O god, moet je mij nou horen, ik sta hem zo'n beetje te smeken om te blijven.

'Je snapt het niet,' flapte hij eruit. Hij gebaarde naar haar, toen naar zichzelf en vervolgens naar de slaapkamer. 'Zo'n man ben ik gewoon niet. Ik ben gisteren dronken geworden en heb toen iets gedaan wat ik anders nooit doe.' Hij stond te hyperventileren van angst. 'Vertel het alsjeblieft niet verder.'

'Dat doe ik echt niet.' Ze hield de mok op, Vince dwingend hem aan te pakken. Zijn beleefdheid won het van zijn paniek, en hij nam een grote slok. Meteen kreeg hij een rood hoofd van de pijn, want de thee was nog kokendheet.

'Oké, nu moet ik echt weg.' Hij zocht in zijn zakken naar zijn autosleutels en was zichtbaar opgelucht toen hij ze vond.

'Ik vond het fijn afgelopen nacht.' Het klonk volkomen pathetisch, maar ze moest het gewoon zeggen.

'Eh, ik ook, bedankt voor alles. Je bent erg... aardig.' Als een paniekerige specht gaf hij haar snel een kus op de wang.

Lois, die anders nooit huilde, zou nu het liefst in janken uitbarsten.

'Dat ben ik echt. Ik ben aardiger dan je denkt.' Ze wist er een klein lachje uit te persen om het verdriet over zijn afwijzing te verbergen.

'Dat weet ik wel.' Vince, aan wie te zien was dat hij alleen maar weg wilde, zei: 'Je vertelt het toch niet aan Molly, hè?'

Hij vond het duidelijk verschrikkelijk dat hij zichzelf voor schut had gezet, dat hij dronken was geworden en uiteindelijk in bed was beland met een vrouw die hij anders niet eens zou hebben zien staan.

Lois schudde haar hoofd. 'Dat doe ik echt niet. Maak je daar maar geen zorgen over.'

Nadat hij weg was, ging ze Addy wakker maken, die aan de andere kant van de overloop sliep. Terwijl Addy haar tanden poetste, en Lois beneden ontbijt stond klaar te maken, belde Molly.

'Ik zag hem net wegrijden van het parkeerterrein. Alles in orde?'

'Ja hoor. De taxi is gisteravond niet komen opdagen, dus toen heb ik het bed in de logeerkamer opgemaakt.' Nou ja, dat was niet gelogen.

'Dank je.' Molly klonk opgelucht. 'Dus hij heeft je geen last bezorgd?'

'Helemaal niet. Hij was een beetje dronken en van streek, maar dat was alles.'

'Die arme Vince, ik voel me er echt rot over. Hij is een fatsoenlijke man, en het is altijd een ramp om het met iemand uit te moeten maken.' Op gelaten toon vervolgde Molly: 'Wat ik pas echt erg vind, is als ze geen nee willen horen, zoals Graham afgelopen zomer. Weet je nog dat hij me die enorme vis is komen brengen?'

'Ik denk niet dat je dat probleem met Vince zult krijgen.' Lois, die Vince had nagekeken toen hij het parkeerterrein af was gescheurd, voelde een golf van droefheid over zich heen spoelen. 'Ik weet haast zeker dat we hem hier niet meer terug zullen zien.'

48

Amber hield van harde muziek, maar de muziek stond zo hard dat het net was alsof deze rechtstreeks in je hersens werd geïnjecteerd. De houten vloer onder haar voeten trilde, haar hoofd bonkte, iemand had een drankje over de achterkant van haar blouse gemorst en weer iemand anders was net naar achteren gewankeld en op haar voet gaan staan.

'Au-au-au!' jammerde ze, maar door de herrie hoorde niemand haar. Het feest werd gehouden in het kraakpand dat van Carter was, een vriend van een vriend van Beeny. Nou ja, het was natuurlijk niet van hem. Hij had het huis met nog een paar anderen gekraakt, en voor vanavond hadden ze zo te zien iedereen uitgenodigd met wie ze ooit wel eens een woord hadden gewisseld.

Het was onmogelijk om te tellen hoeveel mensen er waren, want er waren heel veel verschillende kamers, en het was donker en vol en desoriënterend. Eén ding was echter wel zeker: de genodigden hielden er niet van om zich vaak te wassen.

Bovendien had Duff haar een drankje gegeven waar niet alleen bier in zat; toen Amber was gaan wankelen en haar evenwicht verloor en tegen muren aan viel, had Beeny gezegd: 'Ha, er zat hartstikke veel wodka in!'

Ze had gelachen, omdat iedereen lachte, maar toen Beeny nog een jointje voor haar had gedraaid en ze haar hoofd had geschud, had hij spottend gevraagd: 'Wat krijgen we nou? Is mijn spul niet goed genoeg voor lady Amber?'

Beeny was veranderd; ze mocht hem eigenlijk helemaal niet meer, maar hij was Duffs vriend, dus ze zagen elkaar vaak.

'Hou je bek, Beeny, laat haar met rust.' Phil, een andere nieuwe vriend van Beeny, had geruststellend een arm om haar schouder gelegd. 'Lady Amber hoeft die rottroep van jou niet te roken als ze dat niet wil.'

Dat was twintig minuten geleden geweest, en nu zag ze ineens niemand meer die ze kende. Het was tijd om haar vrienden te gaan zoeken. Warrig, met het gevoel alsof ze door de bedompte rooklucht die er hing heen moest zwemmen, liep ze naar de brede halfronde trap. Toen ze tegen de trapspil botste, mompelde ze: 'Sorry', wat heel erg lady Amber-achtig van haar was. Phil was degene die haar zo was gaan noemen, blijkbaar omdat ze zo bekakt klonk in vergelijking met de rest van hen. Goed, de kale houten trap op en de overloop over. Wauw, wat veel deuren, zoveel... eerst deze maar eens proberen...

Toen tot Amber doordrong wat ze zag, bleef ze als aan de grond genageld staan. In de slaapkamer lagen alleen vieze matrassen op de grond, waarop zich een groepje mensen had verzameld. Phil zat geknield met zijn rug naar haar toe; toen hij zich omdraaide, zag Amber de injectienaald in zijn hand. Meteen daarna drong tot haar grote schrik tot haar door dat een van de andere mensen op de matrassen Duff was.

Iemand riep: 'Wat is hier aan de hand?' Een ogenblik later begreep ze dat ze het zelf was die dat had geroepen.

Duff had zijn mouw opgestroopt en een tourniquet om zijn

magere bovenarm gebonden. Ongelovig haar hoofd schuddend, schreeuwde Amber: 'Wat zijn jullie aan het doen?'

'Jezus, zeg, haal die fucking lady Amber hier weg.' Dat kwam van een meisje met touwhaar, met wie Amber zelfs nog nooit een woord had gewisseld.

Duff stak haar echter zijn andere arm toe, haar wenkend, en hij zei met zachte en hypnotiserende stem: 'Het is oké, schatje, alles cool, je moet het echt eens proberen. Het is echt helemaal te gek.'

'Ben je wel goed bij je hoofd? Dat is heroïne!'

'Ja, maar je doet nou net alsof dat zo slecht is.' Zijn donkere ogen glansden liefdevol en warm, terwijl hij zijn vingers om de hare legde. 'Als je het eenmaal hebt geprobeerd, snap je wel wat ik bedoel. Toe, schatje, probeer het nou. Phil heeft genoeg, en je mag hem vast wel later betalen.'

Dus daarom had Duff haar laatste vijftien pond geleend – en daarom had hij haar de twintig pond die hij vorige week had geleend nooit terugbetaald. Het verklaarde ook de blauwe plekken die ze aan de binnenkant van zijn arm had gezien. O god, dit was een nachtmerrie. Natuurlijk was er af en toe wel eens sprake geweest van andere drugs, maar ze had geen flauw idee gehad dat het zo ver ging. Hoewel ze zich nog steeds wazig voelde, keek ze met grote ogen van Duff naar Phil.

Phil tikte met een smoezelige vinger tegen de naald en zei: 'Omdat jij het bent, schat, kost een shotje je maar een tientje.'

Amber stortte zich woedend op hem en sloeg de naald uit zijn hand. Voordat ze wist wat er gebeurde, lag ze op haar rug en werd ze meegetrokken. Ze voelde een schroeiende pijn in haar oor.

'Stomme teef!' Het meisje met het touwhaar trok Amber aan haar haren over de planken vloer. 'Fuck, waarom deed je dat nou?' Het meisje was verrassend sterk. Amber zag dat Phil de naald van de grond pakte en hoorde Duff zeggen: 'Je kunt hem toch gewoon nog gebruiken...'

'Au!' De pijn in Ambers oor was onverdraaglijk. De deur werd opengesmeten, en ze gooiden haar de kamer uit, met haar hoofd tegen de gangmuur. Het meisje met het touwhaar en een knokige, maar net zo sterke jongen met een tatoeage van een doodskop op zijn keel schoven haar naar de bovenkant van de trap. De zure stinkadem van de jongen sloeg in haar gezicht, toen hij snauwde: 'Rot op jij! En waag het niet terug te komen!'

Het was elf uur. Buiten was het aardedonker, en het stroomde van de regen. Amber liep wankelend bij het huis weg, compleet in shock, en met haar hand tegen haar oor gedrukt. Toen ze haar mobieltje pakte, zag ze dat het verlichte schermpje besmeurd was door het bloed op haar handen.

Oké, denk na. Denk na! Waar was ze? Het huis was ergens midden op het platteland... Ze zag verder nergens lichten branden.

O mama, help me, ik wil hier niet meer zijn.

Met trillende vingers drukte ze op 'Thuis' en luisterde naar de telefoon die overging. En bleef overgaan. O god, als haar moeder al naar bed was, hoorde ze het toestel beneden misschien niet eens.

Toen het antwoordapparaat aansloeg, jammerde ze: 'Mam? Mam... ben je daar?'

Niets. Ze verbrak de verbinding. Toen ze het bloed en de regendruppels van het schermpje veegde, zag ze dat haar batterij bijna leeg was. Dit was echt een nachtmerrie. Nog steeds lichtelijk beneveld probeerde ze te bedenken waar ze ongeveer was. Ergens tussen Tetbury en Stroud? Ze botste tegen een laag muurtje aan, waar ze zich op haar knieën liet vallen en uit wanhoop een nummer intoetste dat ze al in geen maanden meer had gebeld.

Nog steeds niets. Haar vaders mobieltje stond uit. En er bleef maar bloed uit haar oor druppelen; haar hele blouse was doorweekt. Ze knipperde de regen, of misschien waren het wel tranen, uit haar ogen. Het muurtje volgend, kwam ze bij een houten hek. Op de tast vond ze een vierkant naambord. Door haar mobieltje er vlak voor te houden, kon ze de letters onderscheiden die in het hout waren gekerfd. Morton... Morton Farm...

Nog maar vier procent batterijvermogen. Met trillende vingers scrolde ze langs de nummers. Daar had je het nummer van Shaun, dat hij haar tijden geleden had gegeven en dat ze nooit had gebeld. Maar als hij thuis was, betekende dat dat hij relatief gezien aardig in de buurt was. En hij was haar broer. De batterij ging naar drie procent, en een jammerkreet van angst slakend, drukte ze op 'Bellen'.

'Hallo?' Het was Shauns stem. Hij klonk verbaasd. 'Amber?'

'Shaun?' Godzijdank! Toen ze zijn stem hoorde, begon ze te huilen. 'Weet je waar mijn vader is?'

'Hij blijft vannacht in Londen. Wat is er aan de hand?'

'O Shaun, mijn batterij is bijna leeg, en ik weet niet waar ik ben. Ik wil naar huis...' Achter zich hoorde ze voetstappen. Iemand riep haar naam.

'Zeg me wat er is,' drong Shaun aan.

'Ik b-ben op een f-feest op M-morton F-farm,' bracht ze moeizaam uit. 'Ik vind de m-mensen hier n-niet leuk. Ik vind Duff niet meer leuk. Kun je me helpen? Volgens mij is het ergens bij jou in de buurt.'

'Wie ben je aan het bellen?' Phil doemde op uit de duisternis. 'De politie soms? Toe, lady Amber, je gaat onze avond toch niet verpesten?'

'Neeee!' schreeuwde ze, toen Phil ruw haar arm beetgreep.

'Maak je niet zo druk.' Hij griste de telefoon uit haar hand en zei erin: 'Niks aan de hand hier.' Toen hij de verbinding verbrak, zag hij Shauns naam op het schermpje staan, en dat stelde hem blijkbaar gerust. Toen zei hij, terwijl hij haar voor zich uit naar de boerderij duwde: 'Ik pas wel op je. Kom mee naar binnen.'

Frankie was boven, maar ze sliep niet. En ze was ook niet alleen. Omdat Amber bij een van haar schoolvriendinnen zou blijven slapen, had ze Henry gevraagd om naar haar toe te komen. En het afgelopen uur was... zalig geweest.

Ze lagen in elkaars armen in bed toen ze de telefoon beneden hoorde overgaan. Zich van hem losmakend, zei ze: 'Ik moet even opnemen.'

Net voordat het antwoordapparaat zou aanslaan, nam ze op. Wie kon het op dit tijdstip nog zijn?

'Hallo?'

'Hallo, dit is Shaun. Eh, heb je ook iets van Amber gehoord?'

Shaun? De stem van de jongen was als een schop in haar maag. 'Nee. Hoezo?'

'Sorry, maar ze belde me net en ze klonk behoorlijk van streek. Ik wil je niet ongerust maken, maar ze huilde, en toen hoorde ik iemand anders zeggen dat er niks aan de hand was, maar zo klonk ze niet, en nu staat haar mobieltje uit.'

'O god, en ze belde jou?'

'Ze was op zoek naar papa. Ik bedoel, naar haar vader. Maar hij zit in Londen en zijn mobieltje staat ook uit.'

Als Amber Joe probeerde te bellen, moest ze er wel heel erg aan toe zijn. Frankie voelde de paniek toeslaan. 'Goed, wat moet ik doen? Zal ik haar vriendinnen bellen? Ze zei dat ze vannacht bij Emma bleef slapen.' Dat was dus duidelijk gelogen geweest.

'Ze is op een feest met Duff. Op Morton Farm, zei ze, maar ik kan het nergens vinden. Ze denkt dat het in de buurt van Tetbury is. Mijn moeder is hier ook,' vervolgde Shaun gehaast. 'Ze zegt dat we wel een beetje kunnen gaan rondrijden en proberen haar te vinden.'

Frankie sloeg een hand voor haar mond. Henry, die de trap af kwam, vroeg: 'Wat is er? Wat is er aan de hand?'

'Zeg maar tegen je moeder dat dat heel aardig is, maar we gaan zelf wel die kant uit.'

'Maar ik wil helpen,' zei Shaun.

'We komen je wel ophalen,' beloofde Frankie hem.

'Oké. Het adres is...'

'Ik weet waar het is.' De week nadat Joe was vertrokken, waren Molly en zij langs het huis gereden, vermomd met hoeden en zonnebrillen.

De wegen waren leeg. Henry, die erop had gestaan om zijn auto te nemen, reed als een gek. Nog geen vijfentwintig minuten later waren ze al in Tetbury.

Toen ze Parnall Avenue in sloegen, zagen ze hen al staan wachten voor nummer 22. Joe's andere gezin. Shaun en zijn moeder.

'Ik heb het gevonden.' Shaun wapperde met zijn mobieltje. 'Amber had het mis. Ze dacht dat het Morton Farm was, maar het is Horton Farm... Ik herinnerde me ineens dat het een tijdje geleden is gekraakt. En toen heb ik op Twitter gekeken, en iemand schreef dat daar vanavond een feest is.'

'Oké. Dan gaan we haar daar ophalen. Dit is mijn vriend Henry,' zei Frankie, toen Shaun achterin ging zitten.

'En ik ben Christina.' Zijn moeder was slank en blond, en ze keek Frankie meelevend aan. 'Ik heb gehoord wat er allemaal op Horton Farm gebeurt. Ik wil mee.'

Ze waren allebei moeders. Als Shaun in moeilijkheden zou zitten en Christina had hulp nodig, dan zou Frankie haar ook helpen, wist ze. Dat is gewoon zo, hield ze zichzelf voor. Ze knikte naar Christina en glimlachte even naar de vrouw met wie ze zoveel jaar haar man had gedeeld. 'Fijn. Kom, dan gaan we samen.'

49

Horton Farm was een bouwval, het land eromheen overwoekerd door onkruid. Het was inmiddels harder gaan regenen, en buiten was niemand te bekennen. Maar binnen brandde licht, en ze hoorden bonkende muziek en harde stemmen.

Frankie had een knoop in haar maag, toen ze met Shaun naar de voordeur liep. Reageerden ze niet een beetje overdreven? Misschien was er wel helemaal niets aan de hand, en schaamde Amber zich dood als ze haar moeder ineens voor de deur zag staan. Misschien zou ze er wel zo erg mee gepest worden dat ze er nooit meer overheen kwam.

Ze klopten aan en wachtten. Na een tijdje ging de deur krakend een stukje open, en een meisje met doodse ogen en ongewassen haar nam hen argwanend op.

'Wat?'

Frankie wist er een vriendelijk, niet-bedreigend lachje uit te persen. 'Hallo, we zijn op zoek naar Amber.'

'Wie?'

'Mijn dochter. Ze is zeventien. Rode krullenbos.'

Het meisje lachte spottend. 'Ken ik niet.' Ze sloeg de deur

dicht in hun gezicht. Aan de andere kant werden er grendels voor geschoven.

Toen Frankie en Shaun terug waren bij de auto en de anderen vertelden wat er was gebeurd, zei Henry: 'Nou, we hebben het op een aardige manier geprobeerd.'

Christina, die merkte hoe bang Frankie was, zei geruststellend: 'Het komt wel goed.'

Was dat zo? Frankie werd misselijk. Laat mijn kleine meisje alsjeblieft niks ergs overkomen...

Deze keer liepen ze met z'n vieren naar de boerderij. Henry ging hen voor naar de achterkant. Toen hij een deur zag, probeerde hij hem open te doen. Op slot. Ineens zag Frankie een klein raam, dat kapot was. Ze wees ernaar.

'Dat moet lukken.' Henry stak zijn hand door het gat in het glas en maakte het raam van binnenuit open. 'Alleen kan ik er niet door, daar is het te klein voor.'

'Ik doe het wel.' Christina, die een spijkerbroek en gympen droeg, klauterde op de smalle vensterbank en kroop door het raam naar binnen. Een paar seconden later al maakte ze de deur van binnenuit open.

'Jezus, wat stinkt het hier.' Henry trok zijn neus op; ze stonden in een smalle, lege bijkeuken met vieze borden en lege bierblikjes op de vloer. Als ze de volgende deur opendeden, zouden ze in het huis zelf zijn. Henry duwde zacht de hendel naar beneden en zei: 'Oké, daar gaan we dan.'

De muziek stond oorverdovend hard, en het stonk er naar rook en ongewassen lichamen. Er waren honderden mensen in diverse stadia van bedwelming, sommigen leken niet eens meer te weten wat ze deden. Ze draaiden zich om naar Henry, een donkere man van bijna twee meter lang en ruim honderd kilo zwaar, in het gezelschap van een studentikoze jongen en twee oudere vrouwen, die hier duidelijk niet op hun plaats waren.

'Wat gebeurt hier? Wat is er?' Een smerige hand greep Shaun beet. Hij schudde hem van zich af.

'Waar is Amber?' vroeg Frankie, en de jongen met de smerige hand antwoordde: 'Fuck man, hoe moet ik dat nou weten?'

'Oké, hier beneden zie ik haar niet.' Henry had met zijn lengte een beter zicht op de massa. Hij wees naar de trap en zei: 'Laten we boven proberen.'

'Hé man, weg bij die deur.' Bovenaan de trap probeerden twee mensen Henry tegen te houden. Ze moeiteloos van zich af duwend, liep hij de kamer in, gevolgd door de anderen. Het hart klopte Frankie in de keel toen ze een glimp opving van vieze matrassen op de grond; op een ervan lag Duff. Overal lagen naalden, stukjes verfrommeld zilverfolie. Het rook er vreemd...

'Hé, wegwezen,' brulde een man, zwaaiend met een naald.

En toen had je de poppen aan het dansen. Iemand probeerde Henry te slaan. Nog meer mensen stortten zich op hem. Als een grote beer schudde hij echter iedereen van zich af en riep: 'Waar is Amber? Ik zie haar hier niet.'

'Kom, dan gaan we in de andere kamers kijken.' Christina trok Frankie aan haar arm mee de kamer uit. 'Roep haar, misschien hoort ze je.'

'Amber? Amber?'

Shaun kwam hijgend de kamer uit rennen. 'Iemand zei net dat ze de vriendin van Duff was, dat ze het meisje was dat onder het bloed zat. Ze moet in een van deze kamers zijn.'

Onder het bloed? O, god.

'Amber!' Shaun stormde een kamer in, maar kwam er net zo snel weer uit rennen. 'Hier is ze niet.'

Frankie probeerde de volgende kamer, maar die was leeg. O, meisje van me, waar ben je? Ze haalde een keer diep adem en schreeuwde toen: 'Amber?'

Toen hoorden ze vaag iemand fluisterend zeggen: 'Mam...'

'Daar.' Christina wees beslist naar de derde deur. Frankie probeerde hem vergeefs open te maken. 'Hij zit op slot...'

'Henry!' riep Christina. Henry kwam meteen de eerste kamer uit stormen. 'De deur zit op slot, en ze is daarbinnen.'

'Aan de kant,' beval Henry, zich gereedmakend voor een trap. Met een duizelingwekkende snelheid schopte hij tegen de deur, die met een krak openging.

Misselijk van angst liep Frankie de kamer in. Op de grond lag een grauwe matras en daarop, ineengedoken en huilend van ellende, zat Amber. Onder het bloed, maar levend. Ze keek hen diepongelukkig aan, stak haar armen uit naar Frankie en zei snikkend: 'O m-mama...'

Nou, wat een avond. Ze waren terug in Tetbury en zaten allemaal bij elkaar in de woonkamer van Parnall Avenue 22. Op de een of andere rare manier nauw met elkaar verbonden, besefte Frankie, terwijl ze Ambers arm streelde.

Raar, maar ook heel ontroerend. Zowel zij als Christina had gehuild van opluchting, toen ze hadden gezien dat alles in orde was met Amber.

Amber was inmiddels weer nuchter, maar ze was in shock en had veel spijt van wat ze had gedaan. Iemand had haar zilveren oorring eruit getrokken, dwars door haar oorlelletje heen, vandaar de schrikbarende hoeveelheid bloed op haar witte blouse. Henry had een bevriende plastisch chirurg gebeld, die hem had verteld dat er op dit moment niets aan te doen was. Zodra de bloeding was gestopt, kon het oor onder plaatselijke verdoving worden hersteld, dus het had geen zin om vanavond nog naar het ziekenhuis te gaan.

Hetgeen wat Frankie betreft een opluchting was, want ze wilde haar geliefde dochter alleen maar in haar armen houden en troosten, en daarbij hopen dat ze zo geschrokken was dat ze haar leven zou beteren.

'Ik kan jullie één ding zeggen: ik ga weer op karate,' zei Shaun. Hij keek Amber aan. 'Echt, het was fantastisch. Henry was net Superman, zoals hij die deur intrapte. Toen ik klein was, heb ik een tijdje op karate gezeten, maar na de gele band ben ik ermee gestopt. Nou, ik ga nu door totdat ik de zwarte heb. Lijkt me heel handig.'

'Dank je.' Met tranen in haar roodomrande ogen wendde Amber zich tot Henry. 'Sorry dat ik je zoveel last heb bezorgd. En jullie allemaal bedankt.'

'Christina was ook fantastisch,' deed Frankie een duit in het zakje. Ze vond dat ze het moest zeggen. Met haar handen vlak bij elkaar vervolgde ze: 'Er was een klein raampje, zo klein, dat kapot was, en Christina is daardoorheen geklommen. Anders hadden we het huis niet eens binnen kunnen komen.'

'Ach, dat stelde niks voor.' Christina wuifde Frankies loftuitingen met een schouderophalen weg, terwijl ze mokken tomatensoep ronddeelde. Naar Amber glimlachend zei ze: 'We zijn alleen maar blij dat er niks met je is.'

Op dat moment hoorden ze allemaal de voordeur opengaan. Het was één uur 's nachts, en Joe was, na een sms'je van Shaun, in sneltreinvaart terug komen rijden uit Londen.

Frankie kneep even in Ambers hand. Amber was nu het belangrijkste.

Joe stormde de kamer in. Zijn stem begaf het bijna toen hij zijn dochter op de bank zag zitten. 'Och, meisje van me...'

Amber begon opnieuw te huilen, en ze stond onhandig op, met haar armen uitgestoken als een klein kind. 'Papa... o papa, ik heb je zo gemist!'

'Hier.' Christina gaf Frankie de doos met tissues aan. 'Ik denk dat we er allemaal wel eentje kunnen gebruiken.'

Later vertelde Amber hun dat ze Duff voorgoed uit haar leven zou bannen. Ze wilde hem nooit meer zien. Beschaamd vertelde ze hoeveel van haar spaargeld hij aan drugs had uitgegeven. Hij was een egoïst, een loser en een profiteur.

'Misschien zit hij nu wel in een cel,' zei Frankie, want nadat ze waren weggereden van Horton Farm, hadden ze de politie gebeld en verteld wat ze daar allemaal hadden aangetroffen. Hopelijk zou de politie een inval doen en alle drugsdealers arresteren. Amber wilde geen aanklacht wegens mishandeling indienen, ze wilde de hele angstaanjagende ervaring gewoon achter zich laten en verdergaan met haar leven.

Nadat Joe het hele verhaal had gehoord, keek hij Henry aan en vroeg: 'En hoe ben jij hierbij betrokken geraakt?'

'Hij is de nieuwe vriend van mama,' vertelde Amber. Met een klein lachje voegde ze eraan toe: 'Nou ja, dat denk ik tenminste. Is dat zo, mam?'

Frankie wierp een blik op Henry en knikte. 'Ja.'

'Mooi, daar ben ik blij om.' Amber slaakte een zucht en legde haar hoofd op Joe's schouder. 'Dan hebben we dus onze eigen superheld. Cool.'

Later in de keuken, toen ze zich opmaakten om weg te gaan, fluisterde Christina tegen Frankie: 'Ik heb nog niet de kans gehad om je dat te zeggen, maar sorry voor alles wat er is gebeurd. Het is echt nooit mijn bedoeling geweest dat het zo zou gaan.'

Wonderbaarlijk genoeg voelde Frankie geen verdriet meer. En ook geen verbittering. Ze knikte langzaam en zei: 'Dat weet ik. Het is al goed.'

'Dank je. En ik ben blij dat Amber en haar vader hun ruzie hebben bijgelegd.'

'Ik ook.'

'Hij heeft haar zo gemist.' Christina keek even naar Amber en Shaun, die elkaar in de gang omhelsden. 'Ze heeft zo haar problemen gehad en ze is vandaag flink geschrokken, maar hoe kan het ook anders? Ik denk dat het nu wel goed komt met haar.'

'Dat denk ik ook. Het lijkt trouwens wel of je haar kent.'

'Dat gevoel heb ik ook.' Met een liefdevol lachje vervolgde Christina: 'Ik heb haar vader de afgelopen achttien jaar over haar horen praten. Overigens, ze is hier altijd welkom, als je daar niks op tegen hebt tenminste.'

God, dit was echt bizar.

'Wat mij betreft is Shaun ook altijd welkom bij ons.' Frankie meende het oprecht. 'Hij is een schat van een jongen. Je hebt het goed gedaan met hem.'

'Dank je. En Amber is ook een schat,' zei Christina warm. 'Ik denk dat we het allebei goed hebben gedaan met onze kinderen.'

Toen ze vlak daarna vertrokken, omhelsde Frankie Christina niet. Dan zou het al te erg op een Disney-film hebben geleken, vond ze. Maar ze had het gevoel dat die omhelzing er wel van zou komen als ze elkaar weer zagen.

50

Er gebeurde iets, en Molly wist helemaal niet zeker of haar dat wel beviel.

Nee, dat was niet waar; het beviel haar juist wel, en dat was dan ook de oorzaak van al haar innerlijke onrust en angsten.

Ze zaten in de tuin van Gin Cottage, in de schaduw van de

jeneverbessen. Het was Dex' idee geweest om haar een portret van hem en Delphi te laten maken. Een echt portret in olieverf, geen snelle karikatuur. En Molly was heel blij met die opdracht geweest en had meteen ja gezegd, zonder erbij stil te staan dat daar veel oogcontact bij kwam kijken en dat dat haar niet in de kouwe kleren zou gaan zitten.

Het hielp ook niet dat Dex zichzelf probeerde te vermaken door filmsterposes aan te nemen; af en toe haalde hij subtiel een wenkbrauw op, trok hij met zijn mondhoeken, keek hij haar aan met het soort geamuseerde blik die haar vertelde dat hij maar al te goed wist hoe afstotelijk dat was.

'Hou daarmee op,' zei ze, toen hij het weer deed.

'Ik doe Brad Pitt na.'

'Beter van niet.'

'Oké, dan probeer ik Ryan Reynolds.' Hij veranderde de hoek van zijn kaken en van zijn kin en zei sloom: 'Hé, babe, alles goed?'

Ze schudde haar hoofd. 'Je klinkt als Joey uit *Friends*.'

Dex liet zijn oogleden wat zakken en knikte langzaam, op zijn Joey's. 'Alleen zou hij zeggen: "*How're you doin*?"'

'Hou nou je mond maar,' beval Molly. 'Ik moet me concentreren, en jij moet stilzitten.'

Hij hield inderdaad verder zijn mond, maar toen ze even naar hem keek om de exacte vorm van zijn mond te bestuderen, trok hij een pruillipje en blies haar een kusje toe.

Rotzak.

Innerlijk deed het iets met haar, hoewel ze best wist dat het niets te betekenen had; voor hem was het gewoon een lolletje, een manier om de tijd te verdrijven.

Uiterlijk rolde ze met haar ogen en zei: 'Ontzettend grappig, hoor.'

Toen ze klaar was met zijn mond, vroeg Dex terloops: 'Over grappig gesproken, hoe gaat het eigenlijk met jou en Vince?'

Molly concentreerde zich op de lijn van zijn linkerwenkbrauw. Gek genoeg had Lois blijkbaar aan niemand verteld dat Vince 's avonds zijn verdriet had verdronken in de Saucy Swan, omdat het uit was tussen hen. In Briarwood dacht iedereen dat ze nog een stelletje waren, en ze had gemerkt dat ze die mythe zelf ook om de een of andere reden in stand hield.

Nee, niet om de een of andere reden; ze wist precies waarom ze dat deed. Wat ze de laatste tijd voor Dex voelde was niet... gepast. En zolang ze deed alsof ze nog steeds wat met Vince had, kon ze de situatie beter aan. Want Dex had Amanda, en die twee pasten perfect bij elkaar. Om preciezer te zijn: dankzij Tina wist Molly ook waarom ze zo goed bij elkaar pasten. En of je het nu leuk vond of niet, zodra je zoiets wist, kon je niet anders meer dan ze het allerbeste toewensen.

Alleen een compleet harteloos iemand zou willen dat ze uit elkaar gingen.

Vandaar het leugentje om bestwil.

Je kon het ook zelfverdediging noemen.

Dex zat echter nog steeds op een antwoord te wachten. Molly toverde een vrolijk lachje tevoorschijn en zei: 'Hartstikke goed! Vince zit een paar weken in Toronto. Hij bouwt daar een nieuw hotel.' Gelukkig was dit gedeelte waar.

'Leuk voor hem. Mis je hem?'

'Natuurlijk mis ik hem.'

'Oké.' Dex nam haar even aandachtig op. 'Mag ik je iets vragen? Vind je Vince soms niet een beetje... saai?'

Jemig, over bot gesproken! Typisch iets voor Dex om gewoon te zeggen wat hij dacht.

'Hij is niet saai. Hij is gewoon rustig.' Bits voegde ze eraan toe: 'En soms is het heel goed om rustig te zijn.'

'Oei, overgevoelig,' zei hij.

'Ja, misschien ben ik dat wel.' Hoewel ze niets meer met Vince had, stak zijn kritiek haar toch. 'Niet iedereen houdt van hetzelfde. Sommige mensen zouden Amanda bijvoorbeeld veel te aanwezig vinden.'

'Dat zou kunnen.' Hij hapte niet, maar gaf haar alleen maar een knipoog. 'Niet boos worden. Ik vroeg het alleen maar. Er is niets mis mee als mensen rustig zijn, het leek me alleen niks voor jou.'

'Nou, misschien vergis je je daar wel in.'

'En jij?' vroeg hij belangstellend. 'Denk jij wel eens dat je eigenlijk wel wat brutaler zou willen zijn, wat aanweziger, zoals Amanda?'

'Nee.' Ze schudde haar hoofd; ze was precies zo brutaal als ze wilde zijn. 'Echt niet.' Ze trok een wenkbrauw op. 'Zou jij soms willen dat je net zo aantrekkelijk en intelligent was als Vince?'

'O ja, de hele tijd.'

Zie je nou? Het kwam door dat soort antwoorden dat ze zich continu verscheurd voelde tussen hard gaan lachen of hem een klap geven.

'Papa.'

Ze keken allebei naar Delphi, die op een kleed op het gras had liggen slapen en nu wakker was. Ze ging op haar buik liggen, stak haar billetjes in de lucht en kwam overeind. Om haar evenwicht te bewaren, stak ze haar armen in de lucht. Ze zette een paar pasjes en liep toen over het gras wankelend naar Molly toe, die het dichtstbij zat.

'Goed zo!' Molly klapte in haar handen en ving haar op voordat ze kon vallen. 'Wat ben jij knap! En nu naar papa lopen!'

'Papapa.' Stralend wankelde ze naar Dex toe, die haar optilde en met kusjes overlaadde.

'Dag, schoonheid. Kom eens even op schoot zitten, dan kan Molly jou ook schilderen.'

'Papa.' Op zijn linkerbeen balancerend pakte ze zijn gezicht vast en plantte een kwijlerig kusje op zijn wang. Molly's hart smolt. Ze hielden zoveel van elkaar. Ze legde snel haar penseel neer om een paar foto's te maken die ze kon gebruiken op de momenten waarop Delphi niet stilzat.

De daaropvolgende minuten bleef Delphi echter braaf zitten waar ze zat, op Dex' schoot, spelend met zijn horloge. Molly werkte snel door, zich concentrerend op de ronding van haar wang, de vragende houding van haar hoofd en de manier waarop haar mondhoeken omhooggingen van vreugde toen ze erin slaagde om het horlogebandje los te maken.

Molly was zich er echter ook tot in haar vingertoppen van bewust dat Dex, terwijl zij zich op Delphi concentreerde, haar in de gaten hield. Steeds als ze even een blik op hem wierp, merkte ze dat hij haar strak aankeek, en dan trok er een scheut adrenaline door haar heen.

Met droge mond veegde ze het penseel af met een doek met terpentine en droogde het daarna af aan de pijp van haar spijkerbroek. Als dit zo doorging, zou het een soort emotionele kwelling voor haar worden om het portret af te maken... Zijn gezicht schilderen terwijl ze het het liefst met haar vingers zou beroeren... O god, hoe was ze in godsnaam in deze situatie verzeild geraakt?

Een bij zoemde loom om Delphi's voetjes heen, en Dex sloeg hem weg. Delphi gaf hem zijn horloge terug en begon met de metalen sluitingen in de vorm van madeliefjes op haar tuinbroek te spelen.

'Die tuinbroek is nieuw voor me. Heeft ze die net?' vroeg Molly om niet langer aan haar eigen kwellingen te hoeven denken.

Hij knikte. 'Ze heeft hem van Amanda gekregen.'

O. Shit.

'En dat T-shirt heb je ook van haar, hè?' Dex wees naar het gele T-shirt met een groene draak erop en vervolgde: 'Dat was een cadeautje, hè? Van Amanda.'

Delphi zei met glinsterende donkere ogen, vrolijk schoppend tegen zijn knie: 'A-mama.'

Overspoeld door droefheid wendde Molly haar blik af. Want dit was de reden waarom ze niets kon doen. Haar gevoelens voor Dex mochten dan zijn veranderd – nou ja, veranderd, ze waren haar compleet boven het hoofd gegroeid – maar ze kon er niets mee, niet nu ze de waarheid over Amanda wist.

En dat allemaal dankzij Tina, George' moeder. Uitweidend over hoe mooi het was dat Dex en Amanda elkaar hadden gevonden, had Tina Molly toevertrouwd: 'Ik heb het van een vriendin van me, Kaye. Die probeert al tijden zwanger te worden, maar zonder succes. Hoe dan ook, ze had wat testjes laten doen in het ziekenhuis, en toen bleek dat er iets met haar baarmoeder is, waardoor ze niet zwanger kan worden. Dus Kaye was behoorlijk van slag natuurlijk, en ze begon te huilen. Dat was bij dokter Carr.'

'O.' Molly kreeg een brok in haar keel bij het horen van Amanda's naam; zonder te weten wat Tina zou gaan zeggen, had ze een voorgevoel dat het geen goed nieuws was.

'En dokter Carr – Amanda – reageerde echt fantastisch. Ze omhelsde Kaye en zei dat ze wist hoe ze zich voelde, omdat zij hetzelfde had. Precies hetzelfde probleem.' In Tina's ogen verschenen tranen toen ze eraan terugdacht. 'Ik bedoel, dat was toch aardig van haar, om dat te vertellen? Kaye vond het heel fijn, ze voelde zich er echt beter door, zei ze. En daarom is het zo fantastisch dat Amanda en Dex elkaar hebben leren kennen. Zij wil kinderen, maar kan ze niet krijgen... en Dex heeft Delphi al! Een mooier einde kun je je toch niet voorstellen? Het is gewoon perfect!'

Hm, voor sommige mensen misschien.

Dex zei iets, en Molly kwam langzaam weer terug in de werkelijkheid. 'Sorry, wat zei je?'

'Ik weet het niet, hoor. Die artistieke types zoals jij.' Hij schudde geamuseerd zijn hoofd. 'Jullie gaan zo op in jullie werk, het lijkt wel alsof jullie dan in een andere wereld zitten.'

Molly wilde dat ze in een andere wereld zat; deze was namelijk waardeloos. 'Sorry. Maar nu luister ik. Zeg het nog eens.'

'Je keek een beetje droevig, meer niet. En ik vroeg me af waar je aan dacht.'

Waarom stelden mannen je die vraag alleen wanneer je er geen eerlijk antwoord op kon geven? Molly wilde dat ze Dex kon vertellen dat ze zich zat af te vragen of hij wel wist dat zijn vriendin geen kinderen kon krijgen. Maar als Amanda hem dat niet had verteld... Nou, het was in elk geval niet aan haar om het te doen. Dokters mochten niets over hun patiënten doorvertellen, dus omgekeerd zou wel hetzelfde gelden.

'Ik voel me niet droevig. Ik probeer me gewoon te concentreren.' Ze wapperde even met haar penseel om Delphi aan het lachen te maken. 'Zoals een echte kunstenaar betaamt.'

Het deed er niet toe dat zowel Tina als Kaye de geheimhoudingsplicht al had geschonden; zij wilde niet degene zijn die het nieuws verder rondbazuinde.

Omdat zij, pechvogel die ze was, dan waarschijnlijk degene was die voor de rechtbank zou moeten verschijnen.

51

Om zeven uur ging de bel, en Frankie haastte zich vanuit de keuken naar de deur om open te doen. Ze was er. Haar plannetje leek te gaan werken, iets wat ze nooit had verwacht. Nou ja, ze hoopte tenminste dat het ging werken.

Toen ze de deur opende, werd de brede rand van een strohoed omgeslagen en een zonnebril afgezet. Frankie zag het gezicht van haar bezoek en hapte naar adem.

O, mijn god...

'Nou? Wat vind je ervan?' Hope wist er een nerveus lachje uit te persen. 'Kan ik er zo mee door?'

Vier dagen geleden was Frankie door haar gebeld. Nadat Hope wekenlang moed had lopen verzamelen en iets aan haar gebrek aan zelfvertrouwen had proberen te doen, had ze verkondigd: 'Goed, het is zover, ik doe het.' En toen hadden ze afgesproken dat het vandaag zou gebeuren.

'Kom verder. Je ziet er... goed uit. Ik had je bijna niet herkend!' Terwijl Frankie Hope mee naar binnen nam, vroeg ze zich af hoe ze dit het beste kon aanpakken. In een poging om een goede indruk te maken, had Hope een soort make-over ondergaan. En Frankie wist niet of dat wel zo verstandig was geweest.

'Ik weet het.' Op een toon waar de zelfspot vanaf droop, zei Hope: 'Een heel verschil, hè? Ik heb gedaan wat je zei: ik ben naar de kapper geweest. Voor het eerst in weet ik hoeveel jaar!'

Met haar kapsel was niks mis, het was zelfs een hele verbetering. Het had weer vorm, het was in een flatteuze kleur geverfd en behandeld met conditioner en zag er gewoon prachtig uit. Ook op haar kleren was niks aan te merken, hooguit dat ze weinig opvallend waren; ze droeg een blauw katoenen topje met een blouse erover en een driekwart rok. Ook had ze een manicure en pedicure laten doen, met als resultaat dat ze, nogal schokkend, felroze nagellak droeg.

Toen Hope zag dat Frankie ernaar keek, wriemelde ze met haar vingers en zei: 'En ik heb mijn nagels laten doen! Bij de kapper hebben ze een meisje dat dat doet.'

'Leuk,' zei Frankie, want ook de nagels waren het probleem niet. O god, hoe moest ze dit nu zeggen?

'En toen ik ze vertelde dat ik er wat minder afgeleefd wou uitzien, wilden ze per se mijn gezicht ook doen! Zulke lieve meisjes, zo enthousiast en hulpvaardig!'

Enthousiast waren ze inderdaad geweest. Lichtelijk geschokt door de hoeveelheid make-up die er op Hopes gezicht was gesmeerd, liet Frankie haar blik over de details glijden: dikke matte foundation, poeder, blusher, een verschrikkelijk glimmende highlighter, een te donker lippenpotlood, te felle lippenstift, oogschaduw, wenkbrauwpotlood, kohl, mascara...

Uiteindelijk zei ze: 'Hoe vind je het zelf?'

'Ik? O nou, ik ben een wandelende ramp als het om make-up gaat. Compleet hopeloos! Ik heb geen make-up meer op gehad sinds de opnames van de laatste aflevering van de serie! Ik vond mezelf er altijd raar uitzien met make-up, hoewel iedereen zei dat het me goed stond. Dus nu voelt het wel een beetje gek na al die jaren.' Hope knikte vastbesloten. 'Ik moet er gewoon weer aan wennen. Toen die meisjes vanmiddag klaar met me waren, zeiden ze dat ik er fantastisch uitzag. De schatten.'

Terwijl ze er in werkelijkheid uitzag als een travestiet op leeftijd.

Aarzelend zei Frankie: 'Ik vraag me af of we het niet een beetje moeten temperen, er misschien wat van moeten afvegen...'

'O nee! Dat kan ik niet maken! Geen sprake van! Die meisjes hebben zo hun best gedaan. Ze zijn zo lang met me bezig geweest. Hoe dan ook, het punt van make-up dragen is dat je er meer zelfvertrouwen aan ontleent,' eindigde Hope opgewekt. 'Dus zonder make-up zijn we weer terug bij af.'

Gatver. De make-up was niet echt verkeerd aangebracht, maar het was gewoon te veel allemaal. Frankie begreep echter dat ze er niets aan kon veranderen en dat ze alleen maar kon hopen dat het goed uitpakte.

'Oké. Goed, ben je er klaar voor?'

'Nee.' Hope slaakte een diepe zucht. 'Maar ik doe het toch.'

'Kom.' Terwijl Frankie haar eigen RayBan pakte en hoopte dat het niet mis zou gaan, zei ze: 'Dan gaan we.'

De vroege avondzon scheen tussen de takken van de bomen door terwijl ze naar de rivier liepen. Hope was blij dat Frankie bij haar was, zowel voor emotionele steun als om de weg te wijzen.

Maar nu waren ze er. Dus de emotionele steun zou zo verdwijnen. Toen ze bij de rivier aankwamen, wees Frankie naar de bocht in het smalle pad en fluisterde: 'Na de volgende bocht kun je de woonwagen zien staan, op een open plek in het bos.'

'Ik word misselijk.' Hope had een kurkdroge mond; dit was nog duizend keer erger dan plankenkoorts.

'Je kunt het. Doe die hoed en zonnebril af.'

Gehoorzaam zette Hope de breedgerande strohoed en de grote zonnebril af.

Frankie hield haar hand op. 'Zal ik ze mee naar huis nemen?'

'Nee.' Was ze helemaal gek geworden? Als Stefan haar de deur zou wijzen, zou ze deze vermomming hard nodig hebben.

'Oké dan. Succes.'

'Dank je.' Hope keek Frankie na, die terug begon te lopen. Zo had ze zich ook gevoeld toen ze op haar elfde op een kostschool werd gedropt.

Goed, tijd om moedig te zijn. Ze haalde een paar keer diep adem en tuurde om de struiken heen. Daar stond de woonwagen – o god, het was nog steeds dezelfde – met de ingang naar het water.

Vijftig meter verderop maakte het pad een bocht en kon ze Stefan boven aan het trapje zien zitten. Haar hart ging als een razende tekeer. Ze klemde de hoed tussen haar vingers alsof haar leven ervan afhing en dwong zichzelf verder te lopen. Hoe het haar lukte om de ene voet nog voor de andere te zetten, wist ze niet. O god, daar had je hem. Ze zag hem nu heel goed. Golvend zwart haar dat naar achteren was gekamd, het vertrouwde hoekige profiel... die volmaakte gelaatstrekken die in haar geheugen gegrift stonden en griezelig onveranderd leken.

Ironisch dat haar eigen gezicht juist heel erg veranderd was, dacht ze mismoedig.

Hij droeg een rood overhemd en een strakke zwarte spijkerbroek. In zijn hand glinsterde een mes waarmee hij een stuk hout aan het bewerken was; iets waar hij mee was begonnen toen hij jaren geleden was gestopt met roken, en blijkbaar had hij die gewoonte nooit meer opgegeven.

Terwijl de afstand tussen hen kleiner werd, voelde Hope haar hoop verflauwen. Hij had nog niet opgekeken, had nog niet haar kant uit gekeken. Ze kon zich nog steeds omdraaien en weggaan.

Maar het kon ook zijn dat haar hart het ter plekke zou begeven en dat ze dood op de grond zou neervallen. Ze keek naar zijn gebruinde, vaardige handen die aan het werk waren.

Of ze kon natuurlijk ook gewoon doorlopen zonder naar hem te kijken, met haar blik op de rivier gericht...

'Dus je bent teruggekomen.'

Hope bleef als aan de grond genageld staan. Ze kon haar blik niet meer afwenden, ze was te zeer op Stefan gefixeerd geweest om haar plan om door te lopen ten uitvoer te brengen. En daarom wist ze ook, zonder een spoortje van twijfel, dat hij niet haar kant had uitgekeken.

Nog geen seconde.

Dus hoe kon hij weten dat ze hier stond?

Met nauwelijks hoorbare stem vroeg ze hees: 'Sorry?'

En toen draaide hij zich wel om om haar aan te kijken, en bleef de wereld even stilstaan, bevroren in de tijd. Hun blikken vonden elkaar, en Stefan vroeg: 'Ach Hope, snap je dan niet dat ik op dit moment heb zitten wachten?'

Zijn lieve, donkere zigeunerogen waren volslagen hypnotiserend.

'Maar... maar... hoe wist je dat ik het was? Heeft Frankie het je verteld?'

'Frankie? Nee.' Hij schudde zijn hoofd. 'Ik wist het gewoon.'

'Maar hoe dan? Je hebt niet één keer opgekeken.'

Stefan legde het mes en het stuk hout neer. Hij stond op en liep op haar toe, soepel en mooi als een panter. 'Perifere visie. Ik zag je over het pad aankomen, herkende je loopje. De manier waarop iemand zich beweegt, verandert nooit.'

'O.'

'Het is fijn om je weer te zien.'

Haar hart bonkte in haar keel. 'Ja, het is ook fijn om jou weer te zien.'

Hij schudde zijn hoofd. 'Ach, liefste van me. Je moest eens weten hoe erg ik je heb gemist.'

'Ik jou ook.' Het kwam er schor uit.

'Hope.' Zacht streelde hij met de rug van zijn hand haar wang.

Ze begon te beven. Wat een gevoel. 'Je hebt me weggestuurd, je zei dat we niet samen konden zijn. Maar je had het mis. Het had best gekund.'

'Dat weet ik. Dat weet ik nu ook wel.' Hij slaakte een droevige zucht. 'Met wat ik nu weet. Maar toen dacht ik dat ik juist handelde. Jij had je glanzende carrière... daar wilde ik niet tussen komen. Als ik dat wel had gedaan, had ik niet met mezelf kunnen leven.'

Ze keek hem aan. 'En het is nooit bij je opgekomen dat jij wel duizend keer belangrijker voor me was dan die zogenaamde carrière van me? Die ik later toch heb opgegeven, omdat het allemaal geen zin meer voor me had, toen jij uit mijn leven was verdwenen.'

'Dat weet ik. Maar toen geloofde ik het niet. Ik dacht dat ik je de ruimte gaf om Hollywood te veroveren. Want dat zou nooit gebeuren als we bij elkaar waren gebleven, dat is een ding dat zeker is. Ze zouden ons hebben uitgelachen. En die gedachte vond ik onverdraaglijk. Voor ons allebei.'

Met een zere keel en met tranen in haar ogen om al die verloren jaren, fluisterde ze: 'En nu?'

Stefan legde zijn handen op haar schouders en keek haar indringend aan. 'Ik ben altijd van je blijven houden. Altijd. En nu ben je terug. We hebben te veel tijd verspild, Hope. Jij bent alles voor me, dat is altijd al zo geweest...'

Ze sloeg haar armen om zijn nek en plantte een reeks zachte kusjes op zijn mond. Iedere kus vervulde haar met vreugde; dit was waar ze al zo lang van had gedroomd.

O Stefan, Stefan, ik laat je nooit meer gaan...

Toen ze stopten met kussen, bleven ze elkaar nog even stevig vasthouden, trillend van emotie. Hij streelde haar haren en vroeg zacht: 'Waarom heb je al dat spul op je gezicht?'

O. Het was hem dus opgevallen.

'Mijn wanhopige poging om indruk op je te maken. Van nu af aan zal ik iedere dag make-up opdoen. Want geloof me, zonder make-up zou je me niet eens willen zien.' Bruisend van vreugde, alsof ze drie glazen champagne had gedronken, hoorde ze de woorden haar mond uit tuimelen. Ze zou de waarheid niet meer verbloemen, van nu af aan was eerlijk zijn haar devies. 'Ik ben namelijk niet zo mooi oud geworden. En die make-up is bedoeld om me zelfvertrouwen te geven.' Ze lachte spottend. 'En om ervoor te zorgen dat jij niet van schrik zou wegrennen. Ik zie er echt niet uit zonder make-up.'

Hij schudde zijn hoofd. 'Dat is belachelijk.'

'Maar waar. Als ik hier zonder make-up was gekomen, dan zou je hebben gedaan alsof je me niet herkende. Dat weet ik zeker. Je zou gewoon zijn blijven zitten zonder me aan te spreken.'

'Dat zou ik nooit doen.'

'Wel waar.'

'Als je dat echt denkt, dan ken je me helemaal niet. Denk eens aan wat je altijd als eerste deed, wanneer we elkaar zagen, nadat je de hele dag opnames had gehad?'

Ze herinnerde het zich nog, natuurlijk herinnerde ze zich dat nog. Ze had lichtroze reinigingscrème met rozengeur gebruikt om haar make-up te verwijderen. En Stefan had dan naar haar gekeken en haar liefdevol verteld dat ze weer zichzelf werd.

Met een hulpeloos gebaar zei ze: 'Maar toen was ik jong. Mijn gezicht... ziet er nu anders uit.'

Zonder iets te zeggen nam Stefan haar mee het trapje op, de woonwagen in. Hij opende een kast en pakte er een glazen potje met lichtroze crème uit.

Hopes ogen werden als schoteltjes zo groot.

'Maak je maar geen zorgen,' zei hij met een klein lachje. 'Het heeft niet twintig jaar in de kast gestaan. Ik heb laatst mijn kleindochter voorgedaan hoe je het maakt.'

Ze pakte het potje van hem aan, schroefde het deksel open en snoof de geur op. Het was nog precies hetzelfde oude zigeunerrecept dat Stefan toen had gebruikt.

'Heemstrooswortel, wilde rozen en engelwortel.' Ze herinnerde zich de ingrediënten nog.

'Inderdaad.' Hij knikte en gaf haar een doos tissues.

Hope keek hem aan, terwijl ze de geurige crème op haar gezicht smeerde en daarna met tissues afveegde. Toen de laatste restjes make-up waren verwijderd, voelde ze de knoop van angst in haar maag ontspannen.

Stefan lachte naar haar. Een oprechte lach. Alles zou goed komen.

'Veel beter.' Hij knikte goedkeurend. 'Echt veel beter. Je ziet er weer als jezelf uit.'

'Oud en rimpelig.'

'Mooi. Het mooiste meisje van de hele wereld.'

'Meisje...' Ze trok een gezicht, terwijl ze het woord vol ongeloof herhaalde.

'Voor mij zul je altijd een meisje zijn.' Hij raakte met zijn vingertoppen haar bovenlip aan, volgde de omtrek van haar mond. En toen nam hij haar opnieuw in zijn armen, en Hope vroeg zich af of je ook van geluk kon sterven. Hij voelde nog precies hetzelfde aan; de geur van zijn huid was nog dezelfde. Het was een wonder.

Ze had het gevoel alsof haar leven net onherroepelijk was veranderd; ze wilde nooit meer van hem gescheiden zijn. Godzijdank dat ze de moed had verzameld om terug te komen naar Briarwood.

Eindelijk was ze terug waar ze thuishoorde.

52

'Nou, dat zal wel veel geklets geven,' zei Lois vrolijk, terwijl ze bij Dex in de auto stapte.

Gisteren had Dex haar horen telefoneren met de garage in Marlbury, waar haar auto nagekeken zou worden. Toen hij haar had gevraagd hoe ze dan weer thuis moest komen, had Lois gezegd dat ze wel een taxi zou nemen, waarop hij had aangeboden haar op te komen halen. Omdat de nieuwsgierige blikken van de vrouw achter de receptie van de garage hem niet waren ontgaan, vroeg hij: 'Ken je haar?'

'Haar zoon zit bij Addy in de klas. En ze is een enorme roddeltante. Weet je wat ze net vroeg? "Vindt dokter Carr het niet erg dat jullie... vrienden zijn?"'

Geamuseerd wierp Dex een blik op de vrouw, die hen nog steeds stiekem in de gaten zat te houden. 'Maar ik ken haar niet. Hoe weet ze dan wie ik ben?'

'Omdat iedereen weet wie jij bent.' Lois rolde met haar ogen om zijn domheid. 'Je bent hét onderwerp op het schoolplein, wist je dat niet? Toen je hier pas woonde, waren alle moeders door het dolle heen omdat je single was, beschikbaar en ook nog eens een enorm stuk. Tegenwoordig doen ze net alsof ze niet op je vallen, ze doen alsof ze alleen maar blij zijn dat je je gaat settelen met dokter Carr.'

Settelen? Zo zou Dex het niet noemen. Verrast zei hij: 'Zo serieus is het niet, hoor.' En dat was ook omdat Amanda dat niet wilde. De gedachte dat er veel meer achter werd gezocht, vond hij nogal angstaanjagend.

'Ach, je weet best wat ik bedoel. Het gaat toch goed tussen jullie? En ze is een fantastische arts. Iedereen wil dat jullie bij elkaar blijven.' Lois maakte een weids gebaar met haar arm vol armbanden. 'Je weet wel, ze leefden nog lang en gelukkig en zo. Net als in sprookjes.'

'Sprookjes?' herhaalde hij. 'Waarom zou het een sprookje zijn?'

Lois keek hem echter niet meer aan; ze keek recht voor zich, met een voor haar ongewone blos op de wangen. De stilte strekte zich voor hen uit. Dex, die zich de afgelopen weken had afgevraagd of het niet eens tijd werd om een eind aan zijn relatie met Amanda te maken, voelde dat er iets belangrijks aan de hand was. Hij vroeg nog een keer: 'Hoezo een sprookje?'

'Sorry, ik flapte er maar wat uit. Ik had het niet mogen zeggen. Typisch iets voor mij,' zei ze schouderophalend. 'Koningin der flaters.'

'Zeg het.' Hij had geen flauw idee wat er aan de hand kon zijn.

'Dat moet je eigenlijk aan dokter Carr vragen.'

'Wat moet ik vragen? Toe, Lois, zeg het nou maar gewoon.' Hij zette de motor uit. 'Eerder vertrek ik niet.'

Nog een korte aarzeling, en toen nam ze een besluit. 'Oké dan. Misschien heb je ook wel het recht om het te weten.'

'Dat lijkt mij ook,' zei hij. 'Dus kom maar op.'

'Het is gewoon omdat je Delphi hebt en omdat je single bent. Net als dokter Carr, en zij kan geen kinderen krijgen.' Blijkbaar nog steeds gegeneerd over haar faux pas vervolgde ze: 'En daarom zou het zo mooi zijn als jullie samen een echt gezinnetje zouden vormen.'

'Kan ze geen kinderen krijgen?' Dex had het gevoel alsof hij in de maling werd genomen. Het was heus niet zo dat een vrouw alleen maar goed genoeg voor hem was als ze kinderen kon krijgen, maar hij had het gevoel dat hem nu een enorme verantwoordelijkheid in de schoenen werd geschoven.

'Sorry,' zei Lois.

'Hoe weet je dit?'

'Ze heeft het aan een van de andere moeders van school verteld. Iedereen weet het.' Lois knikte naar het contactsleuteltje. 'Kunnen we nu gaan?'

Dex startte de auto weer. 'Dank je dat je het me hebt verteld.'

Ze keek hem berouwvol aan. 'Je hebt me er min of meer toe gedwongen. Ik zou een heel slechte spion zijn. Meestal ben ik erg discreet.'

'Ja, je hebt een pub. Je zult wel discreet moeten zijn, lijkt me.'

'Maar ben je verliefd op haar? Mag ik dat vragen?'

'Verliefd op wie?' Dex voelde zich overvallen; hij had net aan Molly zitten denken, zich afvragend of 'iedereen weet het' inhield dat ook Molly het wist. 'O, je bedoelt op Amanda?'

God, natuurlijk niet. Maar dat kon hij moeilijk hardop zeggen. De vraag discreet ontwijkend vroeg hij: 'Vindt het hele dorp dat we bij elkaar horen?'

'Niet iedereen. Ik heb niet gezegd dat ik dat vind. Eerlijk gezegd heb ik altijd gedacht dat het tussen jou en Molly wel iets kon worden.'

Zich bewust van haar blik was het nu Dex' beurt om strak voor zich uit te kijken, terwijl ze terugreden naar Briarwood.

'Aha, ik zag je mondhoek iets vertrekken,' mompelde Lois. 'Hebben jullie soms al wat gehad met elkaar?'

Hij schudde nauwelijks merkbaar zijn hoofd. 'Nee.'

'Heb je het wel geprobeerd?'

'Ja.'

'En?'

'Ze had geen belangstelling.'

'Dat verbaast me. Ik dacht dat ze wel belangstelling zou hebben.'

'Nou,' zei hij. 'Dan had je het mis. En nu heeft ze Vince.'

De volmaakte, auto poetsende Vince...

Na een korte stilte waarin Lois overwoog of ze hem de waarheid zou vertellen, zei ze: 'Ja. Vind je hem aardig?'

Dex werd er steeds beter in om niet te zeggen wat hij dacht. Het was fijner om niet als een volslagen idioot over te komen. Dus zei hij hardop: 'Vince is een aardige vent. Ik weet niet of hij de ware is voor Molly, maar zij lijkt te denken van wel.'

Lois knikte. 'Tja, zo zie je maar.'

De laatste kilometers legden ze in stilte af, allebei in gedachten verzonken.

Je kunt niet altijd krijgen wat je wilt.

In Marlbury, in de Crown Inn, zat Dex aan een tafeltje bij het raam te wachten tot Amanda thuis zou komen van haar werk.

Hij keek niet uit naar het gesprek dat hij met haar zou moeten voeren, maar het moest gebeuren. Ironisch genoeg was dit de plek waar hij haar had leren kennen, die avond dat ze elkaar hadden gevonden in hun gezamenlijke afkeer van de band die op het kleine podium had gespeeld.

En nu was hij hier terug om hun relatie te beëindigen. Niet fijn, maar het enige wat erop zat. Het was het beste voor hen allebei.

Daar had je haar auto, de sportieve zilverkleurige Peugeot. Hij kwam tot stilstand voor haar huis. Terwijl Dex door het raam naar Amanda keek, die uitstapte en het portier met een zwierig gebaar elektronisch afsloot, dronk hij zijn koffie op en bereidde zich voor op de zware taak die hem wachtte.

Amanda's vreugde hem te zien, duurde niet lang, want zodra ze binnen waren, vertelde hij haar de reden van zijn onverwachte bezoekje.

'Wat? Maar waarom?' Ze keek hem met grote ogen aan.

'Omdat... het niet eerlijk is tegenover jou.'

'Ach, hou die onzin maar voor je.' Ze schudde haar hoofd. 'Dat riedeltje kennen we. We hadden het toch geweldig? We passen fantastisch goed bij elkaar. En je kunt niet beweren dat de seks niet te gek was.'

'Ik weet het, maar...'

'Beter dan mij zul je niet krijgen.' Haar scherpe toon deed Dex beseffen waarom hij dit doorzette; zelfvertrouwen was leuk, maar er zat een grens aan de hoeveelheid zelfvertrouwen waarbij hij zich nog op zijn gemak voelde.

'Misschien niet, maar dat verlies zal ik moeten nemen.' Omdat hij zich toch een beetje schuldig voelde, moest hij haar van zichzelf voorzichtig aanpakken. 'En het spijt me echt, maar het is het beste zo. Later zul je me ervoor bedanken. Het is beter om het nu uit te maken, voor je eigen bestwil.'

'Is er iemand anders?' Ze stonden in haar smetteloze keuken; Amanda liep naar het aanrecht en vulde een glas onder de kraan.

Hij aarzelde even en schudde toen zijn hoofd, zich afvragend of ze hem het koude water in zijn gezicht zou smijten. 'Nee...'

'Onzin, je liegt. Natuurlijk is er iemand anders. Je hebt de volgende alweer klaarstaan.'

'Echt niet, dat moet je van me aannemen.' Hád hij maar een andere vrouw klaarstaan.

'Maar we passen perfect bij elkaar!'

'Op papier, ja. Maar het moet ook goed voelen.' Je zou denken dat hij, met al zijn ervaring, beter in dit soort dingen zou zijn. Zonder zich ervan bewust te zijn, legde hij zijn hand op zijn hart en zei: 'Het moet honderd procent goed voelen.'

Haar hand omklemde het glas. 'En er is niets wat ik kan doen of zeggen om je op andere gedachten te brengen?'

Hij schudde weer zijn hoofd. 'Nee. Het spijt me echt. Van alles.'

'Oké. Dus...' Gelukkig kreeg haar eergevoel de overhand. Amanda was er niet de vrouw naar om te smeken. Ze dronk haar glas leeg en zette het in de gootsteen. 'Nou, dan is het heel jammer. Ik zal je missen. En Delphi ook. Waar is ze nu? O, laat me raden. Molly past op haar, terwijl jij hier je zegje doet.'

'Nee, Frankie past op haar.' Gezien de omstandigheden had het verkeerd gevoeld om Molly te vragen. Om iets vriendelijks te zeggen, vervolgde hij: 'Delphi zal jou ook missen.' Eerlijk gezegd geloofde hij daar echter niets van. 'Luister, ik snap hoe je je voelt, maar we kunnen toch niet bij elkaar blijven om Delphi? Dat zou belachelijk zijn.'

'O, is dat het? Vind je het beter om nu te stoppen, omdat Delphi nu nog klein genoeg is om er geen trauma aan over te houden?'

'Zo bedoelde ik het niet,' zei hij vol medeleven. 'Ik bedoelde dat jij geen kinderen kunt krijgen, en dat Delphi dat gat opvult, en dat dat dan de enige reden zou zijn om bij elkaar te blijven.'

Met haar hoofd schuin keek ze hem een paar seconden aan. Toen zei ze: 'Pardon?'

'Iemand heeft het me verteld.' Dex was niet van plan te zeggen van wie hij het precies had. 'Blijkbaar weet iedereen het.'

'Wat weet iedereen precies?'

'Dat je geen kinderen kunt krijgen.'

'Echt? Interessant. Je zou toch denken dat iemand mij dat dan toch zou hebben verteld, aangezien het om mijn baarmoeder gaat,' zei ze.

Wat?

'Goed, ik zal je zeggen wat ik heb gehoord.' Hij probeerde zich zo exact mogelijk te herinneren wat Lois hem had verteld. 'Een van je patiënten was van streek, omdat ze onvruchtbaar was, en jij hebt toen tegen haar gezegd dat je hetzelfde probleem had, dat er met jou precies hetzelfde aan de hand was.' Hij maakte een hulpeloos gebaar. 'Dat is het ongeveer. Meer weet ik ook niet.'

Ze knikte langzaam. Met een blik alsof haar ineens een licht opging, zei ze: 'Oké. Ik snap het al. Dus zo gaat dat? De een vertelt de ander iets, die vertelt het door, voegt er iets aan toe, haalt er iets af, en het verhaal gaat een geheel eigen leven leiden. Maar inderdaad, een patiënte van me had moeite zwanger te raken, omdat ze leed aan iets wat endometriose heet. Ik heb zelf die aandoening ook. Dat heb ik haar verteld. Maar endometriose heeft vele symptomen, en het betekent niet dat je geen kinderen kunt krijgen, alleen dat het misschien wat moeilijker gaat. God, ik had geen idee dat ze me totaal verkeerd had begrepen. Iedereen heeft nu dus medelijden met me. Omdat ze denken dat ik onvruchtbaar ben.' Er verscheen een spijtig lachje om haar mond.

'Dat lijkt erop,' zei Dex.

'En daar heb je jou, met Delphi... Nou begrijp ik ook waarom alle moeders steeds maar tegen me zeiden dat ze zo blij waren dat we iets met elkaar hadden.'

'Zeiden ze dat dan?'

'O ja, de hele tijd. Het was echt raar. Maar nu weten we dan waarom.'

'Tja,' zei Dex.

'Dus dat heeft je bang gemaakt,' vervolgde Amanda, zichtbaar opgelucht. 'Maar je hoeft nergens bang voor te zijn. Mijn symptomen zijn heel mild, de kans dat ik niet zwanger zou kunnen raken, is echt heel klein... En trouwens, zwanger worden is een van de beste manieren om de klachten te verlichten! Dus er is echt geen reden waarom we geen relatie zouden kunnen hebben en...'

'Wacht eens even, nee, sorry.' Dex stak snel zijn hand op om haar woordenstroom te stoppen. 'Ik heb gezegd wat ik wilde zeggen en ik vind nog steeds dat we het daarbij moeten laten.'

Een spottend lachje, en toen zei ze opgewekt: 'Nou ja, het was het proberen waard, toch? En ik denk ook nog steeds dat er iemand anders is waar je je oog op hebt laten vallen. Zal ik eens raden?'

Dex kreeg een knoop in zijn maag. 'Nee,' zei hij kalm.

'Echt niet?' Haar glimlach was moedig, maar vermengd met droefheid. 'Want ik durf te wedden dat ik het weet.'

53

Het schilderij was af. Het stond midden in de kamer op de ezel, afgedekt met een oude lila sjaal, te wachten op de grote onthulling. Molly, die haar gasten voorging naar de kamer, vroeg zich af of iemand die geen kunstenaar was zich ooit zou kunnen voorstellen wat er nu allemaal door haar heen ging. Het was altijd weer een zenuwslopend moment. Terwijl het model in kwestie het schilderij bestudeerde, ging Molly op zoek naar uiterlijke tekenen – soms microscopisch kleine – waaruit op te maken viel of het resultaat in de smaak viel of niet.

'Wat spannend,' zei Dex, met Delphi op zijn heup. 'Ik hoop maar dat je ervoor hebt gezorgd dat ik op Johnny Depp lijk, anders zwaait er wat.'

Het was toeval dat hij hetzelfde witte overhemd droeg als op het schilderij, met een andere spijkerbroek eronder. Zijn haar was inmiddels iets langer, en hij was ook wat bruiner dankzij de hitte van de afgelopen dagen.

'Ach, wat jammer nou, dat had je eerder moeten zeggen van Johnny Depp,' zei Molly. 'Ik heb je meer een Jeremy Clarkson-look gegeven.' Ze trok de sjofele sjaal van het schilderij.

'Taaagh!' Totaal niet geïnteresseerd in wat er op het doek te zien was, slaakte Delphi een opgewonden kreet en stak haar handjes uit naar de opbollende sjaal.

Terwijl Molly haar met de sjaal liet spelen, slaakte ze een zucht van opluchting, want ze zag nu al dat Dex tevreden was over het eindresultaat.

'Nou, ik moet zeggen dat Jeremy Clarkson er bijzonder patent uitziet.' Hij ging wat dichterbij staan om de details te bestuderen en knikte goedkeurend. 'Maar echt, dit is prachtig. Moet je Delphi eens zien... moet je mij eens zien. We zien er nog meer als onszelf uit dan in het echte leven.'

'Dank je.' Nu de spanning was geweken, baadde Molly zich in een warme gloed van tevredenheid, in de wetenschap dat ze goed werk had afgeleverd. 'De bedoeling is dat je eruitziet zoals je echt bent. Ik denk dat het heeft geholpen dat jullie zo'n sterke band hebben. De manier waarop jullie op elkaar reageren. Het is net alsof... alsof je jullie liefde kan voelen.'

Oké, zo kon het wel weer; dat klonk een beetje al te klef.

Maar het was wel waar.

Delphi wriemelde, omdat ze op de grond gezet wilde worden. Nadat Dex dat had gedaan, zei hij: 'Moet je kijken wat ze nu gaat doen. Haar laatste kunstje.'

Molly's hart maakte een sprongetje van liefde, terwijl ze samen met Dex naar Delphi keek, die op het kleed was gaan zitten en helemaal schuilging onder de sjaal, als een mini-uitvoering van E.T. tijdens zijn Halloween-avontuur. Toen richtte Dex zijn aandacht weer op het schilderij op de ezel en bestudeerde het een tijdje aandachtig.

Uiteindelijk lachte hij naar haar en zei: 'Knap, hoor.'

Soms moest je niet bescheiden doen en het gewoon toegeven. 'Ja, hè?' Molly knikte. 'Ik ben er zelf ook erg tevreden over.'

'Waaah!' Van onder de sjaal zwaaide Delphi met haar armen naar hen, als een spookje dat aandacht wilde.

'Dank je wel. Het is nog mooier dan ik had gehoopt.' Hij haalde iets uit zijn broekzak. 'Hier, voor jou...'

'Waarom?' Molly zag dat hij een klein, plat leren doosje in zijn hand hield. 'Je hebt me al betaald.' Hij had erop gestaan om haar vooraf te betalen voor het schilderij. Hoewel ze had aangeboden om het voor niets te doen, had Dex daar niets van willen weten.

En nu stond hij zogenaamd wanhopig met zijn ogen te rollen. 'Kan ik je dan niet eens een cadeautje geven zonder dat je meteen in alle staten bent? Het is gewoon mijn manier om je te bedanken. Omdat je zo'n goede vriendin bent... en me vaak met Delphi helpt... en omdat... nou ja, om alles.'

'Maar...'

'Hé, doe me een lol. Zo belangrijk is het niet. Ik vind het leuk om cadeautjes te kopen. Maak me nou niet verlegen, want dan krijg ik er nog spijt van dat ik je iets wil geven.'

Zou Dex zich ooit verlegen hebben gevoeld? Molly geloofde niet dat hij dat gevoel kende. Desondanks pakte ze het doosje van hem aan.

Toen ze het openmaakte, stokte haar adem in haar keel. 'Dex!'

Een beetje lacherig haalde hij zijn schouders op. 'Als je hem niet mooi vindt, kun je hem ruilen.'

'Ben je gek? Ik vind hem prachtig. O mijn god, dit is echt raar... Dit is de armband die ik vorige week in een blad heb gezien, toen we in het lunchcafé waren.' Ze keek hem ongelovig aan. 'Maar ik heb hem toen aan Frankie laten zien, niet aan jou. Jij stond bij het raam foto's van Delphi te maken. Je hebt het blad niet eens gezien... O mijn god, dit is gewoon eng.'

Dex, zichtbaar genietend van haar verbazing, pakte de armband uit het doosje, maakte hem los en gebaarde dat ze haar arm moest ophouden. Als verdoofd keek ze toe, terwijl hij haar de armband omdeed. Hij was van rood goud en bestond uit platte schakels in verschillende vormen; sommige ovaal, andere rond, vierkant of ruitvormig. Het resultaat was heel bijzonder; het was een intrigerende mengeling van modern en traditioneel. Ze had hem in een blad zien staan, om de arm van een glamoureuze blonde Olympische zwemster en had zelfs nog even gekeken of er ook ergens stond waar je hem kon kopen. Maar dat had er niet bij gestaan.

Ze keek Dex aan. 'Ik snap er niks van. Hoe heb je dat voor elkaar gekregen? Hoe wist je dat?'

Hij leek erg in zijn nopjes. 'Ik zat aan de andere kant van de zaak, met Delphi. Ik kon niet zien waar je naar keek, maar ik hoorde dat je tegen Frankie zei dat je er dolgraag zo eentje zou willen hebben. Dus ben ik later teruggegaan om haar te vragen wat het precies was dat je zo mooi vond.'

Diep onder de indruk en ontroerd omdat hij zo zijn best had gedaan, zei ze: 'Maar in het blad stond niet waar je de armband kon kopen. Daar heb ik nog naar gezocht.' Niet dat ze zich die armband veroorloofd zou kunnen hebben overigens.

'Ik weet het. Ik heb zo'n telepathische truc toegepast,' vertelde hij. 'Je weet wel, je stuurt een bericht de kosmos in... astrale projectie of zo... en dan stel je je vraag. En toen kreeg ik antwoord. Het antwoord kwam als door een wonder bij me op.'

Ze keek hem met een opgetrokken wenkbrauw aan.

'Oké,' zei hij. 'Ik heb contact opgenomen met die zwemster, via Twitter, en heb haar toen gevraagd waar je de armband kon krijgen. Ze gaf me het adres van een juwelier. Gelukkig had hij er nog eentje op voorraad toen ik hem belde.'

'Wat slim van je. Je had het echt niet hoeven doen, maar ik vind hem ontzettend mooi. Dus... dank je wel.' Ze zou hem een kus willen geven, maar kon zich er niet toe zetten. Want wat als ze niet meer kon stoppen met kussen?

'Fijn. Ik ben blij dat je hem mooi vindt.' Dex keek alsof hij eigenlijk wel een kus verwachtte. Toen hij die niet kreeg, vroeg hij: 'Je gaat hem toch wel dragen?'

'Natuurlijk. Ik doe hem nooit meer af!'

'En Vince vindt dat niet erg, denk je? Dat je een sieraad draagt dat je van een andere man hebt gekregen, bedoel ik?'

'Nee, dat maakt hem niks uit.' Ze kreeg ineens een idee. 'O, wacht, ik ga even iets pakken. Ik ben zo terug.'

Boven rommelde ze in de bovenste la van haar nachtkastje tussen wat kettingen en andere sieraden tot ze had gevonden wat ze zocht.

Ze stormde de trap weer af. 'Kijk eens,' zei ze vrolijk. 'Dit past perfect aan de armband! Ik heb het altijd al willen dragen, en nu weet ik hoe.' Ze liet het bedeltje in Dex' hand vallen en zag dat hij het aparte, roodgouden kikkertje op het schepje aandachtig bekeek. 'Mooi, hè? En het past ook zo goed bij de armband – alsof het ervoor is gemaakt.'

Dex keek haar aan met een blik die ze niet begreep. Vond hij het niet mooi?

'Hoe kom je hieraan?'

'Nou, dat was echt heel raar. Ik heb het gevonden. En raad eens waar?'

Hij schudde zijn hoofd. 'Geen idee.'

'In mijn jaszak!' Ze deed alsof ze haar hand in de zak van een jas stopte. 'Niet te geloven toch? En ik heb geen idee hoe het daar terecht is gekomen.'

'Ik heb het voor Laura gekocht,' zei hij.

'Wat?'

'Dit bedeltje.' Hij draaide het om in zijn hand. 'Ik had het voor haar gekocht, als kerstcadeautje, bij een juwelier in de Burlington Arcade.'

Met stomheid geslagen staarde ze hem aan.

'En droeg ze het aan een armband? Ik bedoel, ik heb haar hier toen één keer gezien... maar...'

'Ze heeft het nooit gedragen. Ik was van plan het voor iets anders te ruilen. Het zat in mijn jaszak... en toen was het ineens weg.' Hij fronste, terwijl hij zijn best deed om zich meer details te herinneren. 'Het zat er gewoon niet meer in...'

Haar hart sloeg over toen ze opeens begreep wat er was gebeurd.

'Het was de avond na Laura's dood,' riep ze uit. 'Toen je het lunchcafé binnenkwam na afloop van mijn cursus. Ik heb toen koffie voor je gezet, weet je nog? En toen heb ik je mee naar mijn huis genomen en ben je hier op de bank in slaap gevallen.' Bang dat hij misschien dacht dat ze het bedeltje had gestolen, zei ze snel: 'Ik heb het echt niet uit je jaszak gepakt, hoor!'

Dex begon te lachen. 'Dat weet ik ook wel. Maak je geen zorgen, ik stond echt niet op het punt om je van diefstal te beschuldigen. En ik was er behoorlijk slecht aan toe die avond. Ik kan me er eerlijk gezegd bitter weinig van herinneren. Behalve dat het goot van de regen.'

'Oké, wacht. Laat me even denken.' Molly sloot haar ogen om zich beter te kunnen concentreren; als kunstenaar beschikte ze gelukkig over een fotografisch geheugen. Het was verschrikkelijk slecht weer geweest die avond, met stortbuien. Dex was doorweekt, hij had staan rillen, en daarom had ze hem gezegd dat hij zijn jas uit moest doen. En ze had de jas over een stoel gehangen, vlak bij de radiator... Op de stoel waar haar eigen jas al overheen hing...

Ze deed haar ogen open en keek Dex aan. 'Die avond, heb je dat bedeltje toen uit je zak gehaald, terwijl ik in de keuken koffie voor je stond te maken?'

'Dat weet ik niet meer. Zou kunnen. Of...' De radertjes in zijn hoofd grepen ineens weer in elkaar. 'Ja, ja, dat heb ik inderdaad gedaan. Ja.'

Molly knikte langzaam, blij dat het raadsel was opgelost. 'Onze jassen hingen over dezelfde stoel. Je hebt het bedeltje uit jouw jaszak gepakt en per ongeluk teruggestopt in die van mij. Zo is het gegaan.'

Met een blik op het bedeltje zei hij: 'En je hebt het al die tijd bewaard.'

'Ik heb nog briefjes opgehangen in het lunchcafé, in de hoop dat iemand zou reageren. En ook in de Swan en in de dorpswinkel. Maar geen enkele reactie. Nou ja, je hebt het nu terug. Fantastisch, ik ben blij voor je.'

'Ja, maar ik wil het niet terug.' Hij hield het bedeltje voor haar op. 'Wat moet ik nou met een kikkertje op een schepje? Het als oorbel dragen? Hier, het is nu van jou.' Hij legde het in haar hand en vouwde haar vingers eromheen. 'Ik vind het fantastisch dat het jou heeft gevonden.'

Ze stonden elkaar lange tijd aan te kijken, met zijn warme hand om de hare. Molly deed haar uiterste best om haar ademhaling onder controle te houden; Dex had gewoon geen flauw idee wat voor effect hij had op haar adrenalineproductie.

'Papa...' Delphi was op de bank gekropen, en aan haar dicht-vallende oogleden was te zien dat ze aan haar dutje toe was. Wijzend naar de sjaal op de grond, schopte ze met haar been-tjes, wat steno was voor: pak dat ding op en leg het als een de-ken over me heen, terwijl ik ga slapen.

Dex deed wat hem was bevolen; Molly voelde zich meteen ontheemd toen hij haar hand losliet. God, wat was ze ook een hopeloos geval. Doe normaal, hield ze zichzelf voor.

'Ga maar lekker slapen.' Dex woelde even door Delphi's haar en gaf haar een kus op haar voorhoofd.

'Sape.' Delphi wreef met de sjaal over haar wangetje.

'Denk je dat Amanda het schilderij mooi zal vinden?' Met pijn in het hart vroeg Molly het. Wie weet, misschien zou Dex haar over een jaar of zo wel een nieuwe opdracht voor een por-tret geven, van hem en Amanda, met Delphi tussen hen in, het volmaakte, gelukkige gezinnetje.

Toen ze zich naar hem toe wendde om te kijken waarom hij geen antwoord gaf, zei hij: 'Het is uit met Amanda.'

Wat?

De woorden leken als elektriciteit in de lucht tussen hen in te knetteren. Molly voelde haar nekhaartjes overeind gaan staan. Met droge mond vroeg ze: 'O ja?'

Hij knikte. 'Ja.'

'Waarom?'

'Ze was niet de ware.'

O, de ongepaste golf van opluchting. Maar ook: arme Aman-da. 'Sinds wanneer?'

'Ik heb het haar gisteren verteld.'

'Was ze... was ze van streek?'

'Een beetje. In het begin. Ze overleeft het wel.'

'Maar...' Molly wierp een blik op Delphi, die inmiddels diep in slaap was; zou ze het hem vertellen? God, Amanda had zich natuurlijk veel stoerder voorgedaan dan ze zich voelde; het kon niet anders of ze was er kapot van.

Droogjes zei hij: 'Dus jij wist het ook.'

Oeps. 'Wat precies?'

'Jij bent heel slecht in toneelspelen, dus probeer maar niet zo onschuldig te kijken. Dat Amanda geen kinderen kan krijgen.'

Met een klein lachje voegde hij eraan toe: 'Wat overigens niet klopt. Het blijkt dat het hele dorp het wist, behalve Amanda zelf.'

Voelde het ook zo als je uit je lichaam trad? Als vanuit de verte hoorde ze Dex uitleggen hoe het misverstand was ontstaan. De rest van haar brein probeerde te verwerken dat het stelletje geen stelletje meer was. Afgelopen nacht had ze nog afschuwelijk gedroomd over Dex en Amanda die in de dorpskerk trouwden, en de dominee had heel hard moeten praten om boven het geluid van haar eigen gesnik uit te komen. En nu dit. Het was uit. Amanda was niet onvruchtbaar. Ze was ook niet meer in beeld.

En ze kon haar voeten niet meer voelen. En haar benen trouwens ook niet...

God, wat gênant. Dex had staan praten, en ze had er geen woord van verstaan.

'Sorry, wat zei je?'

'Ik zei, dus geen etentjes meer. Niet met z'n vieren in elk geval.' Hij haalde zijn schouders op. 'Alhoewel, als jij en Vince medelijden met me krijgen en me uitnodigen om vissticks op brood te komen eten, dan zou ik waarschijnlijk geen nee zeggen, want wat moet een wanhopige single zonder enige schaamte anders?'

Het was net alsof er elastiekjes om haar hals werden gesnoerd. Ze slikte moeizaam. 'Eh... tussen Vince en mij is het ook uit.'

Zijn gezichtsuitdrukking veranderde. Roerloos keek hij haar aan. Toen zei hij: 'O ja?'

'Ja.' Nog meer elastiekjes.

'Sinds wanneer?'

'Sinds een paar weken. Voordat hij naar Canada ging.'

Dex schudde langzaam zijn hoofd. 'Waarom heb je me dat niet verteld?'

'Dat weet ik niet.' Ze voelde dat ze knalrood werd; ze kon toch moeilijk zeggen: omdat jij Amanda had. 'Ik geloof dat het me gewoon makkelijker leek.'

'Ik wou dat je me het had verteld.'

'Waarom?'

Stilte. Haar hart ging sneller slaan. Dex keek alsof hij op het punt stond iets belangrijks te zeggen. Toen zuchtte hij en wend-de zijn blik af. 'Gewoon... Je had het me gewoon moeten ver-tellen.' Hij keek even naar Delphi, haalde toen afwezig een hand door zijn haar en richtte zijn aandacht weer op het portret op de ezel.

Opnieuw viel er een stilte. Die zo lang duurde dat het bijna ongemakkelijk werd. Molly keek ook weer naar het schilderij, zich tintelend bewust van zijn lichaam naast het hare, met hun armen op maar een paar centimeter van elkaar. Als ze haar arm bewoog, gewoon om haar hand achteloos op haar heup te leggen bijvoorbeeld, zouden ze elkaar aanraken.

Nee, hou op. Je mag het zelfs niet denken.

'Wat was het moeilijkste gedeelte?'

Zijn stem deed haar uit haar gedachten opschrikken. Dit. Dit is het moeilijkste gedeelte, dacht ze, wat er nu gebeurt.

'Om te schilderen? Eh... nou, handen zijn altijd erg moeilijk om goed te krijgen.' Om haar eigen handen iets nuttigs te doen te geven, wees ze aan welk gedeelte ze bedoelde. Voor het ge-val dat hij niet wist wat handen waren.

'En de ogen. Dat zal ook niet gemakkelijk zijn.'

'Nee.' Ze staarde naar de geschilderde ogen op het doek, don-kerbruin met nog donkerder randjes om de irissen, ogen die on-deugend glinsterden, terwijl ze de toeschouwer aankeken. Het was een behoorlijke uitdaging voor haar geweest om zo lang in die ogen te moeten kijken.

'En de tanden ook, lijkt me,' zei hij.

'Ja. Dat komt omdat ze gemaakt zijn van tand.' Oké, dat was dus gewoon een stomme opmerking. En ze werd ook een beet-je zenuwachtig van naar zijn geschilderde mond kijken. Dus keek ze gauw naar het kuiltje onder zijn adamsappel. Onder het schilderen ervan had ze ernaar gesmacht om het echte kuil-tje te strelen en de warmte van zijn huid te voelen. Iets waar ze nu opnieuw naar verlangde.

'Ik wou dat je me het had verteld van Vince,' herhaalde hij.

Trilde de lucht in de kamer soms? Zo voelde het wel. Ter-wijl ze haar best deed om normaal te blijven ademhalen, vroeg ze weer: 'Waarom?'

Dex schudde echter zijn hoofd. 'Doet er niet toe. Ik... O god, dit is belachelijk, ik kan gewoon niet geloven dat ik dit ga zeggen. De enige reden waarom ik doorging met Amanda, was omdat jij iets met Vince had. Ik weet best hoe dat klinkt, maar het is echt zo. Ik wist dat hij niet bij je paste, en het deed me pijn om jullie samen te zien... Ik was jaloers, nou goed? Aan mijn gevoelens kan ik niks veranderen, en ik weet best dat je niet op me valt... en ik weet ook dat ik dit allemaal niet zou moeten zeggen, want dat maakt het er alleen maar erger op, en de laatste keer dat ik het heb geprobeerd, heb ik er een puinhoop van gemaakt, en daarna is het nog tijden ongemakkelijk gebleven tussen ons. Dus ik heb eigenlijk geen flauw idee waarom ik het weer doe, maar ik moet het gewoon zeggen. Omdat het waar is. O shit, het spijt me.' Hij deed zijn ogen even dicht, met half afgewend gezicht, en slaakte een wanhopige zucht. 'Ik ben ook zo'n stomkop.'

Molly zei niets. Ze kreeg geen woord over haar lippen. Ze kon nauwelijks denken. Ze pakte hem beet, draaide zijn hoofd naar zich toe, nam zijn gezicht tussen haar handen en kuste hem vol op de mond. Eerst zacht, maar toen harder, terwijl hij zijn armen om haar heen sloeg. Al haar zenuwuiteinden begonnen te tintelen van blijdschap. Het voelde allemaal precies goed.

Pas toen ze helemaal buiten adem was en geen idee meer had hoeveel tijd er was verstreken, maakte ze zich van hem los en keek hem aan. 'Ja, je bent een stomkop. Al die dingen had je me maanden geleden al kunnen vertellen. Dan hadden we dit al maandenlang kunnen doen...'

'Maar dat heb ik geprobeerd,' bracht hij haar in herinnering. 'Maar jij had geen interesse. Daar was je toen heel uitgesproken over.'

Dat was waar.

'Dat was toen. Je bent veranderd. Bovendien, je hebt me toen zelf verteld hoeveel meisjes je had versleten,' zei ze. 'Ik had geen zin om een van je vele veroveringen te worden, zo'n meisje dat je een keertje gebruikt en dan weer weggooit. Oké, maanden geleden had misschien niet gewerkt,' erkende ze. 'Maar weken geleden wel.'

Vooral de afgelopen paar weken. Die waren een verschrikking voor haar geweest.

'Waarom makkelijk doen als het moeilijk kan, hè?' Hij glimlachte en gaf haar nog een kus. 'Misschien moesten we wel zo lang wachten om het goed te laten komen. God, ik had nooit gedacht dat ik nog een kans zou krijgen. Het was echt een kwelling voor me dat we alleen maar goede vrienden waren. Maar ik hield mezelf steeds voor dat dat nog altijd beter was dan niets.'

Zijn woorden maakten haar aan het beven. Ze liet hem haar hand zien. 'Kijk, ik sta helemaal te trillen.'

'Omdat je bang bent?' Hij nam haar hand in de zijne. 'Ik ben ook bang. Ik heb dit nog nooit eerder gevoeld. Ik hou van je, Molly.' Zijn stem was hees van emotie toen hij het zei. 'En even voor de goede orde, dat heb ik nog nooit tegen iemand anders gezegd. Omdat ik dit nog nooit heb gevoeld. Behalve voor Delphi dan,' verbeterde hij zichzelf. 'Maar jij... bij jou zijn... Het is totaal anders. Vanaf de allereerste keer dat we elkaar zagen, je weet wel, toen je die vis in mijn tuin gooide, vond ik je al leuk. Maar dat gevoel is gegroeid, en de gedachte jou niet om me heen te hebben is... nou ja, onverdraaglijk. Ik hou van je,' zei hij weer, bijna op verwonderde toon. 'En ik meen het.'

Hij meende het echt. Molly had het gevoel dat ze uit elkaar zou barsten van geluk. Ze zou het niet hardop zeggen, nog niet, maar ze wist al dat ze ook van hem hield. Nam ze geen gigantisch risico door iets te beginnen met iemand die zo'n kleurrijk liefdesleven achter de rug had als Dex? Misschien, maar het was een risico dat ze moest nemen. Want het leven bood je sowieso geen harde garanties. Neem bijvoorbeeld Frankies man, Joe, typisch een man van wie niemand ooit zou hebben gedacht dat hij voor problemen zou zorgen.

'Iedereen in het dorp zal zwaar teleurgesteld zijn als ze dit horen.' Ze sloeg haar armen om zijn nek en snoof de heerlijke geur van zijn huid op. Eindelijk kon ze dat kuiltje onder zijn adamsappel aanraken.

'Echt waar? Hoezo?'

'Ze zagen je al helemaal gesetteld met Amanda, het gelukkige gezinnetje spelen en zo.'

'O. Nou, ik weet zeker dat ze het niet erg zullen vinden. Trouwens, over gezinnetjes gesproken,' fluisterde hij in haar oor. 'We hebben dit niet goed getimed, geloof ik.'

'Hoezo?'

'Nou, er is iets waar ik nu vreselijk veel zin in heb...' Hij knikte naar de bank achter haar. Molly draaide zich om en zag dat Delphi weer wakker was en hen belangstellend opnam. 'Maar daar zullen we toch nog even mee moeten wachten.'

'Babapapaca.' Blij met hun aandacht, keek Delphi hen stralend aan en opende en sloot haar handje naar hen.

'Een natuurlijk voorbehoedsmiddel.' Dex' ogen glansden ondeugend, terwijl hij Molly even in haar middel kneep.

'Maakt niet uit. Het heeft ons maanden gekost om zover te komen.' Molly was nog nooit zo gelukkig geweest. Haar huid was nog nooit zo gevoelig geweest. Duizelig van liefde en adrenaline zei ze: 'Het is altijd fijn om iets te hebben om naar uit te kijken.'

Dex wilde haar net weer gaan kussen, toen Delphi van de bank klauterde en wankelend naar hen toe kwam lopen. Glimlachend mompelde hij: 'Zo is dat. En het is het wachten waard.'

'Papapa,' brulde Delphi, terwijl ze zich met uitgestoken armpjes vrolijk tegen zijn knieën stortte. 'Paaaaaaaah!'

54

Het feest werd in de Saucy Swan gegeven. Iedereen was er. Terwijl Molly even bleef staan om naar de aanwezigen te kijken, bedacht ze dat voor velen hier het leven het afgelopen jaar compleet op de kop was gezet.

Dat gold vooral voor Dex, wiens leven totaal was veranderd. En helemaal ten goede. Gisteren was hij officieel Delphi's vader geworden. De adoptie was erdoor gekomen, alle papieren waren getekend. Het was een emotioneel moment geweest, en een paar maatschappelijk werksters hadden zelfs een traantje moeten wegpinken.

Vandaag hoefde niemand echter een traantje weg te pinken.

Het was 1 september, en ze waren hier allemaal samen om de adoptie te vieren. Molly's hart maakte een sprongetje, toen Dex weer binnenkwam met Delphi op zijn heup. Het leed geen enkele twijfel dat de afgelopen maanden de gelukkigste uit haar leven waren geweest; haar liefde voor hem groeide nog met de dag. De seks was het wachten waard geweest, maar het ging om zoveel meer dan dat; ze kon zich haar leven simpelweg niet meer zonder Dex voorstellen.

'Dat staat daar een beetje naar haar vriendje te lonken.' Frankie, die naast haar kwam staan, stootte haar plagend aan.

'Heb je soms liever dat ik naar jouw vriendje lonk?' Molly knikte naar Henry, die met Joe en Christina stond te praten. Frankie wilde niets overhaasten, en Henry vond dat prima; hij was een geduldig man, die de weekends in Briarwood doorbracht en Frankie alle tijd gunde die ze nodig had. In de tussentijd had zich een onwaarschijnlijke, maar ontroerende vriendschap ontwikkeld tussen Frankie en Henry en Joe's andere gezin. Amber had haar leven gelukkig ook weer op de rails. De tentamenresultaten waren niet zo rampzalig geweest als gevreesd, en Shaun hielp haar met het inhalen van haar achterstallige schoolwerk. Volgende week zou ze aan haar laatste schooljaar beginnen, en Shaun begon binnenkort aan zijn studie, maar hun broer-zusrelatie was gesmeed en zou wel blijven bestaan. Het fijnste was nog dat ze de oude Amber terug hadden, een vrolijk, gemotiveerd meisje dat weer met volle teugen van het leven genoot. De tijd met Duff en zijn groezelige vrienden had ze achter zich gelaten.

'Trouwens, ik vind Muriel echt te gek.' Frankie glimlachte, terwijl ze naar Muriel keek, die zich op haar felrode scootmobiel, met haar hondje in het mandje voorop, een weg door de menigte baande. 'We hebben net even met haar gepraat. Wat een bijzondere vrouw.'

'Ja, ze is echt fantastisch.' Molly was blij dat ze op vriendschappelijke voet was blijven staan met Muriel; nadat ze het had uitgemaakt met Vince was ze een e-mailcorrespondentie begonnen met zijn glamoureuze, extraverte grootmoeder. En toen ze Muriel over het adoptiefeest had verteld, had het niet meer dan logisch geleken om haar er ook voor uit te nodigen.

Frankie wees. 'Ha, moet je Addy eens zien dansen met Stefan en Hope!'

Samen keken ze naar het dansende drietal. Hope was bij Stefan ingetrokken. Ze straalde een en al geluk uit, ook omdat het dorp haar met open armen had ontvangen. Een journalist die lucht had gekregen van hun romance, was naar Briarwood gekomen en had geprobeerd een verhaal in elkaar te draaien over de onwaarschijnlijke relatie. Hij had zijn pogingen moeten staken, omdat het hele dorp eendrachtig had geweigerd eraan mee te werken. Iedereen die van de relatie wist, was blij voor hen. En Addy aanbad de nieuwe vriendin van haar grootvader.

'Lois noemt haar de "Boze Stiefmoeder",' zei Molly. 'Hope vindt dat prachtig. Ze kunnen het heel goed met elkaar vinden. Wat ziet Lois er trouwens goed uit, hè?'

Lois leek inderdaad te stralen. Haar donkere krullen, die ze aan één kant had vastgezet met een grote zijden rode roos, dansten om haar schouder. Ze had haar zandloperfiguur gehuld in een rood-wit gebloemde jurk met een diep decolleté.

'Mooie jurk heeft ze aan.' Na een korte aarzeling vervolgde Frankie: 'Weet je nog dat Lois vorige week een paar dagen vrij had? Oké, misschien klinkt het stom, en het is ook niet zo dat ze het nodig heeft, maar heb jij ook niet het idee dat ze iets aan haar borsten heeft laten doen?'

'Zeg het maar als het te persoonlijk wordt, maar mag ik je iets vragen?'

Lois was net even gaan zitten om haar voeten vijf minuutjes rust te gunnen. Ze had geen idee wie de oude dame in de scootmobiel was, behalve dan dat ze blijkbaar bevriend was met Molly. Ze slikte de hap die ze net van haar broodje ham-tomaat had genomen weg, keek de vrouw aan en zei vriendelijk: 'Vraag maar raak.'

'Ben je zwanger?'

'Wat?' Zich bijna verslikkend in haar hap brood, sloeg Lois een hand voor haar mond.

'Oeps, sorry. Maar het komt gewoon omdat ik altijd al zo'n soort miss Marple heb willen zijn, zo iemand die alles ziet. En ik zag hoe je daarnet de broodjes stond te bestuderen.' De vrouw knikte naar de schalen op de tafel voor hen.' De broodjes waar mayonaise en zachte kaas op zit, heb je niet aangeraakt.'

'Misschien hou ik wel niet van mayonaise en zachte kaas,' zei Lois.

'En je drinkt alleen jus d'orange.'

Gelukkig waren de anderen allemaal buiten gehoorsafstand. Hoewel het niet iets was wat ze nog lang verborgen zou kunnen houden. En de vrouw zag blijkbaar inderdaad alles. Lois slaakte een zucht en mompelde: 'Ja, ik ben zwanger. U lijkt wel een heks of zo. Maar verder weet niemand het nog, dus ik zou het heel fijn vinden als u er uw mond over hield.'

'Ach, schat, ik ben heel discreet. Maar zeg maar gewoon je, hoor.' Ze gaf Lois een hand, een prachtig gemanicuurde hand met vele ringen eraan. 'Ik ben Muriel. En nog gefeliciteerd.'

Droog zei Lois: 'Dank je.'

'O. Niet gepland dus?'

'Zo zou je het kunnen zeggen.'

'En de vader?'

'Weet van niets. Zal het ook nooit te weten komen ook.' Het was eerlijk gezegd een opluchting om eindelijk eens met iemand te kunnen praten over de toestand die haar al weken dwarszat. En ironisch genoeg was het gemakkelijker om het er met een vreemde over te hebben. 'Het maakt niet uit,' zei ze. 'Ik overleef het wel. We redden ons wel. Het is me al eerder gelukt.' Ze wees naar Addy, die energiek met haar vriendinnetjes stond te dansen. 'Dus het zal me nog wel een keer lukken. Ik blijk gewoon altijd op de verkeerde mannen te vallen.'

'Wat jammer. Hoe was de vader van je dochter?'

'Een lamstraal. Lui, egoïstisch, losse handjes ook, wanneer hij te veel gedronken had. Dus daarna had ik het even gehad met mannen. Ik weet best dat ik eruitzie als iemand die graag de bloemetjes buitenzet,' vervolgde ze met een spijtig lachje. 'Maar in werkelijkheid doe ik dat bijna nooit.'

'Wat treurig,' zei Muriel. 'En die laatste man? Hoe was hij?'

Gek genoeg kreeg Lois een brok in haar keel; haar hormonen speelden weer op. 'Hij was fantastisch, eerlijk gezegd. Ik vond hem perfect, ik zag het echt helemaal zitten met hem... Het was een eenmalig iets, maar op dat moment dacht ik echt dat het het begin van iets heel moois kon worden.' Ze zweeg even om zichzelf weer onder controle te krijgen en eindigde toen achteloos: 'Tot de volgende ochtend dan. Hij wist niet hoe snel hij weg moest komen. En toen begreep ik dat ik het weer bij het verkeerde eind had gehad. Hij ging weg, en ik heb hem nooit meer gezien.'

'Arm kind. Mannen kunnen soms zulke misbaksels zijn.'

Lois moest glimlachen om het woord. 'Maar dat was hij echt niet. Dat is het punt nou net; hij was echt aardig. Maar ik lijk de goede mannen altijd te verjagen.'

'Zou je hem kunnen opsporen als je dat zou willen?'

'Jawel.' Stel je voor dat ze Molly om Vince' nummer zou vragen, o god. 'Maar dat doe ik niet. Ik heb ook mijn trots.'

'Nou, ik weet niet of het je troost, maar volgens mij is hij knap stom.' Muriel klopte op haar arm. 'Je lijkt mij een ontzettend lieve vrouw. Ik wou dat mijn kleinzoon iemand als jou tegenkwam.'

Geamuseerd vroeg Lois zich af hoe de kleinzoon van Muriel zou zijn. 'Alleen heb ik mezelf voor een jaartje of zo van de markt gehaald. Dus dan zou je hem moeten vragen om nog even te wachten.'

Om zes uur, toen het feest nog in volle gang was, zag Lois dat Muriel moeite had haar jas aan te trekken, en ze liep naar haar toe om even te helpen.

'Laat mij maar. Zo.'

'Dank je, lieverd. Heel aardig van je.' Terwijl Muriel de revers van haar elegante ivoorkleurige fluwelen jasje gladstreek, zei ze: 'Ik heb een paar gin gehad, en dat helpt niet echt. Zou je nog iets voor me willen doen? Mijn kleinzoon kan ieder moment hier zijn om me af te halen, maar hij zei dat hij buiten in de auto zou wachten. Zou je zo lief willen zijn om mijn tas te dragen, zodat ik me op dit gevaarte kan concentreren en niemand over de tenen rijd?'

'Geen probleem.' Lois wilde die kleinzoon van haar wel eens zien. Met de grote leren tas in haar hand liep ze met Muriel mee, die de scootmobiel naar de deur manoeuvreerde. 'Moet je Molly geen gedag zeggen?'

Muriel gebaarde naar Molly en Dex, die met de maatschappelijk werksters van het adoptieteam stonden te praten. 'Ach, die hebben het druk met hun vrienden. Ik ga er liever stilletjes vandoor. Ik stuur Molly nog wel een mailtje. Oeps, pas op, Wilbur! Hou je vast!'

Buiten hoefden ze niet lang te wachten. In de verte zagen ze een auto rustig om het park heen rijden.

Lois verbleekte, toen ze zag wie er achter het stuur van de smetteloze, roestvrije auto zat.

Vince was zo te zien ook behoorlijk verbaasd.

O god, dus dat was de reden dat Muriels kleinzoon buiten in de auto op haar had willen wachten.

'Prima timing, lieverd. Het was ontzettend gezellig,' riep Muriel uit. 'En luister, ik weet niet hoe het komt, maar je zult me heel voorzichtig van dit geval moeten helpen, want ik ben een heel klein beetje aangeschoten. En je mag deze aardige dame niet vragen om je te helpen, want ze mag zich niet inspannen.' Na zich ervan vergewist te hebben dat er niemand meeluisterde, fluisterde ze: 'Want ze is zwanger.'

Vince keek alsof hij werd geëlektrocuteerd. De schok was tegelijk zichtbaar en tastbaar. Zijn blik gleed van Lois' gezicht naar haar borsten, die groter dan anders leken, en vervolgens naar haar nog steeds platte buik.

Nou ja, niet helemaal plat. Misschien dat het in Briarwood nog niemand was opgevallen, maar Lois begon al een beetje een buikje te krijgen.

Lois werd knalrood. Het was ook zo onverwacht. Vince daarentegen was lijkbleek geworden.

Zonder geluid te maken vormde Vince met zijn mond de woorden: is het van mij?

Nou ja, nu hij er toch naar vroeg... Een beetje duizelig, maar vastbesloten antwoordde Lois nauwelijks hoorbaar: 'Ja.'

'Pardon? Wat is er?' wilde Muriel weten. 'Waarom kijken jullie zo naar elkaar? Mis ik iets?'

'Weet ze het?' Vince' stem was hees van schrik; hij bleef Lois strak aankijken. 'Heb je het haar soms verteld?'

'Nee,' verdedigde Lois zichzelf. 'Nee, ik heb haar niets verteld.'

'Allemachtig, zeg,' zei Muriel, nadat het kwartje was gevallen. 'Ik mag dan wel drieënnegentig zijn, ik ben niet achterlijk.' Ze draaide haar scootmobiel wat om om haar kleinzoon aan te kunnen kijken en zei: 'Dus jij was het? Jij bent met deze schat van een meid naar bed geweest en wist de volgende ochtend niet hoe snel je weer weg moest komen! Vincent, wat bezielt je? Ze dacht dat jij de ware was! Waarom heb je haar dat aangedaan?'

'Niet doen, alsjeblieft.' Lois voelde zich diep vernederd. 'Het maakt niet uit. Ik was gewoon zijn type niet...'

'Nou, maar dat zou je verdorie wel moeten zijn! Jullie passen perfect bij elkaar!' riep Muriel uit. 'Geloof me, ik heb verstand van die dingen, en ik heb altijd gelijk. Vince heeft iemand als jou nodig.' Ze greep de versnelling beet, draaide roekeloos een rondje en sloeg met haar hand in de lucht, terwijl ze met Wilbur – met wapperende oren – terugreed naar de pub. 'Kom, laten we nog even iets gaan drinken. Dan kunnen jullie het uitpraten.'

Dit was echt verschrikkelijk. Toen Muriel naar binnen was verdwenen, zei Lois: 'Maak je maar geen zorgen, je hoeft helemaal niks. Jemig, die grootmoeder van je is echt heel erg.'

'Ik weet het. Sorry. Maar... waarom heb je me niks verteld?' Vince gebaarde naar haar buik.

'Waarom wel? Zou je dat leuk hebben gevonden dan? Toe, we zijn allebei volwassen mensen. Toen je wakker werd, durfde je me niet eens aan te kijken.'

'Maar dat had niets met jou te maken,' flapte hij eruit. 'Ik schaamde me voor mezelf, snap je dat dan niet? Ik had nog nooit zoiets gedaan. Het was pure paniek, ik kon gewoon niet geloven dat ik zoiets schokkends en... beschamends had gedaan. Het had echt niets met jou te maken.'

Hulpeloos haalde ze haar schouders op, want ze vertrouwde het zichzelf niet toe om iets te zeggen.

'Maar daarna moest ik steeds aan je denken,' vervolgde Vince. 'Ik wilde je weer zien. Maar toen was het al te laat, ik hield mezelf voor dat je vast niets meer met me te maken wilde hebben...'

Was dat waar? Meende hij dat echt? Lois schoot weer in de verdediging. Ze sloeg haar armen voor haar borst en zei: 'Het maakt niet uit, je hoeft niks te doen. Ik red me wel, ik red me altijd.'

Vince nam haar echter aandachtig op. Hij schudde zijn hoofd. 'Ben je helemaal gek geworden? Je draagt mijn kind. Ik loop niet weg voor mijn verantwoordelijkheden.'

De manier waarop hij naar haar keek, maakte dat haar hart oversloeg. En de manier waarop hij sprak, maakte dat ze bijna geloofde dat hij het meende. Na een korte stilte vroeg ze: 'Dus wat gaan we nu doen?'

'Eerst moet ik die bemoeial van een grootmoeder van me naar huis zien te krijgen.'

Naar huis. In Bristol. 'Dat klinkt me in de oren alsof je wel voor je verantwoordelijkheden wegloopt. Of beter gezegd, weg-rijdt,' zei ze.

'Maar daarna kom ik terug. Om acht uur, oké?' Hij pakte haar hand beet. 'Echt waar.'

'Echt?' Het kwam er hees uit.

'Ja. Hé, ik voel dat je staat te trillen. Dat is nergens voor no-dig.'

'Maar ik kan niet stoppen.' Zelfs haar stem trilde. 'Ik ben bang. En ik ben anders nooit bang.'

'Je hoeft niet bang te zijn.' Zijn ogen hadden een warme glans; hij ontspande zich zichtbaar. 'Weet je wat?' zei hij, met het be-gin van een lachje om zijn lippen. 'Dit kon wel eens precies zijn wat ik altijd heb gewild.'

55

Gelukkiger dan dit kon een mens niet zijn.

Het was de ochtend na het adoptiefeest. Dex, die de spijlen van het houten ledikantje had horen ratelen, had Delphi uit bed gehaald en meegenomen naar zijn eigen bed, waar ze, klaarwak-ker, rechtop in het midden zat, omringd door bergen dekbed.

'Ik hou van je, Delph.' Hij woelde door haar mooie donke-re haren en kietelde haar oortjes.

'Papapa.' Ze keek hem stralend aan.

Ze zei het al weken, en nu klopte het eindelijk. Hij was officieel, wettelijk, haar vader. Iedere keer dat hij eraan dacht, barstte hij bijna uit elkaar van trots.

Maar wat een jaar was het geweest: zowel het slechtste als het beste jaar van zijn leven. Laura's dood was een enorme klap geweest, en vanaf die dag was alles veranderd. Maar wie had ooit kunnen voorspellen dat uit al die ellende zoveel vreugde zou voortkomen? Verdwenen was het zorgeloze vrijgezellenleventje, en de glanzende carrière, de blitse auto en het luxeappartement die daarbij hadden gehoord. Verdwenen ook de eindeloze stroom meisjes in zijn bed...

Nou ja, bijna. Het geld zou ooit opraken; over een paar jaar zou hij moeten gaan nadenken over een nieuwe baan. Maar voorlopig kwam Delphi op de eerste plaats.

En hij was volmaakt tevreden met het meisje dat op dit moment in zijn bed lag.

'Wil je Molly een kusje geven?' Dex wees op de nog steeds slapende vorm onder de andere helft van het verfomfaaide dekbed.

Delphi pakte voorzichtig een lok haar van Molly's gezicht en plantte een natte kus op haar wang.

'Ah.' Molly deed haar ogen open en zei slaperig: 'Wat een heerlijke manier om wakker te worden.' De bedeltjesarmband om haar pols rinkelde en glinsterde in het zonlicht, terwijl ze op haar rug ging liggen en Delphi in haar armen nam. 'Goedemorgen, liefje. Je ruikt heerlijk.'

'Dank je wel,' zei Dex.

'Ik had het tegen je dochter.' Molly trok haar been onder het dekbed vandaan en gaf hem een schopje met haar blote voet. 'Als je soms naar complimentjes vist, dan zou het helpen als ik een kop thee van je kreeg.'

Ze zag er prachtig uit, zoals ze daar lag met haar wangen die rozig waren van de slaap, haar stralende ogen en glanzende blonde haar uitgespreid over het kussen. En met Delphi languit op haar borst. Dex wist honderd procent zeker dat Molly de ware was voor hem. Alles aan haar vond hij even mooi. Door haar was hij een beter mens geworden, en alleen al door bij haar te zijn, wilde hij zelfs nog beter worden.

Terwijl hij naar haar keek, trok er opnieuw een golf van vreugde door hem heen. Hij had het haar niet verteld, want er waren grenzen aan hoe slijmerig een normale man kon zijn, maar iedere dag wanneer hij wakker werd, hield hij weer iets meer van haar. En iedere dag dankte hij God op zijn blote knieën dat ze niet door een andere man was weggekaapt voordat hij in haar leven was verschenen. Alleen de gedachte al dat hij zijn kans met haar had kunnen missen...

'Ahem.' Weer een plagend schopje. 'Die thee?'

Op het nachtkastje begon Molly's mobieltje te rinkelen.

'Waarschijnlijk een van je andere vriendjes,' zei Dex.

'Wat leuk! Kun jij het me even aangeven?' Ze hield haar hand op. 'Ik heb een baby op mijn borst zitten.'

Toen Dex het mobieltje oppakte en de naam op het schermpje zag, begon hij te lachen. 'Het is echt een van je andere vriendjes.'

Ze trok Delphi's vingertjes uit haar mond. 'Wat? Wie dan?'

'Vince.'

'Dat meen je niet. O god, ik hoop dat er niks is gebeurd.' Bezorgd nam ze het toestel van hem over en zei: 'Hallo? Is alles goed met Muriel?'

Dex keek naar haar, terwijl ze naar het antwoord luisterde en zich toen zichtbaar ontspande. Molly knikte naar hem en fluisterde: 'Alles in orde.'

Toen zei Vince nog iets, waarvan haar ogen wagenwijd openvlogen.

'Wacht even. Sorry, de telefoon gleed uit mijn hand... Kun je dat nog een keer herhalen?' Met een ongelovige blik zette ze het toestel op de speaker zodat Dex het ook kon horen.

'... oké, ik ben in Briarwood, in de pub. De Swan. Bij Lois.' Vince klonk alsof hij voorlas uit een verklaring die hij eerder had opgesteld. 'Sorry dat ik zo vroeg bel, maar ik wilde het je vertellen voordat je het van die indiscrete grootmoeder van me zou horen. En ik vond ook dat je het moest weten voordat de rest van het dorp het ontdekt.' Hij schraapte zijn keel en vervolgde: 'Die avond, nadat je het had uitgemaakt, ben ik hier blijven slapen. En nu is Lois zwanger, en ik ben de vader. Het was natuurlijk nooit de bedoeling dat dit zou gebeuren, maar we hebben erover gepraat en... Nou ja, we gaan kijken of we er iets van kunnen maken. Dus zo zit het. Dat is de situatie. Ik hoop dat je het niet erg vindt.'

Dex keek Molly aan. Molly zag er hoogst verbaasd uit. Uiteindelijk riep ze: 'Mijn god, Vince, natuurlijk vind ik het niet erg! Het is... fantastisch! Stouterd.'

'Ik weet het. Het past helemaal niet bij me.' Vince klonk zelf ook enigszins verbijsterd. 'Maar soms gebeuren dingen met een bedoeling.'

'Dus Muriel weet het al, zei je?'

'Ja, ze heeft het gisteren ontdekt.'

'Vindt ze het leuk?'

Op droge toon zei Vince: 'Leuk is wel het understatement van het jaar.'

'In dat geval vinden wij het ook erg leuk,' zei Molly. 'Gefeliciteerd. Jullie allebei.'

Hoorbaar opgelucht zei hij: 'Dat zal ik tegen Lois zeggen. Dank je.'

'En je kunt haar ook vertellen dat ik nu snap waarom haar tieten er zo fantastisch uitzien,' voegde Molly eraan toe.

Toen het gesprek was beëindigd, pakte Dex het toestel van haar af en zei: 'Nu denkt hij nog dat je lesbisch bent.'

'Maar heb jij ze dan niet gezien? Prachtig gewoon.' Molly tekende met haar handen de omtrek van Lois' fabelachtige borsten. Toen glimlachte ze en zei hoofdschuddend: 'Wie had dat ooit kunnen denken? Lois en Vince. Wat een nieuwtje zo vroeg op de dag. Goh, wat er allemaal al niet gebeurt in dit rustige kleine dorpje.' Ze keek hem ondeugend lachend aan. 'Die Vince. Nou ja, hij zal gewoon aan ons moeten wennen. Dat heb jij per slot van rekening ook gedaan.'

Dex ging naast hen liggen, terwijl Delphi met het kikkertje aan Molly's armband speelde. 'Aan jou zal ik nooit helemaal wennen. Jij bent een klasse apart. Trouwens, ik bedenk ineens iets.'

Molly boog zich naar hem toe voor nog een kus. 'Wat dan?'

'Als het echt wat wordt tussen Vince en Lois, en hij komt in Briarwood wonen,' zei hij met een klein lachje, 'dan heb je altijd iemand in de buurt die je roestplekjes kan behandelen.'

Molly keek hem ondeugend aan. 'Hm, ik hoopte eigenlijk dat ik niet roestig zou worden, nu ik jou heb.'

WOORD VAN DANK

Heel veel dank gaat uit naar Helen Roberts, een Twitter-vriendin en fantastische maatschappelijk werkster, die me voor dit boek ruimhartig met raad en daad heeft bijgestaan wat betreft onderwerpen als pleegzorg en adoptie. Haar informatie was vreselijk nuttig, en ik dank haar voor haar deskundigheid en enthousiasme. Overbodig om te zeggen dat alle fouten voor mijn eigen rekening zijn.

Jill Mansell, daar word je vrolijk van!

Solo *Solo*
Wanneer Tessa vier boterhammen met banaan achter elkaar opeet, beseft ze dat ze zwanger is.

Open huis *Open House*
Tegenpolen trekken elkaar aan, zeggen ze, maar de verschillen tussen Marcus en Nell zijn wel heel groot.

Tophit *Kiss*
Izzy raakt in één klap alles kwijt, maar ze klimt weer uit het dal, vastbesloten om te scoren.

Kapers op de kust *Sheer Mischief*
Maxine solliciteert bij een beroemde fotograaf, maar ze is niet de enige.

Hals over kop *Head Over Heels*
Als de nieuwe buurman je oude grote liefde is, dan kan het leven heel ingewikkeld worden.

Geknipt voor Miranda *Miranda's Big Mistake*
Een man is net een trein, er komt altijd een volgende!

De boot gemist *Perfect Timing*
Poppy Dunbar ontmoet op een vrijgezellenavond de man van haar dromen.

Millies flirt *Millie's Fling*
Millie vindt het wel best, een manloze zomer. Tot ze Hugh ontmoet.

Niet storen! *Staying at Daisy's*
In het hotel van de spontane Daisy is het nooit saai.

Kiezen of delen *Nadia Knows Best*
Nadia wordt gered door een knappe vreemdeling. Nu moet zij...

Gemengd dubbel *Mixed Doubles*
Drie vriendinnen gaan vol goede voornemens het nieuwe jaar in. Maar het lot heeft andere plannen.

Geluk in het spel *Good at Games*
Suzy valt nota bene voor de agent die haar een boete geeft... maar na hun tweede ontmoeting is hij verdwenen.

De prins op het verkeerde paard *Falling for You*
Voor Maddy en Kerr is het liefde op het eerste gezicht. Tot ze ontdekt wat zijn achtergrond is.

Schot in de roos *The One You Really Want*
Nancy vertrekt naar Londen voor een nieuw leven. Al snel ontmoet ze haar nieuwe, knappe buurman Connor.

En de minnaar is... *Making Your Mind Up*
Lottie is helemaal niet op zoek naar liefde, tot ze haar nieuwe baas Tyler ontmoet.

Ondersteboven *Thinking of You*
Ginny wordt door een lange, knappe man van diefstal beschuldigd en is totaal...

Scherven brengen geluk *An Offer You Can't Refuse*
Lola voelt meteen weer kriebels als ze haar oude liefde Doug terugziet.

Eenmaal andermaal verliefd *Rumour Has It*
Tilly Cole raakt verstrikt in de intriges en rivaliteit rondom de aantrekkelijkste man van de stad.

Versier me dan *Take a Chance on Me*
Cleo wordt versierd door de liefste man van de wereld.

De smaak te pakken *To the Moon and Back*
Vindt Ellie na maanden verdriet weer ruimte voor verliefdheid?

Drie is te veel *Two's Company*
Cass ontdekt dat haar man niet zo perfect is als ze dacht.

Vlinders voor altijd *A Walk in the Park*
Lara komt opeens haar vriendje van vroeger tegen. Voor ze het weet voelt ze weer vlinders.

Huisje boompje feestje *Don't Want to Miss a Thing*
Er is meteen een enorme aantrekkingskracht tussen Molly en haar nieuwe buurman.